※ | SCHERZ

Nikos Milonás

Kretischer Abgrund

Ein neuer Fall für Michalis Charisteas

SCHERZ

Aus Verantwortung für die Umwelt hat sich der S. Fischer Verlag zu einer nachhaltigen Buchproduktion verpflichtet. Der bewusste Umgang mit unseren Ressourcen, der Schutz unseres Klimas und der Natur gehören zu unseren obersten Unternehmenszielen.

Gemeinsam mit unseren Partnern und Lieferanten setzen wir uns für eine klimaneutrale Buchproduktion ein, die den Erwerb von Klimazertifikaten zur Kompensation des CO_2-Ausstoßes einschließt.

Weitere Informationen finden Sie unter: www.klimaneutralerverlag.de

Erschienen bei FISCHER Scherz

© 2020 S. Fischer Verlag GmbH,
Hedderichstraße 114, D-60596 Frankfurt am Main
Dieses Werk wurde vermittelt durch
die Michael Meller Literary Agency GmbH, München.

© Mottos (Seite 5): Henry Miller, »Der Koloß von Maroussi.
Eine Reise nach Griechenland«. Übersetzt von Carl Bach und Lola
Humm-Sernau. Rowohlt Taschenbuch Verlag, Reinbek bei Hamburg 1975
Traditionelle kretische Mantinada. Übersetzt von Stefan Petersilge.
© 2005 Petersilge all rights reserved.

Redaktion: Ilse Wagner
Satz: C.H.Beck.Media.Solutions, Nördlingen
Druck und Bindung: CPI books GmbH, Leck
Printed in Germany
ISBN 978-3-651-02581-3

Kreta ist eine Wiege, ein Instrument, ein vibrierendes Reagenzglas, in welchem ein vulkanisches Experiment durchgeführt wurde. Kreta vermag den Geist zum Schweigen zu bringen, den Aufruhr der Gedanken zu stillen.

Henry Miller, Der Koloß von Maroussi

Wirf Feuer auf meinen Schmerz, um meine Tränen zu vermehren, denn die Wunde, die du geöffnet hast, wird nie verheilen.

Traditionelle kretische Mantinada

Personenverzeichnis

Michalis Charisteas, Mitte 30, Kommissar in Chania
Hannah Weingarten, Anfang 30, Kunsthistorikerin

Sotiris Charisteas, Bruder von Michalis, Wirt des *Athena*
Takis Charisteas, Vater von Michalis, Wirt des *Athena*
Loukia Charisteas, Mutter von Michalis

Elena Chourdakis, ältere Schwester von Michalis
Theo Chourdakis, Sohn von Elena, zehn Jahre alt
Nicola Charisteas, Frau von Sotiris
Sofia Charisteas, Tochter von Sotiris, neun Jahre alt
Loukia Charisteas, Schwester von Sofia, sieben Jahre alt
Markos Chourdakis, Schwager von Elena

Jorgos Charisteas, Leiter der Mordkommission von Chania
Pavlos Koronaios, Partner von Michalis

Myrta Diamantakos, Assistentin in der Polizeidirektion
Ioannis Karagounis, Leitender Kriminaldirektor von Chania
Kostas Zagorakis, Chef der Spurensicherung
Dimitrios, Mitarbeiter Spurensicherung
Lambros Stournaras, Gerichtsmediziner Chania
Galatia, Nikoletta, Töchter von Koronaios, siebzehn und neunzehn Jahre alt

Manolis Votalakos, Ranger
Meropi Torosidis, Assistentin von Kyriakos Papasidakis,
　　1. Mordopfer
Teresa Kapsis, Freundin von Meropi
Jannis Dalaras, Verlobter von Meropi
Valerios Vafiadis, Geliebter von Meropi

Savina Galanos, Controllerin, Angestellte von Kyriakos
　　Papasidakis
Panagiotis Galanos, Bruder von Savina
Leonidas Seitaris, Kapitän des Ausflugsboots, 2. Mordopfer
Theo Seitaris, Bruder von Leonidas
Amanta Seitaris, Ehefrau von Leonidas, Schwester von
　　Savina
Timos Kardakis, Angestellter von Leonidas Seitaris

Kyriakos Papasidakis, Inhaber von *Psareus*, betreibt
　　Fischfarmen
Anestis Papasidakis, jüngerer Bruder von Kyriakos,
　　Klempner, zukünftiger Betriebsleiter
Efthalia Papasidakis, Mutter von Anestis und Kyriakos
Petros Bouchadis, Bauleiter der Fischfarm
Stavros Nikopolidis, Bauunternehmer

Stefanos Tsimikas, Polizeistation Paleochora
Odysseas Koutris, Bürgermeister von Paleochora
Nikos Kritselas, Chef der Mordkommission Heraklion

u. a.

1

Vielleicht wäre es besser gewesen, nicht allein hierherzukommen. Vielleicht ...

Vielleicht hätte sie einfach heute früh neben Valerios liegen bleiben und mit ihm frühstücken sollen. Stattdessen hatte sie stur seine Warnungen vor den Temperaturen ignoriert, hatte den ersten Bus genommen und musste sich jetzt, mitten in dieser Schlucht und bei sengender Hitze, dringend ausruhen. Ihr Top klebte ihr unter dem kleinen, rosafarbenen Wanderrucksack schweißnass am Rücken. Erschöpft trank sie ihre Wasserflasche fast leer. Am nächsten Rastplatz würde sie diese nachfüllen müssen.

Im Schatten an eine Kermeseiche gelehnt, beobachtete sie die nicht enden wollende Schlange von Menschen, die schwitzend durch die Samaria-Schlucht nach unten wanderten. In einigen Stunden würden sie alle die Küste bei Agia Roumeli erreicht haben, auf die Fähren steigen, und später zu Hause stolz von diesem Tag erzählen, an dem sie trotz der drückenden Hitze bereits morgens um sieben Uhr aufgebrochen waren.

Sie wünschte, es wäre Abend und sie wäre bereits auf der Fähre oder sogar schon zurück im Hotel bei Valerios. Und sie verfluchte ihre Sturheit, allein und an einem der heißesten Tage des Jahres durch diese Schlucht zu wandern. Doch je mehr Valerios und auch ihre Kollegin sie gedrängt hatten, diese Tour zu verschieben, desto unbeirrter hatte sie darauf beharrt. Und hatten ihr andere Wanderer nicht abends im Hotel berichtet, die Temperatur sei in der Schlucht nicht so schlimm, wenn man nur früh genug losging? Außerdem wollte sie das, was sie seit Wochen quälte, einfach mal für einen Tag hinter sich lassen. Doch natürlich hatte sie auch hier die Frage eingeholt, wie es wäre, ganz auf Kreta zu bleiben und mit Valerios ein neues Leben zu beginnen. Könnte sie wirklich alles hinter sich lassen und sich hier einen Job suchen?

War das ein völlig unsinniger Gedanke?

Sie erreichte ein Waldstück, doch der Schatten endete schon nach wenigen Minuten, und die gigantischen, bizarr geformten Felswände ragten erneut steil neben ihr auf. An dem letzten Rastplatz bei *Nero tis Perdikas* hätte es Wasser gegeben, aber dort hatten sich schon viele andere Wanderer gedrängt. Immer wieder war ihr, auch im Hotel, versichert worden, eine Wasserflasche würde auf der Wanderung ausreichen, denn sie könnte sie an jedem der zahlreichen Rastplätze mit Trinkwasser nachfüllen. Von den Schautafeln am Weg wusste sie zwar, dass noch mindestens zwei Stunden bis zum Ausgang der Schlucht vor ihr lagen, doch sie hatte sich nicht gemerkt, wann sie die nächste Wasserstelle erreichen würde.

Einige hundert Meter weiter führte links ein ausgetrocknetes Bachbett mit Steinen und Geröll nach oben. Dort standen einige Bäume und ließen sie auf Schatten und Ruhe hoffen. So schnell es ihre zitternden Beine zuließen, folgte sie dem Bach.

Unter einem Johannisbrotbaum ließ sie ihren Rucksack fallen und sackte zu Boden. Fliegen umkreisten ihre Beine, und sie spürte, wie ihr das Blut in den Ohren pochte.

In einem Reiseführer hatte sie gelesen, dass es in der Schlucht nur an sehr wenigen Stellen Empfang zum Telefonieren gab, doch sie wusste nicht, wo das sein könnte, und hielt ihr Handy einfach in die Luft. Immerhin wurde ein Balken angezeigt, und sie sah, dass Valerios ihr ein Herz geschickt hatte. Heute früh, als er ihr diese Wanderung ausreden wollte, hatte sie ihn ein bisschen zu schroff angefahren. Neben all seinen anderen guten Eigenschaften, dachte sie lächelnd, war Valerios also auch nicht nachtragend. Dieser Gruß des Mannes, den sie seit drei Wochen liebte, machte ihr Mut, doch plötzlich erschien auf ihrem Display auch der Name »*Jannis*«. Sie wusste, dass sie mit ihm reden musste, aber nicht jetzt.

Auch von ihrer Kollegin war eine Nachricht gekommen; sie wollte besorgt wissen, wie sie in der Schlucht mit der Hitze zurechtkam. Am Anfang hatte sie ihre Kollegin nicht sonderlich leiden können, doch mittlerweile war sie eine Vertraute geworden, und sie hatte ihr heute früh Fotos vom Eingang der Schlucht geschickt.

Ein Balken auf dem Handy, das könnte genug Empfang sein, um Valerios anzurufen. Als sie wählen wollte, war der Balken jedoch wieder verschwunden. Mühsam stand sie auf und ging ein paar Schritte nach oben, vielleicht war das Netz ja besser, je höher sie stieg. Vor ihr ragte eine imposante Steilwand auf, und rechts lag ein Geröllfeld. Sie hielt sich links, hörte hinter sich das Knacken von Zweigen und sah, dass ein dunkel gekleideter Mann an einem Feigenbaum lehnte. Sicher ein Wanderer, der wie sie Schatten und Erholung suchte, redete sie sich ein, trotzdem stieg leichte Panik in ihr auf. Sie war hier ganz allein, der Wanderweg lag fast hundert Meter entfernt. Woher kam dieser Mann so plötzlich?

Sie hielt ihr Handy nervös in die Höhe – endlich Empfang. Kaum hatte sie die Nummer von Valerios gewählt, verschwand der Balken wieder, und sie überlegte, noch weiter nach oben zu gehen. Vielleicht gab es auf einem der Berge einen Sendemast, der bis hierher reichte.

Sie hatte ihn zwar nicht zurück zum Wanderweg gehen sehen, aber der dunkel gekleidete Mann war verschwunden. Bestimmt war ihre Angst übertrieben gewesen, und Valerios würde sie liebevoll auslachen, wenn sie ihm heute Abend davon erzählte. Sie wollte jetzt unbedingt seine Stimme hören, also stieg sie, so schnell es ihre Kräfte zuließen, weiter nach oben. Sie kam an einer Tamariske vorbei und passierte einen scharfkantigen Felsrücken, der das Geröllfeld von dem ausgetrockneten Bachlauf trennte. Ein verblühter Oleanderstrauch wuchs neben einer glatten Felswand, vor der sie stehen blieb und feststellte, dass sie sogar zwei Balken auf ihrem Display hatte. Sie wählte Valerios' Nummer, doch dann sah sie aus dem Augenwinkel plötzlich die dunkle Männergestalt oberhalb der Felswand vorbeihuschen.

Wieder raste ihr Herz. Vorhin war es die Hitze gewesen, jetzt war es aufkommende Angst. Sie wollte so schnell wie möglich zurück auf den Wanderweg, steckte ihr Handy weg und ging los. Aber bereits nach wenigen Schritten hörte sie direkt hinter sich das Knacken von Zweigen.

Sie drehte sich um und nahm noch in der Bewegung unmittelbar vor sich einen großen, kantigen Stein in einer kräftigen Männerhand wahr.

Und bevor sie hätte schreien können, traf dieser Stein hart an ihrer Schläfe auf, riss ihren Kopf zur Seite und raubte ihr die Sinne.

2

Das Meer war spiegelglatt. Nur hin und wieder hoben Wellen den Bug des kleinen offenen Motorboots etwas aus dem Wasser. Immerhin ging hier draußen ein leichter Wind, und die Luft war nicht mehr so unerträglich heiß wie an Land. Den Leuchtturm am Ende der Hafenmole von Chania konnte man im gleißenden Sommerlicht kaum noch erkennen. Das Blau des Himmels war jetzt im August einem fast unwirklichen Weiß gewichen.

Michalis sog die salzige, nach Algen, Muscheln und Fisch duftende Luft ein, schob die Sonnenbrille hoch und blickte auf die Uhr. Kurz nach elf. Gegen zwei, hatte Hannah gesagt, wollte sie fertig sein, und dann würde er sie abholen. Bis um zwei Uhr waren sie mit dem Boot auf jeden Fall zurück. Und es war gut, seine Familie bis dahin nicht sehen zu müssen.

»Da drüben! Das sind sie!« Pandelis riss Michalis aus seinen Gedanken. »Die treiben tatsächlich auf Agii Theódori zu.«

Pandelis saß, mit seinem dunkelblauen Hemd und seinem sonnengegerbten, trotz der vielen Falten jugendlich wirkenden Gesicht, an der Ruderpinne des Außenbordmotors und hatte das kleine Fischerboot lange vor Michalis entdeckt. Michalis kniff die Augen zusammen, schob die Sonnenbrille wieder runter und entdeckte, was Pandelis meinte. Im Gegenlicht trieb vor der unbewohnten Felseninsel Agii Theódori ein blau-weißes Boot mit einfacher Kajüte.

Am Steuer dieses kleinen Fischerboots, der *Livada*, stand Theocharis, der Vater von Pandelis. Er hatte seinen Sohn vor einer knappen Stunde angerufen, weil er manövrierunfähig auf die kleine Insel zutrieb: Eine Meeresschildkröte, eine *caretta*, hatte sich in seinem Netz verfangen, und da Theocharis die Schildkröte nicht verletzen und auch sein Netz nicht verlieren wollte, war er einen Bogen gefahren und hatte gehofft, das Tier könnte sich selbst befreien, sobald das Netz nicht mehr gestrafft war. Doch die Meeresschildkröte hing ebenso fest wie das Netz, das bei dem Manöver in die Schraube des Fischerbootes geraten war und sich so lange um den rotierenden Propeller gewickelt hatte, bis dieser blockierte. Und weder Theocharis noch sein Gehilfe konnten schwimmen und schon gar nicht tauchen, und deshalb konnten sie auch die Schiffsschraube nicht befreien.

Kurz bevor sie die *Livada* erreichten, drosselte Pandelis den Motor.

»Übernimmst du?«

Michalis nahm die Ruderpinne des Außenborders und steuerte langsam auf das Fischerboot zu, während Pandelis sein Hemd und seine Hose auszog. Er legte Taucherflossen und die Taucherbrille bereit und schnallte sich über seiner Badehose einen Gürtel um, an dem ein langer dünner Schaft mit einem scharfen Messer befestigt war.

»Diese Schildkröten werden immer mehr«, schimpfte Theocharis, als sie die *Livada* erreicht hatten. »Alle wollen diese Viecher schützen, aber wir haben sie jetzt immer öfter im Netz.«

Tatsächlich war Michalis zu Ohren gekommen, dass sich die Meeresschildkröten, von denen es vor einigen Jahren nur noch wenige Exemplare gegeben hatte, wieder vermehrt hatten. Und weil die Touristen davon so begeistert waren, waren es natürlich jene Kreter, die von den Touristen lebten, auch. Nur die Fischer fluchten.

Das Handy von Michalis klingelte. Er warf einen kurzen Blick auf das Display, las »Takis«, den Namen seines Vaters, und hob nicht ab. Bei Hannah wäre er rangegangen, doch er ahnte, was seine Familie von ihm wollte, und das konnte ruhig noch ein paar Stunden warten.

Das blaue Wasser kräuselte sich leicht, und Michalis steuerte das Boot so, dass es sich ganz langsam der Schildkröte, die im Netz hing und sich nur hin und wieder bewegte, näherte.

»Zieht das Netz vorsichtig stramm, dann komm ich besser ran!«, rief Pandelis seinem Vater zu und glitt über Bord.

Aus der Nähe war zu erkennen, dass sich lediglich die hinteren Paddeln sowie ein Teil des Panzers im Netz verfangen hatten. Die Meeresschildkröte hob den Kopf immer wieder über die Wasseroberfläche und wurde unruhig, als Pandelis vorsichtig zu ihr schwamm, sein langes, scharfes Messer aus dem Gürtel nahm und das Netz behutsam so aufschnitt, dass möglichst kein Garn an Paddeln und Panzer zurückblieb. Nach wenigen Minuten war die Schildkröte befreit, hob den Kopf noch einmal aus dem blauen Wasser und verschwand dann in der Tiefe.

Den Propeller des Bootes zu befreien war schwieriger, denn das dünne Garn hatte sich nicht nur um die Flügel des Propellers gewunden, sondern sich auch stramm um die Gelenkstange gewickelt. Pandelis musste mehrfach tauchen und fluchte jedes Mal, wenn er mit einem herausgeschnittenen Stück des Netzes zum Atmen an die Oberfläche kam.

Schließlich aber hatte er es geschafft. Theocharis und sein

Gehilfe starteten den Motor und holten vorsichtig das Netz ein. Michalis konnte sehen, dass nur wenige Fische im Netz hingen, obwohl Theocharis einige hundert Meter Netz ausgeworfen hatte.

»Das ist nur noch ein besseres Hobby meines Vaters.« Pandelis hatte den Blick von Michalis bemerkt. »Weit draußen, da gibt es noch Fischschwärme, aber hier in Küstennähe fängt er kaum noch etwas.«

Im Netz waren kleinere Brassen und Barben sowie ein größerer Roter Knurrhahn, doch einige sehr kleine Meeräschen warf der Gehilfe sofort wieder über Bord. Immerhin hielt Theocharis winkend eine Languste hoch, als Pandelis schon wieder Kurs auf die Küste genommen hatte.

Je näher sie dem schlanken, sandfarbenen Leuchtturm von Chania kamen, desto stärker wurde das ungute Gefühl, das Michalis schon, seit er am Morgen ins *Athena* gekommen war, verspürte. Normalerweise war die Fischtaverne seiner Familie immer der Ort, an dem er sich am wohlsten fühlte, aber seit einigen Tagen verfielen seine Eltern häufig in vorwurfsvolles Schweigen, wenn er dort auftauchte. Und auch sein Bruder Sotiris, der mit dem Vater zusammen das *Athena* führte, schien sich wegen Hannah Sorgen zu machen.

Michalis hatte ein paarmal versucht, seiner Familie zu erklären, warum seine Freundin trotz der enormen Hitze jeden Tag arbeitete. Hannah stand unter großem Zeitdruck, denn in sechs Monaten musste sie ihre Doktorarbeit über *El Greco*, den berühmten, auf Kreta geborenen Maler, abgegeben haben. Ihr Doktorvater von der Berliner Humboldt-Universität brauchte Hannah aber auch dringend als Assistentin, da er an der Planung einer großen Ausstellung beteiligt war, die in drei Jahren in Berlin, Athen und im spanischen Toledo stattfinden sollte: *El Greco und die Moderne.* Ein riesiges Projekt, bei dem Hannah auf einen Job nach dem Abschluss ihrer Promotion hoffte und dafür sogar am Wochenende zumindest einen halben Tag arbeitete.

Schon vor der Hafenmole mischte sich in den Geruch von Meer und Algen der intensive Duft, der jetzt im Hochsommer über dem Land lag. Kräftiger Oregano, würziger Thymian und Salbei, und der herbe Duft der Macchia, die überall dort, wo der Boden braun und verdorrt war, wuchs. Und kaum hatten sie den Leuchtturm passiert, da schlug ihnen auch schon die heiße Luft entgegen, die nicht einmal nachts aus den Häusern wich. Trotz der Hitze waren die Uferpromenaden des wunderschönen venezianischen Hafens wie immer voller Urlauber.

Es war bereits halb eins, als Michalis auf den Anleger sprang und das kleine Motorboot vertäute. Vielleicht wäre es besser, überlegte Michalis, gar nicht erst ins *Athena* zu gehen, sondern gleich in ihre Wohnung in die *Odos Georgiou Pezanou*, bis Hannah sich meldete. Doch die Familie hatte Michalis natürlich längst bemerkt, und Sofia, die älteste Tochter seines Bruders Sotiris, kam auf ihn zugerannt.

»Dürfen wir mit, wenn ihr nachher an den Strand fahrt? Bitte!«, rief die Neunjährige schon von weitem. »Hier ist es so langweilig!«

Michalis wusste genau, was Sofia meinte. Auch für ihn waren als Kind die Sonntage oft unerträglich lang gewesen, wenn seine Eltern sich im *Athena* um die Touristen kümmerten und seine älteren Geschwister Sotiris und Elena ihnen dabei helfen mussten. Andererseits gab es nur noch diesen Sonntag und hoffentlich das nächste Wochenende, dann würde Hannah nach Berlin zurückfliegen und sich das nächste halbe Jahr ausschließlich mit ihrer Doktorarbeit und ihrer Zukunft als Wissenschaftlerin beschäftigen.

»Oder mag Hannah mich auch nicht mehr?« Sofia hatte bemerkt, dass Michalis nicht sofort geantwortet hatte.

»Was? Nein, wie kommst du denn auf so was?«

»Weil sie nicht mehr mit uns spielt und immer so ernst ist und kaum noch redet.«

Ja, das stimmte, und seine Familie verstand einfach nicht, warum Hannah mit ihren Gedanken oft woanders war. Für seine Eltern, seine Geschwister und die vielen Nichten und Neffen verhielt Hannah sich eigenartig und nicht so unbeschwert wie sonst. Und auch wenn es niemand direkt sagte, so spürte Michalis, dass seine Familie bezweifelte, ob er auf Dauer mit einer Deutschen, die schon jetzt immer ernster und humorloser zu werden schien, glücklich sein könnte.

»Ich frag Hannah, sobald sie mich anruft, okay?«, sagte Michalis eilig.

Sofia rannte lachend zurück zum *Athena*, und Michalis ahnte, dass es etwas gab, was Sofia im Gegensatz zu ihm längst wusste.

Als Michalis sich kurz darauf im *Athena* an den Tisch seines Vaters Takis setzte und sein Bruder Sotiris ihm einen Frappé hinstellte, erfuhr er, dass Sofia in der letzten Stunde so lange gequengelt hatte, bis Takis ihr sein Handy gegeben und sie dann erst Michalis, und als er auf dem Meer nicht rangegangen war, Hannah selbst angerufen hatte. Und Hannah hatte erklärt, dass Sofia Michalis fragen sollte, sie hätte nichts dagegen, wenn die Kinder mitkämen.

Michalis trank seinen Frappé und betrachtete das hektische Treiben um sich herum. Wenn *siga, siga* – langsam, langsam – gern als das Lebensgefühl der Kreter gepriesen wurde, so galt das nicht für seine Familie in der Hochsaison. Sotiris und die zwei Kellner konnten sich kaum mal eine Pause gönnen, und in den letzten Wochen hatte auch Michalis' Schwester Elena immer öfter ausgeholfen.

»Nehmt ihr die Kinder nachher mit?« Elena war mit einem Tablett voller leerer Gläser kurz zu Michalis an den Tisch gekommen und tupfte sich mit einer Serviette den Schweiß von der Stirn. »Wäre gut, dann brauchen wir uns um sie nicht auch noch kümmern.«

»Ja, machen wir«, erwiderte Michalis und sah ebenso wie Elena, dass Takis sich auf dem Weg zu einem Tisch, an dem Gäste bezahlen wollten, kurz an einem Stuhl festhalten musste.

»Unser Vater gefällt mir heute nicht«, sagte Elena leise. »Es ist einfach zu heiß für ihn. Wir lassen ihn schon keine Gerichte mehr rausbringen, aber er will sich einfach nicht ausruhen. Dabei hätte er eine Pause dringend nötig, das siehst du ja.«

Ja, das war Michalis nicht entgangen. Nach seinem Unfall vor drei Jahren war Takis nicht mehr so belastbar wie früher, und seit einigen Tagen, als es so heiß geworden war, sah er blass aus und wirkte schneller erschöpft. Als stolzer Kreter wollte er das aber natürlich nicht zugeben.

Eine Stunde später erreichte Michalis außerhalb von Chania das Gelände der Technischen Universität. Auf dem Rücksitz des Wagens saß nicht nur Sofia, sondern auch ihre jüngere Schwester Loukia sowie Theo, der Sohn von Elena.

Michalis hielt vor einem rot-braunen Betonbau mit seinen schlichten weißen Säulen, in dem die Bibliothek lag. Wie an den meisten der in den achtziger Jahren gebauten Gebäuden der Uni platzte auch hier der Putz ab, doch Hannah hatte herausgefunden, dass die Bibliothek eine funktionierende Klimaanlage besaß. Und da Hannah bei den hohen Temperaturen eigentlich nicht arbeiten konnte, hatte sie zu einer jungen Architektur-Dozentin Kontakt aufgenommen und durfte sich, da im Hochsommer kaum ein Student hier war, zu den Öffnungszeiten in die Bibliothek zurückziehen.

Auch das war etwas, was die Familie Charisteas beunruhigte, und wenn er ehrlich war, dann war auch Michalis irritiert, wie schnell Hannah auch ohne ihn und seine Familie auf Kreta Probleme löste. Aber Hannah war eben eine leidenschaftliche und hartnäckige Wissenschaftlerin, und Michalis liebte sie auch deshalb.

»So, das hier will ich bis morgen früh nicht mehr sehen.« Hannah legte ihre Tasche in den Kofferraum und musste schmunzeln, als sie neben den Strandsachen auch zwei riesige Kühltaschen sah.

»Deine Mutter …?«, fragte Hannah grinsend.

»Du weißt doch, meine Mutter glaubt, dass man nur an den Strand fährt, um zu essen.«

»Und sie hat bestimmt köstliche Sachen eingepackt.«

»Natürlich …«

Die Bucht von Stavros war für Kinder ideal zum Baden, denn sie lag, wie eine Lagune durch eine schmale Landzunge geschützt, vor dem Meer und hatte weichen Sandstrand. Hinter dieser Bucht ragten die beeindruckenden Felsen des *Vardies* auf, und Hannah entdeckte sofort die großen Schilder mit Schwarzweißfotos von Anthony Quinn: »This is the beach of Zorba.«

»Ist hier etwa der Film ›Alexis Sorbas‹ gedreht worden?«, fragte Hannah beeindruckt.

»Offenbar. Kann sein.« Michalis zuckte mit den Schultern.

Er wusste, dass der Film auf Kreta gedreht worden war, aber er hatte nie darüber nachgedacht, wo genau.

Die Kinder rannten sofort ins Wasser, während Michalis erst einmal nur bis zu den Knöcheln hineinging.

»Das Meer ist für die Fische. Ich wüsste nicht, was ich auch noch da drin soll«, hatte sein Vater oft gesagt und seinen Kindern nie das Schwimmen beigebracht. Sotiris schaffte es mittlerweile immerhin, beim Baden mit den Kindern nicht unterzugehen, und auch Michalis war erst in den letzten Jahren durch Hannah zu einem passablen Schwimmer geworden. Am liebsten hätte er nur zugesehen und sich gefreut, wie ausgelassen die Kinder waren und wie erleichtert Hannah wirkte, wenn sie mal nicht an ihre Arbeit dachte.

Am Himmel waren Kondensstreifen zu erkennen, und Michalis blickte zwei Flugzeugen nach, die vom nahen Flughafen gestartet waren. In einer Woche würde Hannah in so einer Maschine sitzen, doch bevor ihn der Gedanke, dass sie sich dann monatelang nicht sehen würden, wehmütig machen konnte, zerrte Sofia ihn ins Meer und wollte auf seine Schultern klettern, um von dort ins Wasser zu springen. Und das wollten natürlich auch die anderen beiden. Eigentlich war das ein großer Spaß, doch da sich Loukia gern am dunklen Vollbart von Michalis festhielt, bevor sie sprang, nutzte er die erstbeste Gelegenheit, um zurück an den Strand zu laufen.

Die Kühltaschen blieben heute geschlossen. Michalis und Hannah hatten noch keinen Hunger, und die Kinder bestanden darauf, von Hannah in einer Taverne Eis zu bekommen. Kaum war das Eis gegessen, rannten sie auch schon wieder ins Wasser.

Hannah lächelte Michalis an.

»Es ist toll mit den dreien«, meinte sie versonnen.

»Ja.« Michalis nickte, und beide wussten, was sie nicht aussprechen wollten: Irgendwann würden sie hier mit ihren eigenen Kindern am Strand spielen.

Am Abend platzte das *Athena* so sehr aus allen Nähten, dass nicht einmal Michalis' Mutter Loukia etwas sagte, als Michalis und Hannah, ohne zu essen, auf seinen Roller stiegen und in ihre Wohnung in der *Odos Georgiou Pezanou* fuhren. Als Hannah vor drei Wochen gelandet war, war die Wohnung tatsächlich so weit fertig gewesen, dass sie einziehen konnten. Was jedoch noch nicht funktionierte, war die Klimaanlage, denn dort, wo das Steuerungselement sein sollte, hingen lose Kabel aus der Wand. Stattdessen hatte Markos zwei kleine Ventilatoren in die Wohnung gestellt.

»Früher hatte hier niemand eine Klimaanlage«, hatte Elena ihren Schwager Markos verteidigt, »und das ging auch.«

»Aber Hannah muss an einem Schreibtisch sitzen und arbeiten können«, hatte Michalis ihnen zu erklären versucht und wusste, wie recht er hatte: In der Wohnung staute sich auch jetzt am Abend trotz der tagsüber geschlossenen Fenster die Hitze.

»Hast du Hunger?«, erkundigte sich Michalis und ging zum Kühlschrank, in dem die Köstlichkeiten, die Loukia ihnen zum Strand mitgegeben hatten, jetzt lagen.

»Noch nicht ...«, entgegnete Hannah, nahm ihn an der Hand und blickte Richtung Schlafzimmer.

Sie hatten kein Licht gemacht, und draußen war es mittlerweile fast ganz dunkel, als sie später nackt auf dem Bett lagen.

Michalis lächelte, während er Hannahs Bauch küsste.

»Ich hab so ein Glück ...«, sagte er leise.

»Deine Familie sieht das aber gerade anders, oder?«, entgegnete Hannah behutsam.

»Sie kennen das einfach nicht, dass eine Frau sich so sehr um ihren Beruf kümmert.«

»Und du?«

»Ich kannte das vorher auch nicht«, antwortete Michalis zögernd und fragte sich, ob das stimmte. Vor einigen Jahren, noch vor seiner Zeit bei der Polizei in Athen, hatte er eine Affäre mit Liv Grete, einer norwegischen Touristin, gehabt, die seine Familie in helle Aufregung versetzt hatte. Liv Grete arbeitete für eine Bank in Oslo und hing zwei Wochen lang ständig am Telefon, weil Aktiendepots, die sie verwaltete, massiv an Wert verloren hatten und sie mit Fondsmanagern in Südkorea und Kalifornien verhandeln musste. Irgendwann war es Michalis zu viel geworden, und er hatte die Sache beendet. Seine Familie war damals heilfroh gewesen.

»Woran denkst du?«, wollte Hannah wissen und wuschelte ihm durch den Bart.

Michalis kniff die Augen zusammen.

»An früher. Und daran, dass meine Familie wirklich anstrengend sein kann.«

»Meine Familie ist auch nicht einfach«, entgegnete Hannah und stand auf.

Ja, das wusste Michalis, und er wusste auch, dass Hannah nur ungern über ihre Familie sprach. Ihre Eltern waren geschieden, und als Michalis sie vor zwei Jahren kennenlernen sollte, hatten sich die beiden in einem Restaurant in Wiesbaden am Ende des Abends lautstark beschimpft. Ein Abend, der Hannah ungeheuer peinlich war.

Als Michalis frühmorgens von den schrillen Rufen der Mauersegler geweckt wurde, die in dem alten Gemäuer eines Nachbarhauses lebten, saß Hannah schon mit Kaffee und Laptop an dem großen Tisch aus Olivenholz im Wohnzimmer.

»Hey, *kali mera*, guten Morgen! Gut geschlafen?« Hannah lachte, küsste Michalis und klappte ihren Laptop zu.

Wenig später saßen sie auf ihrem kleinen Balkon beim Frühstück, und es war bereits zu spüren, wie heiß auch dieser Tag werden würde. Immer noch schwirrten die Mauersegler durch die enge Gasse der Häuser, und schräg gegenüber hängte eine ältere Frau auf ihrem Balkon Wäsche auf, die in spätestens zwei Stunden trocken sein würde.

»Das mit der Klimaanlage wird diesen Sommer nichts mehr, oder?«, erkundigte sich Hannah.

»Angeblich ist das Steuerelement nicht lieferbar. Ich werde Markos noch mal fragen, aber jetzt im August funktioniert hier alles noch langsamer als sonst.«

Michalis beobachtete Hannah, die sich eine Birne in ihr Müsli schnitt. Er hatte sich noch nicht daran gewöhnt, dass seine deutsche Freundin morgens so viel essen konnte, während er mit einem Frappé völlig zufrieden war und erst viel später, nachdem er Hannah mit dem Roller zur Uni-Bibliothek gebracht hatte, vielleicht ein paar *Kallitsounia*, mit Misithra-Käse gefüllte Teigtaschen, essen würde. Und wenn es in der Polizeidirektion auch heute so ruhig sein würde wie in den letzten Wochen, dann würde sein Partner Koronaios sicherlich darauf drängen, mittags ausgiebig essen zu gehen.

Tatsächlich war das Team der Mordkommission in den letzten Wochen fast arbeitslos gewesen, denn es hatte glücklicherweise keine Gewaltverbrechen gegeben. Doch dass sie stattdessen immer häufiger bei Bagatelldelikten in anderen Abteilungen aushelfen sollten, gefiel vor allem Koronaios nicht.

3

Auf dem Weg zur Uni-Bibliothek fuhr Michalis an dem kleinen Stadtstrand vorbei und bemerkte einen schwarzen Kormoran, der auf einem Felsen hockte und seine Flügel zum Trocknen ausgebreitet hatte. Auf dem Rückweg sah er, dass der große schwarze Vogel noch immer dort saß. Der Kormoran ließ sich auch nicht von den ersten Schwimmern stören, die sich dem Felsen näherten, sondern thronte fast höhnisch über ihnen.

Es war dieser Moment, in dem Michalis zum ersten Mal ahnte, dass dieser Tag nicht mehr so friedlich verlaufen würde wie die vergangenen Wochen.

Michalis folgte der *Odos Apokorounou* und musste lächeln, als er die Schranke zur Polizeidirektion passiert hatte. In diesem auch für kretische Verhältnisse ungewöhnlich heißen August hatte er in dem großen grauen Gebäude stets das Gefühl, eine Gruft betreten zu haben. Da die Klimaanlage nur stundenweise funktionierte, obwohl sie ständig repariert wurde, blieben alle Fenster geschlossen, ebenso die Rollos und Jalousien. Während draußen die Sonne gleißend vom wolkenlosen Himmel herabbrannte, lagen die Flure und Büros im unwirklichen Neonlicht, und die Luft roch abgestanden nach altem Staub.

Immerhin duftete es in seinem Büro bereits nach Kaffee: Koronaios hatte vor einigen Wochen entschieden, dass er damit dran sei, morgens den Frappé mitzubringen. Nach einigen

Tagen hatte Michalis, dem der wachsende Bauchumfang seines Partners nicht entgangen war, den Grund bemerkt: Heimlich war Koronaios wieder dazu übergegangen, seinen Frappé nicht mehr *skletos,* ungesüßt, sondern *glykos,* mit viel Zucker, zu trinken. Und offenbar glaubte er, Michalis würde das nicht mitbekommen.

»Schönes Wochenende gehabt?«, fragte Michalis und erntete einen missmutigen Blick.

»Die eine hat Liebeskummer, und die andere ist verliebt und nicht ansprechbar«, erwiderte Koronaios und schaltete einen Ventilator an.

Michalis war klar, dass Koronaios von seinen beiden Töchtern sprach, und er wusste, dass Galatia und Nikoletta, siebzehn und neunzehn Jahre alt, schon in normalen Zeiten überaus anstrengend sein konnten.

»Als sie klein waren, da waren sie wirklich niedlich. Und vermutlich werden sie auch wieder ganz reizend sein, wenn sie verheiratet sind und Kinder haben. Aber bis dahin …«

Michalis lächelte mitfühlend, nahm einen Frappé-Becher und schaltete seine Schreibtischlampe ein. Die heruntergelassene Jalousie ließ nur wenig Licht in das Büro fallen.

»Liegt denn etwas an für heute?«, fragte Michalis, und Koronaios zuckte nur mit den Schultern.

»Es ist der seit Jahren friedlichste Sommer in der Präfektur Chania. Vermutlich werden bald Stellen gestrichen, wenn das so bleibt. Oder wir müssen mit den Kollegen aus Rethimno oder schlimmstenfalls sogar aus Heraklion zusammenarbeiten.«

Für jemanden wie Koronaios, der sein ganzes Leben in Chania verbracht hatte, war das eine überaus bedrohliche Vorstellung, doch bevor sie dieses Thema vertiefen konnten, klingelte Michalis' Handy.

»Deine Familie? So früh am Morgen?«, spottete Koronaios.

»Jorgos. Wieso ruft der auf dem Handy an? Ist er nicht im Haus?«, sagte Michalis mehr zu sich selbst.

Jorgos Charisteas, Chef der Mordkommission und Onkel von Michalis, saß eigentlich nur ein Stockwerk über ihnen.

»*Parakalo?* Bitte?«, meldete sich Michalis.

»Jorgos hier.« Michalis musste sein Handy ans Ohr pressen, denn sein Onkel flüsterte. »Komm mal bitte hoch. Nur du.«

»Was Privates?«

»Komm einfach rauf, dann sag ich es dir.« Damit legte Jorgos auf. Michalis war irritiert.

»Und? Familie?«, fragte Koronaios.

»Keine Ahnung. Klang aber nicht so, als ob das privat wäre.«

»Oh ... vielleicht wirst du nach Heraklion versetzt, und es soll niemand wissen.« Koronaios war selbst zu irritiert, um über seinen Scherz zu lachen.

Michalis musste die Augen zusammenkneifen, als er das Büro von Jorgos betrat. Anders als im übrigen Haus schien die Sonne direkt in den Raum, und es war stickig und heiß, obwohl zwei Ventilatoren liefen.

»Ja, ich weiß«, sagte Jorgos schnell, »die Handwerker hätten letzte Woche schon da sein sollen. Seit fünf Tagen kann ich die Jalousien nicht mehr runterlassen. Und die Vorhänge« – Jorgos blickte zu den Fenstern – »sind letztes Jahr zum Waschen abgeholt und nie zurückgebracht worden.«

»Hast du mich deswegen angerufen?« Die Augen von Michalis gewöhnten sich langsam an die Helligkeit.

»Nein. Setz dich.«

»Ist etwas mit meinem Vater?«

»Wieso, was soll mit ihm sein?«

Michalis zuckte mit den Schultern. »Er wirkt erschöpft. Elena und meine Mutter machen sich Sorgen.«

»Ja, seit seinem Unfall … Aber er kann einfach nicht kürzertreten.« Auch Jorgos schien besorgt zu sein.

»Willst du mal mit ihm reden? Er sah gestern wirklich nicht gut aus«, bat Michalis.

»Ja. Werde ich machen.« Jorgos blickte Michalis an. »Hör zu, das Polizeirevier aus Paleochora hat angerufen.«

Paleochora, das war eine kleine Stadt im äußersten Südwesten von Kreta. Michalis war vor vielen Jahren mal dort am Strand gewesen.

»Einer der Ranger aus der Samaria-Schlucht hat sich gemeldet. Sie haben dort eine Frauenleiche gefunden.«

Michalis sah Jorgos überrascht an.

»Eine Leiche? Gibt es Hinweise auf ein Verbrechen?«

Michalis wusste, dass es in der Samaria-Schlucht in jedem Jahr Tote gab, weil Wanderer sich überschätzten und kollabierten, manchmal sogar verdursteten.

»Die Ranger haben Kopfverletzungen entdeckt. Und es sieht wohl nicht nach einem Unfall aus.«

Michalis nickte. »Gut, dann fahr ich mit Koronaios dahin.«

Er sah, dass Jorgos ihn skeptisch anblickte.

»Ist etwas?«

Jorgos atmete tief ein.

»Das ist nicht so einfach. Die Frauenleiche liegt mitten in der Schlucht, und die ist ein Nationalpark. Deshalb auch die Ranger. Es ist unmöglich, mit Fahrzeugen dorthin zu kommen.«

»Dann nehmen wir eben einen Hubschrauber«, entgegnete Michalis.

»Es gibt dort nur einen Landeplatz. Bei dem früheren Ort Samaria. Die Schlucht ist größtenteils sehr eng, Starten und Landen ist zu gefährlich.«

»Und wie weit ist dieser Landeplatz vom Fundort der Leiche entfernt?«, wollte Michalis wissen.

»Etwa anderthalb Stunden«, sagte Jorgos gedehnt, »zu Fuß. Sonst etwa zwei Stunden.«

»Was heißt *sonst*?« Michalis war irritiert, weil Jorgos so ein Geheimnis daraus zu machen schien.

»›Sonst‹ heißt per Maulesel. Verletzte werden in der Schlucht auf Mauleseln transportiert. Die Ranger haben angeboten, dass ihr auch welche nehmen könntet.«

»Maulesel? Wir? Das meinst du nicht ernst.«

»Deshalb wollte ich erst mit dir allein sprechen. Weil ich keine Lust habe, dass Koronaios sich hier wieder aufführt«, gestand Jorgos.

»Was ist mit mir?«

Koronaios stand in der Tür. Er musste Michalis gefolgt sein und gelauscht haben.

»Ich hatte darum gebeten, mit Michalis allein zu sprechen!«, fuhr Jorgos Koronaios an.

»Aber es scheint hier ja nicht um etwas Privates zu gehen. Und Michalis ist mein Partner. Also geht mich das auch etwas an!«, antwortete Koronaios verärgert. »Oder willst du einen von uns loswerden? Dann sag das lieber gleich. Nach Heraklion lasse ich mich jedenfalls nicht versetzen, das kannst du vergessen.«

»Niemand will hier einen von euch loswerden!« Jorgos schnaufte, ihm lief der Schweiß übers Gesicht. Auch das Hemd von Koronaios zeigte bereits dunkle Stellen.

»Es gibt eine Tote. In der Samaria-Schlucht«, erklärte Jorgos dann mit einem Seufzen.

»Und was ist das Problem? Darf ich jetzt nur noch in Chania ermitteln?«, polterte Koronaios.

»Nein, nein«, entgegnete Jorgos. Dann sah er Michalis an.

»Sag du es ihm. Wenn ich es ihm sage, dann hab ich hier wieder zehn Minuten Gezeter.«

Und wenn ich es ihm sage, dann muss ich mir sicherlich die ganze Fahrt über das Gemaule anhören, dachte Michalis. Er hatte noch den Fall von vor vier Monaten in Erinnerung, als Koronaios sich schon aufgeregt hatte, weil sie in das zwanzig Kilometer entfernte Kolymbari fahren mussten.

»In der Schlucht gibt es zwar einen Hubschrauberlandeplatz, aber von da aus müssen wir zu Fuß weiter«, erklärte Michalis.

»Zur Not auch auf Mauleseln«, ergänzte Jorgos schnell.

»Und, worauf warten wir dann noch? Weiß Zagorakis Bescheid?«, fragte Koronaios nur und ging zur Tür.

»Die Spurensicherung ist informiert, ja«, erwiderte Jorgos und schien darauf zu warten, dass Koronaios sich weigern oder zumindest aufbrausen würde. Aber nichts dergleichen geschah.

»Bei den Temperaturen sollte eine Leiche nicht zu lange dort liegen. Wenn ich mich richtig erinnere, dann gibt es dort auch Geier, oder?«, drängte Koronaios.

»Ja, Geier gibt es da wohl auch«, bestätigte Jorgos.

»Und wo genau liegt die Leiche?«

»Unterhalb von dem früheren Ort Samaria. Richtung Küste. Kennst du dich dort etwa aus?«

»Seh ich aus wie ein Tourist?« Koronaios lächelte spöttisch, und Michalis ahnte, dass er im Grunde tiefgekränkt war, weil Jorgos versucht hatte, ihn von einem Einsatz fernzuhalten.

»Ich sage den Kollegen von der Hubschrauber-Bereitschaft Bescheid. Zagorakis und sein Assistent fliegen mit euch. An dem Landeplatz in der Samaria-Schlucht erwarten euch dann die drei Ranger«, erklärte Jorgos sachlich.

»Und da stehen dann auch die Maulesel bereit?«, fragte Koronaios spöttisch. »Bekommt Zagorakis wenigstens einen eigenen, oder müssen wir unsere mit ihm teilen?«

»Ich weiß, dass das kein Einsatz ist, über den ihr euch freut. Michalis könnte aber auch allein fahren«, bot Jorgos an.

»Ich würde meinen Partner nie im Stich lassen. Nie. Und das weißt du genau«, erwiderte Koronaios kühl.

»Ja. Ja, das weiß ich.« Jorgos nickte.

Michalis hatte den Eindruck, es sei erst einmal alles gesagt, stand auf und ging Richtung Tür. Koronaios folgte ihm, bis Jorgos seufzte und »Koronaios, bleib doch bitte noch kurz hier« sagte.

Auch Michalis drehte sich um, doch Jorgos warf ihm einen Blick zu, der ihn eindeutig aufforderte, ihn mit Koronaios allein zu lassen.

Michalis blieb auf dem Flur stehen und musste sich erst wieder an das trübe Licht gewöhnen. Wenigstens war es hier deutlich kühler.

Nach einigen Minuten kam Koronaios mit einem grimmigen Lächeln aus dem Büro. Hinter ihm tauchte Jorgos auf.

»Was hast du eigentlich vorhin mit Heraklion gemeint?«, rief er Koronaios nach.

Der blieb stehen.

»Es gibt Gerüchte, dass Stellen eingespart und einige von uns nach Heraklion versetzt werden sollen, weil wir seit Monaten so wenig zu tun haben«, sagte Koronaios leise und sah sich auf dem Flur um, ob jemand ihn hören konnte.

Jorgos kam näher und senkte ebenfalls die Stimme.

»Ich kenne die Gerüchte. Und ich verspreche euch, dass ich alles dafür tun werde, damit das nicht passiert.«

»Und wenn es gegen deinen Willen geschieht?«

Jorgos fuhr sich übers Kinn. Dann nickte er Koronaios zu. Michalis bemerkte, dass Jorgos es vermied, ihn anzusehen.

»Unser verehrter Kriminaldirektor Ioannis Karagounis hat mir versichert, dass niemand davon betroffen sein wird, der verheiratet ist und Kinder hat. Niemand mit Familie soll Gefahr laufen, umziehen zu müssen.«

Koronaios nickte und sah Michalis an. »Wenn du hier wegmusst, bloß weil du zu blöd warst, deine Hannah zu heiraten, dann werde ich sauer. Darauf kannst du dich verlassen. Und ich kann unangenehmer werden als deine Schwester und deine Mutter zusammen!«

Damit drehte Koronaios sich um, ging auf den Fahrstuhl zu und stieg sofort ein, als die Tür sich öffnete.

»In den letzten Monaten war es bei uns sehr ruhig, das wissen wir alle. Das spricht für unsere gute Arbeit, aber trotzdem ist der Gouverneur in Heraklion wohl nervös geworden, weil Athen wissen will, wo hier Geld gespart werden kann«, sagte Jorgos und musterte Michalis. »Ich will mich nicht so anhören wie deine Schwester und deine Mutter. Aber wenn du verheiratet wärst…« Jorgos nickte und ging zurück in sein Büro.

Michalis schüttelte den Kopf. Die Vorstellung, er würde Hannah einen Heiratsantrag nicht aus Liebe machen, sondern um nicht versetzt zu werden, war für ihn undenkbar.

Michalis näherte sich dem Fahrstuhl, als ein Kollege keuchend die Treppen heraufkam.

»Der Aufzug ist schon wieder kaputt«, stöhnte er. »Wäre ja auch zu schön, wenn der mal länger als einen Tag funktionieren würde.«

»Aber vor fünf Minuten ging er doch noch!«, sagte Michalis beunruhigt.

»Kann sein. Aber jetzt ist unten schon wieder ein Kollege

stecken geblieben. Die Techniker sind unterwegs. Wenn es nach mir ginge«, erklärte der Kollege und schrammte mit einem Schlüssel an der Wand entlang, wo der Putz ohnehin schon bröckelte, »dann würde ich dieses ganze Gebäude abreißen und neu bauen. Das hat doch einfach keinen Sinn. Aber nach mir geht es ja nicht«, fügte er schulterzuckend hinzu und stieg weiter die Treppe nach oben.

»Weißt du denn, wer mit dem Fahrstuhl stecken geblieben ist? Koronaios?«, rief Michalis dem Kollegen nach.

»Keine Ahnung!«

Koronaios saß nicht an seinem Schreibtisch. Besorgt ging Michalis zwei Türen weiter zu Myrta Diamantakis, ihrer Assistentin.

»Weißt du, ob Koronaios im Fahrstuhl …«, erkundigte sich Michalis, als der Kopf seines Partners hinter Myrtas großem Computer-Bildschirm auftauchte.

»Was ist mit mir?«

Michalis hatte Koronaios nicht bemerkt, denn auch in diesem Büro waren die Jalousien heruntergelassen und die Vorhänge zugezogen, und das einzig Helle im Raum war das kalte blaue Licht des Monitors, auf dem Myrta Koronaios gerade etwas zeigte. Trotz der sommerlichen Hitze trug Myrta dunkle Kleidung und hatte ihre langen dunkelbraunen Haare nachlässig hochgebunden, so dass sie im Luftzug zweier großer Ventilatoren wehten.

»Es sitzt wieder jemand im Fahrstuhl fest, und ich hatte Angst, dass du …«

»Das hätte dir wohl so gepasst, oder? Damit du deinen Maulesel in der Schlucht nicht mit mir teilen musst?«

Koronaios wandte sich wieder dem Rechner zu.

»Schau mal.« Er winkte Michalis zu sich, und der entdeckte auf dem Monitor eine Wanderkarte der Samaria-Schlucht.

»Hat alles Myrta gemacht.« Koronaios lächelte. Er schätzte Myrta und ihren unermüdlichen Eifer genauso wie Michalis. Myrta war bei Recherchen einfach sensationell.

»Ich habe euren Kollegen Tsimikas aus Paleochora angerufen. Die Leiche scheint etwa hier zu liegen.« Myrta deutete auf eine Stelle auf der Karte. Michalis fand sich zwischen den Symbolen und Linien nicht so schnell zurecht.

»Moment. Samaria, also dieser Ort, wo auch der Hubschrauberlandeplatz ist, der ist wo?«

»Der ist hier.« Myrta deutete auf eine Ansammlung rechteckiger Punkte. »Und hier« – sie zeigte auf eine Stelle unterhalb davon –, »hier liegt wohl die Leiche.«

»Das Braune, also diese braunen Linien, das sind Höhenlinien«, fügte Koronaios wie selbstverständlich hinzu, dabei war Michalis sicher, dass sein Partner das auch erst seit wenigen Minuten wusste. »Die dicken braunen Linien bedeuten jeweils hundert Meter Höhenunterschied.«

»Und das heißt was?«, wollte Michalis wissen und sah, dass Koronaios Myrta einen kurzen fragenden Blick zuwarf.

»Die gute Nachricht für euch ist«, erwiderte Myrta schnell, »dass es auf der Strecke, die ihr zurücklegen müsst, nicht mehr stark rauf und runter geht. Die schlechte Nachricht ist, dass der Teil weitgehend in der Sonne liegen wird. Schatten gibt es nur da, wo die Felsen eng genug stehen.«

»Die Ranger werden ja wohl Wasser dabeihaben«, fügte Koronaios hinzu.

Michalis warf Koronaios einen prüfenden Blick zu. Er konnte sich einfach nicht vorstellen, dass sein Kollege ernsthaft vorhatte, diese Wanderung bei der glühenden Hitze mitzumachen.

»Papa? Papa!« Vom Flur her drang die genervte Stimme einer Jugendlichen.

»Gala? Hier!« Koronaios stand auf und ging zur Bürotür, wo wenige Sekunden später die siebzehnjährige Galatia mit ihren langen braunen Haaren und einem kurzen engen Rock auftauchte und ihrem Vater eine Plastiktüte, in der ein kleiner Karton zu sein schien, entgegenhielt.

»Dafür bin ich extra hergefahren!«, rief Galatia empört.

»Das ist doch wohl nicht zu viel verlangt, wenn du auch mal was für deinen Vater tust!«, fauchte Koronaios und blickte entschuldigend zu Michalis und Myrta. Es war ihm unangenehm, dass die beiden diesen Auftritt seiner Tochter mitbekamen.

»Gibst du mir jetzt wenigstens das Geld für das Taxi?«

»Taxi? Spinnst du?«

»Ja glaubst du, bei der Hitze fahr ich mit dem bekloppten Bus?«

Koronaios riss seiner Tochter die Plastiktüte aus der Hand und schob sie dann ins Treppenhaus, so dass Michalis und Myrta sie nicht mehr sehen konnten. Eine Minute verging, in der vom Treppenhaus her gedämpfte, aber aufgebrachte Stimmen zu hören waren. Dann kam Koronaios zurück, schob verschämt sein Portemonnaie in die hintere Hosentasche, legte die Plastiktüte auf den Tisch und setzte sich wieder auf den Stuhl hinter dem Monitor. Er war schweißgebadet, und Myrta reichte ihm wortlos einige Kosmetiktücher. Ebenso wie Michalis war Myrta klug genug, den Besuch von Galatia nicht zu kommentieren.

»Wir sollten darauf vorbereitet sein, dass die Maulesel uns nicht die ganze Zeit tragen können«, sagte Koronaios gedehnt, während er sich die Stirn abwischte und Michalis einen Blick zuwarf. »Du hast doch Wanderschuhe, oder?«

»Ja …«
»Dann holen wir die und brechen auf.«
»Und du?«
Koronaios lächelte vielsagend.

4

Eine Stunde später hob der Hubschrauber ab. Michalis und Koronaios waren in der Bucht von Souda auf das Militärgelände gefahren, denn die Polizei hatte auf Kreta keine eigenen Hubschrauber und kooperierte bei Bedarf mit dem Militär. Auf dem Weg dorthin hatte Michalis tatsächlich seine Wanderschuhe aus der *Odos Georgiou Pezanou* geholt und versucht, Hannah anzurufen, aber sie ging wie so oft nicht ans Telefon, wenn sie in der Bibliothek arbeitete. Stattdessen rief sie zurück, als Michalis mit den nagelneuen, ungetragenen Wanderstiefeln an den Füßen schon vor dem Hubschrauber stand.

Eigentlich hatten Michalis und Hannah im Frühjahr zusammen durch die Samaria-Schlucht wandern wollen, aber dann war etwas passiert, worüber in der Familie Charisteas nicht gesprochen wurde: Hannah war morgens am Hafen joggen gewesen, hatte zwei Anglern ausweichen müssen, war gestrauchelt und hatte sich den linken Knöchel verstaucht. Natürlich hatten alle Hannah bedauert, aber insgeheim waren sie froh, dass dieses für sie so peinliche Joggen dadurch aufgehört hatte. Auch wenn niemand das offen zugeben würde.

»Du bist noch nie mit den Wanderschuhen gelaufen, oder?«, wollte Hannah vorsichtig wissen.

»Nein, nur mal ganz kurz. Weißt du doch.«

»Solche Schuhe müssen eingelaufen werden. Das ist keine gute Idee, mit denen gleich so eine lange Tour zu machen. Nimm Tape mit und mach sofort Pflaster drauf, wenn sie scheuern oder drücken.«

»Ja, werd ich machen. Außerdem, wenn ich nicht mehr laufen kann, dann haben wir die Maulesel dabei.«

Hannah musste bei der Vorstellung, Michalis würde tatsächlich auf einem Maulesel reiten, lachen.

»Dann pass aber auf, dass Koronaios dir nicht den Maulesel wegschnappt!«

Der Polizeihubschrauber hatte den ganzen Vormittag in der Sonne gestanden, und erst als sie Chania hinter sich gelassen hatten und sich den *Lefka Ori*, den Weißen Bergen, näherten, wurde die stickige Luft in der Kabine erträglicher. Michalis hatte in der *Colibri H120* vorn neben dem Piloten Platz genommen, während Koronaios mit Kostas Zagorakis und dessen Assistenten, den beiden Männern von der Spurensicherung, in der hinteren Sitzreihe saß. Die Plastiktüte, die seine Tochter Galatia ihm gebracht hatte, hielt Koronaios in den Händen und tat so, als sei die bevorstehende Wanderung in der Samaria-Schlucht ein normaler Einsatz. Zagorakis hingegen gab sich keine Mühe, seinen Unmut über das, was ihn in der Schlucht erwarten würde, zu verbergen. Immer wieder hatte er bei Jorgos nachgefragt, ob auch wirklich genügend Maulesel vorhanden sein würden, um seine Ausrüstung zu transportieren.

»Wenn nicht«, hatte Zagorakis gedroht und war sich mit einer Hand kurz durch seine frisch frisierten, halblangen Haare gefahren, »dann flieg ich da gar nicht erst mit. *Sen sa jino resiili!* Ich mach mich doch nicht lächerlich! Ohne mein Equipment kann ich keinen Tatort untersuchen, dann genügen ein paar Fotos, und die kann auch Michalis machen!«

Alle wussten, dass Zagorakis Flugangst hatte, und Jorgos hatte ihm deshalb vorgeschlagen, nur seinen Assistenten mitzuschicken.

»Das wäre ja noch schöner!«, hatte Zagorakis geschimpft, »wenn ich in dieser Schlucht nicht wirklich gebraucht werde, dann wird es mein Assistent schon dreimal nicht!«

Fast während des gesamten Fluges massierte der sonst so selbstbewusste und manchmal arrogant wirkende Zagorakis seine Hände und krallte sich am Sitz fest. Gelegentlich warf er einen Blick zu dem Zinksarg in dem kleinen Frachtbereich, als wolle er sich vergewissern, dass dies ein ganz regulärer Einsatz war, dessen Ergebnisse er später im Labor völlig normal auswerten würde.

Für Michalis war es immer wieder beeindruckend, Kreta von oben zu sehen. Überall dort, wo das Land nicht bewirtschaftet wurde, war es jetzt im Hochsommer braun und verbrannt. Während sie sich den imposanten Gipfeln der Weißen Berge näherten, konnte Michalis rechts unten das riesige grüne Apfelsinenanbaugebiet um das Dorf Alikianos herum erkennen. Die Gegend war eine der fruchtbarsten Kretas und führte fast das ganze Jahr über Wasser. Vereinzelt wurden hier, weil die Touristen sie so gern aßen, sogar Mangos angebaut. Vor allem aber wurden Orangen produziert, die in dem Ruf standen, die besten Griechenlands zu sein.

Der *Colibri H120* flog sehr stabil und überquerte die Hochebene von Omalos. Links von ihnen, fast bedrohlich, ragte der mit seinen etwa zweieinhalbtausend Metern zweithöchste Berg Kretas, der *Pachnes,* auf. Der Pilot folgte der Samaria-Schlucht, die in diesem oberen Teil stark bewaldet war, Richtung Meer. Im Westen wurde die Schlucht von den Ausläufern des *Gigilos* und des *Volakias* begrenzt. Beide Berge waren nicht ganz so hoch wie der *Pachnes,* aber mit ihren über zweitausend Metern beeindruckend genug. Und sogar von hier oben waren die vielen Wanderer zu erkennen, die sich wie eine lange, lockere Perlenkette durch die Schlucht Richtung Meer bewegten.

Als der Pilot zum Landen ansetzte, verfielen Michalis' Kollegen in ehrfurchtsvolles Schweigen, denn der Landeplatz war erst im allerletzten Moment als solcher auszumachen. Bei dem früheren Dorf Samaria gab es eine kleine Wiese, auf der in das vertrocknete Gras mit weißer Farbe ein »H« auf den Boden gesprüht worden war. Die Rotorblätter wirbelten vertrocknetes Gras und viele kleine Steine auf. Als sie landeten, waren keine Wanderer zu sehen, und zunächst kam nur ein Ranger auf den Helikopter zu.

»Manolis Votalakos«, stellte er sich vor, als die Polizisten ausgestiegen waren. Votalakos hatte halblange, wegen der Hitze feuchte, schwarze Haare und einen Vollbart. Das dunkle Shirt mit dem Wappen der Samaria-Schlucht sowie seine olivgrüne Hose, an der ein Funkgerät und ein Messer hingen, betonten die raue, wilde Ausstrahlung dieses Mannes, der Mitte vierzig sein mochte. Vor allem aber waren es seine dunklen, entschlossen blickenden Augen, die jeden Wanderer, der sich nicht an die Regeln des Nationalparks halten wollte, beeindrucken mussten, dachte Michalis.

Manolis Votalakos war der Chef der Ranger, seine Kollegen hielten sich im Hintergrund. Zwei von ihnen sperrten für die Zeit des Anflugs und der Landung an der oberen Seite den Wanderweg in beide Richtungen ab. Jeder von ihnen hielt einen Maulesel an einem Seil und versuchte, sein Tier zu beruhigen, denn die Landung des Hubschraubers hatte sie nervös gemacht. Hinter ihnen stauten sich bereits die Wanderer. Auf ein Zeichen von Votalakos gaben die Ranger den Wanderweg frei, und sofort strömten hunderte Wanderer, viele mit von der Hitze hochroten Gesichtern, nach unten in die Schlucht.

Votalakos hatte Michalis und Koronaios mit einem kräftigen Händedruck begrüßt. Zagorakis und sein Assistent waren im Schatten des Helikopters geblieben, wo Zagorakis sich Luft zufächelte.

Koronaios nickte Michalis zu. *Dein Fall*, besagte dieser Blick.

»Haben Sie die Leiche gefunden?«, wandte Michalis sich an Votalakos.

»Nein«, erwiderte dieser, »das war ein Kollege von mir. Er wartet am Fundort mit zwei Rangern auf uns.«

»Wie weit ist es bis zur Fundstelle?« Michalis schwitzte schon jetzt enorm, obwohl die Hitze hier erträglicher war als im aufgeheizten Chania.

Votalakos musterte die Polizisten und registrierte, dass Michalis feste Wanderstiefel, Zagorakis immerhin stabile Lederschuhe, Koronaios hingegen nur leichte schwarze Straßenschuhe mit abgelaufenen Sohlen trug.

»Das hängt von Ihnen ab«, sagte Votalakos gedehnt, »ich und meine Kollegen wären in etwa anderthalb Stunden dort.«

»Zu Fuß?«, fragte Zagorakis schnell, drängte sich neben Michalis, wischte sich den Schweiß von der Stirn und schien die Maulesel zu zählen. Drei. Drei Maulesel waren zu sehen.

»Ja, wir gehen hier zu Fuß. Das tun wir alle«, erwiderte Votalakos, und Michalis sah, dass er die Mundwinkel spöttisch verzog.

»Dimi!«, rief Zagorakis laut seinem Assistenten zu, der

noch neben dem Helikopter stand. Dimitrios ließ vom Piloten die Klappe hinter den Sitzen öffnen und holte vier große Alukoffer heraus.

»Das muss mit.« Zagorakis klang fast triumphierend. »Das ist nur das Nötigste. Sonst hätte ich gar nicht herkommen brauchen.«

Votalakos musterte Zagorakis und grinste.

»Wie schwer?«, fragte er.

Zagorakis brauchte einen Moment, um die Frage zu verstehen.

»Dimi? Wie schwer?«, brüllte er dann zu seinem Assistenten hinüber.

»Zwanzig Kilo!«

»Jeder?«, fragte Votalakos und musterte Zagorakis.

»Ja. Natürlich. Haben Sie genug Maulesel dafür?«

Votalakos sah zu seinen Tieren und nickte.

»Jedes unserer Tiere könnte zwei Ihrer Koffer tragen.« Es erschien ihm offensichtlich absurd, dass die Polizei mit so viel Material anrückte. »Sie werden schon wissen, was Sie tun«, fügte er dann hinzu.

»Das ist Material für die Spurensicherung.« Koronaios hielt den Zeitpunkt für gekommen, sich einzumischen. »Sollte es sich um ein Gewaltverbrechen handeln, befindet sich in diesen Koffern die Ausrüstung, um den Täter zu überführen.«

Votalakos musterte die Polizisten. »Dann werden zwei Maultiere diese Ausrüstung übernehmen. Bleibt noch eins der Tiere, falls einer von Ihnen ...«

»Mehr Maulesel gibt es nicht?« Zagorakis klang empört.

»Zwei sind bei meinen Rangern bei der Leiche«, erwiderte Votalakos sachlich. »Zwei weitere Maultiere sind ganz oben beim Einstieg in Xyloskalo, dort passieren die meisten Unfälle. Und ein Tier ist auf dem Weg nach unten zur Fähre, weil eine Frau beim Überqueren des Baches schwer gestürzt ist und keinen Schritt mehr machen kann.«

Votalakos sah Michalis und Koronaios an. »Haben Sie etwas dabei, um den Leichnam später zu transportieren?«, erkundigte er sich.

»Wir haben einen Zinksarg dabei. Und einen Leichensack«, erwiderte Michalis.

Votalakos nickte. »Den Zinksarg können wir nicht über eine so lange Strecke transportieren.«

»Also den Leichensack«, schlussfolgerte Koronaios.

»Ja, das wird die einzige Möglichkeit sein«, entgegnete Votalakos bedrückt.

»Dann sollten wir alles bereitmachen und aufbrechen«, sagte Koronaios ruhig.

Votalakos schaute erneut auf die ausgetretenen Schuhe von Koronaios. Der ignorierte den Blick.

Gelegentlich strich ein Windhauch durch die Schlucht, brachte jedoch keine Abkühlung, sondern nur neue heiße Luft. Michalis war davon ausgegangen, dass Koronaios spätestens jetzt einen Grund finden würde, nicht zum Fundort der Leiche durch die Schlucht wandern zu müssen. Doch obwohl er bereits schwer atmete, tat sein Partner weiterhin so, als sei dies ein normaler Einsatz.

Fünfzehn Minuten später waren sie zum Aufbruch bereit. Die Maulesel hatten sich kaum gerührt, als ihnen die schweren Alukoffer aufgeladen worden waren. Der Einzige, der sich immer wieder lautstark aufgeregt hatte, war Zagorakis gewesen, bis Koronaios ihn zur Seite genommen und eindringlich auf ihn eingeredet hatte. Seitdem schwieg er.

Koronaios hingegen bemühte sich, betont guter Stimmung

zu sein. Vielleicht, überlegte Michalis, war er tatsächlich froh, wieder einen Fall bearbeiten und nicht über drohende Versetzungen nachdenken zu müssen.

»Da drüben haben früher die Bewohner der Schlucht gewohnt«, sagte Koronaios plötzlich und deutete auf den nahegelegenen Rastplatz, wo sich zwischen den Ruinen des einstigen Dorfs Samaria zahlreiche Wanderer im Schatten von Zypressen, Kiefern, Kermeseichen und einigen Olivenbäumen ausruhten. »Eine abgeschottete Welt mit eigenen Gesetzen. Wenn es Probleme gab, haben sie die selbst geregelt. Die Türken haben jahrhundertelang versucht, hier reinzukommen, sind aber immer gescheitert.«

Michalis musterte Koronaios überrascht und ahnte, dass dieses Wissen über die Schlucht vermutlich erst vor wenigen Stunden frisch von Myrta erworben worden war.

Bevor sie losgingen, hatte Michalis endlich erfahren, was sich in der Plastiktüte, die Koronaios' Tochter Galatia ihm vorhin so unwillig in die Polizeidirektion gebracht hatte, befand: nagelneue Laufschuhe im Originalkarton.

»Die haben mir meine Töchter letztes Jahr zum Geburtstag geschenkt«, hatte Koronaios spöttisch berichtet, »damit ich immer ein fitter und fröhlicher Papa bleibe, haben sie gesagt! Als ob ich mit solchen Dingern freiwillig irgendwo rumlaufen würde.«

Koronaios betrachtete missmutig die strahlend blau-weißen Laufschuhe mit neon-orangenen Schnürsenkeln.

»Peinlich«, raunte er kopfschüttelnd. »Aber wenigstens kann ich die dann heute Abend wegschmeißen und behaupten, ich hätte es versucht.«

Das erste Stück der Strecke war ein fester Wanderweg und führte mal durch einen hellen Pinienwald und mal, abgetrennt durch eine alte Steinmauer, an einem Olivenhain vorbei. Noch war die Schlucht breit und die beeindruckenden Berge und Felsen weit entfernt. Während Koronaios mit seinen vom Staub nicht mehr ganz so strahlend weiß-blauen Laufschuhen problemlos voranzukommen schien, bemerkte Michalis, dass seine Wanderschuhe schon jetzt drückten.

Kurz nach dem für längere Zeit letzten Rastplatz *Nero tis Perdikas* wurde die Schlucht enger, und der ebene Weg wich einem Meer von Steinen, Geröll und Felsen, auf dem die Maulesel besser zurechtkamen als Zagorakis und Koronaios. Ein paarmal musste Koronaios auf glatten Steinen mühsam nach Halt suchen, und scharfe Kanten drückten durch die Sohlen seiner Laufschuhe. Michalis stellte beunruhigt fest, dass dieser Fußmarsch Koronaios mehr anstrengte, als er zugeben wollte. Bisher hatte es immer wieder schattige Bereiche gegeben, doch damit war es, solange die Sonne fast senkrecht am Himmel stand, erst einmal vorbei.

Während sie nur mühsam vorankamen, überlegte Michalis, was er über diese Schlucht wusste. Sie war früher ein Rückzugsort für die *Andarten,* die kretischen Freiheitskämpfer, gewesen, aber was war später?

»Sie wissen, dass einer der letzten griechischen Könige durch diese Schlucht flüchten musste?«, fragte Votalakos, der Michalis' Gedanken zu erraten schien.

»Ein König? Auf einem Maulesel?«

»Nein«, erwiderte Votalakos und lachte. »Auch der König musste laufen. Wie alle. Es war schließlich Krieg, da ging es auch für den König ums Überleben.«

»Georg der Zweite? Als die Deutschen hier waren?«

»Ja. Georg der Zweite und fast die gesamte griechische Regierung. Die Wehrmacht hatte Griechenland besetzt, und der König war nach Kreta geflohen. Nachdem die deutschen Fallschirmspringer massenhaft auf der Insel gelandet waren, gab es Ende Mai 1941 nur noch diese Schlucht als sicheren Fluchtweg.«

»Nicht mal die deutsche Wehrmacht kam hier rein?«, fragte Michalis überrascht.

»Nein. Hier kam noch nie jemand rein. Vor allem die Türken nicht. Nur unsere Freiheitskämpfer.« Votalakos grinste, und Michalis ahnte, dass er ein Nachfahre jener Familien war, die jahrhundertelang diese Schlucht besiedelt hatten, und dass in ihm noch etwas von der Unerschrockenheit seiner Vorfahren lebte.

»Die Touristen sind die Ersten, die wir hier nicht vertreiben.« Votalakos deutete schmunzelnd mit dem Kopf nach oben in die Richtung, aus der sie gekommen waren. »Aber auch nur, weil wir hier nicht mehr leben dürfen, seit die Schlucht Nationalpark wurde. Bis 1962 hat meine Familie in Samaria gewohnt.«

»Und der König? Was war mit dem?«, wollte Michalis wissen.

Votalakos lachte. »Für die Engländer, die uns gegen die Deutschen halfen, war diese Schlucht einer der wichtigsten Nachschubwege für Waffen und Munition, aber auch für die Evakuierung. Und unten an der Küste, nicht weit von Roumeli entfernt, wartete ein englisches U-Boot auf unseren König und die Regierung.« Votalakos machte eine kurze Pause und sah, dass auch Koronaios, der vor ihm ging, beeindruckt zuhörte. »Das U-Boot brachte den König nach Ägypten, wo die Engländer das Sagen hatten.«

Inzwischen hatte der kleine Treck die erste Stelle erreicht, an der sie den Bach, der im Winter zu einem reißenden Fluss anwuchs, überqueren mussten. Die Ranger führten die Maulesel behutsam durch das Wasser, während alle anderen über eine Reihe größerer Steine balancieren mussten. Michalis kam problemlos über den Bach, doch Koronaios und Zagorakis taten sich wegen der teilweise nassen, glatten Steine schwer. Votalakos wollte Zagorakis, dessen sonst so perfekte Frisur bereits stark gelitten hatte, eine Hand reichen, doch der wies die Hilfe entschieden zurück.

Offenbar machte sich nicht nur Michalis Sorgen um Koronaios, denn Votalakos bot ihm einen Hut gegen die Sonne an, den dieser zur Überraschung von Michalis auch annahm. Und wenig später fand einer der Ranger hinter einem Felsen einen Stock aus Olivenholz, der als Wanderstock geeignet war, und auch den ließ Koronaios sich bereitwillig geben. Michalis ahnte, dass es um seinen Freund nicht gut stand.

Vor ihnen lag jetzt jener Teil der Schlucht, der täglich tausende Wanderer faszinierte. Viele hundert Meter aufragende, manchmal überhängende Felswände, die oft schroff und bedrohlich wirkten, stellenweise aber auch bewaldet und weniger abweisend waren. Felsabbrüche hatten bizarre Muster geformt, und manchmal schienen sich senkrechte schwarze oder dunkelbraune Felsstreifen fast vom Himmel bis zum Boden zu ziehen.

Votalakos blieb in der Nähe von Koronaios, da dessen Schritte unsicherer wurden. Koronaios war unübersehbar froh, abgelenkt zu werden, und Votalakos erzählte bereitwillig vom Widerstandskampf der Kreter gegen die Türken.

»Diese Schlucht war immer gut zu verteidigen«, begann Votalakos, der sich über Koronaios' Interesse freute. »Weiter unten, an den *Sideroportes*, der Eisernen Pforte, ist sie lediglich wenige Meter breit, da haben die Türken nur selten einen Angriff gewagt. Und wenn«, fuhr er stolz fort, »dann haben wir sie dort zurückgeschlagen. Und oben, am Eingang zur Schlucht, gab es früher keinen Zugang. Unsere Vorfahren benutzten riesige Holzleitern, mit denen sie auf die Omalos-Hochebene gelangen und die Türken angreifen konnten. Und sobald die Türken zurückschlagen wollten, wurden diese Holzleitern von Freiheitskämpfern wieder eingezogen, und niemand kam mehr rein.«

Und jeder, der es doch versuchte, dachte Michalis, wurde ein leichtes Opfer.

»Erst als die Türken vertrieben waren, wurde Anfang des 20. Jahrhunderts ein Weg gebaut. Der Name aber ist bis heute geblieben. *Xyloskalo*, die Holzleiter.«

Michalis bemerkte, dass der Strom von Leuten nachließ und es in der Schlucht ruhiger wurde.

»Die meisten Wanderer sind sehr früh losgegangen und sitzen jetzt schon beim Essen in Agia Roumeli«, erklärte Votalakos, und dann schwieg er ebenso wie seine Ranger und die Polizisten, denn die Stille um sie herum war beeindruckend. Hin und wieder hörte man Krähen, manchmal auch das Schwirren von Fliegen. Und einmal meinte Michalis tatsächlich, in der Ferne kreisende Geier zu sehen. Auch Koronaios hatte die Geier bemerkt und nickte Michalis müde zu. Es kostete seinen Partner offenbar große Anstrengung, mit den anderen Schritt zu halten, auch wenn er es nicht zugeben wollte.

Für Koronaios war es daher eine willkommene Unterbrechung, als Votalakos zwei junge Italiener entdeckte, die in einer Senke, wo sich das Wasser sammelte, badeten. Das war streng verboten, und Votalakos brüllte die beiden Männer an, die erschrocken und nackt, wie sie waren, aus dem Wasser stiegen. Votalakos erklärte ihnen wütend, dass diese Schlucht kein Freizeitpark war und dass das Wasser für Tiere und Menschen als Trinkwasser diente.

Koronaios nutzte diese Pause, um sich in den Schatten einer Tamariske zu setzen, die Augen zu schließen, hechelnd zu atmen und sich mit dem Sonnenhut Luft zuzufächeln.

»Alles in Ordnung?«, fragte Michalis ihn leise.

»Ja! Kein Problem!« Koronaios versuchte, entschlossen und gutgelaunt zu klingen, doch seine brüchige Stimme verriet, wie erschöpft er bereits war. Mühsam kramte er eine kleine Packung getrockneter Feigen hervor, doch selbst das Kauen schien ihn anzustrengen.

Nach einer guten Stunde überquerten sie erneut den Bach. Da Michalis Koronaios im Auge behielt, wusste er zunächst nicht, was passiert war, als er erst einen Schrei und dann wütendes Schimpfen hörte. Zagorakis war an einem losen Stein abgerutscht, lag in dem seichten Fluss und konnte nicht mehr selbständig aufstehen. Sein linker Knöchel war verstaucht, und er musste sich auf den freien Maulesel helfen lassen. Er schimpfte noch eine Zeitlang weiter, weil es fast schwieriger war, sich in dem unebenen Gelände auf dem Tier zu halten, als selbst zu gehen.

Während dieser unfreiwilligen Rast beobachtete Michalis, wie einer der Ranger die Wasserflaschen in dem Bach nachfüllte, und tat mit seiner Flasche dasselbe. Koronaios hingegen hatte sich erneut in den Schatten gesetzt, die Augen geschlossen und stöhnend geatmet. Wortlos hatte Michalis ihm eine Wasserflasche hingehalten, die Koronaios ebenso wortlos nahm, austrank und kraftlos aus den Händen gleiten ließ. Michalis hob die Flasche auf und fragte sich, wie lange Koronaios noch durchhalten würde, wenn sie nicht bald ihr Ziel erreichten.

Das Schimpfen von Zagorakis verstummte nach einigen Minuten, und unter der glühenden Sonne kehrte eine fast majestätische Ruhe ein, in der die Geräusche der Maultiere ebenso unwirklich klangen wie die Schritte der Polizisten und der Ranger. Koronaios schleppte sich am Ende der Karawane mühsam voran, versuchte aber, Haltung zu bewahren.

Auch wenn Michalis wusste, dass er innerhalb weniger Stunden wieder im vertrauten Chania, am malerischen venezianischen Hafen und bei Hannah sein könnte – hier schien all das unendlich weit entfernt zu sein. Dies war eine Welt in der Welt, und vielleicht war es tatsächlich so, dass die Gesetze, die auf Kreta ohnehin eher eine Orientierungshilfe als klare Anweisungen waren, hier noch weniger galten.

Michalis und Votalakos warfen sich immer wieder beunruhigt Blicke zu, denn Koronaios taumelte mittlerweile mehr, als dass er sicher vorankam.

Nach einer längeren Passage ohne Schatten geschah das, was Michalis befürchtet hatte: Koronaios' Beine gaben nach, und er sackte zusammen. Michalis und Votalakos konnten ihn gerade noch auffangen, bevor er auf die Steine prallte, und führten ihn in den Schatten einiger Zypressen.

Votalakos nahm sein Funkgerät, doch bevor er hineinsprechen konnte, packte Koronaios ihn am Arm.

»Was haben Sie vor?«

»Ich lasse einen Maulesel von Roumeli kommen. Einer meiner Männer wird bis dahin bei Ihnen bleiben.«

»Auf keinen Fall. Es geht gleich wieder. Dies ist ein Einsatz, da muss ich dabei sein.«

Votalakos musterte Koronaios skeptisch.

»Wie lange dauert es denn noch?«, fragte Koronaios.

Votalakos fuhr sich durch den Bart und sah Michalis an.

»Es wäre besser, wenn Ihr Kollege hierbleibt.«

»Ich werde nirgendwo bleiben!«, entgegnete Koronaios schnell und versuchte aufzustehen, kam aber nicht hoch.

Michalis musterte Koronaios und ahnte, dass er es sich nicht verzeihen würde, wenn er nicht mitkommen könnte.

»Wie lange brauchen wir noch?«, wiederholte Michalis deshalb die Frage von Koronaios.

»Zwanzig Minuten. Wenn nichts dazwischenkommt.«

»Bin gleich zurück«, sagte Michalis und ging zu Zagorakis.

»Wie schlimm ist dein Fuß?«, fragte er ihn leise.

Zagorakis hatte erfahren, dass Koronaios kollabiert war, und presste die Lippen aufeinander.

»Er will auf keinen Fall hierbleiben, oder?«, erwiderte er dann genauso leise.

»Der Ranger hat Angst, dass ihm etwas passieren könnte.«

Zagorakis nickte. »Wenn Dimi und noch jemand mich stützen, wird es schon irgendwie gehen.«

»Danke.«

Votalakos schüttelte unwillig den Kopf, als Zagorakis sich tatsächlich von dem Maulesel herabquälte und für Koronaios Platz machte. Trotzdem war er es, der kurz darauf den Maulesel führte, auf dem jetzt Koronaios saß. Zagorakis wurde von Dimi und einem Ranger gestützt und riss sich erstaunlich zusammen, statt sich wie gewohnt über alles zu beschweren.

Zweieinhalb Stunden, nachdem sie vom Landeplatz aus aufgebrochen waren, blieb Votalakos an einer Stelle stehen, wo im

Winter vermutlich ein schmaler Bach floss, und deutete nach oben.

»Hier. Dort ist es.«

Koronaios hatte sich auf dem Maulesel ein wenig erholt und stieg ab. Die beiden Männer bahnten sich gemeinsam mit Votalakos und dem humpelnden Zagorakis den Weg durch das Bachbett. Sie liefen über kleine Zweige, Geröll und vertrocknetes Laub und entdeckten, nachdem sie Johannisbrotbäume, Tamarisken, Olivenbäume und rechter Hand ein Geröllfeld passiert hatten, in der Nähe eines verblühten Oleanderstrauches zwei Ranger mit ihren Mauleseln.

Die Leiche lag, von vielen kleineren Felsbrocken bedeckt, unter einem Oleanderbusch neben einem glatten Felsen. In einiger Entfernung ragten Felswände steil in den Himmel.

Wie meistens, wenn er sich einem toten Menschen und einem möglichen Tatort näherte, blieb Michalis einen Moment zurück. Dieser Ort war wegen der flirrenden Luft und der ungewöhnlichen Umgebung schwer einzuschätzen, trotzdem versuchte Michalis, bevor er sich die Leiche ansehen würde, die Atmosphäre zu erfassen. Dann entschied er sich, zunächst mit den zwei Rangern, die hier gewartet hatten, zu reden. Auch Koronaios trat zu ihnen. Er hatte leise mit Zagorakis gesprochen, als dieser begann, den Fundort zu untersuchen.

»Wer von Ihnen hat die Leiche entdeckt?«, fragte Michalis.

»Ich«, antwortete der jüngere Ranger, ein sportlicher Mann Mitte dreißig mit glattrasiertem Gesicht.

Der Ältere räusperte sich. Er war Mitte fünfzig, leicht übergewichtig, hatte einen grauen Bart und wirkte müde.

»Mir war aufgefallen, dass dort oben« – er deutete auf eine Felswand, die in der Nähe aufragte – »Gänsegeier kreisten. Hier kreisen sonst nie welche, wir kennen die Stellen, an denen sie sich aufhalten. Manchmal holen die Geier sich aber auch Ziegen, die abgestürzt sind.« Der Ranger zeigte nach oben. »Also haben wir nachgesehen. Es hätte ja auch einen Felsabgang gegeben haben können. Bei der Hitze entlädt sich manchmal die Spannung im Gestein.«

»Wir wollten schon aufgeben, weil wir nichts Auffälliges finden konnten, aber dann ist mir dieser kleine Steinhaufen aufgefallen«, fuhr der Jüngere fort. »Es wirkte, als hätte jemand Felsbrocken aufeinandergelegt.«

»Was im Nationalpark verboten ist«, warf der Ältere ein.

»Warum?«, wollte Koronaios wissen.

»Unsere seltenen Tiere sollen ihre Ruhe haben. Die *Agrimi*, zum Beispiel.«

Von der Agrimi-Ziege hatte Michalis gehört. Eine kretische Bergziege, die fast nur noch hier in der Schlucht vorkam.

Der Ältere nickte. »Deshalb darf niemand die Wege verlassen. Und schon gar nicht Steinhaufen errichten.«

»Wann genau und wie haben Sie die Leiche gefunden?« Koronaios klang ungeduldig.

»Die Gänsegeier waren uns schon gestern Abend aufgefallen, aber da war es zu spät, um noch hierherzugehen. Den Aufstieg nach Omalos machen wir nur bei Notfällen im Dunkeln.«

»Aber als die Geier heute früh wieder kreisten, sind wir sofort aufgebrochen. Etwa gegen neun waren wir dann hier.«

»Mir war gleich klar, dass etwas Schlimmes ... Ich konnte nicht hinsehen.« Der jüngere Ranger klang ehrlich erschüttert.

»Ich bin dann hin«, fuhr der Ältere schnell fort. »Ich habe nur wenige Steine bewegt, bis ich sicher sein konnte, dass die Frau tot ist.«

Er machte eine Pause und nickte. »Dann hab ich Tsimikas informiert, und der hat bei Ihnen in Chania angerufen.«

Michalis wollte schon fragen, wer dieser Tsimikas war, aber er sah am Gesichtsausdruck von Koronaios, dass er Tsimikas kannte, und hakte nicht nach.

»Warum meinen Sie, dass es kein Unfall war?«, wollte Michalis wissen.

»Dieser Steinhaufen sieht nicht so aus, als sei er von oben gekommen.« Der Ältere blickte zur Fundstelle der Leiche. »Es gibt keine Abbruchstelle und keine mitgerissenen Sträucher oder Bäume. Außerdem …« Er presste die Lippen zusammen und schaute seinen Kollegen an.

»Wenn Sie das Gesicht sehen. Das Gesicht dieser Frau, also den Kopf. Das wissen Sie natürlich besser, aber auf mich wirkt es, als hätte jemand …«

Auch der Jüngere mochte nicht weitersprechen.

»Haben Sie den Kopf der Frau freigelegt?«, fragte Koronaios.

»Wie gesagt, nur wenige Steine.«

»Also ist der Tatort von Ihnen verändert worden«, stellte Koronaios sachlich fest.

»Wir mussten ja wissen, ob die Frau wirklich tot ist! Ich habe die Steine aber möglichst so zurückgelegt, wie ich sie vorgefunden hatte«, antwortete der Ältere.

»Schon gut«, beruhigte Michalis den Mann und fragte sich, wie schnell es sich herumsprechen würde, dass in der Samaria-Schlucht eine Frau ermordet worden war und ihr Mörder noch frei herumlief. Die Schlucht war eine der Hauptattraktionen auf Kreta, und von den Einnahmen in den Sommermonaten, in denen sie geöffnet war, lebte die ganze Region. Sogar aus der mehr als drei Stunden entfernten Inselhauptstadt Heraklion wurden täglich Fahrten hierher organisiert.

Michalis und Koronaios gingen zu Zagorakis und seinem Assistenten, die neben der Leiche ihre Alukoffer geöffnet hatten und bereit waren, den Körper freizulegen.

Er würde sich nie daran gewöhnen, tote Menschen zu sehen, das wusste Michalis, und vor allem der erste Anblick war für ihn am schlimmsten. Allerdings war es oft genau dieser erste Blick auf die Leiche, bei dem sein Gehirn anders zu arbeiten und andere Zusammenhänge zu erkennen schien als normalerweise. So schmerzlich und verstörend dieser Moment auch war, so wenig konnte er ihm ausweichen, das wusste er. Um sich zu schützen, hatte er sich angewöhnt, in diesen Momenten den Toten ein Versprechen zu geben: *Ich werde herausfinden, warum du sterben musstest. Das verspreche ich dir, und das verspreche ich deinen Hinterbliebenen, damit sie irgendwann ihren Frieden finden.*

Zagorakis und Dimitrios trugen bereits die weißen Schutzanzüge, unter denen sie noch stärker schwitzten.

»Wir haben bisher nichts verändert. Wir wollten auf euch warten«, erklärte Zagorakis.

»Einer der Ranger hat Steine vom Kopf der Frau entfernt, um zu prüfen, ob sie tot ist«, sagte Koronaios.

»Ja. Ich hab mir so was schon gedacht«, entgegnete Zagorakis, beugte sich über den Steinhaufen und stöhnte kurz auf, da er seinen verletzten Knöchel belastet hatte. Systematisch begann er, Steine und kleinere Felsbrocken vom Kopf der Leiche abzutragen. Dimitrios dokumentierte jeden Schritt mit seiner Kamera.

Der Kopf der Frau, die vermutlich Anfang oder Mitte dreißig war, wies zahlreiche Verletzungen auf. Im Bereich der linken Schläfe war er regelrecht zertrümmert. Der Anblick war schwer zu ertragen.

»Ihr denkt dasselbe wie ich, nehme ich an?« Zagorakis hatte sich seinen Kollegen zugewandt.

»Vermutlich hat jemand mit einem Stein oder Felsbrocken mehrfach auf den Schädel eingeschlagen.« Koronaios klang sachlich, und allein deshalb wusste Michalis, wie furchtbar dieser Anblick auch für ihn war.

Zagorakis nickte. »Genaueres wird uns Stournaras in der Gerichtsmedizin sagen können.« Dann gab er sich einen Ruck. »Mit eurem Einverständnis werde ich jetzt die restlichen Steine entfernen.«

Während Zagorakis den Leichnam langsam freilegte, blickte Michalis sich um. Etwa dreißig Meter entfernt schienen unter einer Tamariske einige Steine sowie kleine Zweige und vertrocknetes Laub eine andere Farbnuance als die Umgebung zu haben. Vorsichtig näherte Michalis sich dieser Stelle.

»Hast du was entdeckt?« Koronaios war ihm gefolgt.

Michalis deutete auf die kleine Spur.

»Siehst du das? Vielleicht wurde die Frau hier erschlagen und dann zur Fundstelle geschleppt.«

»Wäre mir nicht aufgefallen, aber ...« Koronaios hatte schon oft feststellen müssen, dass Michalis Details bemerkte, die niemand sonst wahrnahm.

»Das soll Zagorakis sich ansehen, wenn sie am Fundort fertig sind.«

Sie blieben stehen und schwiegen. Wieder fiel Michalis die Intensität der Stille hier in der Schlucht auf, die nur von den flüsternden Stimmen der Ranger, dem gelegentlichen Aufprall von Steinen, die Zagorakis von dem toten Körper entfernte, und dem Auslöser des Fotoapparats unterbrochen wurde.

Votalakos hatte längere Zeit durch sein Funkgerät mit jemandem gesprochen. Jetzt näherte er sich Michalis und Koronaios.

»Meine Kollegen von der Basis oben in Xyloskalo haben mich angefunkt«, sagte er und nickte Michalis und Koronaios zu. »Sie hatten einen Anruf aus der Polizeidirektion. Von einer Frau …«

»Myrta Diamantakos?«, half Koronaios schnell.

»Ja. Ja, so hieß die Frau. Und Ihr Vorgesetzter war wohl auch am Telefon.«

»Jorgos Charisteas?«, fragte Koronaios, und Michalis ahnte, dass auch sein Partner kurz befürchtete, der Kriminaldirektor persönlich könnte sich eingeschaltet haben.

»Ja. Jorgos Charisteas.« Votalakos kniff die Augen zusammen.

»Ich soll Ihnen ausrichten, dass sich vorhin eine Frau aus Athen bei der Polizei gemeldet hat. Sie kann eine Freundin, die in der Schlucht wandern wollte, seit Tagen nicht erreichen.«

»Seit wann genau?«, fragte Michalis.

Votalakos fuhr sich durch die Haare. »Da müsste ich mich erkundigen. Ich kann meine Kollegen gern anfunken.«

»Das wäre gut. Und eine Personenbeschreibung wäre hilfreich. Vielleicht kann Myrta ein Foto von der Frau bekommen.«

»Ja, ich werde meine Kollegen darum bitten.«

Votalakos sah Michalis prüfend an.

»War noch etwas?«, fragte Michalis überrascht.

»Ja, doch das haben meine Kollegen nicht ganz verstanden. Es gab wohl noch mehr Anrufe, aber die hatten nichts mit diesem Verbrechen zu tun«, erwiderte Votalakos unsicher.

Michalis verdrehte die Augen. Er ahnte, dass es Anrufe seiner Familie waren. Und da war es natürlich kein Wunder, dass die Ranger nicht verstanden, worum es ging.

»Könnten das Anrufe von meiner Familie gewesen sein?«, fragte Michalis vorsichtig nach.

»Ja …« Votalakos wiegte den Kopf hin und her und kniff bedauernd die Augen zusammen. »Wie gesagt, das haben meine Kollegen nicht ganz verstanden. Und es hat dann wohl auch Ihr Chef noch mal angerufen, um auszurichten, dass alles in Ordnung ist.«

Wenn sogar Jorgos sich einmischte, dann stimmte etwas nicht, das wusste Michalis.

Votalakos bemerkte, dass Michalis grübelte.

»Es tut mir leid, mehr konnten meine Kollegen mir nicht sagen«, fügte er bedauernd hinzu.

»Schon gut. Meine Familie ist da manchmal etwas« – Michalis suchte nach dem richtigen Wort – »anstrengend.«

»Ich bin am Funk und sag Ihnen dann Bescheid.«

»Fragen Sie Ihre Kollegen doch bitte auch, ob jemandem heute früh etwas aufgefallen ist. Irgendetwas, das anders war als sonst oder ungewöhnlich«, bat Michalis.

»Ja, ich werde mich umhören.«

»Machst du dir wegen der Anrufe Sorgen?«, wollte Koronaios wissen.

»Keine Ahnung«, antwortete Michalis zögernd. »Aber Myrta würde das nicht erwähnen, wenn es nicht wichtig wäre. Nicht bei wildfremden Rangern am Telefon.«

Michalis blickte auf sein Smartphone, das er nicht mehr in der Hand gehabt hatte, seit sie in den Hubschrauber gestiegen waren.

»Vergiss es. Du hast hier sowieso keinen Empfang«, warf Koronaios ein, doch Michalis sah, dass seine Familie mehrfach angerufen hatte. Sogar Hannah hatte es versucht, und das beunruhigte ihn tatsächlich, denn er hatte ihr ja erzählt, dass er in der Schlucht sein würde und nicht telefonieren konnte.

»Eigenartig ...«, murmelte er und sah Koronaios an. »Aber wird schon nichts sein.«

Wenig später kam Votalakos zurück.

»Ihre Mitarbeiterin hatte sich bereits ein Foto der Vermissten mailen lassen«, sagte Votalakos anerkennend.

»Und?«, fragten Michalis und Koronaios gleichzeitig.

»Die Vermisste heißt« – Votalakos nahm einen Zettel und las ab – »Meropi Torosidis. Anfang dreißig, halblanges dunkelbraunes Haar, schlank.«

»Die Beschreibung könnte passen«, sagte Koronaios.

»Hat Myrta gesagt, seit wann die Frau vermisst wird?«, erkundigte sich Michalis.

»Seit Samstag. Samstagmorgen gegen halb acht. Da haben die beiden Frauen wohl noch telefoniert.« Votalakos blickte zwischen Michalis und Koronaios hin und her. »Das würde auch passen, weil um die Zeit die meisten Leute oben loslaufen und danach keinen Empfang mehr haben.«

Michalis nahm sein Smartphone in die Hand. »Gelegentlich muss es hier doch Empfang geben. Ich kann sehen, dass ich angerufen wurde, während wir unterwegs waren.«

Votalakos zögerte. »Ja, je näher wir der Küste kommen, desto öfter gibt es kurz Empfang. Manchmal reicht der Sendemast von Roumeli bis hierher, oft aber auch nur für Sekunden.« Votalakos deutete nach oben, wo Zagorakis und Dimitrios arbeiteten. »Ein Ranger hat dort oben schon mal drei Minuten lang telefoniert.«

»Könnte die Tote deshalb dorthin gegangen sein?« Koronaios sah sich um.

»Möglich … Vielleicht hatte sie kurz Empfang und dachte, es könnte etwas weiter oben besser sein.«

»Gut.« Michalis sah Koronaios an. »Ich schaue mal, ob Zagorakis schon etwas gefunden hat.«

Michalis wollte losgehen, stöhnte jedoch auf. Seine Füße fühlten sich an einigen Stellen bereits wundgescheuert an.

»Moment! Ich habe etwas dabei«, rief Votalakos, griff in seine Tasche und reichte Michalis einige Blasenpflaster.

»Ihre Schuhe sehen recht neu aus«, bemerkte der Ranger. Und auch, wenn sein Tonfall neutral klang, so hörte Michalis doch heraus, was er vermutlich dachte: Wir haben es hier ständig mit Leuten zu tun, die sich und ihre Schuhe falsch einschätzen.

Votalakos ging zu seinen Rangern und Mauleseln. Koronaios berührte Michalis kurz an der Schulter, was er selten tat.

»Ich habe vorhin schon mit Zagorakis und Dimi darüber gesprochen«, sagte Koronaios energisch. »In der Polizeidirektion wird nie jemand erfahren, dass es mir vorhin nicht gutging. Ist das klar?«

Michalis verkniff sich ein Grinsen und nickte, was Koronaios offensichtlich als Antwort genügte, auf die er sich verlassen konnte.

»Brauchst gar nicht so zu gucken«, raunte Koronaios plötzlich leise, weil Michalis ihn einen Moment zu lange angesehen hatte. »Ich mag meinen Job, ich bin Kommissar geworden, um Verbrechen aufzuklären. Und das mach ich ganz bestimmt nicht vom Büro aus.« Koronaios nickte bestätigend. »Wir zwei sind ein Team, und das hier muss aufgeklärt werden. Das werden wir auch, und zwar zusammen.«

Michalis wusste, wie ernst Koronaios es meinte, wenn er so etwas sagte.

»Ich weiß, dass ich Übergewicht habe und dass ich älter bin als du«, fügte Koronaios hinzu, »aber das heißt noch lange nicht, dass ich mich vor schwierigen Ermittlungen drücke!«

Er wollte schon wieder Richtung Leiche gehen, drehte sich aber noch einmal um.

»Dein Onkel« – Michalis wusste, dass Koronaios nur von ›dein Onkel‹ sprach, wenn ihn etwas wirklich ärgerte – »dein Onkel Jorgos hat sich vorhin, als er dich aus seinem Büro geschickt hatte, bei mir entschuldigt. Und damit ist das Thema auch erledigt.«

»Gut.« Michalis und Koronaios sahen sich kurz an. Mehr brauchte es nicht. Es war alles gesagt, und jedes weitere Wort war unnötig.

Michalis setzte sich auf einen Stein und zog vorsichtig seine Wanderstiefel aus. Vermutlich hätte er schon vor Stunden um Pflaster bitten sollen, aber das war jetzt egal.

»Blasen aufgescheuert?«, fragte Koronaios besorgt.

»Ja. Du kommst mit deinen Laufschuhen offenbar besser klar?«

»Ich spür jeden Stein. Hab keine Blasen wie du, aber ich möchte nicht wissen, wie meine Füße heute Abend aussehen werden.«

Zagorakis hatte den Leichnam der jungen Frau inzwischen weitgehend von den Steinen und Felsbrocken befreit. Michalis und Koronaios sahen: Die Frau passte zu der Beschreibung, die Myrta durchgegeben hatte.

»Nennenswerte Verletzungen gibt es nur im Kopfbereich.« Zagorakis deutete auf den Körper. Die Frau trug eine kurze, helle Hose und ein blaues Top. Die Kleidung war verdreckt, an Armen und Beinen fanden sich Schürfwunden.

»Alles andere wird Stournaras in der Gerichtsmedizin herausfinden.« Zagorakis nickte und presste die Lippen aufeinander.

Michalis betrachtete die Tote mit ihrem blassen, leicht olivfarbenen Teint, die durchaus jene Frau, die vermisst wurde, sein konnte. Bei den allermeisten Morden und Totschlagdelikten kannten sich Opfer und Täter. War es auch hier denkbar, dass die tote Frau sich freiwillig mit ihrem Mörder abseits des Hauptweges regelrecht versteckt hatte?

»Wir haben bisher keine Papiere, kein Gepäck und auch kein Handy gefunden. Vermutlich hat der Täter alles mitgenommen, was die Identität der Toten verraten könnte«, teilte Zagorakis mit.

Michalis deutete in die Richtung der Tamariske. »Schaut euch dort drüben mal um. Könnte sein, dass da etwas ist.«

»Ja«, erwiderte Zagorakis kurz angebunden. Er wusste zwar, dass Michalis ein Auge für Details hatte, die andere übersahen, aber trotzdem gefiel es ihm nicht, wenn Michalis der Arbeit der Spurensicherung vorgriff.

Zagorakis machte sich mit seinem Assistenten in dem Areal zwischen dem Fundort der Leiche und der Tamariske auf die Suche nach Spurenträgern. Nach einer halben Stunde hielt er mit seiner Pinzette ein Stück Papier hoch, auf dem das Symbol der Schlucht, die Agrimi-Ziege, abgebildet war.

»Ist das so eine Art Eintrittskarte für die Schlucht?«

Votalakos warf einen Blick darauf und nickte.

»Das bekommt jeder oben beim Bezahlen und muss es unten, am Ausgang der Schlucht, vorzeigen. Wir verhindern dadurch, dass sich jemand hier versteckt. Es scheint Leute zu geben, für die es das Größte ist, in der Schlucht zu übernachten. Obwohl es verboten und auch gefährlich ist.«

»Warum gefährlich?«, wollte Koronaios wissen.

»Diese Leute suchen sich die spektakulären Stellen unterhalb der Felswände aus und unterschätzen, dass es dort immer wieder Felsabgänge gibt«, erklärte Valerios.

Michalis musterte das Ticket und deutete auf einige schon leicht verblichene Zahlen.

»Ist das ein Datum?«, fragte er.

»Ja. Das wird jeden Morgen neu eingestellt.«

Zagorakis sah sich die Zahlen genauer an.

»Dann ist dies hier vom letzten Samstag, neunzehnten August.«

»Letzten Samstag« – Michalis kratzte sich am Bart –, »das könnte bedeuten, dass die Frau wirklich seit zwei Tagen tot ist. Falls es ihr Ticket ist.«

»Zwei Tage …« Koronaios war nicht überzeugt. »Stournaras wird uns sagen, ob das zum Zustand der Leiche passt. Zwei Tage sind eine lange Zeit, vor allem im Hochsommer.«

»Die Leiche lag im Schatten. Und nachts kühlt es hier auch im Sommer stark ab«, warf Votalakos ein.

»Zwei Tage.« Michalis dachte nach. »Und erst vorhin hat sich eine Freundin aus Athen gemeldet und die Tote als vermisst gemeldet? Komisch. Die Frau muss doch Freunde und Verwandte gehabt haben. Und dann meldet sich zwei Tage lang niemand?«

Nach einiger Zeit hatte Zagorakis zahlreiche Blätter, Zweige und Steine gefunden, die als Spurenträger in Frage kamen und die er im Labor genauer untersuchen würde.

Zwei weitere Ranger trafen mit ihren Maultieren ein, und die Tote wurde behutsam in den Leichensack gelegt und einem der Maulesel auf den Rücken gebunden. Diesmal sträubte sich das Tier.

»Bisher hatten wir nur Tote, die bei der Hitze kollabiert und gestorben sind. Meistens das Herz.« Votalakos strich dem Maulesel beruhigend über den Hals. »Verstorbene Menschen tragen wir selbst. Aber eine Ermordete, die hier schon zwei Tage liegt ...« Er blickte bedauernd zu dem Leichensack. »Das kann ich meinen Männern nicht zumuten.«

Der Weg zurück zum Hubschrauber verlief in gedrückter Stimmung. Es war mittlerweile Spätnachmittag, und Teile des Wegs lagen bereits im Schatten, so dass Koronaios den Rückweg problemlos schaffte, während Zagorakis sich wieder auf den Maulesel gesetzt hatte. Hin und wieder blickte Michalis nach oben und spürte jedes Mal, wie respekteinflößend diese Schlucht war. Doch seine Gedanken kreisten um die Tote und um die Frage, warum sich erst nach zwei Tagen jemand nach ihr erkundigt hatte. Es erleichterte ihn schon fast, dass seine Familie bereits nach wenigen Stunden, wenn er nicht erreichbar war, hektisch zu telefonieren begann.

5

Auf dem Rückflug versuchte Michalis vom Hubschrauber aus, jene Stelle in der Samaria-Schlucht auszumachen, an der die Leiche der jungen Frau gelegen hatte, doch es kam ihm vor, als sei dieses Verbrechen von der Schlucht regelrecht verschluckt worden. In den vielen Jahrhunderten, seit Menschen die Schlucht besiedelt und um sie gekämpft hatten, hatte sie viele gewaltsame Tode erlebt, und alle waren irgendwann vergessen worden. Dieser Tod aber, das schwor sich Michalis, würde nicht vergessen werden. Zumindest nicht, bevor der Mörder gefunden und die Hintergründe aufgeklärt waren.

Es war Spätnachmittag, als sie auf dem Militärgelände landeten. Michalis humpelte mittlerweile mehr, als dass er ging, so sehr schmerzten ihm die Füße. Trotzdem griff er noch auf dem Weg zum Wagen zum Handy und rief Hannah an.

»Wir sind wieder da. War etwas los, ihr habt alle …«, fing Michalis an, doch Hannah unterbrach ihn sofort.

»Bevor du irgendetwas anderes hörst, es ist alles gut!« Hannah klang aufgeregt, was Michalis nicht an ihr kannte und ihn erst recht beunruhigte.

»Was war …«, erkundigte er sich.

»Michalis.« Es kam auch nicht oft vor, dass sie ihn unterbrach und so ernst mit seinem Namen anredete. »Zwischendurch waren alle besorgt, aber jetzt ist alles …«

»Was war denn los?« Michalis wollte endlich wissen, worum es ging. Dann glaubte er, im Hintergrund die Stimme von Sotiris zu hören.

»Ist er das?«, hörte Michalis seinen Bruder sagen, und dann hatte der offenbar Hannahs Handy übernommen.

»Michalis? Ich bin's. Unser Vater ist heute früh zusammengebrochen. Kreislauf. Wir haben ihn ins Krankenhaus gebracht, aber er ist jetzt wieder zu Hause und fühlt sich gut.«

Michalis schluckte. Sein Vater im Krankenhaus. Deshalb hatte also sogar Myrta versucht, ihm eine Nachricht zukommen zu lassen.

»Was haben die Ärzte gesagt? Und warum ist er schon wieder zu Hause?«

»Na ja, die Ärzte … Hannah hat sich um ihn gekümmert, und jetzt schläft er.«

»War Hannah die ganze Zeit bei euch?«

»Ja, sie ist hier, und sie war vorher auch mit im Krankenhaus.«

Michalis bemerkte, dass er feuchte Augen bekam. Während er in der Schlucht auf dem Weg zum Tatort gewesen war, hatte etwas seine Familie so sehr in Aufruhr versetzt, dass sie sogar Hannah dazugeholt hatten. Also konnte es nicht so harmlos gewesen sein, wie sie jetzt behaupteten.

Michalis blickte Koronaios an, der neben ihm zum Wagen humpelte und offenbar mitbekommen hatte, worum es ging.

»Schlüssel«, raunte Koronaios nur und streckte seine Hand aus. Michalis reichte ihm den Schlüssel, nahm auf dem Beifahrersitz Platz und protestierte nicht, als Koronaios, sobald sie das Militärgelände verlassen hatten, das Blaulicht auf das Autodach stellte und Gas gab.

Michalis telefonierte während der gesamten Fahrt erst mit Sotiris, dann wieder mit Hannah, dann mit seiner Mutter, dann mit Elena und schließlich wieder mit Hannah. Während die Klimaanlage den Wagen runterkühlte, raste Koronaios, ohne darüber auch nur ein Wort zu verlieren, nicht in den Süden Chanias zur Polizeidirektion, sondern an den venezianischen Hafen zum *Athena*. Fast hätten Michalis und Hannah, nachdem er aus dem Wagen gestiegen und Richtung *Athena* gelaufen war, sich noch mit dem Handy am Ohr umarmt.

Im *Athena* waren jetzt, am späten Nachmittag, viele Tische besetzt, und Michalis erfuhr erstaunt, dass Hannah dabei half, Bestellungen aufzunehmen und zu servieren.

»Das macht sie schon seit heute Mittag«, flüsterte Sotiris leise, »und sie macht das richtig gut.«

Michalis schüttelte irritiert den Kopf. »Und was ist mit unserem Vater, kann ich zu ihm?«

»Nein, der schläft! Und solange er schläft, lassen wir ihn in Ruhe!« Das war die Stimme von Elena, seiner Schwester.

Michalis drehte sich um, entdeckte seine Mutter, die aus der Küche gekommen war, und bemerkte, dass alle um ihn herumstanden – bloß Takis fehlte. Michalis erwischte sich bei dem Gedanken, wie sehr es ihn treffen würde, wenn es seinen Vater eines Tages nicht mehr geben würde.

»Und sieht hin und wieder jemand nach ihm?«, fragte Michalis.

»Ja, natürlich«, erwiderte seine Mutter energisch.

»Was ist denn überhaupt passiert?«, wollte Michalis zum wiederholten Mal wissen, denn bisher hatte er am Telefon in Variationen immer nur dasselbe gehört: Takis war zusammengebrochen, aber es ging ihm jetzt wieder gut.

»Sotiris.« Wieder war es Elenas strenge Stimme. »Du und Hannah, ihr beide erklärt Michalis, was los war. Mutter und ich machen solange allein weiter.«

Michalis sah, dass nicht nur Sotiris und Hannah, sondern

auch seine Mutter Elena verärgert anblickten. Es hatte schon öfter Streit gegeben, wenn Elena alle herumkommandierte. Diesmal aber fügten sie sich, denn es war ein sinnvoller Vorschlag.

Michalis erfuhr, dass Takis schon seit Tagen über leichte Atemnot geklagt hatte. Und heute früh war er plötzlich ohnmächtig geworden.

»Du weißt ja«, sagte Sotiris leise, damit die Gäste es nicht hören konnten, »dass seine Lunge seit dem Unfall nicht mehr voll funktionstüchtig ist.«

Ja, das wusste Michalis. Bei einem Autounfall vor drei Jahren hatte sein Vater eine schwere Lungenquetschung und Lungenrisse erlitten und musste eine Zeitlang künstlich beatmet werden. Seitdem erreichte seine Lunge nur noch siebzig Prozent ihrer früheren Kapazität.

»Er müsste sich schonen, dass wissen wir alle, und das weiß er auch. Gerade bei dieser Hitze.« Sotiris schüttelte besorgt den Kopf.

»Aber er macht es nicht«, setzte Michalis den Gedanken fort. »Er sah schon in den letzten Tagen nicht gut aus.«

»Das haben wir alle vielleicht nicht wahrhaben wollen.« Michalis bemerkte, dass auch Hannah nickte.

»Und was sagen die Ärzte?«, fragte Michalis.

»Dass er sich schonen soll«, sagte Sotiris und klang etwas resigniert. »Dann kann er steinalt werden.«

Michalis wollte sich gar nicht ausmalen, was passieren würde, wenn sein Vater sich nicht an diesen Rat hielt.

»Aber er hat sich, nachdem die Ärzte ihn zwei Stunden an den Tropf gehängt hatten, selbst entlassen. Er meinte, es gehe ihm gut und im Krankenhaus würde er nur krank werden.« Sotiris schüttelte den Kopf. »Hannah war großartig. Sie ist einfach bei ihm geblieben, ohne ihm auf die Nerven zu gehen. Elena wollte er rausschmeißen, weil sie ihm vorschreiben wollte, was er zu tun hat. Aber als Hannah dann da war, hat sich die Situation entspannt«, fuhr er fort.

Michalis musste lächeln. Es war immer wieder erstaunlich, was für eine Wirkung Hannah auf seine Familie hatte.

»Michalis …?«

Michalis blickte hoch und sah, dass Koronaios sich genähert hatte.

»Ich muss in die Polizeidirektion. Unser werter Direktor Karagounis ist wohl ziemlich nervös.« Koronaios sah Sotiris und Hannah an. »Bleib du hier, das ist wichtiger.«

Michalis warf Hannah und Sotiris einen fragenden Blick zu.

»Es geht ihm wieder gut, er schläft. Im Moment kannst du nichts tun. Also fahr ruhig. Wenn irgendetwas ist, rufen wir dich sofort an«, sagte Sotiris. »Du wirst heute ja vermutlich kein zweites Mal in einer Schlucht ohne Handyempfang unterwegs sein«, fuhr sein großer Bruder mit leichtem Spott in der Stimme fort, und Michalis war klar, dass er wirklich beruhigt ins Büro zurückkehren konnte.

6

»Wir sollen sofort hoch zum Kriminaldirektor«, sagte Koronaios, als sie die Schranke vor der Direktion passiert hatten. »Über den Mord in der Schlucht wird bereits überall in Chania und Heraklion geredet.«

Als sie aus dem Auto ausstiegen, raubte ihnen die heiße, trockene Luft fast den Atem, und beiden fiel es schwer, die Treppe zum Eingang hinaufzugehen. Michalis hatte die schweren Wanderschuhe vor dem *Athena* ausgezogen und sah, dass auch Koronaios wieder seine bequemen Straßenschuhe trug.

»Hast du die Laufschuhe weggeworfen?«, fragte er.

»Ich denk noch drüber nach«, entgegnete Koronaios. »Wollen wir uns heute mal den Aufzug gönnen?«, schlug er vor, doch am Fahrstuhl hing ein Schild: *Außer Betrieb*.

Nicht nur Michalis, sondern auch Koronaios quälte sich nach oben. Er hatte zwar keine Blasen, doch seine Fußsohlen waren von den vielen Steinen, die sich durch die Schuhe gedrückt hatten, schwer in Mitleidenschaft gezogen worden.

»Oje, war es so schlimm?«, fragte Myrta mitleidig, als Michalis in ihr Büro geschlichen kam.

»War mein eigener Fehler«, stöhnte er. »Ich hätte es wissen können. Oder mich doch auf einen Maulesel setzen sollen. Aber egal. Zeig mir das Foto, das dir die Frau aus Athen geschickt hat. Wir müssen gleich hoch zu Karagounis.«

»Hier ist es.« Myrta rief auf ihrem Bildschirm das Foto auf, das sie gemailt bekommen hatte. Das Bild zeigte mit ziemlicher Sicherheit die Tote aus der Schlucht, wie Michalis sofort feststellte.

»Hast du von der Frau am Telefon sonst noch etwas in Erfahrung gebracht?«

»Nicht viel, ich wollte euch nicht vorgreifen. Ich hoffe, das war in deinem Sinn.«

»Absolut«, entgegnete Michalis.

»Sie heißt Teresa Kapsis. Ist wohl eine recht enge Freundin des Opfers. Ich habe ihr nicht gesagt, dass ich von der Mordkommission aus anrufe, sondern habe sie glauben lassen, dass die Polizei in Chania sich um ihre Vermisstenmeldung kümmert.«

»Sehr gut.«

»Die vermisste Frau« – Myrta deutete auf das Foto auf dem Bildschirm – »heißt Meropi Torosidis. Sie lebt in Athen, arbeitet aber wohl gerade hier auf Kreta. Und wohnt in einem Hotel in Heraklion.«

»Ah.« Michalis verzog das Gesicht. Heraklion. Das könnte bedeuten, dass die Kollegen aus der Inselhauptstadt bei dem Fall mitmischen würden. Die Vorstellung gefiel Michalis überhaupt nicht, da die Zusammenarbeit noch nie gut funktioniert hatte. »Und weißt du, was sie auf Kreta genau macht, und für wen sie arbeitet?«

»Sie arbeitet für eine Firma« – Myrta suchte auf ihrem iPad nach einem Namen –, »für eine Firma *Psareus*. Die handeln wohl mit Fischen, aber da weiß ich noch nichts Näheres.«

»Gut. Finde doch schon mal raus, was diese Firma genau macht.« Michalis nahm sein Notizbuch und schrieb sich die Namen, die Myrta ihm genannt hatte, auf. Dann ging er Richtung Tür und blieb stehen. »Diese Frau in Athen ...«

»Teresa Kapsis«, ergänzte Myrta.

»Warum weiß ausgerechnet eine Frau in Athen, was die Tote am Wochenende auf Kreta vorhatte?«

»Teresa Kapsis hat angedeutet, dass sie eigentlich an diesem Wochenende nach Kreta kommen und mit ihrer Freundin Meropi durch die Samaria-Schlucht wandern wollte«, erwiderte Myrta, »und dass sie abgesagt, aber nicht damit gerechnet hat, dass ihre Freundin die Wanderung allein machen würde. Trotz der Hitze.«

»Und hat diese Teresa Kapsis erklärt, warum sie abgesagt hatte?«

»Nein. Aber ich hatte den Eindruck, dass sie darüber auch nicht unbedingt reden wollte.«

Jorgos tauchte mit Koronaios in der Tür zu Myrtas Büro auf.

»Können wir? Karagounis wartet nicht gern.«

»Ich brauche Ihnen nicht zu sagen, wie alarmiert alle sind, die mit der Samaria-Schlucht zu tun haben.« Karagounis saß hinter seinem Schreibtisch und wartete nicht, bis die drei Männer Platz genommen hatten. Er war ein Freund klarer, fordernder Ansagen. »Wir müssen schnell Ergebnisse erzielen. Ein Mord zur Haupturlaubszeit. Die ersten Veranstalter müssen bereits Touren durch diese Schlucht stornieren.«

»Sind wir mit dem Fall denn schon an die Öffentlichkeit gegangen?«, fragte Michalis vorsichtig.

Karagounis kniff die Augen zusammen und zögerte mit einer Antwort. Er schien sich den ganzen Tag hier in seinem Büro aufgehalten zu haben, in dem als einem der wenigen Räume die Klimaanlage immer funktionierte. Entsprechend zeigte er keinerlei Anzeichen hochsommerlicher Überhitzung. Alles an ihm war streng und perfekt, so wie jeden Morgen, wenn er hier eintraf. Auf Michalis wirkte Karagounis wie ein Reptil, die schwitzten schließlich auch nicht. Außerdem bewegten sie, so wie auch Karagounis, fast nie ihre Augenlider.

»Es hat sich sehr schnell herumgesprochen. Da ist unser Einfluss nun einmal begrenzt. Das wissen Sie.«

Karagounis sah Michalis streng an, und der überlegte, wer außer den Rangern und der Kriminalpolizei schon von dem Mord erfahren haben konnte.

»Also. Was haben Sie bisher?«

Michalis wusste, dass es keinen Sinn hätte, Karagounis von dem anstrengenden Weg zum Fundort der Leiche zu berichten. Stattdessen nahm er sein Notizbuch zur Hand.

»Es handelt sich bei der toten Frau vermutlich um Meropi Torosidis. Mitte dreißig, lebt in Athen. Sie hatte die Wanderung wohl mit einer Freundin aus Athen geplant. Mit« – wieder blickte Michalis auf seine Notizen – »Teresa Kapsis, die kurzfristig abgesagt und sich dann Sorgen gemacht hatte, weil sie Meropi Torosidis nicht mehr erreichen konnte.«

Karagounis zeigte keine Regung.

»Meropi Torosidis arbeitet für eine Firma *Psareus*, die mit Fischen handelt. Diese Firma sitzt in Athen, doch die Frau hatte im Moment offensichtlich beruflich auf Kreta zu tun. Wir wissen allerdings noch nicht, was sie auf Kreta genau gemacht hat.« Michalis sah Karagounis an. »Wir wissen aber, dass sie hier in einem Hotel gewohnt hat. In Heraklion.«

Tatsächlich zeigte Karagounis eine für seine Verhältnisse deutliche Reaktion: Er atmete lautstark ein, zog die Augenbrauen hoch und nickte.

»Gut …« Mehr sagte Karagounis nicht, alle wussten jedoch, dass auch für ihn das Verhältnis zu den Kollegen in Heraklion kompliziert war.

»Möglicherweise werden wir die Unterstützung der Kollegen aus Heraklion benötigen«, warf Jorgos ein, und Michalis war froh, dass nicht er das aussprechen musste.

»Dafür wird sich dann ein Weg finden«, erwiderte Karagounis und schürzte die Lippen. »Falls es dabei zu Problemen kommen sollte, müsste ich mit meinem Kollegen sprechen.«

Es war unübersehbar, dass Karagounis die Vorstellung missfiel, den Kriminaldirektor von Heraklion um Amtshilfe bitten oder gar dazu auffordern zu müssen. Es gab Gerüchte, dass die beiden Kriminaldirektoren vor vielen Jahren zur gleichen Zeit auf der Polizeiakademie in Athen gewesen waren und einander schon damals nicht leiden konnten.

»Ich gehe davon aus, dass wir zunächst den normalen Dienstweg beschreiten?«, fragte Jorgos und ignorierte den vorwurfsvollen Blick, den Karagounis ihm zuwarf.

Anders als der Kriminaldirektor hatte der joviale, herzliche Jorgos ein vergleichsweise entspanntes Verhältnis zu seinem Kollegen in der Inselhauptstadt.

»Haben wir sonst noch etwas?« Karagounis ignorierte Jorgos' Frage.

»Der Leichnam der Frau ist jetzt in der Gerichtsmedizin. Der Kollege Stournaras wird uns so bald wie möglich seine Ergebnisse mitteilen«, erwiderte Koronaios sachlich.

»Sonst nichts?«

»Wir, oder vielmehr der Kollege Zagorakis, haben Blutspuren, Hautpartikel und einige Faserspuren sichergestellt. Vielleicht finden wir dadurch Hinweise auf den Täter.«

»Das will ich hoffen«, erwiderte Karagounis kurz angebunden und blickte auf das Display seines Smartphones. Der Ton war ausgeschaltet, aber es waren in den letzten Minuten mehrere Nachrichten eingegangen. »Unser Bürgermeister ist unruhig. Etliche Hoteliers haben sich bei ihm beschwert, weil ihre Gäste nicht mehr in diese Schlucht fahren wollen.«

»Wir arbeiten daran«, sagte Jorgos knapp.

»Wissen wir denn, wann der Mord passiert ist?«

»Da müssen wir auf die Ergebnisse der Gerichtsmedizin warten«, antwortete Jorgos, und Karagounis sah ihn verärgert an.

»Wir haben jedoch in der Nähe des Tatorts ein Ticket mit dem Datum einer Wanderung gefunden«, ergänzte Koronaios. »Der Kollege Zagorakis hofft, darauf Fingerabdrücke oder DNA-Spuren zu finden. Und falls diese von dem Opfer stammen, dann war sie letzten Samstag in der Schlucht. Vorgestern.«

»Das würde auch dazu passen, dass Teresa Kapsis ihre Freundin Meropi seit Samstagmorgen nicht mehr erreichen konnte«, fügte Michalis noch hinzu.

Karagounis nickte und wandte sich seinem Smartphone zu.

»Gut. Dann gehen Sie wieder an die Arbeit.«

Michalis sah, dass Koronaios sich beim Aufstehen ebenso schwertat wie er selbst auch. Nicht nur die Füße schmerzten ihn, sondern auch Beine und Rücken. Gemeinsam humpelten sie hinter Jorgos her zur Tür.

»Übrigens«, hörten sie Karagounis beim Hinausgehen sagen und drehten sich noch einmal zu ihm um. »Es gibt einfachere Einsätze als eine Wanderung durch die Samaria-Schlucht bei diesen Temperaturen.« Karagounis zögerte kurz und blickte ohne einen einzigen Lidschlag zwischen Michalis und Koronaios hin und her. »Vielen Dank dafür.«

Dann wandte er sich endgültig seinem Smartphone zu.

Spätestens in diesem Moment wusste Michalis, dass auch der Kriminaldirektor ahnte, dass dieser Fall nicht nur schwierig begonnen, sondern vermutlich auch kompliziert weitergehen würde. Denn bisher hatte sich Karagounis noch nie bei Kollegen für einen Einsatz bedankt.

»Ich habe mir die Firma *Psareus* mal angesehen«, sagte Myrta, als Michalis und Koronaios in ihr Büro kamen. Jorgos war ebenfalls mitgekommen. »Die sitzen in Athen und exportieren weltweit Fische.«

»Gibt es denn noch so viele Fische vor der Küste, die wir exportieren können?«, wollte Koronaios wissen. »Ich dachte, die Fischer fangen immer weniger?«

»Diese Firma hat sich wohl auf Aquakultur spezialisiert.«

»Aquakultur?«, fragte Jorgos.

»Fischfarmen. Hast du bestimmt schon gesehen. Diese riesigen runden Käfignetze, die es überall gibt. Vor allem weiter im Norden. Vor Chalkidiki, im Ionischen Meer und auch vor Epirus. Und vor einigen Inseln.«

»Auch vor Kreta?«, wollte Koronaios wissen.

Myrta zögerte und sah Michalis an.

»Ich glaube, in der Bucht von Souda liegen einige dieser Käfige. Aber ob die in Betrieb sind, keine Ahnung«, antwortete Jorgos.

»Ich würde mich gern erst einmal um diese Freundin kümmern«, schlug Michalis vor. »Vermutlich weiß die ja, was die Tote auf Kreta gemacht hat. Und bevor wir mit jemandem aus der Firma reden, sollten die Angehörigen informiert werden.«

»Und die Tote muss noch offiziell identifiziert werden«, fügte Koronaios hinzu.

Michalis ließ sich von Myrta die Nummer der Freundin geben und ging mit Koronaios in ihr eigenes Büro. Obwohl die Ventilatoren liefen, war die Hitze in dem Raum unerträglich. Den ganzen Tag über hatte die Sonne auf die nach Süden gehenden Büros gebrannt, und auch wenn sie jetzt nach Westen gewandert war, heizten die heißen Außenwände das Gebäude immer noch auf. Immerhin konnte Michalis die Jalousien wieder öffnen, so dass Tageslicht hereinfiel.

»Wer sind Sie?« Teresa Kapsis war beunruhigt, als Michalis sich bei ihr meldete.
»Mein Name ist Michalis Charisteas. Mordkommission Chania.«
Die Frau schwieg.
»Frau Kapsis, Sie hatten Ihre Freundin als vermisst gemeldet.«
»Ich hab nur gesagt, dass ich sie nicht erreichen kann. Was ... was hat das mit der Mordkommission zu tun?«
Michalis spürte, dass die Frau nahe dran war, die Fassung zu verlieren. Er hatte den Ton am Telefon laut gestellt, damit Koronaios mithören konnte.
»Es besteht die Befürchtung, dass Ihre Freundin nicht mehr am Leben ist«, erklärte Michalis.
»Aber«, stammelte Teresa Kapsis, »ich weiß ja nicht mal, wer Sie sind. Vielleicht sind Sie ja irgendwer, der mich anruft!«
»Frau Kapsis, wenn es Ihnen lieber ist, dann kommen die Kollegen aus Athen bei Ihnen vorbei. Allerdings würden wir dadurch Zeit verlieren, die wir gerade jetzt, am Anfang der Ermittlungen, dringend nutzen müssen.«
»Welche Ermittlungen?«
»Wir haben in der Samaria-Schlucht eine tote Frau gefunden und können nicht ausschließen, dass es sich um Ihre Freundin handelt.«
Wieder schwieg die Frau.
»Ist es Ihnen lieber, wenn die Athener Kollegen zu Ihnen kommen?«
»Nein, nein ...«, sagte Teresa Kapsis, und Michalis glaubte zu hören, dass sie schluchzte.

»Ich kann sie auch gern per Skype kontaktieren und Ihnen meinen Dienstausweis zeigen.«

»Ah. Ja.« Wieder Schweigen. »Wäre das möglich? Dass wir skypen und ich Sie sehen kann?«

»Ja, kein Problem. Ich melde mich in ein paar Minuten vom Computer meiner Kollegin, mit der Sie vorhin telefoniert haben, wenn Ihnen das recht ist.«

Zehn Minuten später saß Michalis im Büro von Myrta vor ihrem Rechner. Er hatte sie gebeten, sich zu ihm zu setzen, damit Teresa Kapsis sie sehen konnte. Er ahnte, dass sie ihm dann eher vertrauen würde.

Auf dem Monitor war eine Frau Anfang dreißig mit langen, glatten braunen Haaren, fein geschnittenen Gesichtszügen und dunklen Augen zu sehen, die einen übermüdeten Eindruck machte. Sie saß an einem Schreibtisch. Hinter ihr war ein großer grauer Büroschrank zu erkennen.

»Und Sie sind sicher …?«, fragte Teresa Kapsis nun schon zum dritten Mal. Sie wirkte aufgewühlt und verwirrt.

»Nein, noch nicht«, antwortete Michalis behutsam. »Deshalb brauchen wir möglichst viele Informationen von Ihnen.«

Michalis wartete auf eine Reaktion. Nach einigen Sekunden nickte Teresa leicht.

»In Ordnung«, flüsterte sie.

»Gut.« Michalis wartete noch einen Moment, bis er sicher war, dass Teresa ihm antworten würde. »Als Erstes müssen wir mit den Angehörigen sprechen. Erst dann können wir sicher sein, um wen es sich bei der Toten handelt. Hat Ihre Freundin einen Ehemann, Eltern, Geschwister …«

»Ihre Eltern leben auf dem Pilion, in Volos.«

»Verheiratet ist sie nicht?«

»Nein, sie ist … verlobt.«

Michalis sah, dass Teresa sich auf die Lippen biss.

»Ja, also, sie ist verlobt, aber … es gab Probleme zwischen den beiden.«

»Was für Probleme?« Michalis wurde hellhörig.

Teresa bewegte sich auf ihrem Bürostuhl unruhig hin und her.

»Meropi hat auf Kreta einen Mann kennengelernt.«

»Wo auf Kreta? Haben Sie einen Namen von dem Mann?«

»In Chania. Ich kenne nur den Vornamen.« Teresa blickte nach oben und schien sich zu fragen, ob sie den Namen verraten sollte. »Er heißt Valerios. Mehr weiß ich nicht.«

»Wissen Sie, wie wir ihn finden können?«

»Er arbeitet in einem großen Hotel. Und … Meropi hat mir ein Selfie geschickt. Mit ihm.«

»Könnten Sie das an meine Kollegin weiterleiten?« Michalis warf Myrta einen schnellen Blick zu.

Teresa wischte auf ihrem Handy herum. Dann drückte sie auf das Display und sah Michalis wieder an.

»Ist auf dem Weg zu Ihnen.«

Wenige Sekunden später war das Foto angekommen. Myrta öffnete es und warf mit Michalis und Koronaios einen Blick darauf: Die Tote aus der Schlucht küsste einen Mann. Im Hintergrund war die Markthalle von Chania zu erkennen.

»Wissen Sie zufällig, ob das Foto vor dem Hotel gemacht wurde, in dem dieser Valerios arbeitet?«

»Das weiß ich nicht genau, aber das könnte sein. Meropi hat ihn da öfter besucht.«

»Und ihr Verlobter. Warum haben bisher nur Sie und nicht der Verlobte Meropi als vermisst gemeldet?«

»Jannis …«, sagte Teresa und stockte.

»Sie kennen ihn gut?«, erkundigte sich Michalis.

»Meropi ist meine beste Freundin, und die beiden waren

seit drei Jahren zusammen, da kenne ich ihn natürlich. Und ...«

»Ja?«

»Ich kann Ihnen seine Nummer geben. Er könnte noch in Chania sein«, sagte Teresa zögernd.

»Lebt er auch auf Kreta?«

»Nein. Er lebt in Athen.«

Michalis stutzte. »Und warum ist er dann hier?«

Teresa schüttelte den Kopf und schwieg.

»War er womöglich mit Meropi zusammen in der Schlucht?«

Teresa sah erneut zur Zimmerdecke. Dann richtete sie ihren Blick wieder auf den Monitor.

»Das kann ich mir nicht vorstellen. Jannis wandert nicht, und schon gar nicht bei der Hitze. Nein ...« Sie presste ihre Lippen aufeinander. »Eigentlich hatten ja Meropi und ich die Wanderung geplant. Aber dann wollte Jannis nach Kreta fliegen und sie überraschen, und ich hatte gehofft, dass sie sich aussprechen. Deshalb hab ich Meropi abgesagt ... Ich versteh auch nicht, warum sie bei den Temperaturen unbedingt loslaufen musste!«

Sie schluckte. Michalis ahnte, dass sie sich fragte, was wohl passiert wäre, wenn sie mit Meropi zusammen in der Schlucht gewesen wäre. Ob sie jetzt auch tot wäre – oder ihre Freundin noch am Leben.

Teresa Kapsis gab Michalis den vollständigen Namen des Verlobten sowie seine Handynummer, bevor sie sich mit Tränen in den Augen verabschiedete. Michalis atmete tief durch, dann wählte er die Nummer von Jannis Dalaras. Obwohl er es lange klingeln ließ, ging der nicht ans Handy. Myrta versprach, bei den Hotels zu überprüfen, ob ein Jannis Dalaras irgendwo gemeldet war.

Michalis und Koronaios fuhren in die Innenstadt von Chania, zum Hotel *Ipirou* gegenüber der imposanten historischen Markthalle mit ihren klassizistischen Formen und den hohen, halbrunden Eingangstoren. Ein luxuriöses Hotel, das zwar direkt an der vielbefahrenen *Nikiforou Foka* lag, aber trotzdem eine angenehme Ruhe verströmte, sobald sich die Schiebetüren geschlossen hatten und man in der mit weißem Marmor und modernen dunklen Möbeln ausgestatteten Lobby stand.

An der Rezeption arbeitete ein Mann Mitte fünfzig im dunkelblauen Anzug. Die beiden Polizisten zeigten ihre Dienstausweise, und kurz danach saßen sie mit Valerios Vafiadis, dem Assistenten des Hotelmanagers, auf einer der Sitzgarnituren vor einer edlen dunklen Holzwand.

Valerios war der liebenswerte, freundliche und charmante Gegenpol zu der nobel aber kühl wirkenden Lobby. Nachdem der Rezeptionist ihn angerufen hatte, war er mit zwei älteren Engländerinnen lachend aus dem Fahrstuhl getreten und hatte ihnen den Weg zum Busbahnhof erklärt. Die beiden Damen strahlten ihn an und verabschiedeten sich dann beglückt. Auch ein norwegisches Ehepaar, das sich, von der Hitze erschöpft, in die Lobby schleppte, bekam von ihm ein paar aufmunternde Worte zugerufen. Dieser großgewachsene, etwa dreißigjährige Mann schien das Leben zu genießen. Sein leichtes Übergewicht ließ darauf schließen, dass er genauso gern gut und viel aß, wie er gern lachte.

Michalis musterte Valerios, um sich einen Eindruck von ihm zu verschaffen, bevor er zu sprechen begann. Sobald Menschen redeten, das wusste Michalis, versuchten sie, ein Bild von sich zu vermitteln, das meistens von dem abwich, was Michalis hinter ihrer Fassade wahrnahm.

»Sie wollten mich sprechen?«, fragte Valerios ein wenig irritiert, denn auch Koronaios hatte bisher nichts gesagt.

»Sie kennen Meropi Torosidis?«, fragte Koronaios.

»Ja …«, erwiderte Valerios unsicher. »Ist etwas mit ihr?«

»Wann haben Sie sie zuletzt gesehen?«, fuhr Koronaios fort, während Michalis Valerios musterte und sich fragte, wie ehrlich dessen Verwirrung war.

»Meropi?« Valerios räusperte sich und sah sich in der Lobby des Hotels um. »Es ist eine etwas heikle Situation. Kann ich mich darauf verlassen, dass Sie das diskret behandeln?«

»Herr Vafiadis, Sie haben unsere Ausweise gesehen. Üblicherweise wollen wir Auskünfte, und die Befragten antworten uns, ohne Bedingungen zu stellen.«

Michalis spürte, dass die Verwirrung von Valerios langsam Verzweiflung Platz machte.

»Ja. Ja, selbstverständlich.«

»Also. Wann haben Sie Meropi Torosidis zuletzt gesehen?«, fragte Koronaios erneut.

»Samstag. Samstagfrüh um Viertel nach sechs.«

»Das wissen Sie so genau?«

»Sie hat bei mir übernachtet, und dann wollte sie unbedingt in diese Schlucht. Ich hätte sie ja gefahren, aber sie wollte den Bus nehmen.«

»Warum den Bus?« Michalis meldete sich zu Wort.

»Meropi ist sehr stur. Sie hatte sich vorgenommen, den Bus zu nehmen, also nahm sie ihn auch.«

»So gut kennen Sie sie also?«, hakte Michalis nach.

»Um zu wissen, wie stur Meropi sein kann, muss man sie nicht lange kennen. Es war ihr auch nicht auszureden, trotz der Hitze diese Wanderung durch die Schlucht zu machen.« Valerios blickte zwischen Michalis und Koronaios hin und her.

»Warum fragen Sie das, ist etwas passiert?«

Michalis reichte ihm das Foto, dass Teresa Kapsis an Myrta geschickt hatte.

»Ist das Meropi Torosidis?«

Valerios warf nur einen kurzen Blick auf das Foto.

»Ja, das ist sie.«

»Wie gut und seit wann kennen Sie sie?« Michalis ließ nicht locker.

»Wie gut ...« Valerios schüttelte den Kopf und zog die Augenbrauen zusammen. »So gut, wie man eine Frau kennt, der man vor drei Wochen begegnet ist und die man seitdem in jeder Sekunde, in der man nicht bei ihr sein kann, vermisst.«

Michalis musterte Valerios. Dann nickte er.

»Nach unseren Erkenntnissen gibt es aber auch einen Verlobten. Und das sind nicht Sie.«

»Ja. Das weiß ich. Natürlich.« Valerios schüttelte den Kopf. »Aber« – er beugte sich vor und fuhr leise fort – »Meropi wollte ihren Verlobten verlassen. Sie wollte ihren Job kündigen. Sie wollte ein neues Leben beginnen. Hier auf Kreta. Mit mir.« Valerios sah die beiden Polizisten alarmiert an. »Warum fragen Sie mich das alles!«

Koronaios kratzte sich kurz am Kopf, warf Michalis einen Blick zu und zuckte fast unmerklich mit den Schultern.

»Herr Vafiadis. Noch sind wir nicht vollkommen sicher.« Koronaios machte eine kurze Pause. »Aber wir befürchten, dass Meropi Torosidis nicht mehr am Leben ist.«

Obwohl Michalis schon häufig diesen Moment des ungläubigen Entsetzens erlebt hatte, war es für ihn jedes Mal erneut erschütternd, wenn die Angehörigen realisierten, dass sie einen geliebten Menschen nie wiedersehen würden.

»Warum, was ist passiert?«, fragte Valerios schließlich tonlos.

»Das wissen wir noch nicht«, antwortete Koronaios behutsam und ahnte ebenso wie Michalis, dass sie vorerst nichts mehr von Valerios erfahren würden.

Valerios sprang auf, setzte sich wieder, vergrub das Gesicht in den Händen, stand Sekunden später wieder auf, und lehnte sich schließlich an die Wand. Michalis bemerkte, dass der Mann in dem dunkelblauen Anzug an der Rezeption zu ihnen herübersah.

»Haben Sie jemanden, der sich um Sie kümmern könnte?« Michalis war aufgestanden und hatte sich neben Valerios gestellt.

Der zuckte mit den Schultern.

»Ich bin im Dienst …«, antwortete er leise.

»Wir werden sicherlich noch einige Fragen haben.« Koronaios war ebenfalls aufgestanden. »Wir bräuchten eine Adresse und eine Telefonnummer von Ihnen.«

Valerios lachte hilflos auf. »Ich wohne hier. Im Hotel. Ich arbeite sieben Tage die Woche. Wir bekommen Zimmer gestellt.«

»Haben Sie nie frei?«, erkundigte sich Michalis.

»Wir können uns hin und wieder einen freien Tag nehmen.«

Michalis wurde hellhörig.

»Und letzten Samstag? Hatten Sie da frei?«, hakte er nach.

»Samstag? Ja … ja, da hatte ich mir freigenommen. Ich hatte gehofft, dass Meropi …«

Michalis' Smartphone klingelte. Er las Myrtas Namen und schickte ihr schnell eine Nachricht, dass er gerade nicht sprechen konnte.

»Wollten Sie mit ihr zusammen in die Schlucht gehen?«, erkundigte sich Koronaios.

»Nein! Nein, ich hatte gehofft, dass sie bei mir bleibt. Aber die Wanderung hatte sie sich vorgenommen, also ist sie auch morgens losgegangen.«

»Und was haben Sie dann gemacht, nachdem sie weg war?«

»Ich war …« Er kniff die Augen zusammen. »Ich war hier im Hotel, und ich musste ein paar Dinge besorgen.«

»Wo?« Michalis zog sein Notizbuch aus der Tasche.

»Hier in Chania. In verschiedenen Geschäften. In der Markthalle und in der *Odos Mousouron*.«

Das Smartphone von Michalis piepte, er las eine Nachricht von Myrta. *Jannis Dalaras, der Verlobte, hat sich gemeldet.*

Michalis musterte Valerios.

»Sie wissen doch sicher, in welchem Hotel Meropi Torosidis in Heraklion gewohnt hat?«

»Ja … natürlich.« Valerios kniff erneut die Augen zusammen, als fände er die Frage unsinnig. »Hotel *Kalokeri*. Am Hafen, in der Nähe des Kastells.«

»Danke. Das ist vorläufig alles. Ihre Handynummer hätten wir noch gern«, bat Michalis.

Valerios diktierte sie, und Michalis und Koronaios verließen das Hotel. Im Hinausgehen sahen sie, dass Valerios auf einem Sessel zusammensackte, der Mann im dunkelblauen Anzug zu ihm lief und sich neben ihn setzte.

Nachdem sich die Schiebetür hinter ihnen geschlossen hatte, war es, als würden sie gegen eine Wand laufen, so sehr schlugen ihnen die heiße Luft und der Lärm der Autos entgegen. Außerdem bemerkten beide, dass sie wegen ihrer schmerzenden Beine und Füße wieder humpelten.

Michalis rief Myrta zurück.

»Er ist in einem Hotel in Chania«, berichtete Myrta, »und er klang sehr verschlafen. Oder betrunken.«

Michalis notierte sich Namen und Adresse des Hotels, das in einer der engen Gassen der Altstadt lag.

»Glaubst du, dieser Valerios könnte etwas mit dem Mord zu tun haben?«, fragte Koronaios, als sie langsam die *Odos Chalidon* Richtung Hafen fuhren.

»Das sollten wir zumindest nicht ausschließen. Obwohl ihn der Tod seiner Geliebten wirklich zu erschüttern scheint«, erwiderte Michalis. »Falls es irgendwelche Hinweise auf ihn als Täter gibt, müssen wir diese Besorgungen, die er am Samstag gemacht hat, überprüfen. In den Geschäften müsste sich ja jemand an ihn erinnern.«

7

Michalis hielt am Ende der *Odos Chalidon,* wo die Hafenpromenade begann und sich ein nicht enden wollender Strom von Urlaubern über beide Seiten des venezianischen Hafens ergoss. Einige Touristen ließen sich in offenen weißen Kutschen herumfahren und konnten die Schönheit der Altstadt und des Hafens über die Köpfe der anderen hinweg genießen.

Michalis und Koronaios stiegen aus und bahnten sich mühsam den Weg durch die nach links abzweigende *Odos Zambeliou.* Diese enge Gasse hatte zwar fast den ganzen Tag über im Schatten gelegen, doch auch hier war es nicht viel kühler, und sie hatten keine andere Wahl, als sich von der Menschenmenge vorwärtsschieben zu lassen. Die Urlauber schlenderten durch die Gasse und blieben immer wieder stehen, um die mal ocker- und mal sandfarbenen, verputzten oder aus Steinquadern bestehenden Fassaden zu bewundern.

Die *Residenza Vangelis* war eines der sehr exklusiven, in den früheren venezianischen Stadtpalästen entstandenen Hotels. In den letzten Jahren waren etliche dieser jahrhundertealten, langsam verfallenden Gebäude aufwendig saniert worden und boten jetzt exklusive Apartments mit Blick über den Hafen an.

An der Rezeption der *Residenza Vangelis* saß eine junge Frau mit langen dunkelbraunen Haaren, die ein routiniertes strahlendes Lächeln aufsetzte, als Michalis und Koronaios die kleine Lobby mit ihren sorgsam freigelegten, alten Steinwänden, dem Marmorboden sowie den edlen Holzmöbeln betraten. Dieses Lächeln verlor schlagartig seinen Glanz, als die beiden Polizisten ihre Ausweise zückten, und es verschwand vollständig, als sie sich nach Jannis Dalaras erkundigten. Jannis Dalaras war offensichtlich ein schwieriger Gast, und die junge Frau schien sogar froh zu sein, dass die Polizei sich für ihn interessierte. Bereitwillig führte sie die beiden über eine alte, geländerlose Steintreppe nach oben und zog sich zurück, nachdem ein Mann Ende dreißig ihnen übernächtigt die Tür geöffnet und wenig später bestätigt hatte, was unübersehbar war: Er hatte einen erheblichen Kater und angeblich drei fast vollständig durchzechte Nächte hinter sich. Obwohl sein über zwei Ebenen gehendes Apartment klimatisiert war, schwitzte Jannis Dalaras. Seine Haare waren ebenso zerwühlt wie sein Bett, mehrere offene und zumeist leere Raki-Flaschen lagen auf dem Boden, und Michalis hatte, wie auch Koronaios, das starke Bedürfnis, die großen Balkontüren zum Hafen zu öffnen, auch wenn dann heiße Luft hereinströmen würde.

»Was kann ich für Sie tun?«, wollte Dalaras misstrauisch wissen. Michalis ahnte, dass Myrta so klug gewesen war, ihm nicht zu verraten, warum sie hier waren.

»Sie sind der Verlobte von Meropi Torosidis?«, fragte Koronaios kurz angebunden.

»Ja. Und?«, entgegnete Dalaras gereizt.

»Wann haben Sie sie zuletzt gesehen?«

»Warum wollen Sie das wissen?« Dalaras fuhr sich nervös übers Gesicht.

»Wir stellen hier die Fragen.« Koronaios wurde energisch.

Dalaras wirkte überfordert, und Michalis ahnte, dass er sich kaum erinnerte, was Koronaios ihn gerade gefragt hatte.

»Wann haben Sie Ihre Verlobte zuletzt gesehen?«, wiederholte Michalis etwas freundlicher die Frage. Dalaras nickte, als müsste er sich Mut machen.

»Vor drei Wochen«, entgegnete er dann vorwurfsvoll.

»Wollen Sie uns erzählen, dass Sie auf Kreta sind, aber Ihre Verlobte in den letzten Tagen nicht gesehen haben?«, fuhr Koronaios Dalaras an.

»Sie wollte mich nicht sehen! Obwohl ich nur ihretwegen nach Kreta geflogen bin!«, stieß Dalaras hervor, drehte sich um und griff nach einer halbvollen Raki-Flasche. Koronaios nahm sie ihm energisch ab.

»Sie wissen, dass Ihre Verlobte eine Wanderung durch die Samaria-Schlucht machen wollte?«, erkundigte sich Michalis.

Dalaras presste seine Lippen zu einem dünnen Strich zusammen. Nach einigen Sekunden nickte er, schwieg aber.

»Wir haben leider Grund zu der Annahme, dass ihr etwas zugestoßen sein könnte«, erklärte Michalis vorsichtig.

Dalaras ließ müde seinen Kopf sinken und schien nur langsam zu begreifen, was Michalis gerade gesagt hatte.

»Ist sie tot?«, fragte er tonlos, ohne die Polizisten anzusehen.

Michalis und Koronaios warfen sich einen Blick zu. Davon, dass sie tot war, hatten sie nichts gesagt.

»Wir haben eine Frauenleiche gefunden«, fuhr Michalis fort. »Wären Sie in der Lage, mitzukommen und die Frau zu identifizieren?«

Nach dieser Frage schien mit Dalaras eine Verwandlung vor sich zu gehen. Der eben noch zerzauste, übernächtigte und vom Alkohol der letzten Tage gezeichnete Mann straffte sich und bekam zum ersten Mal einen klaren Blick.

»Sie meinen, ob ich mit Ihnen in die Gerichtsmedizin fahren und mir eine Leiche ansehen würde?«

»Ja.«

Dalaras starrte die beiden jetzt fast herausfordernd an.

»Ich brauche eine Viertelstunde. Ich würde gern vorher duschen.«

»Einverstanden.« Koronaios war offenbar froh, diese Situation beenden zu können, und sobald Dalaras im Badezimmer verschwunden war, ging er zu dem kleinen französischen Balkon und riss beide Türen weit auf.

»Ein Gestank hier drinnen, unglaublich.« Koronaios schüttelte sich. »Solche Leute meinen wohl, wenn sie schon Unsummen bezahlen, dann können sie auch einen Saustall anrichten.«

Michalis warf einen kurzen Blick auf das amtliche Schreiben, das wie in jedem griechischen Hotelzimmer an der Tür angebracht war und den Höchstpreis pro Nacht festlegte. 370 Euro pro Nacht. Ein stolzer Preis, aber immerhin für ein Apartment mit exklusivem Blick über den Hafen und einer stilvollen Einrichtung mit Designer-Möbeln.

Koronaios nutzte die Zeit, um Stournaras zu informieren, dass sie gleich mit Dalaras bei ihm in der Gerichtsmedizin auftauchen würden. Michalis rief Hannah und danach Sotiris an und erfuhr, dass sein Vater aufgestanden war und sich beschwert hatte, dass sich alle Sorgen um ihn machten. Also ging es ihm wohl wirklich wieder gut.

Dalaras nahm sich im Badezimmer zwanzig Minuten Zeit, dann stand ein vollkommen verwandelter Mann vor ihnen. Er trug teure Markenkleidung und verströmte eine Parfümwolke. Vor allem aber war der Eindruck eines verstörten und überforderten Manns dem eines herablassenden Athener Geschäftsmanns gewichen.

Michalis kannte keinen Polizisten, der freiwillig das gerichtsmedizinische Institut betreten hätte, und nach seiner Erfahrung waren Gerichtsmediziner entweder ziemlich morbid oder aber ungewöhnlich dickhäutig. Lambros Stournaras schien eine Ausnahme zu sein, denn der vierfache Familienvater war ein fröhlicher Mann, der viel und herzlich lachte. Manchmal fragte sich Michalis, ob es eine dunkle Seite in Stournaras gab, die nur, wenn er allein bei der Arbeit war, zum Vorschein kam.

Dalaras hatte während der Fahrt kein Wort gesagt, und auch als sie sich den Stahltischen näherten, wirkte er unnahbar und abweisend. Michalis beobachtete ihn, während Stournaras das Tuch, mit dem die Tote abgedeckt war, so weit anhob, dass der zerschmetterte Kopf zu sehen war. Dalaras zeigte fast keine Regung, kniff nur die Augen zusammen und musterte das Gesicht, als handele es sich um ein Insekt, dessen Name ihm entfallen war. Dann nickte er, wandte sich ab und sagte mit fester Stimme: »Ja. Das ist sie.«

Entschlossen ging er daraufhin zum Ausgang, und Michalis und Koronaios atmeten tief durch. Nur wenige Angehörige reagierten so kühl wie Dalaras, doch Michalis wusste, dass das nichts mit einer möglichen Schuld zu tun haben musste. Trauer kannte viele Ausdrucksformen.

»Meine Untersuchung der Leiche ist noch nicht beendet«, erläuterte Stournaras fast unbeschwert, »doch es fällt auf, dass der Täter sehr oft zugeschlagen hat, als habe er immer weitergemacht, obwohl die Verletzungen längst tödlich waren.«

»Was schließt du daraus?«, fragte Koronaios.

»Kontrollverlust, Raserei, Hass ... schwer zu sagen.«

Michalis nickte. Das half, sich ein Bild von dem Täter zu machen.

Eine Tür fiel ins Schloss, und Michalis ahnte, dass Dalaras einfach verschwinden würde. Er eilte ihm nach und entdeckte ihn tatsächlich erst wieder an der *Odos Apokorounou* vor der Polizeidirektion, wo Dalaras einem Taxi winkte, das jedoch vorbeifuhr.

»Wir müssen Sie leider bitten, morgen früh zu uns zu kommen und uns schriftlich zu bestätigen, dass es sich bei der Toten um Meropi Torosidis handelt«, sagte Michalis.

Dalaras wandte sich ab. »Muss das sein?«

»Ja.«

Wieder winkte Dalaras einem Taxi, und diesmal hielt der dunkelblaue Wagen neben ihm.

»Außerdem haben wir noch einige Fragen an Sie. Sie dürfen Chania deshalb erst wieder verlassen, wenn wir es Ihnen erlauben.«

Dalaras sah Michalis verächtlich an.

»Das meinen Sie nicht ernst.«

»Das meine ich sogar sehr ernst.«

»Ich habe in Athen Termine. Geschäfte.«

»Und wir haben hier einen Mord, den wir aufklären müssen.«

Dalaras und Michalis sahen, dass Koronaios auf sie zukam. Dalaras wäre am liebsten in das Taxi gestiegen, bevor Koronaios sie erreicht hatte, aber Michalis hielt ihn auf.

»Wir können Sie dazu auch zwingen, falls Sie sich weigern.«

Dalaras starrte Michalis wütend an und brüllte plötzlich los.

»Waren Sie gerade dabei? Da drinnen liegt meine tote Verlobte! Und Sie kommen mir mit, mit …«

Koronaios näherte sich, und Michalis sah, dass sein Partner sich bereits aufpumpte, um ebenfalls laut zu werden. Deshalb nahm er schnell eine Visitenkarte aus der Hosentasche und reichte sie Dalaras. Der zögerte, dann riss er Michalis die

Karte aus der Hand, öffnete die Tür des Taxis, setzte sich hinein und knallte die Tür zu. Das Taxi fuhr ein paar Meter, dann hielt es wieder an, und Dalaras öffnete das Fenster.

»Wie viel Uhr morgen früh?«

»Acht Uhr.«

Das Taxi fuhr weiter, noch bevor das Fenster wieder ganz geschlossen war.

»Falls der um seine Verlobte trauern sollte, lässt er es sich zumindest nicht anmerken«, meinte Koronaios schulterzuckend.

»Ja, Menschen können so sein«, entgegnete Michalis.

In der Gerichtsmedizin waren die Räume so stark gekühlt gewesen, dass Michalis gefroren hatte, doch draußen war es jetzt, am frühen Abend, sehr angenehm geworden. Ein leichter warmer Wind strich durch die Straßen, und Michalis wusste, dass dies die schönste Zeit unten am Hafen war. Aber er wusste auch, dass er noch längst nicht Feierabend machen konnte.

»Als Nächstes müssen wir die Eltern der Toten informieren«, sagte Michalis, an Koronaios gewandt.

»Ja ... Myrta weiß vielleicht schon, wie wir sie erreichen können. Und ob es in der Nähe eine Polizeistation gibt und die Kollegen zu ihnen fahren können«, erwiderte Koronaios und ging los. Dem Gang von Koronaios war deutlich anzusehen, wie sehr er sich nach seinem Bett sehnte.

Plötzlich blieb Koronaios stehen und drehte sich um.

»Und es bleibt dabei: Niemand erfährt von meiner kurzzeitigen Schwäche in der Schlucht. Ist das klar!«

»Ja. Natürlich. Hab ich dir doch versprochen«, versicherte Michalis.

Sie hatten kaum im Büro Platz genommen, als Jorgos hereinkam und sich über die Gespräche mit Valerios Vafiadis und Jannis Dalaras informieren ließ.

»Haltet ihr den Verlobten für verdächtig?«, wollte Jorgos wissen.

»Er verhält sich auffällig«, entgegnete Michalis, »aber für eine Einschätzung ist es noch zu früh, denke ich. Dalaras wird morgen hierherkommen, danach werden wir sein Alibi überprüfen.«

»Aber ist ein Mann, dessen Verlobte sich wegen eines anderen Mannes von ihm trennen will, nicht automatisch verdächtig?«, überlegte Jorgos laut.

»Sie könnten zusammen durch die Schlucht gewandert sein. Oder er ist ihr gefolgt, um sie zur Rede zu stellen, und es ist zum Streit gekommen«, ergänzte Koronaios.

»Denkbar wäre das«, sagte Michalis, eher skeptisch. Bei den meisten Morden kannten sich Opfer und Täter, und vielleicht war das auch hier so. Aber etwas sagte ihm, dass es nicht so einfach war.

»Wir wollten gerade die Eltern der Toten informieren, und wir müssen herausfinden, was genau die Frau hier auf Kreta gemacht hat«, erklärte Koronaios und sah Jorgos fragend an. »Jorgos, willst du die Kollegen in Heraklion anrufen, damit wir in das Hotelzimmer von Meropi reinkommen?«

»Ja, das werde ich machen«, entgegnete Jorgos. »Ich befürchte allerdings, dass die ohne uns dort ermitteln werden.«

»Solange Sie gründlich sind und uns schnell den Bericht schicken, können sie das gern machen«, warf Michalis ein. »Aber unsere Erfahrungen sind diesbezüglich nicht die besten, wenn ich mich richtig erinnere?«, fügte er spöttisch hinzu.

Jorgos und Koronaios schwiegen, denn sie wussten, dass Michalis recht hatte. Die Zusammenarbeit zwischen den Polizeidirektionen von Chania und Heraklion hatte noch nie gut funktioniert.

»Außerdem sollten sie mit diesem Kyriakos Papasidakis, dem Inhaber der Firma, reden. Als Chef von Meropi müsste er ja einiges über sie wissen.«

Es klopfte, und Myrta stand in der Tür.

»Ich hab Tsimikas am Apparat. Den Kollegen aus Paleochora.« Michalis musste kurz überlegen, bis ihm einfiel, dass Stefanos Tsimikas der für Paleochora zuständige Revierleiter war.

»Was will er?«, fragte Michalis.

»Bei ihm hat sich eine Frau gemeldet, die die Tote vermisst.«

Koronaios blickte Michalis an. »Mach du das. Ich kümmere mich um ein Revier, das die Eltern der Toten informieren kann«, schlug er vor, und Michalis ahnte, wie müde Koronaios sein musste, wenn er in einem Telefonat mit Kollegen die einfachere Aufgabe sah. Vielleicht wollte er mit den schmerzenden Beinen auch einfach nicht aufstehen und zu Myrta ins Büro gehen.

Für Stefanos Tsimikas war es der erste Mord, mit dem er zu tun hatte, seit er im äußersten Südwesten Kretas Revierleiter geworden war. Entsprechend aufgeregt war er und auch ein wenig übermotiviert, wollte weit ausholen und Michalis über die Zuständigkeiten in seiner Region aufklären, doch Michalis unterbrach ihn.

»Bitte, ich brauche nur die Fakten. Wer hat Sie angerufen, was hat diese Frau gesagt, und wie kann ich sie erreichen.«

Tsimikas war gekränkt, weil Michalis ihm so deutlich zu verstehen gab, dass er zu viel redete. Doch wenig später wusste Michalis, was er wissen wollte, legte auf und rief sofort die Frau, die ihre Arbeitskollegin vermisste, in ihrem Büro an.

Auch diese Savina Galanos hatte bereits von einem Mord in der Samaria-Schlucht gehört, und wieder fragte sich Michalis, warum sich das so schnell herumsprach. Die Frau machte sich Sorgen, weil ihre Kollegin nicht zur Arbeit gekommen und nicht erreichbar war. Auch sie wusste, dass Meropi Torosidis am Wochenende trotz der Hitze darauf beharrt hatte, durch die Schlucht zu wandern.

Michalis erfuhr, dass Savina Galanos für die Firma *Psareus* als Controllerin arbeitete und ihr Büro in Sougia, einem kleinen Ort an der Küste, hatte. Meropi Torosidis hingegen war die Assistentin des Firmenchefs von *Psareus* gewesen und lebte seit einigen Wochen in Heraklion im Hotel, da auch ihr Chef, Kyriakos Papasidakis, dort vom Hotel aus an einem Projekt arbeitete, das die Firma auf Kreta realisieren wollte.

»Eine Fischfarm?«, fragte Michalis, doch bevor Savina Galanos antworten konnte, hörte er im Hintergrund eine männliche Stimme.

»Mein Kollege ist gerade gekommen«, flüsterte Savina Galanos, und während sie bis zu diesem Moment bereitwillig Auskunft gegeben hatte, wurde sie plötzlich zurückhaltend und einsilbig.

»Wir würden Sie gern treffen«, sagte Michalis und vereinbarte mit der Frau, dass er morgen Vormittag gegen elf Uhr zu ihr nach Sougia kommen würde. Als er nach der Adresse der Firma fragte, lachte sie kurz.

»Sougia ist so klein, da gibt es keine Straßennamen. Am Ortsanfang die erste Gasse nach rechts, und dort ganz am Ende. Oder Sie rufen mich an, wenn Sie es nicht finden.«

Sie gab Michalis ihre Handynummer und legte eilig auf.

»Alles in Ordnung?«, wollte Jorgos wissen, der Michalis ins Büro von Myrta gefolgt war und zugehört hatte.

Michalis runzelte die Stirn. »Im Hintergrund war plötzlich eine männliche Stimme zu hören, und daraufhin schien sie regelrecht Angst zu haben.«

»Sollen wir jemanden hinschicken?«

Michalis wandte sich an Myrta. »Gibt es in diesem Sougia eine Polizeistation?«

Myrta öffnete die Polizeiseite mit den Dienststellen.

»Nein ...« Sie sah sich auf der Seite um. »Die Polizeistation ist im Zuge der Finanzkrise vor sechs Jahren geschlossen worden. Jetzt sind die Kollegen in Paleochora zuständig oder die aus Kandanos.«

»Wie lange würden die brauchen?«, fragte Michalis.

»Jeweils etwa eine Stunde.«

»Und was machen sie, wenn da mal etwas passiert?« Jorgos schüttelte den Kopf. »Unglaublich, was Brüssel und Athen mit ihren Einsparungen angerichtet haben.«

Myrta rief eine Karte auf, die den Südwesten Kretas, die *Sfakia*, zeigte. Es war ein riesiges Gebiet, für das die Kollegen von Paleochora und Kandanos zuständig waren.

»In Paleochora sitzen die Kollegen auch nur im Sommer, wenn die Touristen da sind. Im Winter ist Kandanos für die gesamte Region zuständig«, fügte Myrta hinzu, und Michalis ahnte, warum der Kollege Tsimikas ihm so ausführlich die Zuständigkeiten hatte erklären wollen.

»Ich hab mit den Kollegen in Volos gesprochen.« Koronaios stand plötzlich in der Tür. »Die fahren jetzt zu der Familie Torosidis. Ich habe darum gebeten, dass sie mich nach dem Gespräch informieren.«

Michalis nickte. »Und ich habe erfahren, dass die tote Meropi Torosidis die Assistentin des Firmenchefs von *Psareus* war. Die beiden haben wohl seit einigen Wochen in einem Hotel in Heraklion gewohnt und gearbeitet.«

»In demselben Hotel?«, hakte Koronaios nach.

»Das konnte ich nicht mehr fragen. Die Arbeitskollegin wurde plötzlich sehr einsilbig. Ich habe mit ihr aber ausgemacht, dass wir morgen hinfahren und miteinander reden.«

»Okay.« Jorgos und Koronaios nickten zustimmend.

»Dann kümmere ich mich jetzt um die Kollegen in Heraklion. Und sage ihnen, dass sie mit dem Chef der Toten sprechen sollen.« Jorgos spürte die skeptischen Blicke von Michalis und Koronaios. »Mein Kollege Kritselas und ich haben vor Jahren schon einmal gut zusammengearbeitet. Ich hoffe, dass ich ihn direkt erwische.«

In der Tür blieb Jorgos stehen und sah Michalis und Koronaios an. »Es ist jetzt kurz nach acht. Geht nach Hause. Ihr habt einen langen Tag hinter euch und seht fürchterlich aus.«

»Ein paar Dinge müssen wir noch regeln«, widersprach Koronaios, obwohl er sich vor Müdigkeit kaum noch auf den Beinen halten konnte.

Michalis und Koronaios stellten schnell fest, dass Jorgos recht hatte und sie nicht mehr in der Lage waren, ihre bisherigen Erkenntnisse sinnvoll zusammenzufassen. Jorgos rief nach ein paar Minuten an und ließ sie wissen, dass er seinen Kollegen Kritselas erreicht hatte und zuversichtlich war, bis morgen Nachmittag Ergebnisse aus Heraklion zu bekommen.

»Und ihr beide geht jetzt wirklich nach Hause«, ermahnte er sie. Michalis und Koronaios wollten gerade aufbrechen, als bei Myrta das Telefon klingelte. Noch während Myrta sprach, flüsterte Michalis fragend: »Die Eltern?« Sie reichte ihm den Hörer, und er hatte den Vater von Meropi Torosidis am Apparat. Im Hintergrund hörte er lautes Schluchzen.

Weil dieses Gespräch sicherlich lange dauern würde, gab Michalis Myrta ein Zeichen, dass sie Feierabend machen sollte, und sprach dann fast eine halbe Stunde mit der Familie der Toten. Von Weinkrämpfen unterbrochen, wollte vor allem die Mutter wissen, was die Polizei bisher in Erfahrung gebracht hatte. Der Vater kündigte schließlich an, dass sie sich morgen auf den Weg nach Kreta machen würden.

Es wurde draußen bereits dunkel, als Michalis aufgelegt hatte, und er wunderte sich wieder einmal, wie still es abends in diesem Gebäude war. Keine Stimmen, kein Telefonklingeln, keine Schritte. Irgendwo lief ein Gebläse.

Michalis ließ die Jalousie runter, schloss ab und rief auf dem Weg zum Ausgang Hannah an, um ihr Bescheid zu geben, dass er jetzt aufbrechen würde. Koronaios, den er ebenfalls anrief, war von Jorgos nach Hause gefahren worden und schon fast auf dem Weg ins Bett.

Als er sich dem Ausgang näherte, hörte Michalis energische Schritte im Treppenhaus und fragte sich, wer außer ihm noch arbeitete. Da tauchte Kriminaldirektor Karagounis auf dem oberen Treppenabsatz auf.

»Ah, der Kollege Charisteas! Immer noch bei der Arbeit. Das weiß ich zu schätzen. Das weiß ich sehr zu schätzen!«

Ohne sein Tempo zu verringern, eilte Karagounis zum Ausgang und winkte mit der linken Hand, während seine rechte eine Aktentasche und zwei Ordner umklammerte.

Die Eingangstür fiel ins Schloss, und Michalis sah, wie Karagounis in einen Wagen mit Fahrer stieg, der bereits auf ihn wartete, und abfuhr.

Es war ein angenehmer warmer Sommerabend, und Michalis überlegte, ob er wirklich seinen Helm aufsetzen sollte. In den letzten Monaten hatte es in Chania mehrere schwerverletzte Rollerfahrer gegeben, die ohne Helm unterwegs gewesen waren, und Jorgos hatte ihm energisch ins Gewissen geredet, seine Vorbildfunktion ernst zu nehmen. Seitdem trug er, der jahrelang seinen Helm nicht einmal dabeigehabt hatte, in Chania immer einen und fühlte sich bis heute unwohl damit.

8

Michalis sah schon von weitem, dass im *Athena* jeder Tisch besetzt war und Sotiris, zwei Kellner sowie Hannah sich beeilten, um Bestellungen aufzunehmen, neu einzudecken oder Essen und Getränke aufzutragen.

Sein Vater Takis saß an einem kleinen Tisch neben dem Eingang, lächelte müde und klappte die Hülle seines iPads zu, als Michalis sich zu ihm setzte.

»Sehr schlimm?«, fragte Takis, und Michalis brauchte einen Moment, um zu verstehen, was sein Vater meinte. Offenbar hatte er gesehen, wie schwer Michalis der kurze Weg vom Roller bis zur Taverne gefallen war, da ihm jeder Schritt Schmerzen bereitete.

»Schon okay. Wie geht's dir?«, fragte Michalis und ahnte, dass sein stolzer Vater darüber nicht reden wollte. Tatsächlich warf Takis, statt zu antworten, einen langen Blick über den abendlichen Hafen, die Boote und die vielen Touristen, die vor dem *Athena* vorbeiflanierten.

»Gut«, war dann das Einzige, was er schulterzuckend erwiderte.

Michalis musterte ihn von der Seite. Er sah blass und müde aus.

»Brauchst mich gar nicht so anzusehen.« Takis versuchte, energisch zu klingen, doch dafür fehlte ihm die Kraft. »Tu du nicht auch noch so, als wäre ich alt und gebrechlich und müsste mich den ganzen Tag ausruhen. Das erledigen deine Schwester und deine Mutter, und das ist schlimm genug!«

Michalis wollte entgegnen, dass deren Sorgen vielleicht durchaus berechtigt waren, aber das behielt er lieber für sich. Er kannte seinen Vater gut genug, um zu wissen, dass er eher das Gegenteil erreichen würde, wenn er ihn drängte, kürzerzutreten, und ihm vorschlug, ins Bett zu gehen. Takis würde erst dann weniger arbeiten, wenn Loukia und Elena aufhörten, ihm damit in den Ohren zu liegen. Dass er heute Abend an seinem Tisch saß und nicht arbeitete, war erstaunlich genug. Michalis beließ es dabei.

Plötzlich stand Hannah mit einem Tablett voller *Patouda* und zwei Portionen *Galaktoboureko*, duftenden Nachtisch-Köstlichkeiten, neben Michalis und gab ihm einen Kuss.

»Schön, dass du da bist«, sagte sie leise. »Sotiris meint, das schaffen sie hier jetzt auch allein.«

Und damit war sie schon wieder weg.

»Deine Hannah ist eine tolle Frau. Sie hat sich heute stundenlang um mich gekümmert.« Takis lächelte. »Das wäre natürlich nicht nötig gewesen, aber es war sehr angenehm. Wenn ich jünger wäre ...«

Takis lachte schelmisch, und Michalis musste grinsen. Er wusste, wie sehr Hannah und Takis einander schätzten, vor allem aber stellte er beruhigt fest, dass es seinem Vater offenbar tatsächlich wieder besserging.

»Du musst dich mehr um sie kümmern.« Takis musterte Michalis streng. »Sonst ist sie irgendwann weg.«

In den letzten Tagen hatte Michalis sich über solche Bemerkungen geärgert, doch jetzt freute es ihn, dass Takis wieder genug Kraft hatte, um ihm Vorwürfe zu machen.

Sotiris lief kurz an ihrem Tisch vorbei, hob grüßend eine Hand und war schon wieder auf dem Weg Richtung Küche in der Taverne verschwunden.

»Wie war es in der Schlucht?«, fragte Takis unvermittelt.

»Anstrengend. Und noch stehen wir ganz am Anfang.«

Takis nickte. »Früher gab es so was nicht.«

Michalis wusste, was Takis meinte, denn darüber hatten sie schon oft gestritten. Takis gehörte noch zu einer Generation, die es gewohnt war, sich vom Staat nichts vorschreiben zu lassen und Probleme untereinander und ohne Polizei zu regeln. Doch die Zeiten hatten sich geändert, obwohl Takis das nicht wahrhaben wollte. Wenn es nach ihm gegangen wäre, dann gäbe es im *Athena* noch immer ausschließlich Barzahlung und handgeschriebene Rechnungen, von denen das Finanzamt nie etwas erfuhr. Aber seit einigen Jahren gab es auch auf Kreta eine Finanzverwaltung, und Sotiris hatte darauf bestanden, dass im *Athena* ordentlich Buch geführt wurde.

»Michalis! Halt unseren Vater nicht auf! Er wollte gerade ins Bett gehen.«

Noch bevor er sich zu ihr umdrehte, musste Michalis über den strengen Ton seiner Schwester Elena lächeln.

»Ich wollte überhaupt nicht ins Bett gehen!« Takis sah seine Tochter verärgert an.

»Das solltest du aber!«

Elena hatte volle Teller mit *Agria chorta vrastá*, frischem Wildgemüse, in den Händen und ging weiter zu einem Tisch mit zwei englischen Rentnerpaaren.

»Unmöglich, deine Schwester«, schimpfte Takis, »und das wird immer schlimmer.«

Takis war verärgert, und Michalis registrierte, dass bereits dieser Wortwechsel seinen Vater angestrengt hatte.

»Möchtest du etwas essen?« Sotiris hatte Weißwein, Wasser und Gläser an den Tisch einer italienischen Familie gebracht und war dann neben Michalis stehen geblieben.

Tatsächlich hatte Michalis Hunger, aber er wusste nicht, ob Hannah schon gegessen hatte, und wollte auf sie warten.

»Ich hab Hannah schon gesagt, dass sie gehen kann.« Sotiris hatte Michalis' Zögern bemerkt. »Elena ist anderer Meinung, aber das ist mir egal.«

»Mir bringst du bitte ein paar *Bámies laderés*. Und einen Raki«, sagte Takis noch schnell, als Sotiris schon wieder auf dem Weg in die Küche war.

»Wenigstens Sotiris redet normal mit mir und nicht, als wäre ich ein Pflegefall«, schimpfte er leise, doch dann hellte sich seine Miene auf, denn Hannah kam an den Tisch und setzte sich zu ihnen.

»Hast du schon etwas gegessen?«, fragte Hannah.

»Wenig. Und du?«

»Wenig«, antwortete sie.

»Hannah konnte bisher nichts essen, weil sie erst mich pflegen und dann hier arbeiten musste«, flüsterte Takis, weil Elena gerade vorbeiging und ihm einen strengen Blick zuwarf.

»Falls ich eine Bitte äußern dürfte« – Takis wandte sich an Hannah – »dann esst doch jetzt hier etwas und leistet mir noch ein bisschen Gesellschaft.« Er warf einen kurzen Blick zu Elena, die in der Küche verschwand. »Denn sobald ihr weg seid, wird meine Familie mich wie ein kleines Kind ins Bett stecken und das Licht ausmachen.«

Michalis blickte zu Hannah, und sie nickte.

»Gut, dann essen wir hier!« Hannah sah Takis streng an. »Aber danach solltest du dich wirklich ausruhen. Und wollen wir beide« – sie schaute zu Michalis – »später noch schwimmen gehen?«

Michalis zögerte kurz, aber dann nickte er. Vielleicht würde das Schwimmen den müden Beinen ja sogar guttun.

Sotiris brachte für Takis die Okraschoten in Olivenöl und stellte ihm auch ein kleines Glas Raki hin. Michalis beobachtete, wie Hannah erst Sotiris und dann Takis fragend ansah, den Raki nahm und ihn zurück auf das Tablett stellte, das Sotiris noch in der Hand hielt.

»Der Arzt hat gesagt, dass du heute auf keinen Fall Alkohol trinken sollst«, erklärte sie ernst, und Michalis wusste, dass Takis sich das von niemand anderem gefallen lassen würde. »Aber wenn es dir morgen Abend gutgeht, dann trinke ich mit dir zusammen einen. Versprochen!«

Takis nickte und unterließ jeglichen Kommentar.

»Ich hätte dich schließlich gern noch sehr lange als ...« Michalis bemerkte, dass Hannah nicht »Schwiegervater« sagen wollte, »als, na ja, als Vater von Michalis.«

Michalis und Hannah bekamen *Kolokisia, Melitsanes tiganita,* gebratene Zucchini und Auberginen, sowie *Arni me agkinares avgolemono,* Lamm mit Artischockenherzen in Eier-Zitronensauce, und Loukia bestand darauf, dass sie auch noch *Kolokisansi jemisti,* die gefüllten Zucchiniblätter, probierten.

»Wahrscheinlich werde ich im Meer ertrinken, so schwer wie ich nach dem ganzen Essen bin«, sagte Hannah lachend, als auch Loukia sich zu ihnen an den Tisch setzte. Michalis' Mutter war klug genug, kein Wort darüber zu verlieren, dass ihr Mann sich endlich hinlegen sollte. Und so war es schließlich Hannah, die aufstand und Takis lächelnd aber entschlossen ansah.

»Wir gehen jetzt noch schwimmen, und du ...«

Loukia und Michalis bemerkten überrascht, dass Takis nickte.

»Ja, es wird Zeit für mich«, sagte er und stand auf. »Ihr habt euch gut um mich gekümmert heute.« Takis hielt sich an der Stuhllehne fest. »Vielen Dank.« Er nickte seiner Familie gerührt zu und ging langsam zur Treppe.

»Wir haben uns alle sehr erschrocken heute Vormittag«, flüsterte Loukia. »Und dein Vater auch. Mehr, als er zugibt.« Bevor sie ging, raunte sie Michalis ins Ohr: »Es war gut, dass Hannah da war. Pass auf, dass das so bleibt.«

Michalis und Hannah fuhren mit dem Roller zu dem kleinen Stadtstrand östlich der alten Stadtmauer, und Michalis genoss es, in dem dunklen Wasser hinauszuschwimmen und vom Meer aus den Vollmond über den Weißen Bergen auftauchen zu sehen, der Chania in ein silbernes, glänzendes Licht tauchte. Hannah musste Michalis nach einer Weile regelrecht drängen, zum Strand zurückzuschwimmen, so sensationell war dieser Anblick und so angenehm das Wasser für seine müden Muskeln. Aber er war später doch sehr erleichtert, als er die Stufen in den zweiten Stock der *Odos Georgiou Pezanou* geschafft hatte und auf dem Bett lag, während Hannah die Fenster und Türen öffnete, um durchzulüften.

»Glaubst du, die Klimaanlage wird diesen Sommer noch funktionieren?«, fragte Hannah und blieb in der offenen Kühlschranktür länger stehen als nötig war, um die Weißweinflasche herauszunehmen.

»Ich werde noch mal mit Markos reden«, erwiderte Michalis müde. Doch als Hannah sich zu ihm setzte, wurde er wieder munter, während sie zwei Gläser Wein eingoss und er ihr über den Rücken fuhr.

»Bist du zu müde?«, flüsterte sie, und statt zu antworten, zog er sie behutsam zu sich auf das Bett.

9

»Wird es heute noch heißer als gestern?«, erkundigte sich Hannah, als sie morgens mit einem *Elliniko* auf ihrem Balkon saßen. Hannah wollte sich nicht an den Frappé gewöhnen, obwohl in ihrem Alter kaum noch jemand den traditionellen griechischen Mokka trank. Wenn jetzt in den Semesterferien Studenten in die Bibliothek kamen, dann hatten die garantiert einen Frappé dabei, aber nie einen *Elliniko*.

»Eher nicht ... am Ende der Woche soll es dann aber etwas kühler werden.«

»Nur noch einundvierzig statt dreiundvierzig Grad nachmittags?«

»Ja, so ungefähr.«

Hannah trank und blickte skeptisch zum Himmel.

»Hoffentlich kommt dein Vater damit klar.«

»Er ist Kreter, die Hitze ist er gewöhnt. Er muss einfach kürzertreten.«

Michalis beobachtete den Flug der Mauersegler, die nie zu landen, sondern immer in Bewegung zu sein schienen.

»Ich fahr dich nachher wieder raus zur Uni-Bibliothek, ja?«

»Ähm, ich hab mit Katerina ausgemacht, dass sie mich mitnimmt. Sie wohnt nicht weit von hier«, erwiderte Hannah.

»Wer ... wer ist Katerina?«

»Hey!«, rief Hannah mit gespielter Empörung. »Das ist die Leiterin der Bibliothek!«

»Ach ja, stimmt.« Michalis kniff die Augen zusammen. Es

war für ihn noch immer ungewohnt, dass Hannah in Chania mit Menschen zu tun hatte, die er nicht kannte.

»Stört dich das?«

»Nein!«, entfuhr es Michalis, und er fragte sich gleichzeitig, ob das wirklich stimmte und er nicht doch so etwas wie Eifersucht empfand. Er hatte darüber in den letzten Tagen öfter nachgedacht und entschieden, dass zwar seine Schwester und seine Mutter deswegen irritiert waren, er damit aber kein Problem hatte. Nein, er freute sich für Hannah. Allerdings musste er sich erst daran gewöhnen.

»Sicher?«

»Ja.«

»Falls es bei dir heute oder morgen wieder spät werden sollte«, sagte Hannah behutsam, »dann wollen Katerina und ich abends mal etwas trinken gehen.«

»Nur ihr zwei?«, fragte Michalis überrascht.

»Ja. Findest du das komisch?«

»Nein!«, antwortete Michalis etwas zu schnell, als dass Hannah ihm wirklich geglaubt hätte.

»Lieber mach ich natürlich etwas mit dir«, warf sie deshalb ein, und Michalis nickte. Er musste sich wirklich erst daran gewöhnen, wie selbständig Hannah auch hier in Chania war.

Michalis nahm Hannah auf seinem Roller bis zu dem alten Amphitheater an der Ecke zur *Episkopou Nikiforou* mit und sah ihr nach, als sie winkend in einem kleinen grauen Toyota verschwand, der Richtung *Odos Eleftheris Venizelou* fuhr.

In der Polizeidirektion schlug Michalis wieder die abgestandene Luft der dunklen, nur von Neonlicht schwach beleuchteten Gänge entgegen. Mühsam wollte er sich die Treppen bis zu seinem Büro nach oben schleppen, doch im ersten Stock gab er auf. Tatsächlich entfachten der Muskelkater in den Beinen und die schmerzenden Füße ihre ganze Wucht, und deshalb tat Michalis, was er seit Wochen nicht gemacht hatte: Er drückte auf den Knopf des Fahrstuhls und stieg ein, als sich die Tür überraschend schnell öffnete. Früh am Morgen, wenn er noch wenig benutzt worden war, funktionierte der Fahrstuhl am besten, und Michalis hoffte inständig, dass es auch heute so sein würde. Als die Türen sich schlossen und es länger als üblich dauerte, bis sich der Fahrstuhl in Gang setzte, bereute Michalis bereits, eingestiegen zu sein, doch dann schob sich die Kabine langsam, aber kontinuierlich nach oben, und er seufzte erleichtert.

Die Wände und der Boden des Fahrstuhls glänzten frisch poliert, und nirgends sah er auch nur einen Hauch von Schmutz. Michalis schüttelte den Kopf, denn während die Reparatur nicht wirklich vorankam, wurde der Fahrstuhl offensichtlich täglich gründlich gereinigt.

»Koronaios hat angerufen.« Myrta tauchte in der Tür auf, kaum dass Michalis sich an seinen Schreibtisch gesetzt hatte. »Er ist jetzt erst auf dem Weg hierher. Seine Frau hatte wohl den Wecker ausgeschaltet, weil er gestern Abend so erschöpft ins Bett gefallen war und sie sich Sorgen gemacht hat. Kann ich schon etwas tun?«

»Ich wüsste gern, mit wem unser Mordopfer in den letzten Tagen telefoniert hat«, erklärte Michalis. Er wusste, wie undankbar diese Aufgabe war, denn die Telefongesellschaften gaben die Daten ihrer Kunden nicht gern heraus und ließen sich auch bei offiziellen Anfragen viel Zeit.

Nach einer Weile hörten sie, dass sich im Treppenhaus die Fahrstuhltüren öffneten und schlurfende Schritte, begleitet von leichtem Stöhnen, näherkamen. Kurz darauf tauchte Koronaios in der Tür auf und hielt sich mit einer Hand am Türrahmen fest. In der anderen Hand hielt er eine Schachtel mit drei Frappé-Bechern.

»So schlimm?«, fragte Myrta mitfühlend, sprang auf und nahm ihm die Becher ab.

»Dieser Mörder kann froh sein, wenn nicht ich ihn erwische«, erwiderte Koronaios grimmig. »Und beim nächsten Mal denk ich darüber nach, ob ich lieber eine Versetzung riskiere, als mich noch einmal durch diese Schlucht jagen zu lassen. Wann sollte der Verlobte hier sein? Um acht?«

Stöhnend ließ Koronaios sich auf seinen Stuhl fallen und griff nach einem der Becher.

»Ja, um acht«, erwiderte Michalis und sah auf die Uhr. Es war bereits zehn nach acht. »Wenn er nicht kommt, schicken wir eine Streife los und holen ihn.«

Koronaios nickte. »Es macht ihn auf jeden Fall nicht weniger verdächtig, wenn er uns warten lässt.«

»Das ist mein Anwalt«, stellte Dalaras, als er eine halbe Stunde später endlich eintraf, den Mann vor, mit dem er in das Büro gekommen war. »Seine Maschine aus Athen war verspätet.«

Michalis und Koronaios sahen sich an und dachten dasselbe: Dalaras hielt es nicht für nötig, sich zu entschuldigen, ließ aber einen Anwalt aus Athen einfliegen.

»Dann dürfte ja zumindest Ihr Anwalt wissen, dass das Ignorieren einer polizeilichen Anordnung ein Straftatbestand ist«, entgegnete Koronaios schroff, während Michalis die beiden Männer musterte. »Um acht Uhr hatten Sie hier einen Termin. Und immerhin geht es um einen Mordfall.«

»Seien Sie versichert, das weiß ich«, entgegnete Dalaras leise.

»Können wir Ihnen etwas anbieten?«, fragte Koronaios,

um zur Routine zurückzukehren, und Michalis fragte sich, was sein Partner den beiden anbieten würde. Er selbst wurde allmählich unruhig, denn es war bereits kurz vor neun, und sie mussten bald losfahren, wenn sie gegen elf Savina Galanos, die Kollegin der Toten, in Sougia treffen wollten.

»Nein, danke«, erwiderte der Anwalt, und Michalis bemerkte ein feines Lächeln um Koronaios' Mund. Vielleicht, so vermutete Michalis, hatte der Anwalt vom Zustand des Gebäudes und dem offensichtlichen Kollaps der Klimaanlage auf den Zustand einer Kaffeemaschine geschlossen und lieber verzichtet.

»Warm ist es bei Ihnen«, sagte der Anwalt dann tatsächlich.

»Ja … wir können uns auch nicht erklären, wo die Gelder für die Sanierung der Klimaanlage geblieben sind«, entgegnete Koronaios süffisant. Als Kreter war auch er davon überzeugt, dass alle öffentlichen Gelder in Athen versandeten.

Jannis Dalaras wirkte in seinem teuren blauen Anzug mit Einstecktuch wie ein blasierter Dandy und hatte zu viel Parfum aufgetragen. Allerdings hatte er sich heute früh offensichtlich beim Rasieren geschnitten, denn ein kleines Pflaster klebte unterhalb seines Kinns. Die Rasur, der teure Anzug und die morgendliche Dusche konnten jedoch nicht darüber hinwegtäuschen, dass Dalaras verstört zu sein schien. Michalis ahnte, dass Dalaras eine schlimme Nacht hinter sich hatte, was er einem Mann, dessen Verlobte gerade ermordet worden und der ein möglicher Verdächtiger war, nicht verdenken konnte.

Als Koronaios nach dem Alibi fragte, übernahm der Anwalt, ein sportlicher, ergrauter Mann Anfang fünfzig, das Reden.

»Ist es wirklich nötig«, fragte er fast drohend, »meinen Mandanten in dieser Situation mit derartigen Fragen zu quälen?«

»Ich nenne Ihnen gern die entsprechenden Paragraphen unserer Strafgesetzordnung«, erwiderte Koronaios kühl, und Michalis wusste, dass das kein Bluff war. Paragraphen waren das Steckenpferd seines Kollegen, seit ihn einmal ein Anwalt aufs Glatteis geführt und Koronaios sich geschworen hatte, dass ihm das nie wieder passieren würde.

Als Dalaras und sein Anwalt eingesehen hatten, dass sie um eine Aussage nicht herumkommen würden, begriff Michalis, warum ein Anwalt bei der Befragung hinzugezogen worden war: Dalaras hatte im Grunde kein Alibi. Er war letzten Freitag nach Heraklion geflogen, hatte Meropi Torosidis überraschen wollen und angeblich erst, als er vor ihrem Hotel stand, angerufen und gesagt, dass er vor Ort sei. Meropi Torosidis habe ihm dann mitgeteilt, dass sie in Chania zu tun und keine Zeit für ihn habe, woraufhin er sich ein Auto gemietet und nach Chania gefahren war. Dort hatte er sich am Hafen in einem Hotel eingemietet – und von da an hatte sich Dalaras vor allem in Bars oder betrunken in seinem Zimmer aufgehalten.

»Sie ist dann nicht mehr ans Telefon gegangen«, begann er mit zitternder Stimme. »Und als ich sie endlich erreicht habe, wollte sie mich nicht sehen. Meine Verlobte, die Frau, die ich liebe! Teilt mir mit, dass sie am nächsten Tag lieber in irgendeine Schlucht gehen will.«

Michalis sah, dass der Anwalt versuchte, Dalaras zu beruhigen, aber dafür war es zu spät.

»Als ob ich bei meiner Verlobten um einen Termin bitten müsste. Ich hab gleich gewusst, dass ich ihr diesen Job auf Kreta hätte verbieten sollen!«

»Herr Dalaras ...«, warf der Anwalt ein, da sein Mandant dabei war, sich um Kopf und Kragen zu reden.

»Und am Sonntag hätte sie angeblich schon wieder Termine. Berufliche!«, schnaubte Dalaras, als der Anwalt plötzlich aufstand.

»Herr Dalaras, ich muss Sie unter vier Augen sprechen.« Dalaras schnappte nach Luft und sah sich verwirrt um.

»Ich hoffe, das findet Ihre Zustimmung.« Der Anwalt blickte Michalis und Koronaios an. »Wenn nicht, müsste ich meinem Mandanten dringend empfehlen, von jetzt an die Aussage zu verweigern.«

»Wie bitte?« Dalaras war empört und schien für einen Moment nicht zu begreifen, was um ihn herum passierte.

»Sie können gern mit Ihrem Mandanten auf den Flur gehen«, erklärte Koronaios dem Anwalt, »einen eigenen Raum können wir Ihnen leider nicht zur Verfügung stellen.«

Der Anwalt ging zur Tür und wartete, dass Dalaras ihm folgte. Der aber blieb sitzen.

»Herr Dalaras.« Der Anwalt war jetzt deutlich verärgert. »Ich bin Ihretwegen um fünf Uhr aufgestanden und musste Termine absagen. Weil Sie auf meinem juristischen Beistand bestanden haben! Also tun Sie jetzt bitte, was ich Ihnen rate, oder ich fliege zurück nach Athen.«

Weil Dalaras nicht reagierte, streckte der Anwalt ihm eine Hand entgegen. Dalaras ließ sich hochziehen und sah Michalis und Koronaios an.

»Können Sie das nicht verstehen? Haben Sie keine Frauen, die Sie lieben?«

Der Anwalt versuchte, Dalaras nach draußen zu bugsieren.

»Ich bin Freitagabend in eine Bar gegangen, in eine von denen am Hafen, in der Nähe dieser Moschee«, fügte Dalaras leise hinzu, »und am nächsten Tag bin ich im Hotel aufgewacht, aber dazwischen ...«

»Herr Dalaras!«, rief der Anwalt ungehalten, und dann konnte er endlich die Tür hinter seinem Mandanten schließen.

»Das habe ich wirklich selten erlebt, dass sich jemand so schnell verdächtig macht und nicht mal sein Anwalt ihn stoppen kann«, meinte Koronaios.

»Es sei denn, er ist unschuldig«, entgegnete Michalis.

»Ich schwör dir, die tischen uns gleich die Geschichte auf, dass er das ganze Wochenende über gesoffen hat, sich aber leider nicht mehr erinnern kann, wo er war, und auch keine Quittungen oder irgendetwas anderes hat.« Koronaios schüttelte den Kopf. »Und wir dürfen dann durch sämtliche Bars am Hafen laufen und uns erkundigen, ob sich jemand an den feinen Herrn erinnert. Sofern er überhaupt da war.« Koronaios zögerte. »Und nicht doch in der Schlucht.«

Klar, das konnten sie nicht ausschließen. Für Michalis überwog hingegen der erste Eindruck, den er von Dalaras gehabt hatte: Ein zwar unsympathischer, aber verzweifelter Mann, der mit Meropi sein Leben verbringen wollte und sie für immer verloren hatte.

Koronaios warf einen Blick auf die Uhr. »Es ist gleich halb zehn. Sollten wir nicht langsam los? Du hattest doch den Eindruck, es sei wichtig, diese Kollegin der Toten zu treffen. Was hältst du davon, wenn ich das hier zu Ende bringe, mich anschließend um das Alibi ihres Geliebten kümmere und du allein nach Sougia fährst?«

Michalis nickte widerwillig. Die Vorschriften sahen vor, dass sie immer zu zweit ermittelten, aber natürlich gab es in dringenden Fällen Ausnahmen, und dies war wohl so ein Fall. Zumal ja der Kriminaldirektor Druck machte.

»Aber nimm deine Dienstwaffe mit«, fügte Koronaios hinzu.

»Da hast du recht«, erwiderte Michalis, auch wenn er seine Waffe ungern bei sich trug. Aber wenn er allein ermittelte, sollte sie zumindest im Handschuhfach liegen.

Michalis wollte gerade aufbrechen, als Dalaras und sein Anwalt wieder ins Büro kamen.

»Mein Mandant möchte Folgendes aussagen«, begann der Anwalt, und es war klar, dass er Dalaras zum Schweigen verdonnert hatte. »Er hatte, seit seine Verlobte Meropi Torosidis ihm am Freitagnachmittag mitgeteilt hatte, dass sie ihn nicht sehen will, damit begonnen, Alkohol zu trinken.«

»Was für Alkohol?«, fragte Michalis schnell, weil er hoffte, dass Dalaras selbst etwas sagen würde. Tatsächlich öffnete er den Mund, doch der Anwalt war schneller.

»Das ist unerheblich. Tatsache ist, dass mein Mandant infolge seines emotionalen Ausnahmezustands und des Alkohols eine stark eingeschränkte Erinnerung daran hat, wo er an diesem Wochenende wann genau war.«

»Aber er wird doch wissen, in welchen Bars er diesen Alkohol getrunken hat.« Diesmal war es Koronaios, der Dalaras aus der Reserve locken wollte.

»Nein, das weiß mein Mandant nicht«, fuhr der Anwalt fort. »Aber so viele Bars wird es im Bereich Ihres Hafens ja nicht geben.«

Michalis nahm die Überheblichkeit des Atheners wahr, der den Provinzlern aus Kreta nicht einmal zutraute, über gute Bars zu verfügen.

»Und Sie werden als gewissenhafte Polizisten die Angaben meines Mandanten sicherlich überprüfen und in Erfahrung bringen, um welche Bars es sich handelt.«

Koronaios blickte erneut auf die Uhr und deutete mit dem Kopf zur Tür. Michalis wusste, dass er hier nicht mehr gebraucht wurde, und verabschiedete sich.

Auf dem Flur kam Myrta ihm entgegen.

»Gut, dass du noch da bist«, sagte sie schnell. »Der Pförtner hat angerufen. Die Eltern von Meropi Torosidis sind unten mit einem Taxi angekommen. Willst du noch mit ihnen reden, bevor du aufbrichst?«

Ja, das wollte er unbedingt, auch wenn er dann zu spät nach Sougia käme. Er würde Savina Galanos anrufen und ihr sagen, dass er aufgehalten wurde.

»Soll ich vielleicht runtergehen und die Eltern heraufbitten?«, bot Myrta an, als sie sah, wie mühsam Michalis sich zum Fahrstuhl schleppte.

»Nein, das mach ich lieber selbst.« Denn vielleicht, so hoffte Michalis, würde ihm die Begegnung mit den Eltern helfen, ein besseres Gespür für diesen Fall zu bekommen.

Dem Ehepaar Torosidis, beide um die sechzig, stand der unfassbare Schmerz über den gewaltsamen Tod ihrer Tochter ins Gesicht geschrieben. Die Mutter war klein, hatte halblange graue Haare und ein rundes Gesicht und war nicht nur vollständig in Schwarz gekleidet, sondern trug trotz der Hitze auch ein schwarzes Schultertuch.

Der Vater war ein sympathischer Mann in einem zerknitterten grauen Anzug, unrasiert und mit vollem grauen Haar mit Seitenscheitel. Er versuchte mühsam, Haltung zu bewahren, und wirkte etwas weniger gebrochen und hilflos als seine Frau.

Herr Torosidis stützte seine Frau, als sie die Treppe zum Eingang hinaufgingen, und Michalis, der ihnen mit den Koffern half, ahnte, dass zumindest die Mutter unter starken Beruhigungsmitteln stand.

»Vielen Dank, dass Sie sich für uns Zeit nehmen«, hatte der Vater bei der Begrüßung gesagt und die Hand von Michalis nicht losgelassen.

Sie fuhren mit dem Fahrstuhl nach oben, und obwohl er

sich vorgenommen hatte, so schnell nicht wieder einzusteigen, war dies für Michalis heute bereits die dritte Fahrt, ohne dass der Lift steckenblieb.

Während des kurzen Wegs nach oben hatte die Mutter sich an die Wand gelehnt und die Augen geschlossen, und als sich die Türen des Lifts öffneten, genügte ein kurzer Blick ihres Mannes, und Michalis griff behutsam nach dem linken Arm der Frau, die die beiden Männer fast aus dem Fahrstuhl heben mussten.

Weil sein eigenes Büro noch besetzt war, brachte Michalis sie zu Myrta, die die beiden sofort mit Wasser versorgte. Dann rief Michalis Jorgos an und bat ihn zu kommen.

»Haben Sie schon ein Hotel hier in Chania?«, fragte Michalis.

»Nein«, erwiderte Torosidis matt.

»Ich kann mich gern darum kümmern«, bot Michalis an, und Herr Torosidis nickte dankbar. Michalis rief im Hotel *Limani Venetiano* an, das nur wenige Gebäude vom *Athena* entfernt lag und mit dessen Geschäftsführer er seit frühester Kindheit befreundet war.

»Sie kennen das Hotel?«, erkundigte sich Torosidis.

»Ja«, antwortete Michalis vage. »Es ist ein gutes Hotel, und Sie bekommen einen sehr fairen Preis.«

Kurz darauf betrat Jorgos das Büro von Myrta und drückte den Eltern von Meropi Torosidis sein Beileid aus.

»Können wir unsere Tochter sehen?«, fragte Torosidis leise, und seine Frau schluchzte laut auf.

»Ja, ich werde sie dorthin begleiten«, antwortete Jorgos so ruhig wie möglich und sah, ebenso wie Michalis, dass Herr Torosidis seiner Frau nicht nur eine Packung Taschentücher reichte, sondern ihr aus einer kleinen Schachtel auch eine Tablette gab.

»Ich hätte vorher noch ein paar Fragen«, sagte Michalis behutsam.

Die Mutter reagierte nicht, doch Herr Torosidis nickte.

»Sie kennen Jannis Dalaras?«, fragte Michalis, nachdem die Frau die Tablette geschluckt hatte.

»Ja, natürlich!«, entfuhr es dem Vater, bevor er wieder in sich zusammensackte. »Jannis und Meropi … im Herbst wollten sie … Er wäre der Vater unserer Enkelkinder geworden …«

Während Frau Torosidis trotz der Beruhigungsmittel laut weinte, bedeckte der Vater seine Augen mit den Händen und versuchte, sich zusammenzunehmen.

»Jannis Dalaras ist nebenan«, sagte Michalis und war unsicher, ob es klug war, das zu erwähnen.

»Warum haben Sie das denn nicht gleich gesagt?« Herr Torosidis sprang auf.

Dalaras wirkte mehr perplex als erfreut, als die Eltern seiner Verlobten plötzlich in dem Büro auftauchten, während er noch immer von Koronaios befragt wurde. Michalis sah deutlich, dass Dalaras, bevor er die beiden begrüßte, seinem Anwalt einen fragenden Blick zuwarf. Erst als der ihn mit einer dezenten Kopfbewegung dazu aufgefordert hatte, sprang Dalaras auf und umarmte die Eltern von Meropi Torosidis.

Auch Koronaios blieb diese eigenartige Reaktion von Dalaras nicht verborgen.

10

Schon der Hubschrauberflug in die Samaria-Schlucht war Michalis wie eine Reise in eine vergangene Welt vorgekommen, und dieser Eindruck wiederholte sich jetzt während der anderthalb Stunden Autofahrt nach Sougia. Bis Alikianos war die Straße gut ausgebaut und von modernen Häusern, Autovermietungen, Bars, kleinen Supermärkten und Kafenions gesäumt, doch spätestens von Nea Roumata an schien die Zeit stehengeblieben zu sein. Michalis tauchte in eine mal karge, mal idyllische und fast verwunschene Welt zwischen Bergen von über tausend Metern Höhe ein. Immer seltener begegneten ihm andere Fahrzeuge; vor einer engen Kurve musste er abrupt bremsen, weil ein alter Mann so wie früher mit einem Maulesel Brennholz transportierte. Hinter Saliana ragten auf einem Plateau plötzlich Dutzende von Windrädern auf, und nachdem Michalis diese passiert hatte und von der Verlassenheit und Kargheit der hochsommerlich ausgedorrten Landschaft wieder verschluckt worden war, hätte er nicht beschwören können, ob er diese modernen, sich langsam drehenden Metallriesen wirklich gesehen hatte.

Während der Fahrt versuchte Michalis, Savina Galanos anzurufen, erreichte aber nur ihre Mailbox. Auch wenn es keinen Grund dafür gab, beschlich ihn doch das Gefühl, dass etwas nicht stimmte. Um sich abzulenken, rief er im *Athena* an, erreichte Takis und wurde von ihm angefahren:

»Jetzt fang nicht du auch noch an, dich ständig nach meinem Zustand zu erkundigen! Ich bin wieder in Ordnung, und mir gehen hier alle genug auf die Nerven!«

Michalis legte zufrieden auf. Wenn sein Vater sich schon wieder so aufregen konnte, war das Schlimmste vorbei.

In Sougia konnte Michalis das Büro der Firma *Psareus* zunächst nicht finden. *Die erste Gasse rechts*, hatte Savina gestern am Telefon gesagt, doch dieser Weg endete als schmale Sackgasse, und es gab keinerlei Hinweise auf eine Firma. Die nächste Straße führte lediglich zur Kirche mit dem Friedhof, und danach kam bereits die Uferpromenade. Wieder sprang bei Savina Galanos nur die Mailbox an. Erneut hinterließ Michalis die Nachricht, dass sie ihn doch bitte anrufen möge. Natürlich konnte sie ihr Handy zu Hause vergessen haben, oder der Akku war leer, doch Michalis beschlich das Gefühl, dass Savina Galanos in Gefahr sein könnte. Er betrat einen winzigen Supermarkt, in dem eine nach Kreta ausgewanderte Holländerin Strandutensilien, Lebensmittel und Schreibwaren verkaufte, und fragte dort nach Savina. Die Ladenbesitzerin konnte ihm nicht weiterhelfen, doch einer ihrer Mitarbeiter, ein attraktiver, bärtiger junger Mann, deutete an, dass er eine Frau namens Savina vor einigen Wochen kennengelernt hatte.

»Anfang dreißig, blond gefärbte Haare?«, fragte der Mann, und Michalis wusste sofort, dass er Savina gern noch etwas näher kennenlernen würde. Der Mann beschrieb Michalis die Gasse, in der er bereits gewesen war, und versicherte, es sei der hintere Eingang im letzten Haus. Danach komme oberhalb eines Abhangs nur die Straße zum Hafen und dahinter als Ausläufer der *Kato Sikótripa* eine steile Felswand.

»Eigentlich leicht zu finden, wenn man sich hier auskennt«, fügte der Mann hinzu, und seine Enttäuschung war unübersehbar, dass er Michalis nicht begleiten konnte.

Michalis folgte der Beschreibung des jungen Mannes bis zu dem heruntergekommenen braunen Gebäude, vor dem er zuvor schon gestanden hatte und bei dem nichts auf die Firma *Psareus* hinwies. Trotzdem stieg er aus und ging auf das Haus zu. Im Erdgeschoss waren die Fenster geschlossen und die Jalousien heruntergelassen, während im ersten Stock auf einem Balkon Wäsche zum Trocknen hing.

Vor dem Haus verbreiterte sich die Gasse, war aber nicht mehr asphaltiert. Etliche Anwohner parkten am Ende dieser Sackgasse, wo, wie Michalis erkennen konnte, tatsächlich eine Felswand anstieg.

Michalis klingelte im Erdgeschoss an der Eingangstür und hörte einen schnarrenden Ton. Dann herrschte Stille, nichts passierte. Erneut klingelte er und hörte, wie auf der Rückseite des Gebäudes eine Jalousie langsam heruntergelassen wurde. Eilig und möglichst leise ging er ums Haus herum und sah gerade noch, wie sich die Lamellen schlossen.

Michalis ärgerte sich, dass er ohne Koronaios hierhergefahren war. Es ging um einen Mord, und er war sich mittlerweile sicher, dass Savina gestern am Telefon wirklich Angst gehabt hatte. Michalis hätte sich von Koronaios Deckung geben lassen und sich Zugang zu dem Haus verschafft. Allein aber konnte das gefährlich werden.

Michalis ging zu seinem Wagen, öffnete geräuschvoll die Türen – auch, um die Hitze entweichen zu lassen –, fuhr los und hielt direkt hinter der ersten Kurve. Dort stellte er den Wagen mitten in der Gasse ab, so dass niemand vorbeifahren konnte, nahm seine Dienstwaffe und das Waffenholster aus dem Handschuhfach und ging an der Hauswand entlang zurück. Er versteckte sich hinter ein paar Feigenbäumen, deren Früchte schon fast reif waren, holte sein Smartphone hervor und wählte.

»Myrta?«, flüsterte er, nachdem sie abgehoben hatte, »hier stimmt etwas nicht. Ich hab das Büro der *Psareus* zwar gefunden, und es ist auch jemand da, aber niemand öffnet. Ruf doch bitte unseren Kollegen Tsimikas aus Paleochora an, der soll herkommen.«

»Bist du in Gefahr?« Myrta klang alarmiert.

»Nein, ich bin vorsichtig. Aber Tsimikas hat einen kürzeren Weg als Koronaios, und vermutlich auch bessere Ortskenntnisse. Ich schick dir die Koordinaten, wo ich genau bin, das ist nicht so leicht zu finden.«

»Ich sag Jorgos Bescheid. Und mach nichts Unüberlegtes!«

Michalis musste lächeln, als er auflegte. Myrta war nicht nur hervorragend in ihrem Job, sondern sie wurde auch immer mehr zur guten Seele der Mordkommission.

Michalis schwitzte, denn in der kleinen Gasse schien die heiße Luft zu stehen. Er behielt das braune Gebäude im Blick, legte sein Holster so an, dass seine Dienstwaffe zu sehen war, und musste nicht lange warten. Die Tür, an der er eben geklingelt hatte, wurde geöffnet, und ein Mann Mitte fünfzig, der sportlich wirkte und trotz der Hitze Jeans, ein weiß-blau kariertes Hemd sowie ein braunes Sakko trug, schloss sorgfältig hinter sich ab. Er sah sich vorsichtig um, rannte fast zu einem der Wagen, die vor dem Haus standen, und fuhr eilig los.

Michalis blieb in seinem Versteck, bis der Wagen ihn passiert hatte, und hörte nur wenige Sekunden später Hupen und das Quietschen von Autoreifen. Er lief zu der Kurve, hinter der sein Wagen mitten in der Gasse stand. Der Mann stieg aus, sah sich um, zog sein Sakko aus und warf es verärgert auf den Beifahrersitz. Michalis näherte sich und zückte seine Dienstmarke. Der Mann sah ihn finster an, die Augen auf die gut sichtbare Dienstwaffe gerichtet.

»Michalis Charisteas. Kriminalpolizei Chania«, sagte Michalis laut. »Ich hatte gerade bei Ihnen geklingelt.«

»Hab ich wohl nicht gehört«, nuschelte der Mann. Er hatte ein kräftiges, kantiges Gesicht mit markanten Augenbrauen und braunen Augen.

»Kann ja passieren. Dürfte ich Ihren Namen erfahren?«

»Was wird das hier?«

»Dies ist eine polizeiliche Aufforderung. Sagen Sie mir einfach Ihren Namen.«

Der Mann zögerte. »Petros Bouchadis«, entgegnete er dann fast unhörbar.

»Sagen Sie mir Ihren Namen bitte so, dass ich ihn verstehen kann.« Michalis kam zwei Schritte näher.

»Petros Bouchadis.«

»Sie arbeiten für die Firma *Psareus*?«

Wieder zögerte Bouchadis.

»Bevor Sie fragen: Ja, Sie sind verpflichtet, mir zu antworten. Also?«

»Ja. Ich arbeite für die Firma *Psareus*.«

Michalis überlegte, ob Bouchadis der Mann war, den er gestern am Telefon im Hintergrund gehört hatte.

»Ich bin hier mit einer Kollegin von Ihnen verabredet.«

»Ach ja?«

Die Überraschung war schlecht gespielt.

»Ist sie im Haus?«

»Wer?«

»Haben Sie mehrere Kolleginnen?« Allmählich ging Michalis diese vorgetäuschte Begriffsstutzigkeit auf die Nerven.

»Nein.«

»Gut. Dann würde ich jetzt gern mit Frau« – Michalis ärgerte sich, dass sein Notizbuch noch im Wagen lag und er sich nicht gleich an den Namen erinnerte – »Savina sprechen.«

»Die ist nicht da«, entgegnete Bouchadis sofort.
»Wo ist sie?«
»Keine Ahnung.«
Michalis wurde wütend und bemerkte, dass Bouchadis das nicht entging, denn er straffte sich und ließ kurz seine kräftigen Muskeln spielen.
»Herr Bouchadis, wir ermitteln in einem Mordfall. Und ich stelle Ihnen die Frage jetzt noch einmal. Wo ist Ihre Kollegin?«
»Savina? Die hat sich heute früh krank gemeldet und geht seitdem nicht ans Telefon.«
Michalis deutete auf das braune Haus, aus dem Bouchadis gekommen war.
»Davon würde ich mich gern selbst überzeugen«, sagte er energisch.
»Haben Sie dazu das Recht?«
»Herr Bouchadis, wenn Sie noch länger unsere Ermittlungen behindern, dann steht in einer Stunde hier ein ganzes Dutzend Polizisten vor der Tür, die Ihr Büro auf den Kopf stellen werden. Ist Ihnen das lieber?«
Das war zwar gebluft, hinterließ aber Eindruck. Der bisher fast angriffsbereit wirkende Mann lenkte ein.
»Dann kommen Sie eben rein. Ich bin allein und wollte gerade zu einem Termin fahren.«
Bouchadis wandte sich ab, um wieder in seinen Wagen zu steigen.
»Wir gehen zu Fuß!«, befahl Michalis.
»Sollen die Autos jetzt hier stehen bleiben?«
»Ja«, erwiderte Michalis, öffnete die Fahrertür des Dienstwagens, stellte das Blaulicht auf das Dach und legte ein Schild der Kripo Chania auf das Armaturenbrett, ohne Bouchadis dabei aus den Augen zu lassen. Außerdem nahm er sein Notizbuch mit, das bei Befragungen immer wieder Eindruck machte,

weil die Leute sich verunsichert fragten, was von dem, das sie sagten, so wichtig war, dass Michalis es sich notierte.

Während sie sich dem braunen Haus näherten, warf Michalis einen Blick auf sein Smartphone und las eine Nachricht, die ihn beruhigte: Myrta hatte geschrieben, dass Tsimikas auf dem Weg nach Sougia sei und in einer guten halben Stunde eintreffen müsste. *Und er scheint stolz auf seine rasanten Fahrkünste zu sein*, hatte Myrta noch hinzugefügt.

Dann sag ihm bitte, dass in der kleinen Gasse in Sougia zwei Wagen im Weg stehen. Ein Rennfahrer könnte die leicht übersehen. Er soll dreimal hupen, wenn er davorsteht, dann weiß ich, dass er da ist, schrieb Michalis zurück, und war froh, dass der Kollege bald hier sein würde. Denn er konnte nicht einschätzen, was ihn in dem Haus erwartete, doch die Geheimniskrämerei um die Firma und das Untertauchen von Savina Galanos waren beunruhigend.

In den Räumen herrschte dasselbe diffuse Schummerlicht wie in der Polizeidirektion in Chania. Allerdings waren die Jalousien nicht heruntergezogen worden, um die Hitze abzuhalten, denn die Räume wurden von einer Klimaanlage stark heruntergekühlt. Vermutlich sollte niemand von außen sehen können, was in diesem Büro vor sich ging.

Bouchadis zog einige Jalousien ein wenig nach oben und ließ Michalis widerwillig gewähren, als der sich überall umsah. Neben einem Büroraum mit zwei großen Schreibtischen gab es eine kleine Küche sowie einen winzigen Raum, in dem eine Liege mit Bettzeug stand. Savina war tatsächlich nicht hier, davon hatte Michalis sich schnell überzeugt.

»Übernachten Sie in diesem Büro?«, wollte er wissen, und Bouchadis zuckte mit den Schultern.

»Hier hab ich immerhin meine Ruhe«, grummelte er.

»Und Savina Galanos?«, fragte Michalis. Er war froh, dass er ihren Nachnamen in seinem Notizbuch gefunden hatte.

»Die hat irgendwo im Ort ein Zimmer.«

»Aber Sie wissen nicht, wo.«

»Mir ist nur wichtig, dass sie morgens auftaucht und ihren Job macht.«

»Sind Sie ihr Chef?«

»Nein.« Bouchadis sah Michalis unwirsch an.

»Haben Sie eine Idee, wo sie sein könnte?«

»Sie stammt von Kreta, hat hier irgendwo Familie. Aber ich weiß nicht, wo«, antwortete Bouchadis vage.

»Sie mögen Ihre Kollegin nicht besonders?«

»Wie kommen Sie darauf?«, erwiderte Bouchadis genervt. Michalis entschied sich, nicht darauf einzugehen.

Es war unschwer, zu erkennen, welcher der zwei Schreibtische Bouchadis gehörte. Auf einem waren Unterlagen, zerknüllte Papiere, ein Tablet-PC, Büromaterialien und großformatige Fotos ohne erkennbares System so verteilt, dass ein Laptop erst auf den zweiten Blick auszumachen war. Neben einer benutzten Kaffeetasse und einem Teller mit Pizzaresten steckte in einem silbernen Rahmen ein Foto von Bouchadis mit einer Frau. Der andere Schreibtisch hingegen war aufgeräumt und hatte farblich gekennzeichnete Ablagen. Savina Galanos arbeitete offensichtlich sehr viel organisierter als Bouchadis. Allerdings gab es auf diesem Schreibtisch keinen Computer. Vermutlich hatte sie ihn gestern mitgenommen, dachte Michalis.

Über Savina Galanos' Schreibtisch hingen detaillierte Landkarten, die die südwestliche Küste Kretas zeigten. Bei näherem Hinsehen begriff Michalis, dass einige dieser Karten Seekarten waren, auf denen die Wassertiefen vor allem westlich von Sougia farbig markiert waren.

Während Michalis sich umsah, bemerkte er, dass Petros Bouchadis wie selbstverständlich begonnen hatte, auf seinem Schreibtisch neue Stapel zusammenzustellen. Die großformatigen Fotos waren verschwunden.

»Ich würde mir die großen Fotos gern ansehen, die eben noch hier lagen«, forderte Michalis Bouchadis auf.

»Was für Fotos?«, entgegnete der, zog fragend seine markanten Augenbrauen hoch und spannte erneut die Muskeln seiner Oberarme an.

»Sie können sie mir freiwillig zeigen, oder Sie werden sie mir schneller aushändigen müssen, als Ihnen lieb ist.«

»Sind Sie sicher, dass Sie da nicht gerade Ihre Befugnisse überschreiten?« Bouchadis' Ton klang bedrohlich.

Michalis ging einen Schritt auf ihn zu und baute sich vor ihm auf.

»Zeigen Sie mir einfach die Fotos«, sagte er energisch. Mit seiner stattlichen Größe überragte er Bouchadis, der zwar einen Moment zögerte, dann jedoch einen Stapel mit Unterlagen zur Seite schob und mehrere Fotos im DIN-A-3-Format hervorzog. Sie zeigten eine traumhaft schöne, nicht sehr große Bucht mit einem Kiesstrand. Oberhalb dieses Strands war eine Kapelle zu erkennen.

Zwischen den Fotos lag auch ein kleineres Foto, das Bouchadis und eine junge Frau in einem winzigen offenen Motorboot vor einer Hafenmauer zeigte.

»Ist das Savina Galanos?« Michalis deutete auf die Frau.

»Ja«, antwortete Bouchadis widerwillig, und Michalis betrachtete das Bild genauer. Die Frau schien Anfang dreißig zu sein und hatte dunkelblonde Haare. Vermutlich gefärbt, denn ihr Haaransatz war ebenso wie ihre Augenbrauen dunkler.

»Wo ist das aufgenommen worden?«

»Hier in Sougia. Unten am Hafen.«

Michalis deutete auf die großen Fotos mit der Bucht und dem Kiesstrand.

»Und wo ist das?«

»Auf dem Weg nach Paleochora.«

»Geht's auch genauer?«, fragte Michalis unwirsch.

Bouchadis gab sich einen Ruck und ging zu einer der Seekarten, die an der Wand hingen.

»Hier.«

Michalis las den Namen, der neben der Bucht stand.

»Lissos. Das ist hier in der Nähe?«, erkundigte er sich.

»Ja. Zwei Buchten weiter Richtung Paleochora.« Bouchadis hatte mit der Antwort gezögert.

Michalis blätterte in einigen Unterlagen, ohne Bouchadis aus den Augen zu lassen, und fand technische Zeichnungen des Küstenverlaufs, der dem der Bucht von Lissos auf den Fotos glich. Dort, wo die Bucht in das offene Meer überging, waren vier große kreisrunde Flächen eingezeichnet.

Michalis stutzte. »Planen Sie eine Fischfarm? Hier in der Gegend?«

»Das sind Betriebsgeheimnisse«, erwiderte Bouchadis schroff.

Michalis nickte. Ohne Durchsuchungsbeschluss war sein Vorgehen riskant. Er wollte, solange der Kollege Tsimikas nicht hier war, keine Eskalation riskieren und legte die Fotos deshalb zurück.

»Wo könnte Savina Galanos also sein?«, erkundigte er sich.

Bouchadis tat, als würde er angestrengt nachdenken. Dann schüttelte er bedauernd den Kopf.

»Tut mir leid. Da kann ich Ihnen wirklich nicht helfen.«

»Und Meropi Torosidis?« Michalis musterte Bouchadis aufmerksam, während er weitersprach. »Haben Sie mit ihr etwas zu tun?«

Bouchadis zuckte leicht zusammen.

»Nein«, erwiderte er, »Frau Torosidis arbeitet direkt für unseren Chef. Ich habe sie nur ein paarmal gesehen.«

»Sicher?«

»Wie meinen Sie das?« Bouchadis klang angriffslustig.

Michalis fixierte ihn und wartete. Je länger er schwieg, desto unruhiger wurde Bouchadis.

»Warum fragen Sie nach Frau Torosidis?«

Michalis antwortete nicht, öffnete stattdessen sein Notizbuch, schrieb etwas hinein und behielt Bouchadis dabei im Auge.

»Es gibt Gerüchte ...« Bouchadis' Blick flackerte.

»Gerüchte?«, entgegnete Michalis.

»Ist ihr etwas passiert?«

»Was haben Sie denn gehört?«, fragte Michalis.

»Es gab wohl eine Tote. In der ... in dieser Schlucht«, entgegnete Bouchadis vage.

»Und mehr wissen Sie nicht? Es gibt Gerüchte über den Tod einer Kollegin von Ihnen, und das interessiert Sie nicht?«, hakte Michalis nach und spürte, dass er Bouchadis in die Enge trieb.

»Wir haben nicht viel miteinander zu tun, und Gerüchte ...«

»Wann haben Sie Frau Torosidis denn zuletzt gesehen?«

Bouchadis kniff die Augen zusammen. »Wir hatten eine Besprechung, etwa vor drei Wochen. Wenn es wichtig ist, kann ich nachsehen«, antwortete er.

»Tun Sie das.«

Während Bouchadis auf seinem Smartphone eine Datei öffnete, entdeckte Michalis ein weiteres Foto. Es war an einen Drucker neben dem Schreibtisch von Savina geklebt und zeigte sie mit einem Mann, vermutlich ihrem Vater. Michalis warf einen genaueren Blick darauf und erkannte im Hintergrund eine Kirche, die auf einem kleinen Felsen in der Nähe einer Küste im Meer stand. Diese Kirche kam ihm bekannt vor, doch ihm fiel nicht sofort ein, woher.

»Genau. Vor drei Wochen. Am dreißigsten Juli«, verkündete Bouchadis.

»Und Ihr Chef, Kyriakos Papasidakis? Wann haben Sie zuletzt mit ihm telefoniert?«

»Herr Papasidakis«, erwiderte Bouchadis gedehnt. »Wir sprechen jeden Tag miteinander, manchmal mehrfach.«

»Also auch heute?«, bohrte Michalis nach.

Bouchadis nickte vage.

»Dann haben Sie doch sicher auch über Frau Torosidis gesprochen?«

»Wie gesagt, Gerüchte ...«, wich Bouchadis aus und kniff die Augen zusammen. »Stimmt es denn, dass Frau Torosidis die Ermordete ist?«

Michalis musterte Bouchadis. »Das sind laufende Ermittlungen«, erklärte er, »darüber kann ich keine Auskünfte geben.«

Bouchadis nickte finster. »Gibt es sonst noch etwas, womit ich Ihnen helfen kann? Ich muss jetzt zu einem Termin.« Bouchadis warf einen Blick auf die Dienstwaffe, und Michalis fragte sich, ob es hier im Büro eine Waffe gab.

In dem Moment hörte Michalis ein lautes Hupen. Dreimal. Tsimikas war also eingetroffen, und Michalis konnte es riskieren, wegen der angeblichen Betriebsgeheimnisse nachzuhaken.

»Diese Fischfarm«, begann Michalis, doch Bouchadis fiel ihm sofort ins Wort.

»Ich hab Ihnen doch schon gesagt, dass das noch nicht für die Öffentlichkeit bestimmt ist!«

Michalis nahm die Zeichnungen mit den markierten runden Flächen in der Bucht von Lissos in die Hand.

»Ich bin nicht die Öffentlichkeit. Ich bin Polizeikommissar und ermittele …«

»… dann würde ich jetzt doch gern wissen, mit welcher Berechtigung Sie hier in unseren Unterlagen herumschnüffeln!«, rief Bouchadis.

In dem Moment pochte jemand an die Tür.

»Herr Charisteas? Herr Charisteas!«, rief ein Mann.

Michalis registrierte, dass Bouchadis verärgert zur Tür blickte.

»Ein Kollege von mir. Öffnen Sie, bevor …«

Noch ehe Michalis den Satz beendet hatte, wurde die Tür aufgerissen, und ein junger, sportlicher Polizeibeamter in Uniform stand mit gezogener Waffe im Türrahmen und versuchte, sich zu orientieren.

Michalis hob beruhigend die Hände.

»Herr Tsimikas, nehme ich an?«

»Ja. Ja!«

Der Mann, höchstens dreißig Jahre alt, war eindeutig übermotiviert und trat vermutlich so forsch auf, weil ihm solche Situationen nicht vertraut waren, vermutete Michalis.

»Sie können die Waffe runternehmen. Ich wollte gerade gehen. Es ist alles in Ordnung hier.« Michalis sah, dass Bouchadis hektisch zwischen Tsimikas und ihm hin und her blickte.

»Und wer ist das?«, wollte Tsimikas wissen.

»Das ist Petros Bouchadis«, teilte Michalis ihm mit, weil Bouchadis nichts sagte. »Ich gehe davon aus, dass er hier in der Gegend an der Errichtung einer Fischfarm arbeitet. Aber darüber spricht er nicht so gern.«

»Ah. Die Fischfarm.« Tsimikas nickte, als wüsste er längst Bescheid.

Bouchadis schien sich zu fragen, was das Auftauchen von Tsimikas zu bedeuten hatte.

»Wenn Ihnen vielleicht doch noch einfällt, wie ich ihre Kollegin erreichen kann«, ermahnte Michalis, »sollten Sie mich unverzüglich informieren. Wir Polizisten können auch unangenehm werden.«

»Ich weiß es wirklich nicht. Und ich bräuchte Savina eigentlich auch dringend hier im Büro.« Bouchadis nahm die Drohung von Michalis ernst, daran bestand kein Zweifel.

Michalis ließ Bouchadis beim Verlassen des Büros den Vortritt. Tsimikas trat einen Schritt zur Seite, behielt seine Waffe aber in der Hand und ließ Bouchadis auch nicht aus den Augen, als Michalis seinen Wagen zur Seite fuhr.

»Vielen Dank, dass Sie so schnell gekommen sind«, sagte Michalis, nachdem Bouchadis auf die Hauptstraße abgebogen war, und reichte Tsimikas die Hand. »Es war nicht abzuschätzen, ob die Situation eskalieren würde.«

»Kein Problem.« Tsimikas nickte. »Im Sommer bin ich ganz froh, mal rauszukommen. Seit Wochen geht es nur um Kleinigkeiten unter Touristen, und das wird wohl auch in nächster Zeit so sein.« Tsimikas' Blick wurde ernst. »Ihr Einsatz hier« – er zögerte – »hat mit dem Mord in der Schlucht zu tun, wurde mir gesagt.«

»Es gab einen Hinweis«, entgegnete Michalis vage. Natürlich war Tsimikas ein Kollege, aber Michalis wusste, dass in diesen kleinen Orten der Sfakia jeder jeden kannte. »Sie kennen die Firma *Psareus* und wissen von der geplanten Fischfarm?«, fragte er.

»O ja.« Tsimikas nickte. »Das ist bei uns in Paleochora ein

großes Thema. Die wollen eine Fischfarm bauen, aber davon sind nicht alle begeistert.«

»Warum?«

»Wir haben viele kleine Fischer, die um ihre Existenz fürchten. Und ein paar Umweltschützer sind auch dagegen. Denen hört zwar keiner so richtig zu, aber die Fischer, die werden ernst genommen.«

»Und wer ist dafür?«

»Unternehmer, Restaurants … Von einer Fischfarm sollen sie guten Fisch in konstanter Qualität bekommen. Unsere Fischer kommen oft nur mit sehr kleinen Fischen vom Meer zurück, darüber sind die Wirte nicht glücklich. Außerdem …«

»Ja?«

»Im letzten Jahr waren Kommunalwahlen. Seitdem haben wir einen neuen Bürgermeister. Der erhofft sich zusätzliche Steuereinnahmen und ist ganz begeistert von dem Projekt.«

Michalis nickte und fragte sich, warum Bouchadis so ungern über die Pläne der Firma *Psareus* hatte reden wollen. Ein Geheimnis schien die Fischfarm jedenfalls nicht zu sein.

»Wegen der toten Frau in der Schlucht«, wollte Tsimikas wissen, »kommen Sie denn da voran?«

»Ja, aber wir sind noch am Anfang der Ermittlungen.« Michalis hielt sich weiterhin bedeckt.

»Schreckliche Geschichte.« Tsimikas nickte und hätte wohl gern mehr erfahren.

»Ich muss jetzt einige Telefonate führen und dann zurück nach Chania.« Michalis reichte Tsimikas die Hand. »Vielen Dank für die unkomplizierte Amtshilfe.«

»Kein Problem, sehr gern.«

»Gut, dann bis zum nächsten Mal.«

Nachdem Tsimikas gefahren war, rief Michalis Jorgos an und informierte ihn über das, was er in Sougia erfahren hatte.

»Ich hör mich hier im Ort mal um. Vielleicht weiß jemand, wo diese Savina stecken könnte«, sagte Michalis und dachte dabei an den bärtigen jungen Mann in dem Supermarkt.

»Mach das. Koronaios ist unterwegs und versucht, das Alibi von Jannis Dalaras zu überprüfen«, erwiderte Jorgos.

»Ist der denn auskunftsfreudiger geworden?«, fragte Michalis.

»Nicht sehr. Aber ein paar Details zu den Bars, in denen er angeblich war, sind ihm doch noch eingefallen.«

»Immerhin. Und …«

»Ja?«, fragte Jorgos, als Michalis verstummte.

»Hast du von meiner Familie etwas gehört? Ist mit Takis alles in Ordnung?«

»Ja, alles in Ordnung mit ihm. Du warst kaum losgefahren, da rief er mich an, damit ich deiner Schwester und deiner Mutter verbiete, dich ständig anzurufen. Hat offenbar geklappt.« Jorgos lachte.

Ja, wenigstens das hatte funktioniert. Ansonsten hatte dieser Vormittag bisher vor allem eine Menge neuer Fragen aufgeworfen, dachte Michalis.

Beim Einsteigen in seinen Wagen stöhnte er auf. Sein Muskelkater quälte ihn noch immer.

Michalis bog an der Hauptstraße rechts zur Strandpromenade ab und hielt erneut vor dem kleinen Supermarkt. Der bärtige Mitarbeiter wusste sofort, wo im Ort Savina ein Zimmer gemietet hatte, denn die Vermieterin war seine Tante. Ein Anruf genügte, um zu erfahren, dass Savina seit gestern früh nicht mehr dort gewesen war. Als Michalis nachfragte, ob die Vermieterin wirklich sicher war, dass Savina sich nicht in ihrem Zimmer aufhielt, rief der Bärtige erneut seine Tante an und lächelte, als er auflegte.

»Meine Tante hat persönlich heute den Zimmerservice gemacht. In dem Zimmer sieht es so ordentlich aus wie immer, und Savina ist nicht da.«

Michalis erfuhr, dass die Tante ebenfalls in dem Haus wohnte und vermutlich sehr genau verfolgte, wann die attraktive junge Frau, auf die ihr Neffe ein Auge geworfen hatte, bei ihr ein und aus ging.

»Würden Sie mich bitte anrufen, wenn Savina Galanos wieder auftaucht?«, bat Michalis, reichte dem Bärtigen seine Visitenkarte und ließ sich von ihm erklären, wo er an der Strandpromenade eine Kleinigkeit essen konnte.

Mit einer Landkarte vom westlichen Kreta, die er in dem Supermarkt gekauft hatte, setzte Michalis sich in ein Café direkt am Strand, blinzelte in die Sonne, genoss den kühlenden Wind und bestellte einen Frappé sowie einige *Kolokythokeftedes*, Zucchinifrikadellen. Dann studierte er die Karte und fand die Bucht namens Lissos, in der die Firma *Psareus* plante, ihre Fischfarm mit den riesigen, runden Käfigen zu errichten. Die Bucht war nicht weit von Sougia entfernt, aber es führte keine Straße dorthin. War es möglich, überlegte Michalis, eine Fischfarm nur vom Meer aus zu betreiben? Mussten die Fische nicht ständig versorgt und später auch transportiert werden?

Vor allem aber fragte sich Michalis, wo diese Savina steckte und was sie ihm hätte sagen können. Und warum war sie nicht erreichbar und meldete sich nicht? War ihr womöglich etwas zugestoßen?

Michalis sah sich auf der Karte auch an, wo genau der Einstieg in die Samaria-Schlucht war, und beschloss, auf dem Rückweg nach Chania einen Umweg über die Omalos-Hochebene zu fahren. Vielleicht würde er dort, wo Meropi Torosidis vermutlich ihre Wanderung begonnen hatte, einen Hinweis darauf finden, was an dem Tag passiert war.

Der kurze Moment der Ruhe, der Blick auf das glitzernde, fast gleichmäßig auf den Strand auflaufende Meer, auf die vielen spielenden Kindern, die kreischend über den Sand und durch das Wasser rannten, und auf die jungen Paare, die ihre Zweisamkeit genossen – all das tat Michalis gut und half ihm dabei, seine Gedanken zu sortieren.

Was wussten sie bisher?

Eine junge Frau hatte zwei Tage lang tot in der Samaria-Schlucht gelegen, bevor ihre Leiche gefunden wurde und bevor jemand sie als vermisst gemeldet hatte. Was umso eigenartiger war, als es in Chania ja sogar zwei Männer gab, die sie angeblich geliebt hatten. Der eine erst seit drei Wochen, der andere schon seit Jahren. Warum war keiner von ihnen auf die Idee gekommen, sie als vermisst zu melden, wenn sie zwei Tage lang nicht ans Handy ging? Beide wussten sicherlich mehr, als sie bisher zugegeben hatten.

Dann gab es noch eine Savina Galanos, die Arbeitskollegin der Toten, die sich Sorgen machte, aber nicht erreichbar war. Vielleicht hätte sie Informationen, die ihnen helfen würden.

Michalis nahm sein Handy, rief Koronaios an und sagte ihm, dass er sich auf den Rückweg machen werde, aber den Umweg über die Omalos-Hochebene und Xyloskalo nehmen wolle, um sich dort umzusehen. Dalaras, so erfuhr Michalis, hatte Koronaios zwei Bars genannt, an die er sich dunkel erinnerte. Die eine hatte vormittags geschlossen, und zu der anderen war Koronaios gefahren, doch dort konnte sich niemand an Dalaras erinnern. Allerdings war es am Wochenende laut Barkeeper sehr voll gewesen.

Der Anwalt war ebenso wie sein Mandant empört darüber gewesen, dass Dalaras Kreta nicht verlassen durfte, und drohte nun, dagegen vorzugehen.

Eine knappe Stunde später erreichte Michalis die Hochebene von Omalos und Xyloskalo mit dem Einstieg zur Schlucht. Hier oben, in gut tausendzweihundert Metern Höhe, war es deutlich kühler als direkt an der Küste. In der Schule hatte Michalis gelernt, um wie viel Grad es pro hundert Metern Höhenunterschied kühler wurde, aber die Zahl hatte er vergessen. Zumal es nicht wirklich kühl, sondern nur etwas erträglicher war.

Michalis war bis an das Ende der Straße gefahren, wo hinter einer Schranke und einem Kassenhäuschen der Einstieg zur Samaria-Schlucht lag. Jetzt, gegen Mittag, war es ruhig, nur vereinzelt kamen Wanderer, lösten ihr Ticket, bekamen Instruktionen von den Rangern und machten sich auf den Weg durch die Schlucht.

Hier also war Meropi vor drei Tagen morgens losgelaufen. Von einer Plattform aus warf Michalis einen Blick auf den ersten Teil des Weges. Der Pfad war so schmal, dass zwei Menschen kaum nebeneinander gehen konnten. Michalis versuchte sich vorzustellen, wie es hier morgens um acht Uhr aussah, wenn Kolonnen von Reisebussen die Touristen absetzten. Vermutlich gab es an dem Kassenhäuschen lange Schlangen, und danach ergoss sich ein nicht enden wollender Strom von Wanderern in die Schlucht.

Wenn jemand, überlegte Michalis, Meropi gefolgt war, dann hätte er bis zum Tatort in Sichtweite zu ihr bleiben müssen, sonst hätte er sie aus den Augen verloren. War es vorstellbar, dass jemand, den Meropi kannte, über Stunden in ihrer

Nähe geblieben war, ohne von ihr bemerkt zu werden? Sprach das eher dafür, dass sie den Täter nicht kannte – oder sprach es dafür, dass sie ihn kannte und mit ihm gemeinsam unterwegs gewesen war, bis sie nach Stunden zusammen den Weg verlassen hatten und Meropi erschlagen worden war?

Vor dem Eingang zur Schlucht gab es einen kleinen Laden mit Souvenirs, Getränken und einigen Lebensmitteln. Michalis zeigte den Verkäufern, die auch letzten Samstag hier gearbeitet hatten, das Foto von Meropi, doch natürlich erinnerte sich niemand an sie, dafür waren einfach zu viele Menschen hier gewesen. Dieselbe Antwort bekam Michalis von dem Mann am Kassenhäuschen sowie in der Taverne, die oberhalb des Eingangs lag und von deren Terrasse aus man einen beeindruckenden Blick in die Schlucht hatte.

Michalis wollte schon nach Chania aufbrechen, als er sah, dass vor dem Infozentrum des Nationalparks Manolis Votalakos, der Ranger, der sie durch die Schlucht zum Tatort geführt hatte, in einen Geländewagen stieg. Michalis hielt neben ihm an.

»Kommen Sie mit den Ermittlungen voran?«, fragte Votalakos.

»Ja. Aber es ist noch zu früh für endgültige Ergebnisse.«

»Hoffentlich haben Sie den Täter bald.« Votalakos nickte nachdenklich. »Die Leute sind verunsichert. Und auch meine Mitarbeiter sind nicht mehr gern allein unterwegs, solange hier ein Mörder frei rumläuft.«

»Kommen weniger Besucher?«

»Erstaunlicherweise, ja. Wobei ich mich frage, wie sich das so schnell herumgesprochen haben kann.« Votalakos zog die Augenbrauen zusammen und blickte finster Richtung Schlucht.

»Ist einem Ihrer Leute noch etwas aufgefallen? Oder hat sich jemand an etwas erinnert, was ungewöhnlich war?«

Votalakos überlegte. »Wissen Sie denn mittlerweile genau, wann der Mord passiert ist?«

»Letzten Samstag. Die Gerichtsmedizin ist sicher, und das deckt sich mit allem, was wir bisher herausgefunden haben. Auf jeden Fall ist die Tote an dem Tag zuletzt gesehen worden.«

»Letzter Samstag ...« Votalakos kratzte sich am Bart. Er stand im Schatten einer Kiefer, durch die hindurch einzelne Sonnenstrahlen auf sein Gesicht fielen.

»Ein Stück da runter.« Votalakos deutete Richtung Omalos. »Einer der Hirten hat erzählt, dass ein Wagen seinen Ziegen den Weg versperrt hatte. Und weil das Fahrzeug unter einem Feigenbaum stand, waren seine Tiere auf das Autodach geklettert, damit sie an die grünen Blätter rankamen.«

»Was für ein Wagen war das? Und wann?«

»Ich hab mit dem Ziegenhirten nicht selbst gesprochen. Aber es soll wohl ein Mietwagen gewesen sein, so ein weißer. Und wann ...« Wieder fuhr Votalakos sich durch den Bart. »Vormittags oder mittags. Aber vielleicht bekomme ich das noch raus.«

»Ich würde gern mit diesem Ziegenhirten reden. Könnten wir ihn anrufen, oder wissen Sie, wo ich ihn finde?«

Votalakos runzelte die Stirn.

»Da müsste ich rumfragen. Einer meiner Ranger hatte das im Kafenion beim Tavli aufgeschnappt. Abends, da sitzen die Hirten und Bauern drüben in Omalos zusammen. Jetzt sind sie gerade bei ihren Tieren, und das kann hier überall sein.« Er machte eine vage Geste, die die gesamte Hochebene zu umfassen schien.

»Gut. Melden Sie sich bitte, sobald Sie etwas hören.«

»Ja. Natürlich.«

Nachdem Michalis die Hochebene verlassen hatte, spürte er trotz der Klimaanlage, dass es draußen immer heißer wurde. Die Straße flimmerte vor Hitze.

Konnte dieser ungewöhnlich geparkte Mietwagen etwas mit dem Mord zu tun haben? Dalaras, so erinnerte sich Michalis, hatte sich in Heraklion einen Mietwagen genommen. Sein Alibi war bisher dünn, und es war nicht auszuschließen, dass er seinen alkoholbedingten Absturz nur erfunden hatte.

Michalis dachte auch über Bouchadis nach. Wollte er einfach nur Firmengeheimnisse wahren und wusste tatsächlich nicht, wo Savina war? Und kannte er Meropi Torosidis wirklich nicht gut genug, um über ihren Tod erschüttert zu sein?

Während Michalis seine Gedanken zwischen den bisher Verdächtigen hin und her wandern ließ, fiel ihm plötzlich ein, woher er die kleine Kapelle auf dem Foto mit Savina und dem älteren Mann kannte: Er hatte vor zwei Jahren mit Hannah einen Ausflug gemacht, und zusammen waren sie auf einer schmalen, vom Meer umspülten Mole zu dieser Kapelle gewandert. Der Ort hieß Georgioupolis und war nur eine gute halbe Stunde von Chania entfernt. Aber jetzt musste er erst einmal zurück zu Koronaios und sich mit ihm besprechen.

In der Polizeidirektion nahm er bereits im Treppenhaus vor seinem Büro einen ungewöhnlichen Essensgeruch wahr, und auf dem Tisch von Koronaios stand tatsächlich ein Pizzakarton.

»In der Kantine gab es *Pastitsio,* das einfach ungenießbar war«, sagte Koronaios fast entschuldigend. »Die Kollegen aus dem ersten Stock haben mir etwas mitgebracht. Hast du schon gegessen?«

»Nein. Aber es wird langsam Zeit.«

»Vielleicht finden wir ja einen Grund, ins *Athena* zu fahren. Eine der Bars, in der Dalaras am Samstag angeblich gewesen war, öffnet gleich, das ist nicht weit weg von eurer Taverne.«

»Ich würde lieber woanders hinfahren«, erwiderte Michalis.

»Wohin denn?«

»Georgioupolis.«

»Georgioupolis?«

Die Frage war aus Richtung Tür gekommen. Michalis drehte sich um und sah, dass Jorgos dort aufgetaucht war. Er hatte eine Plastiktüte in der Hand.

»Was willst du in Georgioupolis?« Jorgos trat in den Raum und stellte die Tüte auf den Tisch. »Das hat vorhin deine Schwester an der Pforte abgegeben. Deine Mutter hat sich offenbar Sorgen um ihren Jüngsten gemacht.«

Jorgos verschwand kurz im Flur und kam mit Myrta zurück, die Geschirr und Besteck brachte.

»Danke, Myrta. Willst du auch etwas essen?«, bot Michalis ihr an, während Koronaios es kaum erwarten konnte, dass Michalis die Köstlichkeiten aus der Küche des *Athena* auspackte.

»Vielleicht später, ich sitz gerade an eurem Protokoll der Befragung von Dalaras. Kann ich sonst noch was tun?«, erkundigte sich Myrta.

»Ja. Jannis Dalaras hat uns gesagt, dass er sich in Heraklion einen Mietwagen genommen hat. Könntest du herausfinden, was das für ein Wagen war und ob er schon zurückgegeben worden ist? Und wenn ja, in welchem Zustand?«

Alle sahen Michalis verblüfft an.

»Wie kommst du auf diesen Wagen?«, fragte Jorgos.

»Letzten Samstag gab es einen Mietwagen, der in der Nähe

des Einstiegs zur Schlucht den Weg versperrte. Und es sind Ziegen drauf herumgeklettert.«

»Das kann der Wagen von irgendwem gewesen sein«, warf Koronaios ein.

»Natürlich.« Michalis sah die anderen an. »Aber vielleicht hat es ja doch etwas zu bedeuten, wenn an dem Tag, an dem Meropi Torosidis ermordet wird, an einer Stelle ein Mietwagen steht, wo sonst nie einer steht.«

»Wird erledigt«, sagte Myrta und verschwand.

»Und wenn du schon dabei bist!«, rief Michalis ihr nach. Myrta tauchte wieder in der Tür auf.

»Schau doch mal, ob du ein Foto von Savina Galanos findest. Anfang, Mitte dreißig. Ich hab ein Bild von ihr gesehen, auf dem sie blond gefärbte Haare hatte.«

»Noch etwas?«, wollte Myrta wissen, denn sie sah, dass Michalis zögerte und sich nachdenklich durch den Bart fuhr.

»Und prüf doch auch, ob es in Georgioupolis eine Familie Galanos gibt«, fügte er, einem Gefühl folgend, hinzu.

Myrta verschwand mit einem Nicken.

Wie Michalis seine Mutter kannte, hatte sie genug eingepackt, um im Zweifel die ganze Abteilung versorgen zu können. Es gab *Marasopittes*, Fenchelpasteten, und *Kaltsounia me chorta*, Teigtaschen mit Wildgemüse, und beides duftete unwiderstehlich. Bevor Michalis zu essen begann und Koronaios und Jorgos etwas anbot, legte er einige *Marasopittes* und *Kaltsounia* auf einen Teller und wollte ihn Myrta bringen.

»Lass mich das lieber machen«, sagte Jorgos, nachdem er gesehen hatte, wie mühsam Michalis sich wegen seines Muskelkaters bewegte. Er nahm ihm den Teller ab und ging zu Myrta ins Büro.

»Kannst du mir erklären, warum dieser Bouchadis so abweisend war?«, fragte Koronaios, nachdem Jorgos zurückgekommen war und Michalis von der Begegnung in Sougia berichtet hatte. »Könnte er oder könnte die ganze Firma *Psareus* etwas mit dem Mord zu tun haben?«

»Diese Firma will offenbar nicht, dass jemand von ihrem Büro in Sougia erfährt. Und dann diese Savina Galanos … Vielleicht ist sie wirklich krank, vielleicht ist sie aber auch abgetaucht. Oder« – Michalis zögerte – »oder sie ist in Gefahr.«

»Und du vermutest sie in Georgioupolis.« Jorgos sah Michalis beunruhigt an.

»Es ist bisher der einzige Hinweis. In Sougia ist sie offenbar nicht, und Bouchadis hat angedeutet, dass sie auf Kreta Familie hat. Wenn wir Glück haben, lebt die in Georgioupolis, oder jemand von dort kennt sie.«

Michalis sah Jorgos direkt an.

»Wie weit sind die Kollegen in Heraklion? Haben wir den Bericht schon bekommen?«

»Mein Kollege aus Heraklion hat mir zugesichert, dass wir den Bericht bis heute Abend haben«, erwiderte Jorgos.

»Da bin ich ja mal gespannt«, kommentierte Koronaios.

»Das ist aber bei weitem nicht unser größtes Problem«, fuhr Jorgos ungehalten fort. »Unser Direktor Karagounis will so schnell wie möglich eine Verhaftung. Die Reiseveranstalter und die Hotels machen Druck, und auch der Gouverneur hat sich schon eingeschaltet und erwartet Ergebnisse. Und die Bürgermeister von Chania und Heraklion musste Karagounis wohl bereits mehrfach beschwichtigen.«

»Aber auch unserem Kriminaldirektor ist sicherlich klar, dass für eine Verhaftung hinreichende Gründe vorliegen müssen«, entgegnete Michalis.

»Selbstverständlich. Allerdings gehört es auch zu seinen Aufgaben, die Öffentlichkeit zu beruhigen.«

Bevor Michalis antworten konnte, stand Myrta wieder in der Tür.

»Die Familie Galanos scheint entweder sehr alt und weitverzweigt oder überaus kinderreich zu sein«, sagte sie grinsend. »Ich habe in Georgioupolis den Namen Galanos siebzehn Mal gefunden. Allerdings keine Savina.«

»Dann lebt sie vermutlich nicht hier. Vielleicht wohnt sie in Athen, wenn sie für diese Firma arbeitet.« Michalis nickte. »Gibt es Adressen zu den Namen?«

Myrta schüttelte den Kopf.

»*Ochi*. Nein. Georgioupolis ist so klein, da gibt es keine Straßennamen.«

»Wir werden uns durchfragen. Das haben wir noch immer geschafft«, schaltete Koronaios sich ein.

»Ich hab dir ein Foto von Savina geschickt. Ist von der Homepage der Firma *Psareus*«, ergänzte Myrta, bevor sie sich wieder an die Arbeit machte.

11

Die Schnellstraße war angenehm leer, und sie brauchten nur eine halbe Stunde, um Georgioupolis zu erreichen.

Michalis folgte dort einer kleinen Straße bis ins Zentrum, das aus einem quadratischen Platz mit zwei großen, runden Brunnen bestand, aus deren Mitte dünne Fontänen nach oben schossen. Um diesen Platz herum gab es Geschäfte und Tavernen, jedoch nur wenige Touristen schlenderten umher, kauften ein oder tranken Frappé. Die meisten Urlauber waren vermutlich am Strand und kühlten sich in den Wellen ab.

»Bin ich froh, wenn mir nicht mehr jeder Schritt weh tut«, stöhnte Koronaios, als sie sich aus dem Wagen gequält hatten.

»Und diese Temperaturen könnten auch langsam mal zurückgehen«, ergänzte Michalis.

»Meine Frau hat im Radio gehört, dass in den nächsten Tagen Wind aufkommen und es dann kühler werden soll.«

»Aber hoffentlich nur Wind und kein Unwetter.« Michalis erinnerte sich an einen Sommer vor einigen Jahren, als eine Hitzeperiode mit einem *Meltemi*, dem starken Sommerwind aus dem Norden, geendet hatte, der im Südwesten Kretas zu einem Sturm geworden war und an den Stränden Sonnenschirme in gefährliche Geschosse verwandelt hatte.

»Wir sollten in einer Apotheke nach Savina fragen«, schlug Koronaios vor, als er hinter dem Springbrunnen ein leuchtend grünes Kreuz entdeckte. »Apotheker kennen jeden in so einem kleinen Ort, und wahrscheinlich können sie uns sogar sagen, wer aus der großen Familie Galanos wann welche Krankheiten hatte.«

Die Apothekerin, eine Frau Ende vierzig mit einem freundlichen Lachen, kannte in der Tat alle Mitglieder der Familie Galanos, brauchte aber einen Moment, um sich an eine Savina zu erinnern. Erst als Michalis ihr auf seinem Smartphone das Foto der jungen Frau zeigte, erinnerte sie sich.

»Ja, Savina, stimmt, aber die hatte früher dunkle Haare, und sie scheint abgenommen zu haben. So ist das wohl, wenn die jungen Frauen in Athen Karriere machen.«

Die Apothekerin erklärte ihnen, wo sie diesen Teil der Familie Galanos finden würden. Der Bruder betrieb nach ihren Angaben einen kleinen Supermarkt, in dem auch die Eltern arbeiteten. Der Vater, so wusste sie noch zu berichten, hatte ein kleines Fischerboot.

An der Kasse des sehr überschaubaren Supermarkts stand ein hochaufgeschossener Mann mit einer altmodischen braunen Hornbrille. Er war Mitte dreißig und tippte mürrisch die Einkäufe zweier älterer Amerikanerinnen in die Kasse. Michalis vermutete, dass er der Chef des Ladens und damit der Bruder von Savina war.

Koronaios holte seinen Polizeiausweis hervor, und nachdem die amerikanischen Kundinnen gegangen waren, näherten sie sich dem Mann an der Kasse.

»Wir sind auf der Suche nach Savina Galanos«, sagte Michalis.

Der Mann erschrak.

»Ja? Worum geht's?«, fragte er und sah sich unsicher um. Im Hintergrund war das Summen der Kühlanlage zu hören, und auf der Straße rannten Kinder vorbei. Michalis bemerkte, dass der Mann mit einer Frau Mitte fünfzig, die im hinteren Bereich des Ladens ein Regal einräumte, einen Blick wechselte.

Michalis lächelte und streckte dem Mann die Hand entgegen.

»Mein Name ist Michalis Charisteas. Ich habe gestern mit Savina Galanos telefoniert und war heute Vormittag mit ihr verabredet. Sie ist seitdem leider nicht erreichbar, hat aber möglicherweise wichtige Informationen für uns.«

Der Mann wirkte überforderte.

»Ich bin Panagiotis Galanos. Savina ist meine Schwester. Aber ...« Wieder warf er einen Blick zu der Frau am Ende des Ladens. »Aber wo Savina gerade ist ... da kann ich Ihnen leider nicht helfen.«

Michalis sah, dass die Frau langsam zu einer Tür ging, diese öffnete und schnell verschwand.

»Wann haben Sie Ihre Schwester denn zuletzt gesehen?«, fragte Koronaios energisch.

»Gesehen? Pfff ...«

Der Bruder fühlte sich in die Enge getrieben. Vielleicht, überlegte Michalis, hatte Savina ihre Familie dazu angehalten, niemandem zu sagen, wo sie sich aufhielt, und jetzt war ihr Bruder unsicher, ob das auch für die Polizei galt.

»Gestern Abend war sie hier, da ging es ihr nicht gut, aber wo sie jetzt ist ...«

Michalis und Koronaios warfen sich einen kurzen Blick zu, und Michalis deutete mit den Augen Richtung Ausgang. Koronaios ging so schnell er konnte nach draußen. Michalis reichte dem Bruder eine Visitenkarte.

»Falls Ihnen doch noch etwas einfällt oder falls Ihre Schwester sich melden sollte ... es ist dringend.«

Panagiotis nahm die Karte und fuhr mit dem Zeigefinger an einer der Kanten entlang.

»Sobald ich von Savina etwas höre, melde ich mich.«

»Sie kann sich auch gern selbst melden. Es ist wirklich wichtig.«

Michalis verabschiedete sich, sah sich auf der Straße um und entdeckte Koronaios in einer Seitengasse, wo er auf ihn wartete, hektisch winkte und sofort weiterging. Erst als Michalis, so schnell es sein Muskelkater erlaubte, aufgeholt hatte, sah er, dass Koronaios der Frau folgte, die den Laden durch die Hintertür verlassen hatte.

Die Frau bog in eine kleine Straße ein, die zum Hafen führte. Je näher sie dem Hafen kamen, desto mehr Urlauber waren unterwegs, und Michalis hatte Sorge, sie könnten die Frau aus den Augen verlieren.

Die Frau passierte eilig eine Brücke, die über den kleinen Hafen und den Fluss *Almiros* führte, der nach einigen hundert Metern ins Meer mündete. Jenseits der Mündung war die kleine Kirche zu sehen, die Michalis auf dem Foto mit Savina aufgefallen war. Sie stand auf einem flachen Felsen und war nur durch einen schmalen Steindamm zu erreichen.

Der Weg, den die Frau nahm, führte sie an der westlichen Seite des Hafens zu einem kleinen, blau-weißen Fischerboot, dessen Aufbauten türkis-blau gestrichen waren. Aus einer Luke tauchte ein Mann von Ende fünfzig auf, während an Deck eine blonde Frau mit glatten, halblangen Haaren gelbe Netze und deren kleine rote Schwimmkörper herrichtete.

Die blonde Frau musste Savina Galanos sein, da war Michalis sicher. Die ältere Frau ging zurück Richtung Brücke, und der Mann verschwand in der Luke, die zu dem kleinen Maschinenraum führte.

»Savina Galanos?«, sagte Michalis halblaut und möglichst freundlich, und die blonde Frau drehte sich um. Sie trug eine ältere, abgeschnittene Jeans und ein T-Shirt mit Farbresten vom Lackieren des Schiffs, doch ihr schmales, energisches Gesicht und ihr trainierter Oberkörper, der nach Fitnessstudio und nicht nach regelmäßiger Arbeit auf einem Fischerboot aussah, ließen ahnen, dass dies nicht ihre übliche Kleidung war.

»Ja?«, erwiderte sie nervös.

»Wir hatten gestern telefoniert. Michalis Charisteas.« Michalis sah, dass Koronaios seine Polizeimarke hochhielt. »Ich war heute Vormittag in Sougia. In Ihrem Büro. Sie waren nicht da.«

»Nein. Ich war …« Savina stockte.

»Ich weiß, Sie haben sich krankgemeldet. Wir müssen aber mit Ihnen reden.«

Aus der Luke zu dem kleinen Maschinenraum tauchte der ältere Mann wieder auf. Er war unrasiert und hatte eine Halbglatze sowie einen breiten grauen Schnurrbart. Sein Unterhemd hatte wohl schon etliche Bootsanstriche mit verschiedenen Lackfarben erlebt.

»Alles in Ordnung?«, erkundigte er sich. »Wer ist das?«

»Das ist die Polizei.«

»Und was wollen die?« Das Misstrauen, das fast jeder Kreter instinktiv gegenüber der Polizei hatte, war unüberhörbar.

»Vielleicht sagen Sie uns erst mal, wer Sie sind«, rief Koronaios, noch immer seine Polizeimarke in der Hand haltend.

»Ich bin der Besitzer dieses Schiffs. Und hier an Bord haben Sie mir überhaupt nichts zu sagen«, entgegnete der Mann verächtlich.

»Papa. Es kann sein, dass das wichtig ist«, beschwichtigte Savina.

Galanos musterte Savina verärgert.

»Wir müssen mit Ihrer Tochter reden«, sagte Michalis behutsam.

»Dann reden Sie doch mit ihr.«

»Wir müssen über Dinge reden, die nicht jeder mitbekommen sollte.« Michalis hatte gesehen, dass sich um das Boot ein Halbkreis von Urlaubern gebildet hatte. Savina hatte sich abgewandt und blickte zu der kleinen Kirche, die, von hier aus betrachtet, neben der Hafeneinfahrt auf dem Meer zu schwimmen schien.

»Dürfen wir an Bord kommen?«, fragte Michalis.

»Eigentlich nicht«, knurrte Galanos leise. »Ist nicht gut für den Fang, wenn Leute wie Sie hier an Bord waren.«

Der Aberglaube von Fischern, das wusste Michalis, war ausgeprägt, und an einem schlechten Fang trug oft jemand die Schuld, der an Bord nichts zu suchen hatte. Fische würden das spüren, da waren sich die Fischer sicher.

»Wir können Ihre Tochter auch gern mit nach Chania in die Polizeidirektion nehmen, wenn Ihnen das lieber ist«, blaffte Koronaios aus dem Hintergrund.

»Schon gut«, maulte Galanos und verschwand kurz im Ruderhäuschen mit den Navigationsgeräten und dem Steuerruder.

Michalis und Koronaios zögerten.

»Meinen Sie, ich rolle Ihnen eine Leiter aus? Kommen Sie einfach an Bord! Oder muss ich Ihnen die Hand reichen wie alten Damen bei 'ner Kaffeefahrt?«, spottete Galanos.

Zwischen der Kaimauer und dem Boot waren bauchige Plastikfender befestigt, die verhinderten, dass der Rumpf zerkratzt wurde. Michalis und Koronaios mussten über diese Fender klettern und fühlten sich mit ihrem Muskelkater tatsächlich so steif wie ältere Damen. Savina bot ihnen am Heck eine Bank zum Sitzen an und zog eine Plastikkiste heran, drehte sie um und setzte sich darauf.

»Sie haben gestern angerufen, weil Sie sich Sorgen um Ihre Kollegin Meropi Torosidis machen.«

»Ja ...«

Michalis wartete und registrierte, dass die Urlauber, die eben neugierig bei dem Boot stehen geblieben waren, sich inzwischen wieder zerstreut hatten. Auf einigen hölzernen Strommasten hockten, ebenso wie auf Straßenlaternen, Silbermöwen und warteten darauf, dass Boote vom Meer kamen und Fischreste über Bord warfen. An der Außenseite der Kajüte war der Name des Schiffs aufgemalt: *Amanta*. Michalis fragte sich, ob Amanta der Name der Mutter war oder ob Savina womöglich noch eine Schwester hatte.

»Ist sie ... ist Meropi etwas passiert?«, fragte Savina schließlich zögernd.

»Wie kommen Sie darauf, dass ihr etwas passiert sein könnte?«

»Es gibt doch eine Tote in der Schlucht, und Meropi ...«, entgegnete Savina leise.

»Warum glauben Sie, die Tote in der Schlucht könnte Ihre Kollegin sein?«

Savina starrte auf die Planken des Decks und zuckte mit den Schultern.

»Kennen Sie jemanden, der einen Grund haben könnte, Meropi Torosidis zu töten?«, hakte Michalis nach, und Savina riss den Kopf hoch.

»Nein!«, stöhnte sie so laut, dass ihr Vater erschrocken aus der Kajüte kam.

»Alles in Ordnung?«, erkundigte er sich besorgt.

Savina antwortete nicht, und Galanos blieb direkt neben Koronaios und Michalis stehen.

»Was wir mit Ihrer Tochter zu besprechen haben, ist vertraulich«, erklärte Koronaios, doch der Mann bewegte sich nicht vom Fleck.

»Würden Sie uns kurz allein lassen?« Koronaios klang energischer.

»Mich wirft niemand von meinem Boot!«

»Niemand will Sie von Ihrem Boot werfen. Aber es geht um polizeiliche Ermittlungen.«

»Mein Boot ist mein Boot, und da wird mir niemand …«, begann Galanos, doch Savina stand auf und flüsterte ihrem Vater etwas ins Ohr. Ohne Michalis und Koronaios noch eines Blickes zu würdigen, ging er von Bord.

»Gestern Abend, als wir telefoniert haben«, begann Michalis, nachdem Savina sich wieder gesetzt hatte, »ist offenbar während unseres Gespräch jemand in Ihr Büro gekommen. Daraufhin wollten Sie nicht weiterreden. Wer war das?«

»Daran kann ich mich nicht erinnern.«

»Wie gut kennen Sie Meropi Torosidis?«

»Nicht näher«, erwiderte Savina. »Wir haben für dieselbe Firma gearbeitet. An demselben Projekt hier auf Kreta.«

»Die Fischfarm? In Lissos?«

Michalis sah, dass Savina leicht zusammenzuckte.

»Sie wissen davon?«

»Ich war heute Vormittag bei Ihrem Kollegen Bouchadis. Sie waren ja leider nicht da«, erklärte Michalis.

Savina starrte ihn alarmiert an, als er den Namen des Bauleiters erwähnte.

»Bouchadis hat Ihnen von der Fischfarm erzählt?«, erkundigte sie sich ungläubig.

»Warum nicht? Was ist mit dieser Fischfarm?«, wollte Michalis wissen. Es musste einen Grund geben, warum alle so ein Geheimnis daraus machten.

»Wir planen die Fischfarm. Ganz normal, wie Dutzende anderer Fischfarmen auch. Wir sind eine große Firma.« Savina bemühte sich, gleichgültig zu klingen.

»Was ist Ihre Aufgabe in der Firma?«, erkundigte sich Michalis.

»Ich bin Controllerin.«

»Und das bedeutet?«

»Ich behalte den Überblick über die Budgets der verschiedenen Unternehmensbereiche von *Psareus* und sorge dafür, dass unsere Firmenleitung alle Informationen erhält, um die richtigen Entscheidungen treffen zu können«, antwortete Savina trocken und routiniert.

»Wissen Sie etwas über das Privatleben von Meropi Torosidis?« Michalis unternahm einen neuen Versuch, Savina aus der Reserve zu locken und herauszufinden, warum sie gestern am Telefon nichts mehr sagen wollte.

»Wie meinen Sie das?«

»Ja, wie meint mein Kollege das wohl?«, entfuhr es Koronaios verärgert. »Was wird er wohl meinen, wenn er nach dem Privatleben fragt?«

Savina schien von Koronaios' heftiger Erwiderung eingeschüchtert zu sein.

»Meropi ist eine Kollegin ...«

»Haben Sie ihren Verlobten kennengelernt?«

Savina überlegte eindeutig zu lange, bevor sie antwortete.

»Nein ...«, sagte sie dann nur.

»Aber Sie wissen von einem Verlobten?«, hakte Koronaios nach.

»Ja, sie hat ihn mal erwähnt.« Savina klang ausweichend.

»Und der Geliebte von Meropi Torosidis – sind Sie dem mal begegnet?«, wollte Michalis wissen.

Savina biss sich auf die Lippe. Dann nickte sie.

»Ja. Meropi hat ihn mir vor einigen Wochen vorgestellt.«

»Wir haben mit diesem Valerios Vafiadis gesprochen. Er hat angedeutet, dass Meropi Torosidis geplant hat, ihren Job bei der Firma *Psareus* aufzugeben und mit ihm hier auf Kreta zu leben.«

»Wie bitte?« Savina entfuhr ein ungläubiges Lachen, aber sie biss sich sofort wieder auf die Lippe.

»Das stimmt also nicht?«, hakte Michalis nach.

»Was weiß denn ich«, entgegnete Savina schnell und schien sich zu ärgern, weil sie sich zu einer Reaktion hatte hinreißen lassen.

»Was ist daran so ungewöhnlich, wenn eine Frau ihren Job kündigen und mit einem Mann auf Kreta leben will?«, fragte Koronaios.

»Meropi hat studiert, sie lebt in Athen, sie verdient ihr eigenes Geld.« Savina musterte Koronaios, als müsste ihm klar sein, was sie damit sagen wollte.

Koronaios blickte sie jedoch verständnislos an.

»Was soll eine Frau wie Meropi auf Kreta? In einem Hotel arbeiten? Kellnern? Betten beziehen? Fünf Kinder kriegen und für den Rest ihres Lebens Mutter und Hausfrau sein und ihren Mann bekochen?« Es war klar, dass das für Savina keine reizvolle Vorstellung war.

Und während Koronaios den Kopf schüttelte, wusste Michalis nur zu gut, was Savina meinte. Denn das waren die gleichen Fragen, die auch Hannah beschäftigten.

Der Blick von Savina ging zum Kai, wo ihr Vater wieder aufgetaucht war und eine Flasche Raki in der Hand hatte.

»War es das jetzt, oder haben Sie noch mehr Fragen?«, erkundigte sich Savina resolut. »Wir wollen gleich rausfahren. Haben zwei Stunden Fahrt vor uns und legen über Nacht die

Stellnetze aus.« Sie deutete auf die gelben Netze mit den roten Schwimmkörpern.

Michalis und Koronaios sahen sich an. Sie waren mit dem Ergebnis der Befragung nicht zufrieden, ahnten jedoch, dass sie im Moment nicht mehr erfahren würden.

»Das war erst mal alles«, entgegnete Michalis.

»Das schließt aber nicht aus, dass wir noch weitere Fragen haben werden. Und ich würde Ihnen raten, dann auch ans Telefon zu gehen«, fügte Koronaios energisch hinzu.

»Ja, werd ich machen.« Savina beobachtete noch immer ihren Vater, der die *Amanta* fast erreicht hatte. »Darf ich auch eine Frage stellen?«

Michalis nickte.

»Ja. Natürlich.«

»Ist Meropi tot?«

Michalis atmete tief durch und seufzte.

»Ja«, erwiderte er zögernd.

Savina nickte. Ihre Augen füllten sich mit Tränen.

»So!«, rief Galanos, als er an Bord gestiegen war, und schwenkte die Raki-Flasche. »Ich geb einen aus!«

»Wir sind im Dienst …«, begann Michalis, unterbrach sich aber. Einen Raki abzulehnen wäre auf Kreta eine Beleidigung. Und einem Fischer, der gleich auf Fang gehen wollte, den Raki zu verweigern, hätte womöglich eine ewige Feindschaft nach sich gezogen, vor allem, wenn der Fang schlecht ausgefallen wäre. Zwar belächelte Michalis diesen Aberglauben, aber Fischer waren nun mal so. Fremde konnten Unglück bringen, und das beste Gegenmittel war nach Meinung der Fischer nach wie vor Raki, wenn sie es schon nicht verhindern konnten, ungebetene Gäste an Bord zu haben.

Galanos füllte vier kleine Gläser und stieß auf die Ausfahrt und den Fang an. Savina nippte lediglich an ihrem Raki, ließ ihren Arm zur Bordwand gleiten und hatte nach einer kurzen Drehung des Handgelenks ein leeres Glas in der Hand.

»Wie ist der Fang denn so?«, wollte Koronaios wissen. »Lohnt sich das Rausfahren?«

Der Vater wiegte den Kopf hin und her und schenkte allen einen zweiten Raki ein. Auch diesen kippte Savina über die Bordwand. Michalis musste kurz lächeln, weil Hannah das genauso machte, wenn sie im *Athena* Raki trinken sollte.

»Früher, als mein Großvater zum Fischen rausgefahren ist, da waren die Netze noch voll. Aber heute ...«, erwiderte Galanos nachdenklich. »Wir müssen immer weiter rausfahren, um etwas zu fangen. Direkt an der Küste ist alles leergefischt. Das war früher nicht so.«

»Was war denn früher anders? Holen die großen Trawler heutzutage zu viel raus?«, hakte Koronaios nach.

»Die großen Schiffe, die sind ja weit draußen und bleiben da mehrere Tage. Da kommen wir mit unseren kleinen Booten nicht hin.« Der Vater von Savina deutete zum Horizont. »Und hier in der Nähe der Küste, da erholen sich die Bestände eben nur langsam.«

»Erholen? Wovon? Von der Überfischung?« Koronaios schien ehrlich interessiert zu sein.

Der Vater sah Savina an, doch die starrte nur auf die Planken und sagte nichts.

»Ja ... das waren doch unsere eigenen Leute«, raunte Galanos. »Nach dem Krieg. Da hatten plötzlich alle Dynamit. Und wer damit umgehen konnte, der holte jede Menge Fische raus. Aber viele Fische wurden nur zerfetzt, oder ihre Schwimmblase platzte durch die Explosion und sie sanken in die Tiefe. Und auch die kleinen Fische wurden dabei getötet, die sonst durch die Netze geschlüpft wären, um in einigen Jahren groß genug zu sein.«

»Dynamitfischerei?«, fragte Michalis überrascht und bemerkte, dass Savina ihren Vater verärgert ansah.

»Ja. Dynamitfischerei. Ist zum Glück mittlerweile verboten. Und die meisten halten sich ja auch dran.«

»Nicht alle?« Koronaios klang überrascht.

»Manchmal, wenn ich nachts draußen bin, dann hör ich einen Knall. So wie früher.« Galanos lachte. »Aber immerhin hat sich schon lange keiner mehr die Hand weggesprengt. Und das gab es früher oft. Also ist es wohl doch vorbei.«

Galanos nickte und wollte die Gläser ein drittes Mal füllen, als Savina wortlos aufstand, ihrem Vater die Raki-Flasche abnahm und sie mit den Gläsern in die kleine Kajüte brachte.

Michalis und Koronaios verstanden das Zeichen und verabschiedeten sich. Mühsam kletterten sie zurück über die Fender. Nachdem sie eine Zeitlang gesessen hatten, waren die Beine wieder steif geworden und schmerzten. Savina hingegen sprang leichtfüßig auf die Kaimauer.

»Eine Frage«, raunte sie leise.

»Ja?«, erwiderte Michalis.

»Weiß Bouchadis, dass ich hier bin? Also weiß er, dass Sie mich hier suchen?«

»Haben Sie Angst vor ihm?«, erkundigte sich Michalis.

»Ich habe keine Angst«, erwiderte Savina energisch. »Aber vielleicht können Sie mir trotzdem antworten?«

»Bouchadis weiß, dass wir mit Ihnen sprechen wollten. Aber nicht, wo wir Sie suchen«, antwortete Michalis.

Savina nickte, offensichtlich zufrieden mit dieser Antwort, und ging zurück an Bord.

»Sind wir jetzt schlauer?«, rätselte Koronaios, als sie wieder auf der Schnellstraße Richtung Chania waren, und drehte die Klimaanlage höher. Sein Hemd war von dem Weg zum Wagen noch feucht, und er wollte nicht frieren.

»Savina Galanos weiß definitiv mehr, als sie zugibt«, erwiderte Michalis nachdenklich. »Hattest du auch den Eindruck, dass sie Angst hat?«

»Ich glaube, die könnte sich wehren«, antwortete Koronaios. »Und ihren Vater, den hat sie auf jeden Fall gut im Griff.«

Michalis warf Koronaios einen belustigten Seitenblick zu.

»Brauchst mich gar nicht so anzusehen!«, empörte sich Koronaios, der genau wusste, dass Michalis an die Töchter von Koronaios gedacht hatte, die gern und oft erfolgreich versuchten, ihren Vater nach ihrer Pfeife tanzen zu lassen. »Das ist was völlig anderes!«

Michalis lächelte. So völlig anders war das nicht, fand er.

»Irgendetwas ist mit dieser Fischfarm eigenartig«, fuhr Michalis fort. »Bouchadis wollte nicht darüber reden, und Savina Galanos tut so, als sei das ein Projekt unter vielen. Dabei hat mir Tsimikas, unser Kollege aus Paleochora, berichtet, dass bei ihnen heftig darüber gestritten wird.«

»Entweder fehlt ihnen noch Geld, oder ihnen fehlen Genehmigungen. Oder beides, oder es gibt jemanden im Hintergrund, der nicht will, dass darüber geredet wird.« Koronaios nickte.

Der Verkehr hatte zugenommen, und immer wieder scherten entgegenkommende Wagen knapp vor Michalis ein.

»Blaulicht?« Koronaios grinste. »Dann fahren die garantiert friedlicher.«

Wortlos ließ Michalis seine Scheibe runter, stellte das Blaulicht aufs Dach, und fast schlagartig gab es keine riskanten Überholmanöver mehr.

»Diese Dynamitfischerei … hast du die noch erlebt?«, erkundigte sich Michalis.

»Erlebt? Nein.« Koronaios überlegte. »Aber ich habe an der Küste Männer ohne Hände oder mit nur einem Arm gesehen. Ist zum Glück viel seltener geworden, seit das Fischen mit Dynamit verboten ist.« Koronaios' Handy klingelte.

»Jorgos«, sagte Koronaios lapidar und ging ran.

Michalis sah aus dem Augenwinkel, dass Koronaios die Stirn runzelte. »Aber wir können uns doch niemanden schnitzen!«, rief er und legte auf.

»Unser Herr Direktor will einen Verdächtigen. Möglichst eine Verhaftung. Und zwar schnell.«

»Am liebsten heute noch?«, ergänzte Michalis.

»Am liebsten gestern«, bestätigte Koronaios kopfschüttelnd und blickte aus dem Fenster. Sie hatten den Ort Kalives passiert, und rechts tauchte das Meer mit der Bucht von Souda auf. »Valerios hatte doch angedeutet, dass Meropi Torosidis ihren Job kündigen und mit ihm auf Kreta leben wollte«, überlegte Koronaios laut. »Bei Savina klang es eher so, als sei dieser Gedanke völlig absurd.«

Michalis nickte nachdenklich.

»Wenn Valerios gehofft hat, dass Meropi bei ihm auf Kreta bleibt und ihren Job aufgibt, und sie ihm vielleicht gesagt hat, dass daraus nichts wird … dann könnte er ein Motiv haben, sie zu töten.«

»Und deshalb folgt er ihr in die Schlucht, schleicht stundenlang in der Hitze hinter ihr her und erschlägt sie dann?«, warf Michalis zweifelnd ein.

»Es wäre eine Möglichkeit«, entgegnete Koronaios. »Wir sollten uns Valerios und sein Alibi mal näher ansehen.«

»Ja, das sollten wir.«

Es war mittlerweile Spätnachmittag, und in Chania hatte starker Verkehr eingesetzt. Auf der *Odos Apokoronou*, die von der Schnellstraße ins Zentrum und damit auch zum Hotel *Ipirou* und zur Markthalle führte, stauten sich die Autos. Koronaios warf Michalis einen Blick zu, und als der nickte, drückte Koronaios einen Knopf, und das Martinshorn ertönte. Bis zur *Odos Nikiforou Foka* kamen sie gut voran, dann klingelte Michalis' Smartphone. »Myrta« leuchtete auf.

»Ja?«, sagte Michalis, und Myrta kam sofort zur Sache.

»Ich habe die Autovermietung gefunden, bei der Dalaras den Wagen gebucht hatte.«

Myrta machte eine kurze Pause, und Michalis ahnte, dass sie etwas Entscheidendes erfahren hatte.

»Er hat den Wagen in Heraklion gemietet, und zwar von Freitag bis Sonntag. Abgegeben hat er ihn dann aber erst am Montag, und zwar bei einer Filiale in Chania. Die Firma ist nicht gerade glücklich über den Zustand des Wagens. Sie sagen, der Schaden sei über die Versicherung gedeckt, aber trotzdem sehr ärgerlich.«

»Was für ein Schaden?«, fragte Michalis ungeduldig.

»Das Dach und die Motorhaube des Wagens sind zerkratzt und haben viele Dellen.«

»So, als ob Ziegen darauf herumgelaufen sind?«, ergänzte Michalis.

»Ganz genau.«

Michalis war klar, was das bedeutete. Dalaras konnte also mit dem Mietwagen nach Omalos gefahren sein, obwohl er vorgab, drei Tage betrunken in Chania gewesen zu sein. Michalis versuchte sofort, Dalaras zu erreichen, doch der ging nicht ans Handy.

»Ich brauche so schnell wie möglich eine Liste von Dalaras' Anrufen der letzten Tage«, bat Michalis Myrta. »Und wie weit bist du mit den Telefonverbindungen von Meropi Torosidis vor ihrem Tod?«

»Die Telefongesellschaft hat mir versichert, dass sie sich darum kümmern, aber bisher hab ich noch keine Aufstellung bekommen.«

»Lass uns zum Hotel von Dalaras fahren«, sagte Michalis, nachdem er aufgelegt hatte. »Vielleicht geht er einfach nur nicht ran, wenn wir anrufen.«

Michalis folgte der *Odos Chatzimichali Giannari* und bog an der *Platia 1866* rechts in die *Odos Chalidon* ab. In der *Residenza Vangelis* war Dalaras seit dem frühen Morgen nicht mehr gewesen. Dafür erfuhren Michalis und Koronaios zu ihrer Überraschung, dass ein anderer Mann vor einigen Stunden hier aufgetaucht war und, nachdem die Rezeptionistin Dalaras auf seinem Handy erreicht und er das ausdrücklich genehmigt hatte, sich für einige Zeit in dessen Apartment aufgehalten hatte. Von der Beschreibung her war das eindeutig Dalaras' Anwalt, der wortlos wieder verschwunden war. Irgendwann hatte der Schlüssel zum Apartment auf dem Tresen der Rezeption gelegen.

Michalis und Koronaios ließen das Apartment öffnen und fanden nichts mehr vor, was an Dalaras erinnerte.

»Da hat der feine Anwalt wohl alle Sachen von Dalaras abgeholt. Unglaublich.« Michalis war ebenso fassungslos wie Koronaios.

»Ich ruf Jorgos an. Da muss sofort die Fahndung raus. Und sein Handy muss geortet werden«, entschied Koronaios.

»Und frag Jorgos, was mit den Kollegen aus Heraklion ist. Wir brauchen deren Bericht.«

Koronaios verzog das Gesicht. »Du glaubst doch nicht im Ernst, dass von denen schon etwas gekommen ist?«

Während Koronaios telefonierte, sah Michalis sich im Apartment um. Im Badezimmer fand er im Müll einen Wattebausch mit Blutresten und steckte ihn vorsichtig in eine Beweismitteltüte, von denen er immer einige dabeihatte.
»Das müsste für die DNA reichen«, sagte er zu Koronaios, nachdem der aufgelegt hatte.
»Sehr gut. Ich bekomme gleich die Nummer von diesem Anwalt. Vielleicht erklärt der uns ja, was Dalaras vorhat.«

Doch der Anwalt hob genauso wenig ab wie Dalaras, und sie beschlossen, bevor sie in die Polizeidirektion zurückfahren würden, noch die zweite Bar aufzusuchen, in der Dalaras angeblich am Wochenende gewesen war.

Das *Macheraki* lag in der *Odos Kanevarou*, der alten Messergasse mit den wenigen noch existierenden Messerschmieden, an der alten Stadtmauer. Vor der Bar mit ihrer großen Fensterfront, einigen Tischen vor der Tür und einem Innenraum, hinter dessen Tresen eine umfangreiche Auswahl an Raki, Whisky, Rum und vielen anderen hochprozentigen Getränken stand, saßen nur wenige Touristen. Die Besitzerin war eine junge, stark tätowierte Frau mit schwarz gefärbten, kurzen Haaren und dunkel geschminkten Augen. Michalis zeigte ihr das Foto von Dalaras, und sie erinnerte sich sofort an ihn – jedoch nur an die Nacht von Freitag auf Samstag. Ob er auch am Samstag tagsüber, wie er behauptet hatte, hier gewesen war, konnte sie nicht sagen. Sie war erst abends gekommen, und die Kellnerin, die um vierzehn Uhr die Bar geöffnet hatte, hatte zwei Tage frei genommen und war mit ihrem Freund auf dem Motorrad unterwegs.

»Könnten Sie sie anrufen? Es wäre wichtig«, bat Michalis, und die Frau griff zum Handy.

»Ich kann es versuchen, aber ich glaube kaum, dass Violeta rangeht«, antwortete sie, und so war es auch.

»Bitte informieren Sie uns sofort, wenn Ihre Mitarbeiterin sich melden oder auftauchen sollte«, drängte Koronaios, und die Besitzerin versprach es. Sie hatten angedeutet, dass es um Ermittlungen bei einem Gewaltverbrechen ging, und die Frau hatte sofort geahnt, dass es sich um das Mordopfer in der Samaria-Schlucht handelte. Mittlerweile war dieser Mord offenbar das wichtigste Thema auf Kreta.

»Ist Ihnen an dem Mann irgendetwas Besonderes aufgefallen?«, erkundigte sich Michalis.

»Könnte er denn der Mörder sein?«, fragte sie neugierig.

»Über laufende Ermittlungen können wir nichts sagen«, fuhr Koronaios ihr sofort über den Mund, »und Sie dürfen über dieses Gespräch auch mit niemandem reden!«

»Ja …«, antwortete die Besitzerin gedehnt und deutete zur Tür. »So gegen elf kam der hier rein.«

»Das wissen Sie so genau?«, erkundigte sich Michalis.

»Ja, denn er war schon ziemlich angetrunken. Ist gegen die Tür geprallt und hat den vordersten Tisch fast abgeräumt. Da hab ich auf die Uhr gesehen, weil ich eigentlich einen Kellner nach Hause schicken wollte. Aber es war mir lieber, dass er noch blieb.« Sie überlegte. »Er hat sich dann da hinten hingesetzt. Alle anderen saßen natürlich draußen.« Sie nickte. »Das war auch ganz gut, dass er da hinten saß, denn er hat Whisky bestellt, ist ziemlich schnell eingeschlafen und lehnte an der Wand. Ich hab immer mal geguckt, aber der hat wirklich tief und fest geschlafen.«

Sie dachte nach.

»Irgendwann ist er hochgeschreckt, hat seinen Whisky getrunken und den nächsten bestellt. Und danach eine Flasche Raki und noch mehr Whisky. Und plötzlich wankte er nach draußen. Für das, was der alles getrunken hatte, konnte er noch ziemlich gut gehen.« Sie lächelte. »Und auf dem Tisch lagen zweihundert Euro.«

Michalis nickte. »Und wann war das? Wissen Sie das noch?«

»Das muss« – die Besitzerin blickte zu einer Uhr, die hinter dem Tresen zwischen etlichen Flaschen an der Wand hing, und strich sich durch ihre kurzen schwarzen Haare – »so gegen halb zwei nachts gewesen sein.« Sie kniff die Augen zusammen. »Ja. Halb zwei«, wiederholte sie.

Sie waren auf dem Weg zu ihrem Wagen, als auf Michalis' Smartphone eine Nummer aufleuchtete, die er nicht kannte.

»*Parakalo?* Bitte?«

»Hier ist Torosidis«, hörte er eine leise Männerstimme.

Michalis erfuhr, dass die Eltern von Meropi Torosidis in ihrem Zimmer im *Limani Veneziano* saßen, das Michalis ihnen besorgt hatte. Sie hatten gehofft, heute nach Heraklion fahren und die persönlichen Dinge ihrer Tochter an sich nehmen zu können, doch die Polizei der Inselhauptstadt hatte ihnen wohl rüde zu verstehen gegeben, dass diese Gegenstände nicht freigegeben wurden, solange die Ermittlungen noch andauerten.

Michalis überlegte kurz, dann bot er den Eltern an, dass er und Koronaios im Hotel vorbeikommen könnten.

»Ist vielleicht ganz gut, uns mit denen noch mal zu unterhalten«, meinte Koronaios, nachdem Michalis aufgelegt hatte. »Ich wollte sie heute früh in der Polizeidirektion befragen, aber da ist nicht viel herausgekommen.«

Michalis kniff die Augen zusammen und überlegte. »Vielleicht geht Dalaras ja ans Telefon, wenn die Eltern seiner toten Verlobten ihn anrufen. Und vielleicht bekommen wir so einen Hinweis, wo er sich aufhält.«

Koronaios nickte anerkennend.

Der Vater von Meropi Torosidis öffnete ihnen kurz darauf und bat sie herein.

»Ich hab meiner Frau etwas gegeben«, sagte er leise und mit Tränen in den Augen. »Aber ich weiß nicht, wie das die nächsten Wochen werden soll.«

Seine Frau lag auf dem Bett und schien fest zu schlafen. Ein bemitleidenswerter Anblick inmitten der modernen, geschmackvollen Einrichtung des großzügigen Hotelzimmers. Auf dem Tisch vor einem Sofa stand eine Raki-Flasche, die nicht mehr voll war.

»Vielleicht könnten wir auf den Balkon gehen«, schlug Torosidis vor. Dort war eine Markise heruntergelassen, so dass er halbwegs im Schatten lag.

Das *Limani Veneziano* war nur drei Häuser vom *Athena* entfernt und bot einen herrlichen Blick über den venezianischen Hafen. Ein Blick, der Michalis vertraut war, seit er denken konnte, und der ihn kurz lächeln ließ.

Torosidis erzählte ihnen umständlich, wie unfreundlich und abweisend die Polizei in Heraklion gewesen und wie die Verzweiflung seiner Frau dadurch noch größer geworden war.

»Wir hatten natürlich gehofft, dass die Polizisten dort auch so hilfsbereit wären wie Sie«, sagte er und sah Michalis an.

Nachdem die beiden Polizisten sich alles, was Torosidis loswerden musste, geduldig angehört hatten, erklärten sie ihm, dass Dalaras abgetaucht und für die Polizei nicht erreichbar war.

»Ist er etwa verdächtig?«, wollte Torosidis wissen und war

nicht überrascht, als Koronaios andeutete, dass das Verhalten von Dalaras ihn leider tatsächlich verdächtig machte.

»Wir waren nie ganz sicher, ob er der Richtige für Meropi ist«, sagte Torosidis leise und blickte zu seiner Frau.

»Und was soll ich Jannis fragen, wenn er ans Telefon gehen sollte?«, wollte er wissen, nachdem sie ihm erklärt hatten, worum es ging.

»Sprechen Sie ganz normal mit ihm«, antwortete Michalis. »Erzählen Sie ihm, was heute passiert ist. Möglicherweise bekommen wir einen Anhaltspunkt, wo er sich aufhält.«

»Aber vielleicht«, ergänzte Koronaios, »geht er ja auch bei Ihnen nicht ran.«

Torosidis vergewisserte sich, dass seine Frau fest schlief, und holte sein Handy. Koronaios schloss die Balkontür, und sie konnten über den Lautsprecher hören, wie es mehrfach klingelte. Dann ging Dalaras ran.

»Jannis!«, rief Torosidis und schien selbst zu erschrecken, wie aufgekratzt er sich anhörte.

»Ja? Was gibt's?« Dalaras sprach leise und klang, als würde er das Handy mit der Hand abdecken.

»Ich, wir …« Torosidis zögerte. »Es gibt nichts, was wir tun können. Wir …«

»Wo seid ihr denn?«, fragte Dalaras schnell.

»In einem Hotel.«

»Ah.«

Kurz glaubte Michalis, im Hintergrund eine Schiffssirene zu hören.

»Wir hatten gehofft, heute Meropis Sachen holen zu können, aber die Polizei in Heraklion …«

»… ihr seid in Heraklion?« Dalaras unterbrach ihn erneut. »Vielleicht können wir uns ja treffen.«

Torosidis sah Michalis fragend an und wusste nicht, was er antworten sollte. Michalis versuchte, ihm ein Zeichen zu geben, dass er einfach weiterreden sollte.

»Was soll ich denn sagen?«, flüsterte Torosidis und wollte eine Hand auf sein Handy legen. Dabei rutschte ihm das Telefon weg, und als es auf den Boden aufschlug, hörten sie noch, wie Dalaras fragte: »Sag mal, ist da jemand bei euch?«, und als Torosidis rief: »Nein, nein, wir sind allein!«, hatte Dalaras schon aufgelegt.

»Tut mir leid«, sagte Torosidis hilflos.

Michalis bückte sich und gab ihm das Handy zurück.

»Nein, das war sehr gut. Sie haben uns sehr geholfen«, beruhigte er den Mann. Auch Koronaios nickte.

»Wir müssen Sie jetzt allein lassen«, sagte Michalis freundlich. »Aber Sie können mich jederzeit anrufen.«

»Gut. Danke.«

»Du hast diese Schiffssirene im Hintergrund auch gehört, oder?«, erkundigte sich Koronaios, als sie das Hotel verließen.

»Ja«, erwiderte Michalis und blickte an der Fassade des in den achtziger Jahren gebauten Hotels nach oben. Auf einem Balkon im dritten Stock stand Torosidis und winkte ihnen unsicher zu. Michalis winkte kurz zurück.

»Wenn Dalaras in Heraklion am Hafen ist«, führte Michalis den Gedanken fort, »dann könnte er sich absetzen wollen.«

»Vielleicht will er heute Abend ein Schiff nehmen. Da sind die Kontrollen weniger streng als am Flughafen.«

Koronaios nahm sein Handy. »Jorgos soll veranlassen, dass an den Häfen und den Flughäfen die Kontrollen verstärkt werden. Die Fahndung müsste ja ohnehin laufen.«

Koronaios wartete darauf, dass Jorgos ranging, und deutete in Richtung *Athena*, das nur knapp hundert Meter entfernt war.

»Willst du kurz vorbeigehen und schauen, ob mit deinem Vater alles in Ordnung ist?«

»Wenn etwas wäre, hätten sie sich längst gemeldet«, meinte Michalis.

»Stimmt, da kannst du sicher sein.«

Koronaios rief Jorgos an und berichtete ihm, was sie herausgefunden hatten. Jorgos ließ daraufhin sofort die Fahndung nach Dalaras intensivieren. Während des Telefonats gingen sie Richtung Wagen, und Michalis stellte fest, dass er seinen Muskelkater nicht mehr ganz so stark spürte.

In der Polizeidirektion bat Jorgos Michalis und Koronaios sofort zu sich. Noch immer liefen alle Ventilatoren, trotzdem war es in Jorgos' Büro stickiger als in den übrigen Räumen.

Michalis stellte verwundert fest, dass alle davon ausgingen, mit Jannis Dalaras den Täter ermittelt zu haben. Auch der Kriminaldirektor hatte schon Glückwünsche zur erfolgreichen Arbeit ausrichten lassen.

Michalis erschien das verfrüht.

»Selbst wenn Dalaras Kreta heimlich verlassen sollte, heißt das noch lange nicht, dass er Meropi Torosidis getötet hat«, wandte er ein.

»Aber es wäre wie ein Schuldeingeständnis«, entgegnete Jorgos verärgert und richtete einen der drei Ventilatoren direkt auf sein Gesicht.

»Ja. Vielleicht. Aber es ist kein Beweis«, widersprach Michalis erneut.

»Warum bist du so skeptisch?«, wollte Jorgos irritiert wissen.

»Ein arroganter Geschäftsmann, der niemals zugeben würde, was mit ihm los ist ...«, dachte Michalis laut.

»Der aber auch nicht eine einzige Sekunde lang Trauer über den Tod seiner Verlobten gezeigt hat«, warf Koronaios ein.

»Vielleicht ist ja genau das seine Art zu trauern.« Michalis bemerkte, dass die beiden ihn ratlos ansahen. »Es gibt solche Menschen.«

»Trotzdem kann er der Mörder sein. Du bist doch selbst auf die Spur mit den Ziegen auf seinem Mietwagen gekommen!« Jorgos klang fast empört.

»Ja, vielleicht ist er der Täter. Aber noch haben wir nichts gegen ihn in der Hand«, beharrte Michalis.

»Gut.« Jorgos schaltete den Ventilator aus, der in Richtung Koronaios kühle Luft blies, und stand auf. »Dann macht ihr beide für heute Feierabend. War ein langer Tag. Und ich hoffe, dass ihr morgen wieder richtig laufen könnt. Das ganze Haus spottet schon über euch.«

»Zeig mir einen, der blöde Sprüche macht«, drohte Koronaios. »Den schleif ich persönlich in diese Schlucht, und dann sorge ich dafür, dass diese Fahrstühle hier tagelang ausfallen.«

»Schon gut.« Jorgos grinste und öffnete seine Bürotür, damit die beiden auch tatsächlich gingen. Vom Treppenhaus her strömte etwas kühlere Luft herein.

Während Koronaios aufstand, blieb Michalis noch sitzen.

»Was ist mit dem Bericht der Kollegen aus Heraklion? Ist der da?«, fragte er schnell.

»Mein Kollege hat mir versprochen, dass ich den Bericht morgen früh Punkt acht haben werde. Und jetzt raus hier.«

»Erhol dich und mach noch was Schönes mit Hannah«, sagte Koronaios und ging mit dem Schlüssel in der Hand auf den Dienstwagen zu.

Missmutig lief Michalis zu seinem Roller. Ihm gefiel es nicht, dass Jorgos und Koronaios so taten, als sei dieser Mord schon aufgeklärt. Sein Instinkt sagte ihm, dass hinter diesem Fall mehr steckte als nur ein Eifersuchtsdrama.

Bevor Michalis seinen Helm aufsetzte, rief er Hannah an. Sie klang vergnügt, spielte mit seinem Vater gerade Tavli und freute sich auf ihn.

Noch während Michalis Richtung *Athena* fuhr, spürte er, wie müde er war. Gestern die Wanderung durch die Schlucht, heute die Fahrten nach Sougia, Xyloskalo und Georgioupolis, die Begegnungen mit Meropis Eltern und mit Jannis Dalaras und dessen Anwalt. Michalis wollte noch einen Moment allein sein, sonst würde er den ganzen Abend über den Fall nachdenken, anstatt die Zeit mit Hannah zu genießen.

Er stellte seinen Roller ein Stück entfernt vom *Athena* ab, schlich sich im Schutz der vielen Touristen zur Mole und kletterte auf deren Meeresseite, wo im Winter bei Sturm meterhohe Wellen anbrandeten. Die Hitze, die tagsüber auf den Häusern und den Menschen gelastet hatte, war gewichen und rief um diese Uhrzeit, wenn das Licht durch den Staub in der Luft weich war, eine beglückende Leichtigkeit hervor. Er hatte schon als Kind gespürt, dass diese Stunden, sobald die Sonne hinter dem sandfarbenen Leuchtturm untergegangen war, etwas Besonderes waren. Ohne dass seine Eltern es bemerkten, hatte er sich an solchen Abenden auf einen der von den Stürmen glatt geschliffenen Felsen gesetzt und die Menschen beobachtet, die auf die Mole geklettert waren und dort dem Leuchtturm entgegenzuschweben schienen.

»Afrika«, so hatte sein Großvater, der ihm manchmal hierher gefolgt war, gesagt, »an solchen Sommerabenden ist Kreta wie Afrika.«

Auf einer Landkarte hatte der Großvater Michalis dann gezeigt, wie nah Libyen und Ägypten im Norden Afrikas tatsächlich waren. Erst später hatte Michalis begriffen, dass sein Opa während des Krieges, als er im Kampf gegen die Deutsche Wehrmacht verwundet wurde, von den Engländern nach Ägypten gebracht und dort in einem Lazarett viele Monate gepflegt worden war. Bei seiner Rückkehr war seinem Großvater aufgefallen, wie ähnlich das Licht auf Kreta dem Licht Ägyptens war. Nach dem Krieg hatte er drei Jahre lang Geld gespart, um dem englischen Soldaten, der ihn damals gerettet hatte, in London persönlich danken zu können. Diese Reise hatte Michalis' Großvater davon überzeugt, dass Kreta mehr zu Afrika als zu dem kalten, grauen und feuchten Europa gehörte, denn London hatte sein Bild von Europa für immer geprägt. Damit hatte er seiner Meinung nach genug von der Welt gesehen, widmete sich nur noch dem *Athena* und der Familie und verließ Kreta bis zu seinem Tod nie wieder.

Sein Opa hatte Michalis immer wieder versprochen, mit ihm nach Ierapetra zu fahren, wo ihn ganz im Süden Kretas der Engländer gefunden und versorgt hatte. Aber dann war er krank und schnell immer schwächer geworden, und Michalis war erst mit Sotiris nach dem Tod des Großvaters nach Ierapetra gefahren. Seinem Bruder hatte der Opa einige Jahre zuvor noch zeigen können, wo er mit zwanzig kretischen Partisanen gegen hundert bewaffnete deutsche Soldaten gekämpft hatte, verletzt wurde und erst im letzten Moment abtransportiert werden konnte.

Nach einer Weile riss Michalis sich von dem Anblick des Meeres los, ging auf das *Athena* zu und hörte schon von weitem Hannahs Lachen und das Klackern der kleinen Würfel, die auf das hölzerne Tavli-Spielfeld geworfen wurden. Hannah kannte Backgammon und wusste, dass das auf Kreta gespielte Tavli ähnlich war, aber als sie und Michalis dann spielten, musste sie einsehen, dass es große Unterschiede gab.

Jetzt saß Hannah mit Takis am Tisch, sie hatten gerade mit der dritten Runde, dem *Fevga*, begonnen, also war noch nicht abzusehen, wer seine Steine als Erstes aus dem Feld gewürfelt haben würde. Aber Michalis war sicher, dass Hannah keine Chance hatte, sofern Takis ernsthaft spielte.

»Ich hab schon zweimal verloren!«, rief Hannah mit gespielter Verzweiflung.

Michalis setzte sich zu ihr und gab ihr einen Kuss, den sie abgelenkt erwiderte.

»Soll ich sie gewinnen lassen?«, flüsterte Takis Michalis zu, aber so, dass Hannah es hörte.

»Das wäre ja noch schöner!«, sagte sie, während sie würfelte.

Michalis genoss es, einfach nur dazusitzen und die vielen vollen Tische und die Souveränität, mit der Sotiris und seine Frau Sofia die Gäste bedienten, zu bewundern.

»Hast du Hunger?«, fragte Sotiris im Vorbeigehen, und Michalis musste zugeben, dass er sogar sehr großen Hunger hatte. Er ging in die Küche, begrüßte seine Mutter Loukia und schaute sich nach etwas um, das er gern essen würde.

»Ich habe *Melitsanes me feta* gemacht«, ließ Loukia ihn wissen, »aber jetzt raus hier, du stehst im Weg!« Michalis naschte kurz von den Auberginen mit Feta, bevor er aus der Küche floh.

»Dein Handy hat geklingelt«, sagte Hannah, als er zurückkam, und Michalis sah auf seinem Display eine unbekannte Nummer, die er sofort zurückrief. Eine Mailbox sprang an, und Michalis erfuhr, dass es die Nummer von Manolis Votalakos, dem Ranger aus der Samaria-Schlucht, war. Er hinterließ seine Bitte um Rückruf. Als er aufgelegt hatte, brachte Sotiris ihm ein *Moschari me fasolakia*, Rind mit Bohnen, und Michalis musste, während er aß, mit ansehen, wie Takis Hannah erneut haushoch besiegte und seine Steine rausgewürfelt hatte, während ihre noch fast alle im Spielfeld standen.

»Du siehst müde aus«, meinte Hannah, nachdem Loukia ihren Mann energisch aufgefordert hatte, Hannah heute keine Revanche mehr zu gewähren, und er das Tavli-Spiel zugeklappt hatte.
»Ja. War ein langer Tag. Und kein einfacher«, erwiderte Michalis und hoffte, nach dem Essen möglichst bald mit Hannah aufbrechen zu können. Zwar freute er sich, dass es Takis heute offenbar gutging, aber dies war einer der Abende, an denen er mit Hannah vielleicht noch eine Serie gucken und dann ins Bett fallen wollte.

Sotiris stellte ihm gerade *Portokalópitta*, Orangenkuchen, hin, als Votalakos zurückrief. Er hatte mit dem Ziegenhirten, dessen Tiere auf dem Mietwagen gestanden hatten, gesprochen.
»Er sitzt heute Abend in Omalos im Kafenion«, sagte Votalakos, »und er will eigentlich nicht mit der Polizei reden. Wenn es wichtig ist, müssten Sie herkommen. Vielleicht redet er mit Ihnen, wenn ich dabei bin.«
»Kann ich Sie in ein paar Minuten zurückrufen?«, bat Michalis.
»Ja. Gern.«
»Worum geht es?«, wollte Hannah wissen.
»Es gibt einen wichtigen Zeugen«, begann Michalis zögernd. Auch wenn eine Fahrt nach Omalos seinen ohnehin schon anstrengenden Tag noch länger machte, würde er fah-

ren müssen, das war ihm klar. »Ein alter Ziegenhirte, der vielleicht etwas gesehen hat, was uns enorm weiterbringen könnte.«

»Ja, und?«

»Er will eigentlich nicht mit der Polizei reden.«

»Ein störrischer alter Kreter!«, warf Takis ein und fügte noch »richtig so« hinzu.

»Und du würdest diesen Ziegenhirten am liebsten heute noch treffen«, vermutete Hannah.

Michalis zuckte bedauernd mit den Schultern.

»Wenn ich es nicht tue und wir den Mord nicht aufklären ...«

»Dann wirst du dir Vorwürfe machen. Klar.« Hannah musterte Michalis. »Geht es nur darum, mit einem alten Hirten zu reden, oder kann das gefährlich werden?«

»Nein, das ist nicht gefährlich. Im besten Fall erfahr ich, was er gesehen hat. Und vielleicht erkennt er einen unserer Verdächtigen wieder.«

»Und wenn ich mitkomme?«, schlug Hannah vor.

Michalis stöhnte. »Das wäre toll, aber ... es ist weit.«

»Wo ist das denn?«

»In Omalos. Kurz vor der Samaria-Schlucht.«

Hannahs Augen leuchteten. »Da wollte ich doch schon die ganze Zeit hin. Komm, wir machen einen Ausflug!«

Michalis lächelte etwas gequält. »Hast du wirklich Lust dazu? Es ist eine Stunde Fahrt!«

»Ja und?« Hannah grinste.

»Hast du denn schon etwas gegessen?«, fragte Michalis.

»Du klingst ja wie deine Mutter«, spottete Hannah. »Aber ja, ich hab vorhin gegessen. Ganz brav.«

»Aber nur eine kleine Portion *Melitsanes me feta*!«, warf Takis ein. »Davon kannst du doch nicht satt sein!«

Hannah schüttelte belustigt den Kopf. »Ich bin sicher, dass ich auf Kreta nicht verhungern werde.«

Takis winkte Sotiris zu ihrem Tisch, flüsterte ihm etwas ins Ohr, und noch während Michalis Votalakos zurückrief und sie verabredeten, wo sie sich treffen würden, stand schon ein kleines Lunchpaket auf dem Tisch.

»Ihr könnt gern meinen Wagen nehmen«, bot Sotiris an.

Hannah warf Michalis einen Blick zu. »Ist vielleicht ganz gut«, sagte sie, »dann könnte ich fahren, falls du zu müde bist.«

12

Zunächst konzentrierte Michalis sich nur auf den Verkehr, bis er irgendwann bemerkte, dass Hannah ihn von der Seite fragend ansah. Nachdem er die *Platia 1866* passiert hatte und sie besser vorankamen, fragte er sie, wie ihr Tag gewesen war, und Hannah erzählte von der Bibliothek, von zwei Telefonaten mit ihrem Professor van Drongelen, von der Mittagspause mit Katerina und dem Tavli mit Takis.

Nach einiger Zeit tauchte rechts, ein Stück von der Straße zurückgesetzt, das Gefängnis von Chania auf.
»Da kommen sie rein, unsere Verdächtigen.« Michalis deutete auf das Gebäude. »Und unser Kriminaldirektor würde lieber heute als morgen jemanden präsentieren können, der durch dieses Tor gebracht wird.«
»Seid ihr bei dem Fall denn schon so weit?«
Michalis fuhr sich über den Bart.
»Falls dieser Ziegenhirte den Mann wiedererkennen sollte, wären wir ein gutes Stück weitergekommen. Ja.«

Eine Zeitlang fuhren sie schweigend durch die wunderschöne Landschaft, die in das Licht der Dämmerung getaucht war. Irgendwann nahm Hannah Michalis' Hand, und nur wenn er schalten oder blinken musste, lösten sich ihre Hände kurz voneinander.
Während sie Laki passierten, überlegte Michalis, ob dies der Moment sein könnte, um Hannah zu fragen, ob sie seine

Frau werden wollte. Ohne Ringe, ohne Romantik, dafür auf einer Landstraße, über der der Vollmond aufging und, je näher sie Omalos kamen, die Berge silbern leuchten ließ. Doch ganz sicher war Michalis nicht, ob Hannah ein so unromantischer Moment gefallen würde, deshalb schwieg er. Hannah lächelte versonnen, während sie aus dem Fenster sah, fast so, als ahnte sie, was in ihm vorging.

Es war dunkel, als sie die winzige Siedlung auf der Hochebene in Omalos erreicht hatten und ausstiegen, und es war so angenehm kühl, wie sie es seit Wochen nicht erlebt hatten. Außerdem war es unglaublich ruhig. Aus dem Kafenion und einer Taverne drangen Stimmen und das Klackern von Tavli-Würfeln, und aus der Ferne waren einige Ziegen zu hören, ansonsten war es still.

Votalakos hatte schon auf Michalis gewartet und begrüßte Hannah freundlich, aber überrascht.

»Haroulis sitzt drinnen und weiß, dass Sie kommen.« Votalakos deutete auf eine Gruppe älterer Männer, die um einen großen Tisch herumsaßen und lautstark diskutierten. Zugleich warf Votalakos einen kurzen Blick auf Hannah, und sie verstand sofort, was er sagen wollte.

»Ich seh mich hier draußen etwas um«, sagte sie zu Michalis, denn sie hatte gesehen, dass die alten kretischen Männer in der Taverne unter sich waren. »Die Luft ist so angenehm hier oben. Viel kühler als in Chania.«

»Und falls du Hunger bekommen solltest …« Michalis deutete mit dem Kopf zu Sotiris' Pick-up.

»Dann weiß ich, wo ich etwas finde.« Sie lachte.

»Dieser Haroulis wird wohl nicht einfach so mit mir reden?«, fragte Michalis, nachdem Hannah gegangen war und er sich die Gruppe der einheimischen Männer genauer angesehen hatte.

»Eher nicht. Sie wissen ja, die Leute hier oben ...«

Ja, das wusste Michalis. Hier lebten die stolzen Nachfahren der früheren Rebellen bis heute in der tiefen Überzeugung, sich ihre Freiheit mühsam erkämpft zu haben und sich nichts vorschreiben lassen zu wollen.

»Wenn Sie etwas von Haroulis erfahren wollen, setzen wir uns einfach an den Tisch. Mich kennen sie hier alle, und sie wissen auch, dass ich mit einem Polizisten aus Chania komme. Eine Zeitlang werden sie so tun, als wären Sie nicht da. Irgendwann aber wird einer Sie ansprechen. Vermutlich aber nicht Haroulis selbst.«

Michalis nickte. *Siga, siga*, langsam, langsam. Die Dinge brauchten Zeit auf Kreta.

Das Kafenion war wie meistens ein nüchterner, fast kahler Raum mit Neonlicht. Vielleicht, dachte Michalis manchmal, war es ein Trick, um die Touristen, die es gern gemütlich hatten, abzuhalten, damit die Einheimischen hier unter sich bleiben konnten.

Votalakos wurde von den Männern freundlich begrüßt, Michalis hingegen nur zur Kenntnis genommen. Das Gespräch ging weiter, als sei er nicht da.

Während die Männer über das teure Benzin und die sinkenden Preise für Ziegenfleisch und über die neue Regierung in Athen schimpften, musterte Michalis jeden der Männer aufmerksam, vor allem Haroulis. Hier oben in den Bergen schien das alte, archaische Kreta noch zu existieren, und Michalis wurde sich wieder einmal bewusst, wie modern Chania war. Diese Männer hätten auch vor hundert Jahren hier schon sitzen können, so wenig schien sich verändert zu haben – obwohl sie natürlich alle Handys und Autos hatten. Aber sie würden nur mit Mauleseln und ohne Handys genauso zurechtkommen, solange sie abends zusammensitzen und alles, was wichtig war, besprechen konnten. Früher hätten sicherlich alle Waffen dabeigehabt – wobei Michalis sich fragte, ob einige der Männer nicht auch heute bewaffnet waren.

Haroulis tat so, als wäre Michalis nicht da. Er trug ein altes schwarzes Hemd, hatte einen mächtigen Bart und wild vom Kopf abstehendes, volles graues Haar. Die Barthaare wuchsen an seinen Wangen so weit nach oben, dass sie fast die Augen erreichten.

Nach einiger Zeit stellte der Wirt eine neue Raki-Flasche auf den Tisch, und wie selbstverständlich stand plötzlich auch ein volles Glas vor Michalis. Er stieß mit den Männern an, und schnell wurde ihm nachgeschenkt. Nachdem er auch einen dritten Raki getrunken hatte, sprach ihn einer der Männer an.

»Deine Familie betreibt in Chania das *Athena*?«, fragte er unvermittelt.

Michalis erzählte, dass seine Familie das *Athena* schon geführt hatte, als die Türken gerade Kreta verlassen hatten – auch wenn das nur teilweise stimmte. Ein sehr weit entfernter Verwandter hatte es damals unter einem anderen Namen bewirtschaftet, und erst Michalis' Urururgroßvater hatte es später erworben und *Athena* genannt. Die Männer nickten anerkennend, und Michalis begriff, dass sie Votalakos ausgefragt hatten, wen er heute Abend mitbringen würde.

»Mein Enkel war letztes Jahr mit seiner Frau im *Athena*«, sagte ein anderer Mann. »Dein Bruder heißt Sotiris, oder?«

»Ja«, erwiderte Michalis überrascht.

»Sehr guter Wirt. Hat meinen Enkel sehr gut bedient. Sehr gutes Essen.« Der Mann nickte anerkennend.

»Was willst du denn wissen über diesen Trottel, der seinen Wagen auf unsere Ziegenpfade gestellt hat?«, fragte ein anderer Mann herausfordernd.

»Ihr habt von der toten Frau gehört«, entgegnete Michalis und blickte die Männer an. Sie nickten.

»Schlimme Geschichte«, murmelte einer von ihnen.

»Und das soll der in dem Wagen gewesen sein?«, rief einer, während Michalis einen vierten Raki eingeschenkt bekam.

»Ich hoffe, das könnt ihr mir sagen«, entgegnete Michalis.

Die Männer sahen Haroulis an. Der reagierte nicht, aber Votalakos stieß Michalis unter dem Tisch an, und Michalis nahm sein Handy und zeigte dem finster blickenden Haroulis das Foto von Dalaras.

Haroulis nahm ihm das Smartphone ab und betrachtete das Foto lange. Dann nickte er.

»Ja. Das war er.«

»Sicher?«

Haroulis sah nicht Michalis, sondern Votalakos an.

»Wenn ich das sage, dann stimmt das auch.«

»Und wann war das?«, bohrte Michalis nach, und zum ersten Mal sah Haroulis ihn direkt an.

»Seh ich aus wie jemand, der eine Uhr dabeihat?«, fragte er, halb provozierend, halb verwundert.

»Sie sehen aus wie jemand, der weiß, was seine Tiere brauchen.« Anders als bei den übrigen Männern hielt Michalis es für besser, Haroulis zu siezen. »Und Tiere brauchen dasselbe zur selben Zeit.«

Haroulis nickte.

»Halb neun war das. Ich hab meinen Sohn angerufen, weil der Trottel in dem Wagen so fest geschlafen hat. Ist nicht mal von den Ziegen auf seinem Dach wach geworden und auch nicht, als ich gegen die Scheibe geklopft hab.«

»Weshalb haben Sie Ihren Sohn angerufen?«, erkundigte Michalis sich.

»Der fährt 'nen schweren Toyota. Der hätte diesen Kleinwagen locker weggezogen.«

»Warum ›hätte‹?«

»Mein Sohn wollte in einer halben Stunde kommen. Ich hab solange woanders Holz aufgeladen.« Haroulis sah Votalakos fragend an, als wollte er wissen, ob er das alles wirklich sagen musste. Votalakos nickte.

»Als wir zurückkamen, war der Wagen weg. So betrunken kann der Kerl also doch nicht gewesen sein.«

Haroulis goss sich und Michalis einen weiteren Raki ein und gab damit zu verstehen, dass das Gespräch über den Mietwagen für ihn beendet war.

Kurz danach verabschiedete sich Michalis, denn er wollte Hannah nicht länger allein lassen. Er und Votalakos waren schon fast auf der Straße, als einer der Männer ihnen nachrief:

»Von dem anderen Wagen weißt du aber auch, oder?«

Michalis blieb stehen und sah Votalakos fragend an. Sie gingen zurück.

»Was für ein anderer Wagen?«

»Irgend so ein dunkler Wagen. Teuer. Eine Limousine, so was Sportliches. Stand den ganzen Tag im Weg. Den hatte wohl einer oben am Parkplatz abgestellt und ist in die Schlucht gegangen. Die Busse mussten mühsam um den herumfahren.«

Michalis wollte sich den Wagen beschreiben lassen, doch Genaueres hatte der Mann nicht gehört. Eine sportliche dunkle Limousine, mehr wusste er nicht.

Michalis ging mit Votalakos zu dessen Wagen und wollte Hannah gerade anrufen, als er ihr Lachen hörte. Er drehte sich um und entdeckte sie in der Taverne auf der anderen Straßenseite im Gespräch mit drei jungen Touristen. Vermutlich Wanderer, die morgen früh in die Schlucht aufbrechen wollten, dachte Michalis.

»Brauchen Sie mich noch?«, wollte Votalakos wissen.

»Wenn Sie noch Zeit hätten«, erwiderte Michalis. »Sie kennen doch sicher die Stelle, die Haroulis meint. Ist das weit?«

»Zwei Kilometer. Fünf Minuten mit dem Wagen. Kein Problem. Kommt Ihre Freundin mit?«

»Ich würde sie fragen.«

Hannah zog es vor, in der Taverne auf Michalis zu warten, denn sie war auf drei Deutsche getroffen und genoss es, sich mit ihnen zu unterhalten. Zwei von ihnen kamen aus Freiburg, eine Frau lebte in Friedrichshain in Berlin.

»Wenn der Mann gegen halb neun schlafend in seinem Wagen saß«, überlegte Michalis laut während der kurzen Fahrt, »und innerhalb der nächsten halben Stunde aufgebrochen wäre: Hätte er dann wirklich eine Chance gehabt, Meropi einzuholen?«

»Das hängt davon ab, wann die Frau losgegangen ist. Manche warten oben ein wenig und hoffen, dass der Weg leerer wird. Oder sie gehen los, machen aber bald eine längere Rast.«

»Es wäre also grundsätzlich denkbar.«

»Aber nur, wenn der Mann ein guter Wanderer ist. Bis zu der Stelle, an der wir die Frau gefunden haben, brauchen die meisten Leute etwa drei oder vier Stunden. Da ist es nicht leicht, eine halbe Stunde aufzuholen.«

»Dauert der Rückweg vom Tatort nach oben eigentlich wesentlich länger?«, erkundigte sich Michalis.

»Den geht kaum jemand, weil er nur bergauf führt. Ist sehr

anstrengend. Und es kommen einem ständig Leute entgegen.«

Votalakos hielt an einer Stelle an, wo ein schmaler Pfad von der Teerstraße ein kurzes Stück steil nach unten führte. Michalis machte Fotos, und sie fuhren zurück. Die Gipfel der Berge glänzten im Mondlicht.

»Und, hast du erfahren, was du herausfinden wolltest?«, fragte Hannah, während sie zum Pick-up gingen.

»Ja, der Ziegenhirte scheint ihn eindeutig erkannt zu haben.«

Michalis stand an der Wagentür und schloss die Augen.

»Du bist müde, oder? Soll ich fahren?«

»Ja. Gern.«

Michalis reichte Hannah den Wagenschlüssel und ging zur Beifahrerseite. Sein Smartphone klingelte. Jorgos.

»Ja?«

»Wir haben Dalaras erwischt. In Heraklion am Hafen. Er wollte die Nachtfähre nach Athen nehmen. Gute Arbeit. Von euch allen. Vor allem von dir und Koronaios.«

Michalis nickte beeindruckt.

»Der Ziegenhirte oben am Eingang zur Schlucht hat ihn auch eindeutig wiedererkannt«, erklärte Michalis.

»Woher weißt du das?«

Michalis musste lächeln. Offenbar gab es doch Dinge, die sich in seiner Familie nicht sofort herumsprachen.

»Ich bin nach Omalos gefahren und habe ihn getroffen.«

»Allein?« Jorgos klang beunruhigt.

»Mit Hannah.«

»Ich hatte dich doch gebeten, nicht noch einmal allein zu ermitteln. Sieh zu, dass du ins Bett kommst, ich brauch dich morgen früh im Büro.«

»Ist der Fall geklärt?«, erkundigte sich Hannah.

»Es gibt eine Festnahme. Und einiges spricht gegen den Mann. Aber das heißt noch nicht, dass er auch wirklich der Mörder ist«, antwortete Michalis. Von dem Telefonat mit Jorgos war er wieder wachgeworden und blickte Richtung Schlucht, wo der Mond die Hochebene unwirklich glänzen ließ. »Die Schlucht ist nur fünf Minuten entfernt. Wollen wir den Umweg machen?«

»Gern!«

Sie fuhren die Straße entlang, bis sie in Xyloskalo endete, und stiegen aus. Der Mond war hoch genug gestiegen, um die steilen Berge, die den oberen Teil der Schlucht säumten, in ein unwirkliches, kühles Licht zu tauchen. Das Tor zur Schlucht war verschlossen, und so standen sie nur da und schwiegen, denn eine so unendliche, beeindruckende Stille hatten sie noch nie erlebt. Hin und wieder knackten in der Schlucht Zweige, und einmal war in der Ferne eine Krähe zu hören. Der süßlich-herbe Geruch von Kiefern lag in der kühlen, feuchten Bergluft.

»Irgendwann wandern wir durch diese Schlucht, ja?«, flüsterte Hannah, und Michalis nickte.

Hannah übernahm auf dem Rückweg ebenfalls das Steuer, und Michalis schlief schon bald auf dem Beifahrersitz ein.

13

Michalis erwachte, als die ersten Sonnenstrahlen in die Wohnung fielen. Die Tür des Schlafzimmers stand offen, und er sah, dass Hannah auf dem Balkon saß. Auf seinem Smartphone war es kurz vor sieben.

»Bist du schon lange auf?«, fragte Michalis, als er auf den Balkon trat. Hannah saß dort mit einem Tee vor ihrem Laptop.

»Hey, guten Morgen! Ich hätte dich gleich geweckt.« Sie stand auf und gab ihm einen Kuss.

»Willst du frühstücken?«

Michalis schüttelte den Kopf. Er hatte sich zwar an den Gedanken gewöhnt, dass Deutsche morgens ausführlich aßen, und er hatte sogar schon versucht, mit Hannah Müsli zu essen, aber das war nichts für ihn. Und er wollte auch nicht der erste Kreter sein, der diese deutschen Essgewohnheiten übernahm. Hier wurde abends und nachts gegessen. Kein Kreter konnte deshalb morgens schon wieder etwas zu sich nehmen.

»Ich geh duschen. Was trinkst du denn?«

»Grünen Tee …«

Auch so eine Angewohnheit, die irritierend für ihn war. Früher hatte Michalis nicht einmal gewusst, dass es grünen Tee gab.

Als er aus der Dusche kam, stand jedoch für ihn ein Frappé bereit. Hannah hatte sich zwar noch nicht an diesen aufgeschäumten Instant-Kaffee, wie sie ihn nannte, gewöhnt, bereitete ihn mittlerweile aber ziemlich gut zu. Selbst trinken mochte sie ihn nicht, und Michalis hatte fasziniert feststellen müssen, dass in dem umfangreichen Gepäck, mit dem Hannah diesmal wieder auf Kreta gelandet war, auch zwei Packungen mit deutschem Bohnenkaffee gewesen waren.

Michalis nahm Hannah auf dem Roller erneut bis zum Amphitheater mit, wo sie mit Katerina weiterfahren würde.

»Oder ist das ein schlechtes Omen?«, wollte sie scherzhaft wissen. »Nicht, dass dein Tag wieder so hart wird wie gestern.«

»Bestimmt nicht«, antwortete Michalis. Doch als er Hannah nachsah, wie sie zu Katerina in den Wagen stieg und in der Tiefe der *Odos Dhodhekanisou* verschwand, fragte er sich, ob er da wirklich so sicher war.

Michalis traf vor Koronaios in der Polizeidirektion ein und freute sich, dass seine Beine beim Treppensteigen kaum noch Schwierigkeiten machten. Auch das trübe Licht und die abgestandene Luft störten ihn heute nicht.

»Hast du etwas vom *Meltemi* und von Abkühlung gehört?«, fragte er Myrta, als sie ihr Büro aufschloss. Sie hatte, was ungewöhnlich war, eine große Papiertasche dabei, aus der es köstlich nach Vorspeisen duftete.

»Ja«, entgegnete sie, »mein Mann sagt auch, dass in den nächsten Tagen der *Meltemi* kommen wird. Können stürmische Tage werden, unten an der Küste.«

Michalis deutete fragend auf die gut riechende Papiertasche.

»Vor allem«, fuhr Myrta fort, »habe ich gehört, dass unser Kriminaldirektor von eurer Arbeit sehr begeistert ist. Ich habe ein paar *Spanakopitta* und *Kaltsounia me chorta* besorgt, und er erwartet euch in einer halben Stunde in seinem Büro.«

Ein Frühstück bei Ioannis Karagounis. Michalis konnte sich nicht erinnern, in Chania jemals davon gehört zu haben.

Kurz darauf öffneten sich die Fahrstuhltüren, und Koronaios betrat mit drei Frappés bestens gelaunt das Büro.

»Der Fall ist gelöst, der Fahrstuhl funktioniert, und ich kann wieder halbwegs laufen.« Koronaios strahlte. »Es könnte ein richtig guter Tag werden.« Dann sah er jedoch Michalis' skeptischen Blick und rollte mit den Augen.

»Was gefällt dir denn heute nicht?«, fragte er und seufzte.

Michalis wiegte den Kopf hin und her. »Bloß weil alle glauben, der Fall sei gelöst, muss das ja nicht stimmen. Hast du etwas von einem Geständnis gehört? Oder neuen, eindeutigen Beweisen?«

»Spielverderber«, grummelte Koronaios und ging mit dem Frappé, der für Myrta bestimmt war, in ihr Büro.

Michalis hörte, dass dort das Telefon klingelte. »Ja, die beiden sind schon da«, hörte er Myrta sagen, und es dauerte nicht lange, bis Koronaios zurückkam. Seine Miene hatte sich verfinstert.

»Wir sollen hoch zu Jorgos. Sofort. Und es klang nicht mehr nach einem netten Frühstück beim Kriminaldirektor.«

»Es gibt einen Toten. In Paleochora. Der Kapitän eines Ausflugsbootes.« Jorgos schien verärgert zu sein. »Ich hätte uns allen wirklich gewünscht, dass wir den Fall Meropi Torosidis in Ruhe abschließen können.«

»Zumal wir ja noch nicht sicher sein können, dass Dalaras wirklich etwas mit dem Mord zu tun hat«, warf Michalis ein und erntete böse Blicke.

»Es spricht doch sehr vieles dafür, oder?«, entgegnete Jorgos irritiert und schüttelte den Kopf. »Auf jeden Fall habe ich niemand anderen, den ich nach Paleochora schicken könnte.«

»Und dieser Kapitän ist ermordet worden?«

»Tsimikas, der Kollege vor Ort, geht davon aus. Er hat alles abgesperrt und meint, an der Leiche blutige Einstiche zu erkennen.«

»Genau weiß er das aber nicht?«, fragte Koronaios überrascht.

»Die Leiche ist im Hafen auf dem Ausflugsschiff in einem sehr engen Ruderhaus gefunden worden, und Tsimikas will nichts verändern.«

»Gut.« Michalis blickte die beiden an. »Dann fahren wir los. Spurensicherung und Gerichtsmedizin wissen Bescheid?«

»Die Gerichtsmedizin ist informiert, und Zagorakis macht sich auch gleich auf den Weg.«

»Was ist mit dem Bericht von unseren Kollegen aus der Inselhauptstadt? Der sollte doch Punkt acht Uhr hier sein?«, erkundigte sich Michalis.

Jorgos warf einen kurzen Blick auf den Monitor seines Rechners und schüttelte den Kopf.

»Leider noch nichts«, erwiderte er.

»Das war ja zu erwarten«, meinte Michalis verärgert, »aber das macht die Arbeit für uns wirklich nicht leichter.«

»Was soll ich denn tun?«, entgegnete Jorgos resigniert. »Außerdem ist der Bericht in diesem Fall ja hoffentlich nicht mehr so wichtig.«

Als sie auf ihren Wagen zugingen, ließ Koronaios den Wagenschlüssel um seinen Zeigefinger kreisen.

»Ich fahr. Ich will schnell da sein«, verkündete er.

Michalis unterdrückte ein Grinsen. Als er sich vor zwei Jahren von Athen nach Chania hatte versetzen lassen, war Koronaios ganz versessen darauf gewesen, gefahren zu werden und sich um nichts kümmern zu müssen. Aber weil Michalis ihm zu langsam fuhr, übernahm er immer öfter das Steuer. Und so wunderte es Michalis nicht, dass Koronaios, sobald sie die Schranke vor der Polizeidirektion passiert hatten, das Blaulicht auf das Wagendach stellte und sofort einschaltete. Wenn Koronaios das Gefühl hatte, Fahrzeuge würden sich ihm in den Weg stellen, schaltete er zusätzlich das Martinshorn ein und raste an den Wagen vorbei.

»Du gehst also davon aus, dass die anderen sich in Luft auflösen, sobald du kommst?«, spottete Michalis.

»Einsatz ist Einsatz. Die sollen einfach Platz machen …«, sagte Koronaios grimmig und gab Gas.

Bei Tavronitis bogen sie von der Schnellstraße ab, und als hinter Kakopetros die Strecke immer kurvenreicher wurde, musste Koronaios dann doch langsamer fahren. Sie näherten sich der Anhöhe *Amygdali*, und in der Ferne war das glitzernde Meer der kretischen Nordküste zu sehen.

»Ein unglaublicher Anblick«, sagte Koronaios fast ehrfürchtig und deutete, während er vor einer engen Kurve vom Gas ging, Richtung Norden. »Und gleich taucht dann auch im Süden das Meer auf …« Koronaios stockte, weil er das missmutige Gesicht von Michalis bemerkte.

»Hey, ich fahr doch schon langsamer!«, rief er, aber Michalis winkte ab.

»Was ist los?« Koronaios sah Michalis fragend an.

»Ich weiß es nicht«, meinte Michalis. Er spürte, dass etwas Unheilvolles in der Luft lag, und das Gefühl wurde stärker, je näher sie Paleochora kamen.

Nach einer guten Stunde Fahrt waren von einem Hügel aus die ersten Häuser zu erkennen. Paleochora lag auf einer schmalen Landzunge, die wie eine Halbinsel in das im Gegenlicht der Sonne glänzende Meer hinausragte. Vor vielen Jahren war Michalis einmal hier gewesen, und er erinnerte sich an den langen Sandstrand auf der Westseite sowie den Kieselstrand im Osten, den nur hartgesottene Urlauber nutzten, wenn es ihnen am Sandstrand zu voll und der Lärm spielender Kinder zu laut wurde. Kein Kreter oder Grieche würde dorthin gehen, wenn es einen Sandstrand in der Nähe gab.

Am Ortsanfang passierten sie das Rathaus und erreichten die schmale Hauptstraße, über die Urlauber bummelten, in den vielen kleinen Geschäften einkauften oder vor Tavernen, Bars und Cafés saßen. Vor den Geschäften standen Lieferwagen und blockierten einen Teil der Hauptstraße, Einheimische beugten sich aus ihren Autos, um mit Ladenbesitzern zu plaudern, und immer wieder schlängelten sich hupende Roller und Mopeds an den Menschen vorbei. Koronaios kam kaum noch voran. Michalis sah sich die zumeist zweistöckigen Gebäude an, die renoviert und oft auch farbig gestrichen waren, je näher sie dem Zentrum mit der großen Kirche am Ende der Straße kamen. Paleochora wirkte wie eine liebenswerte Kleinstadt, in der Urlauber entspannt kretisches Lebensgefühl genießen konnten.

Kurz hinter dem großen Gebäude, in dem die Polizei gemeinsam mit der Küstenwache untergebracht war, gab es dann endgültig kein Durchkommen mehr. In einem Kafenion mit einer grünen Fassade saßen ältere Männer, unterhielten sich oder spielten Tavli, und davor und gegenüber parkten etliche Autos und ließen nur einen schmalen Weg für die Touristen frei.

»Sie haben es so gewollt …«, schimpfte Koronaios, nachdem die Urlauber auf sein Hupen nicht reagierten, und schaltete erst das Blaulicht und dann, weil der Weg immer noch nicht freigemacht wurde, auch das Martinshorn ein. Die Urlauber gingen jetzt zwar zur Seite, hielten sich aber empört die Ohren zu.

»Was soll ich denn tun …« Er seufzte. »Sollen wir jeden Urlauber höflich einzeln auffordern, uns Platz zu machen? Während uns am Hafen eine Leiche erwartet?« Koronaios zuckte mit den Schultern und bog hinter dem Kafenion rechts ab.

Kurz vor dem Sandstrand folgten sie nach links der Straße, die zum Hafen führte. Schon jetzt am Vormittag war der Strand voller Menschen. Einige schlenderten in Badehose oder Bikini über die Fahrbahn, andere verschwanden in einem der beiden Supermärkte und hatten neben Badehose und Badelatschen wohl nur eine Kreditkarte dabei. Das Meer war zwischen den Reihen von großen Sonnenschirmen kaum auszumachen, und erst als die Straße über eine kleine Anhöhe führte, war die langgezogene Badebucht mit ihren glitzernden Wellen, den spielenden Kindern und den schwimmenden Urlaubern für einen Augenblick zu erkennen.

Nach einigen hundert Metern lag der Hafen vor ihnen. Rechts unterhalb der Straße tauchte direkt am Meer eine Sportanlage und davor eine Baustelle mit mehreren großen Baufahrzeugen auf. Im Schatten riesiger Platanen standen drei Männer um zwei Pick-ups herum. Sie alle trugen Sonnenbrillen.

»Fahr mal langsamer«, bat Michalis.

»Warum?«, erwiderte Koronaios, ohne vom Gas zu gehen.

»Fahr bitte langsam!«

»Was ist denn los?«, knurrte Koronaios und bremste ab.

»Da«, sagte Michalis und deutete auf die Männer und die Baufahrzeuge.

»Da wird gearbeitet. Und?«

»Siehst du den kräftigen Mann?«

»Den mit dem blauen Hemd und dem Sakko?«, fragte Koronaios.

»Das ist Bouchadis. Der von der Firma *Psareus* aus Sougia.«
»Ja. Gut. Die bauen hier etwas. Na und?«
»Es ist ein Gefühl …«, erwiderte Michalis.

»Soll ich hier anhalten, und wir reden mit denen, oder fahren wir zum Hafen und kümmern uns um unseren Mordfall?«

Michalis zuckte mit den Schultern und warf noch einen Blick auf die drei Männer. Einer von ihnen war groß, vermutlich Anfang vierzig, hager, drahtig und etwas ungepflegt, während der dritte Mann etwa Mitte sechzig war und seine schneeweißen, vollen Haare mit Gel nach hinten gekämmt hatte. Ihre Augen waren wegen der Sonnenbrillen nicht zu erkennen, aber Michalis hatte den Eindruck, als würde der große Drahtige auf die anderen einreden, während die ihm eher widerwillig zuhörten.

Koronaios gab Gas, blickte Michalis aber beunruhigt an. Der warf einen Blick auf sein Handy. Keine Nachrichten von seiner Familie. Ein gutes Zeichen.

»Hier sind vor einigen Jahren wohl mal große Mengen EU-Subventionen ausgegeben worden«, entfuhr es Koronaios beeindruckt, als sie den Hafen erreichten.

»Und offenbar hatte in Brüssel niemand so genau nachgefragt, ob es einen Bedarf für so einen großen Hafen gibt«, ergänzte Michalis.

Denn während Paleochora so überschaubar war, dass es nicht einmal Straßennamen gab, war diese Hafenanlage riesig, obwohl hier kaum Schiffe lagen. Vermutlich hatte mal ein geschickter Lokalpolitiker Athen und Brüssel eingeredet, es gäbe hier einen enormen Bedarf für eine Marina mit Luxusyachten. Doch es lagen nur drei Yachten an den vielen Liegeplätzen, und es gab nicht einmal ein Büro oder einen Hafenmeister, bei dem ankommende Segler sich hätten melden können. Ein Boot der Küstenwache mit seinem grauen Rumpf, weißen Aufbauten und einer Unmenge Antennen lag verlassen in einem hinteren Bereich des Hafens.

Während der größte Teil des Hafens leer und ungenutzt wirkte, drängten sich in der rechten hinteren Ecke Einsatzfahrzeuge und Menschen. Schon von weitem waren drei Polizeiautos und ein großer gelber Rettungswagen zu erkennen, und beim Näherkommen entdeckte Michalis Stefanos Tsimikas, der mit seinen Kollegen den Bereich um das Ausflugsboot herum abgesperrt hatte.

Es ging ein leichter Wind, der den Geruch von Salz, Seetang und Fisch vom Meer herüberwehte. Michalis blieb am Wagen zurück und musterte den bis auf den Bereich um das Ausflugsschiff fast menschenleeren Hafen.

Das ganze Areal war von Mauern umgeben, die die Schiffe vor Stürmen und hohen Wellen schützen sollten. Auf der gegenüberliegenden Seite lag die Hafeneinfahrt mit ihrem roten und grünen Leuchtfeuer, dazwischen ging der Blick bis zum Horizont, doch heute war keine Horizontlinie zu erkennen. Die gleißende Augustsonne hatte dem Himmel ebenso wie dem Meer sein Blau genommen und ließ die Grenze zwischen ihnen weiß erscheinen und irreal verschwimmen.

In der Nähe der Hafeneinfahrt lagen einige kleine Fischerboote, auf einem von ihnen saß ein alter Fischer und flickte seine Netze. Michalis fiel auf, dass außer dem Kreischen einiger Silbermöwen, die auf Laternen hockten oder über den Fischerbooten kreisten, kaum etwas zu hören war. Wenn Tsimikas vorhin am Telefon gesagt hatte, dass er und seine Kollegen den Fundort der Leiche nur mühsam vor aufgebrachten und verzweifelten Angehörigen und Einheimischen hatten schützen können, so hatten diese sich offenbar beruhigt. Etwa zehn Männer saßen oder standen schweigend vor dem Ausflugsboot am Kai, und vier uniformierte Polizisten sicherten zwischen ihnen und dem Boot die Absperrung. Etliche Mopeds und Motorroller von Angehörigen waren ebenso an der Hafenmauer abgestellt worden wie mehrere private Wagen. Ein silbergrauer Kombi fiel Michalis auf, weil bei ihm die Heckklappe geöffnet war, als wartete jemand darauf, etwas einladen zu können.

Koronaios war vorgegangen, und an der Absperrung kam Unruhe auf, als er von Tsimikas und seinen Kollegen begrüßt wurde. Auch Michalis näherte sich, und Tsimikas reichte ihm die Hand. Gestern, in Sougia, hatte dieser sportliche Mann auf Michalis einen übermotivierten und etwas überforderten Eindruck gemacht, heute wirkte er hingegen souverän.

»Gut, dass Sie da sind«, sagte Tsimikas leise. »Die Lage hat sich jetzt beruhigt, aber vorhin, da konnten wir die Leute kaum zurückhalten.«

»War jemand an Deck? Hat jemand etwas verändert?«

»Der Mitarbeiter des Toten hat uns angerufen, und danach wohl auch die Familie. Wir waren vor ihnen da, aber der Bruder und der Vater haben das Boot regelrecht gestürmt.« Tsimikas deutete auf die Gruppe von Männern, die sich hinter der Absperrung drängten. »Immerhin konnten wir verhindern, dass sie das Ruderhaus betreten.«

»Wer hat den Toten entdeckt?«, wollte Michalis wissen.

»Timos. Der Angestellte von Leonidas.«

»Leonidas ist der Tote?«, hakte Michalis nach.

»Ja. Ja, Leonidas Seitaris. Schrecklich.«

»Sie kannten ihn?«

»Wir ... wir haben als Kinder manchmal zusammen gespielt und hier die Schule besucht.« Tsimikas schüttelte fassungslos den Kopf.

»Wo ist der Angestellte, der ihn gefunden hat?« Michalis blickte sich um.

»Timos Kardakis.« Tsimikas deutete auf einen bärtigen, sportlichen Mann Mitte zwanzig in einem schwarzen T-Shirt, der bei Koronaios stand. Er wirkte nervös und verunsichert.

Michalis nickte. »Die anderen Männer sind Angehörige?«

»Die meisten von ihnen. Derjenige, der jetzt bei Ihrem Kollegen steht, ist der Bruder. Theo Seitaris. Vorhin mussten wir ihn zu dritt festhalten, damit er nicht auf das Schiff stürmt. Daneben steht sein Vater.«

»Gibt es einen Verdacht, wer es gewesen sein könnte?«

Michalis sah, dass Tsimikas zögerte.

»Ja?«, bohrte Michalis nach.

»Leonidas sitzt … saß abends oft im Kafenion. In der Hauptstraße.«

Michalis erinnerte sich an das grün gestrichene Gebäude.

»Und?«

Tsimikas atmete hörbar ein und zog dann skeptisch die Mundwinkel nach unten.

»Es hat dort gestern einen Streit gegeben.«

»Wer hat sich gestritten?« Michalis ahnte, dass Tsimikas vermutlich alle Beteiligten sehr gut kannte und sich schwertat, sie im Zusammenhang mit einem Mord zu erwähnen. »Und worum ging es dabei?«

»Es ging um das, worum es hier seit Monaten immer geht.« Tsimikas stockte und atmete erneut tief durch. »Der Bau dieser Fischfarm-Anlage. Leonidas war einer der entschiedensten Gegner in Paleochora.«

Tsimikas schwieg, als hätte er den schwierigsten Teil dessen, was er wusste, damit hinter sich gebracht.

»Und weiter?«, fragte Michalis. »Hatte er gestern mit einem der Befürworter Streit?«

»Ja. Mit Stavros Nikopolidis.« Wieder zögerte Tsimikas. Michalis ahnte, dass er befürchtete, sich in Paleochora Feinde zu machen. Schließlich wollte er vermutlich die nächsten Jahrzehnte hier verbringen.

»Nikopolidis ist Bauunternehmer hier im Ort. Und er soll den Teil der Anlage, der in Paleochora stehen wird, bauen. Ein sehr lukrativer Auftrag.« Tsimikas nickte. »Vielleicht haben Sie die Baustelle auf dem Weg hierher gesehen.« Er deutete in die Richtung, wo Michalis an dem Sportplatz die großen Baufahrzeuge und auch Bouchadis aufgefallen waren. »Da, wo jetzt noch die Sportanlage ist, soll die Fischfarm entstehen. Also die Labore und die Becken, in denen die Fische gezüchtet werden und aufwachsen, bis sie groß genug sind, um in die Käfige im Meer ausgesetzt zu werden.«

»In der Bucht bei Lissos.«

»Genau.«

»Wer weiß von diesem Streit?«

Tsimikas lachte hilflos auf. »Alle, die gestern Abend im Kafenion waren. Also etwa fünfzehn oder zwanzig Männer. Und inzwischen sicherlich alle Einheimischen.«

»Haben Sie Nikopolidis schon zu dem Streit befragt?«, wollte Michalis wissen.

»Noch nicht. Aber ich habe vorhin mit dem Wirt in dem Kafenion gesprochen. Leonidas ist dort gegen halb zwölf aufgebrochen. Nikopolidis war anscheinend schon gegen elf gegangen.«

Tsimikas schien stolz zu sein, weil er diese Uhrzeiten bereits ermittelt hatte.

»Den Herrn Nikopolidis will ich nachher sprechen«, erklärte Michalis.

»Ich gehe davon aus, dass er noch länger auf der Baustelle sein wird. Aber …«

»Was?«

Tsimikas presste die Lippen aufeinander und kniff die Augen zusammen, als hätte er Schmerzen.

»Stavros Nikopolidis ist ein älterer Herr, eine angesehene Persönlichkeit hier im Ort«, sagte er, »ich halte es für ausgeschlossen, dass er mit dem Mord etwas zu tun hat.«

Michalis musterte Tsimikas. Bei jedem Mord gab es jemanden, der beteuerte, dass ein Verdächtiger unmöglich für die Tat in Frage kam. Vermutlich war Nikopolidis einflussreich, überlegte Michalis, und er und Tsimikas kannten sich schon lange. Vielleicht waren sie auch verwandt, damit musste man in diesen kleinen Orten immer rechnen.

»Außerdem … es könnte noch einen Verdächtigen geben.«

»Wen?«

Tsimikas deutete auf den Angestellten, der bei Koronaios stand.

»Timos. Timos Kardakis. Ich halte das zwar für eher unwahrscheinlich, aber … die beiden hatten wohl auch öfter mal Probleme miteinander.«

»Was für Probleme?«

»Timos fängt demnächst auf der großen Fähre an, die nach Sfakia und rüber nach Gavdos fährt. Und Leonidas hat es Timos angeblich übelgenommen, dass er mitten in der Saison den Job wechseln will. Aber Leonidas zahlt nicht gut, habe ich gehört, und die Fähre zahlt besser.«

»Gut. Mit ihm rede ich später.«

Michalis blickte zu dem Boot und spürte seinen Widerwillen, es zu betreten. Er nahm sich zusammen und ging zu Koronaios. Der hatte sich nicht nur mit Timos Kardakis, sondern auch bereits mit Theo Seitaris, dem Bruder des Toten, unterhalten. Der Vater hingegen saß jetzt teilnahmslos in der Nähe auf einem Poller.

Michalis trat zu dem Bruder.

»Michalis Charisteas. Mordkommission Chania. Mein Beileid.«

Theo Seitaris war Mitte dreißig, trug ein verblichenes dunkelbraunes Hemd und hatte ein rundes, bärtiges Gesicht mit Lachfalten, das zu anderen Zeiten sicherlich freundlich aussah. Jetzt aber wirkte Theo finster und erschöpft und hatte eine fast graue Gesichtsfarbe. Wortlos schüttelte er Michalis' Hand und drehte sich dann weg.

Michalis wandte sich an Timos.

»Sie haben ihn gefunden?«

»Ja.« Timos nickte und wich Michalis' Blick aus. Michalis überlegte, ob er ihn jetzt schon nach seinen Problemen mit dem Toten fragen sollte, wollte aber lieber erst mehr über die Tatumstände wissen.

»Wann?«

»Kurz vor neun. Da treffen wir uns hier jeden Morgen. Wir klaren das Deck auf und bereiten alles für die Touristen vor. Um zehn starten wir dann drüben am Fähranleger.« Timos deutete mit dem Kopf Richtung Paleochora. »Nach Elafonisi.«

»Und Sie haben ihn genauso gefunden, wie er jetzt dort liegt?«

»Ja ...« Timos klang unsicher.

»Haben Sie etwas verändert?«, fragte Michalis deshalb genauer nach.

»Nein, ich hab nur ...« Timos kniff die Augen zusammen. »Ich hab natürlich gehofft, dass er noch lebt, also hab ich Puls und Atem überprüft.« Er schluckte. »Aber da war nichts mehr. Ich hab dann sofort Tsimikas angerufen und mich umgesehen, ob der Mörder vielleicht noch in der Nähe ist.«

Michalis fragte sich, ob Timos eine Waffe hatte oder ob es an Bord eine Waffe gab.

Michalis warf einen Blick zu dem Boot, das gut vertäut am Kai lag: knapp zwanzig Meter lang, weiß gestrichen mit einer umlaufenden Reling und einem großen Sonnendeck sowie einem geschlossenen Fahrgastraum und einer erstaunlichen Menge von Rettungsringen und kleineren Rettungsinseln.

»Dann sollten wir uns jetzt den Tatort ansehen«, sagte Michalis, nickte und ging los.

Theo Seitaris wollte Michalis und Koronaios folgen, doch es genügte ein Blick von Koronaios, und Tsimikas stellte sich ihm in den Weg.

Beim Betreten des Schiffs fiel Michalis das Schild mit dem Namen *Amanta II* ins Auge, und er erinnerte sich, wo er diesen Namen schon einmal gelesen hatte. Das Boot von Savinas Vater in Georgioupolis trug den Namen *Amanta*.

Das schmale Ruderhäuschen erstreckte sich fast über die gesamte Breite des Bootes und hatte nicht nur zum Vorschiff hin nautische Geräte und das Steuerrad, sondern an seiner Rückwand auch eine kleine Koje mit zerwühltem Bettzeug.

Der Tote lag auf dem Boden in bereits getrocknetem Blut. Sein Kopf zeigte zur Backbordseite, sein hellblaues Hemd war von Blut getränkt. Michalis glaubte, zahlreiche Einstiche in der Brust und im Unterleib zu erkennen, aber da wollte er Stournaras von der Gerichtsmedizin nicht vorgreifen. Die linke Hand des Toten lag unterhalb des großen Steuerrads, vielleicht hatte er noch versucht, sich daran hochzuziehen. Zwischen seinem Kopf und der Holzverkleidung war eine verschlossene, halbleere Flasche Raki eingeklemmt. Ein kleines Rakiglas fand sich ebenso auf dem Boden wie eine fast leere kleine Wasserflasche und ein Bordbuch sowie ein Block mit Tickets für die Passagiere.

»Glaubst du, er hat seinen Mörder gekannt?« Michalis zwang sich, sachlich und pragmatisch zu denken.

»Den Einstichen nach hat er seinem Mörder vermutlich gegenübergestanden«, sagte Koronaios leise, da Theo Seitaris versuchte, an Tsimikas vorbei an Bord zu kommen. »Der Bruder hat mir von einem Streit gestern Abend erzählt«, fuhr Koronaios fort.

»Ich weiß«, erwiderte Michalis nachdenklich. »Und davon wissen offenbar schon alle hier. Der, mit dem er gestritten hat, soll die Anlage für die Fischaufzucht bauen. Ist vermutlich einer der Männer, an denen wir oben am Sportplatz vorbeigekommen sind.« Michalis beugte sich zu Koronaios vor. »Außerdem hat dieser Timos Kardakis wohl ebenfalls Probleme mit dem Toten gehabt«, flüsterte Michalis. »Den müssen wir uns auf jeden Fall auch ansehen.«

Michalis nahm sein Smartphone und machte Fotos von dem Toten, seiner Lage im Ruderhäuschen, den beiden Türen, die hineinführten, sowie dem benutzten schmalen Bett.

Koronaios ging wieder von Bord, Michalis jedoch blieb noch bei dem Toten und zwang sich, den Leichnam anzusehen. Ein oder zwei Stiche in die Herzgegend hätten ausgereicht, um den Mann zu töten, doch der Täter hatte offensichtlich mehr als zehnmal zugestochen.

Michalis verließ das Ruderhäuschen und sah sich an Bord um. Einige außen an der Reling hängende, bullige Plastikfender verhinderten, dass das Schiff gegen die Kaimauer stoßen konnte. Es wäre problemlos möglich gewesen, mit einem großen Schritt an Bord zu kommen und Leonidas zu überraschen. Von wo könnte der Mörder gekommen sein? Richtung Leuchtfeuer und Hafeneinfahrt lag ein verrostetes altes Frachtschiff, das den Eindruck machte, als läge es dort schon seit Jahren. Vielleicht hatte der Mörder sich aus dieser Richtung genähert, aber er konnte auch aus dem Ort gekommen sein. Von hier bis zur Straße vor dem Hafengelände waren es gut sechshundert Meter. Wenn sich der Täter mit dem Auto oder Motorrad genähert hätte, hätte Leonidas ihn hören müssen, es sei denn, er hatte fest geschlafen. Oder kannte er seinen Mörder?

Bevor er das Boot verließ, sah Michalis sich auf dem Deck nach Blutspuren um, konnte aber keine entdecken.

»Hat Leonidas manchmal die Nacht an Bord verbracht?«, fragte Michalis Theo, den Bruder des Toten, nachdem er sich vergewissert hatte, dass Timos Kardakis nicht in Hörweite war.

»Ja«, erwiderte Theo zögernd, »manchmal schon.«

»Warum?« Koronaios reagierte schneller als Michalis.

»Mein Bruder hat drei Kinder«, erklärte Theo, »das jüngste ist erst drei Monate alt. Da sind die Nächte unruhig.«

»Und dann übernachtet er lieber an Bord?«, fragte Koronaios, und Michalis verkniff es sich, *statt seiner Frau mit den Kindern zu helfen?* hinzuzufügen.

»Ja«, antwortete Theo knapp und ließ die beiden spüren, dass sie das nichts anging.

»Wie oft kam es vor, dass er an Bord übernachtet hat?«, hakte Michalis nach.

»Wie oft …« Theo zuckte mit den Schultern. »Unterschiedlich«, antwortete er vage.

»Und wie oft in letzter Zeit?«, drängte Koronaios.

»Pfff«, stöhnte Theo und blickte zu dem Ruderhäuschen,

auf dessen Boden Leonidas lag. Dann schaute er verärgert zu Tsimikas. »Da drüben liegt mein toter Bruder. Muss ich diese Fragen wirklich beantworten?«

»Leider ja«, entgegnete Michalis, »uns wäre es auch lieber, wir müssten solche Fragen nicht stellen.«

Theo schüttelte verärgert den Kopf. »In letzter Zeit ein- oder zweimal in der Woche.«

»Wer könnte davon gewusst haben?«, erkundigte sich Koronaios.

»Davon gewusst ...« Theo blickte Richtung Hafeneinfahrt und dann zu seinem Vater, der noch immer finster dreinblickend auf einem Poller saß. »In Paleochora bleibt nicht viel geheim. Würde mich nicht wundern, wenn das im Grunde alle wussten.«

»Haben Sie« – Michalis zögerte, ob er die Frage wirklich stellen sollte – »haben Sie einen Verdacht, wer Ihren Bruder getötet haben könnte?«

»Verdacht?« Theo lachte höhnisch. »Da kommen alle in Frage, die für diese verfluchte Fischfarm arbeiten.« Angewidert schüttelte er den Kopf. »Und zutrauen würde ich es jedem von denen. Wer so skrupellos ist und unsere Küste zerstören will, der würde auch jemanden aus dem Weg räumen, der dagegen etwas unternimmt.« Theo blickte in Richtung der Baustelle, an der Michalis und Koronaios vorbeigefahren waren. »Einer von denen war das, das schwöre ich Ihnen.«

Michalis war von der Heftigkeit der Antwort überrascht.

»Der Angestellte Ihres Bruders«, erwiderte er, »hat doch auch Probleme mit ihm gehabt, oder?«

»Timos? Ja. Aber der bringt doch keinen um«, entgegnete Theo bestimmt.

»Sie waren heute früh an Bord«, fuhr Michalis fort. »Fehlt dort etwas? Könnte irgendetwas gestohlen worden sein?«

»Darauf habe ich nicht geachtet. Ich hatte in dem Moment wirklich anderes zu tun«, entgegnete Theo vorwurfsvoll.

»Ich danke Ihnen erst einmal. Wir werden später sicherlich noch Fragen haben.«

»Wir gehen hier keinen Meter weg, solange mein Bruder an Bord ist, da können Sie sicher sein!«, rief Theo ihm nach, als Michalis sich auf den Weg zu Timos machte.

»Fehlt etwas an Bord, gab es Wertgegenstände oder die Tageseinnahmen?«, erkundigte sich Michalis auch bei Timos.

»Nein«, entgegnete er und wich erneut dem Blick von Michalis aus. »Das Geld nimmt ... hat Leonidas immer mitgenommen, wenn wir von Elafonisi zurück waren.«

»Und sonst etwas? Teure Bordinstrumente? Oder Aufzeichnungen und Unterlagen?«, bohrte Michalis nach.

Timos schüttelte den Kopf. »Die Instrumente, da müsste ich nachsehen, aber die sind ja fest installiert, das wäre mir gleich aufgefallen. Und Unterlagen oder Wertgegenstände ... Nein.«

Es lag Michalis auf der Zunge, Timos nach seinem Alibi für die vergangene Nacht zu fragen, aber er wollte erst von Stournaras, dem Gerichtsmediziner, Genaueres über den Todeszeitpunkt erfahren. »Wir haben später sicherlich noch einige Fragen an Sie«, sagte Michalis deshalb nur. »Bitte bleiben Sie noch hier.«

»Könnte sonst jemand nachts etwas gesehen haben?« Michalis war zu ihrem Kollegen Tsimikas getreten. »Segler? Oder gibt es Fischer, die nachts rausfahren oder zurückkommen?«

»Mit den Seglern habe ich vorhin gesprochen«, sagte Tsimikas. »Eines der drei Boote liegt seit drei Wochen hier, ohne dass sich jemand dafür interessiert. Und die anderen beiden

Boote gehören zusammen. Die Segler waren gestern sehr lange in Paleochora unterwegs.« Kurz lächelte er, bemerkte dann, dass das unangemessen war, und bemühte sich, ernst zu wirken. »Eine der Ehefrauen hat angedeutet, dass die Männer sehr betrunken und sehr laut waren. Und dass sie froh war, als endlich Ruhe herrschte.«

»Und haben sie etwas gesehen oder gehört, nachdem Ruhe war?«

Tsimikas stutzte.

»Nein. Nein, die haben dann alle geschlafen.«

»Und die Fischer?«

»Die hab ich noch nicht befragt.«

»Gut, das machen wir später«, mischte sich Koronaios ein.

Von Paleochora her war ein Martinshorn zu hören, das sich schnell näherte und lauter wurde.

»Zagorakis hat es wohl eilig«, mutmaßte Koronaios, und es dauerte keine zwei Minuten, bis der Chef der Spurensicherung mit Blaulicht und Martinshorn auf der Straße vor dem Hafengelände auftauchte und das schrille Geräusch erst verstummte, als der Wagen vor der Absperrung langsamer wurde. Zagorakis stieg sofort aus, während sein Assistent Dimitrios zwar die Beifahrertür öffnete, aber erst einmal tief durchatmen musste.

»Die Leute haben keinen Respekt mehr vor einem Blaulicht«, schimpfte Zagorakis und blickte Michalis und Koronaios an. »Jorgos sagte, das da ist ein Ausflugsschiff?« Er deutete auf die *Amanta II*.

»Ja«, entgegnete Michalis.

»Dann gibt es vermutlich Hunderte von Fingerabdrücken und DNA-Spuren.« Zagorakis stöhnte, warf einen Blick in das Ruderhäuschen und machte sich an die Arbeit.

»Ich würde gern als Erstes mit diesem Bauunternehmer Nikopolidis sprechen«, sagte Michalis zu Koronaios, nachdem Zagorakis verschwunden war. »Tsimikas soll mitkommen, und seine Kollegen sollen ein Auge auf Timos Kardakis haben.«

»Und danach müssen wir dann auch dringend etwas essen«, entgegnete Koronaios unwirsch.

Michalis lächelte. Dafür, dass Koronaios schon lange nichts Richtiges mehr gegessen hatte, war er noch erstaunlich ruhig.

Sie ließen Tsimikas im Wagen hinten einsteigen, verließen den Hafen und hielten oberhalb des Sportgeländes. Neben der Straße erstreckte sich eine etwa hundert Meter breite, verwilderte und ungenutzte Fläche, von der ein Abhang zehn Meter nach unten zu einem Fußballplatz und einem kleineren Trainingsplatz führte. Zwei Planierraupen waren damit beschäftigt, diesen Abhang einzuebnen und eine Schneise zwischen der oberen offenen Fläche und der Sportanlage zu schaffen. Das Gras des Fußballplatzes war lange nicht gemäht worden und verdorrt, während der Trainingsplatz das dunkle, matte Grün eines Kunstrasens zeigte. Der Zaun, der das Stadion umgab, war niedergewalzt worden. Hinter einem kleinen Eintrittshäuschen, den Stehplätzen für die Zuschauer und einer Reihe von Tamarisken lag das offene Meer. Ein angenehm kühler und überraschend kräftiger Wind wehte von dort herüber.

Die drei Männer, die vorhin schon hier gewesen waren, standen im Schatten einer Platane um die offene Heckklappe eines cremefarbenen Pick-ups herum. Daneben parkte ein silbergrauer Pick-up in der prallen Sonne. Michalis hielt in einiger Entfernung, ließ den Motor aber laufen.

»Hier soll diese Fischfarm entstehen?«, wollte Michalis von Tsimikas wissen.

»Ja«, erwiderte der. »Die Käfige mit den Jungfischen kommen später in die Bucht von Lissos, aber alles andere wird hier gebaut.« Er deutete auf das Ende des Sportplatzes, hinter dem das Hafengelände lag. »Da unten soll eine Straße direkt zum Hafen führen, damit die Fische auf dem kürzesten Weg an Bord gebracht werden können. Und hier oben entstehen dann die Büros und Labore. Sehen wird man davon nichts, denn hier soll eine fünf Meter hohe Mauer gebaut werden, über die aber noch gestritten wird. Wie über die ganze Anlage. Es gefällt natürlich nicht allen, dass man von hier aus nicht mehr das Meer, den Strand und drüben die Küste sehen wird.«

»Und der Sportplatz?«, fragte Koronaios.

»Der kommt weg.«

»Und dann gibt es keinen Sportplatz mehr in Paleochora?«

»Doch ...«, erwiderte Tsimikas gedehnt und schmunzelte, »wir sollen sogar eine neue, hochmoderne Sportanlage bekommen. Am anderen Ende von Paleochora, kurz vor dem Ortsende, hinter der Schule. Allerdings ...«

»Ja?«, bohrte Koronaios nach.

»Niemand weiß, auf welcher Fläche genau diese Sportanlage stehen soll. Und alle ahnen, dass sie nie gebaut werden wird, auch wenn unser Bürgermeister es schwört.«

»Meistens ein schlechtes Zeichen, wenn Lokalpolitiker teure Projekte versprechen ...«, raunte Koronaios.

»Wobei dieser Sportplatz hier wegen des starken Winds manchmal wochenlang kaum benutzt werden kann. Die Fußballer schimpfen, weil die Bälle häufig nicht dort landen, wohin sie sie schießen. Aber die Spieler haben auch noch ganz andere Probleme.«

»So?« Koronaios hätte gern erfahren, was die Fußballer von Paleochora für Sorgen hatten, aber Michalis deutete zu dem Pick-up und den drei Männern.

»Der große, kräftige Kerl, den kenne ich, das ist Bouchadis«, sagte Michalis. »Und der Ältere dürfte Nikopolidis sein. Wer ist der dritte?«

Michalis musterte den Mann, der großgewachsen und drahtig, aber keinesfalls eine beeindruckende Erscheinung war. Eher wirkte er in dem zerknitterten beigen Sakko, einem offen schwarzen Hemd mit zahlreichen Flecken sowie in alle Richtungen abstehenden, ungewaschenen Haaren ungepflegt. Seine Schultern waren hochgezogen, er schien nervös zwischen Nikopolidis, Bouchadis und der Baustelle hin und her zu blicken.

»Das ist Anestis Papasidakis. Anestis ist eigentlich Klempner, aber auch der Bruder vom Chef der Firma *Psareus*. Außerdem hat in Paleochora irgendwann schon jeder mal mit ihm Ärger gehabt.«

Michalis stutzte, als er den Namen *Psareus* hörte.

»Und hat dieser Anestis Papasidakis etwas mit der Fischfarm zu tun?«, wollte Michalis wissen.

»O ja«, erwiderte Tsimikas gedehnt. »Er soll, wenn die Anlage irgendwann in Betrieb ist, der Technische Leiter werden.«

»Ja? Und?« Koronaios fächelte sich kühle Luft aus den Lüftungsschlitzen zu.

»Niemand traut Anestis zu, diese Anlage zu leiten. Er hat keinerlei Erfahrung mit Fischfarmen, und er hat noch nie im Leben für irgendetwas Verantwortung übernommen. Aber sein Bruder wird ihm sicherlich einen kompetenten Mitarbeiter zur Seite stellen.«

Michalis sah, dass Koronaios die Augen zusammenkniff und die Lippen schürzte. Dass Kyriakos Papasidakis nicht nur im Mordfall Meropi Torosidis auftauchte, sondern womöglich auch hier eine Rolle spielen könnte, war für Koronaios ebenso irritierend wie für Michalis.

Michalis fuhr weiter und hielt im Schatten einer Platane direkt neben dem silbergrauen Pick-up. Tsimikas öffnete sofort seine Tür.

»Warten Sie hier bitte einen Moment«, bat Michalis, bevor Tsimikas aussteigen konnte.

»Warum? Sie wollten doch mit Nikopolidis reden?«, erwiderte Tsimikas überrascht. Michalis reagierte nicht, sondern blickte zu den drei Männern, von denen vor allem Petros Bouchadis und Anestis Papasidakis, der laut Tsimikas ungeeignete künftige Technische Leiter der Anlage, ungeduldig darauf zu warten schienen, dass die Polizisten ausstiegen. Nikopolidis hingegen würdigte den Wagen nur eines kurzen Blickes und wandte sich der Baustelle zu.

Koronaios stieg aus, nahm seinen Polizeiausweis in die Hand und ging auf die Gruppe zu.

»Soll ich noch warten?«, fragte Tsimikas verunsichert.

»Nein, jetzt nicht mehr«, antwortete Michalis, ohne den Blick von den Männern abzuwenden.

»Dann steig ich jetzt aus.«

»Tun Sie das.«

Michalis beobachtete, wie Tsimikas auf die Männer zuging, und registrierte, dass Nikopolidis von Tsimikas ziemlich respektvoll, Anestis dagegen eher distanziert begrüßt wurde. Nikopolidis gab seinen beiden Angestellten, die die Bulldozer fuhren, ein Zeichen, und sie stoppten die Motoren der Maschinen und verzogen sich für eine kurze Pause auf eine der Zuschauerbänke.

Die Baustelle machte auf Michalis nicht den Eindruck, als würde hier mit Hochdruck gearbeitet. Der Sportplatz war bis auf den Zaun komplett unversehrt und hätte jederzeit wieder genutzt werden können.

»Wir kennen uns ja schon«, sagte Bouchadis, als Michalis zu ihnen trat.

Michalis wandte sich dem älteren Herrn zu.

»Herr Nikopolidis?«

»Ja?«, antwortete der Bauunternehmer freundlich.

»Michalis Charisteas, Mordkommission Chania. Könnte ich kurz mit Ihnen sprechen?«

»Gern.«

»Und während die beiden miteinander reden«, kündigte Koronaios Bouchadis und Anestis Papasidakis an, »wüsste ich von Ihnen beiden gern, wo sie gestern am Abend und in der Nacht gewesen sind.«

Michalis trat ein Stück zur Seite in den Schatten einer Platane, um sicherzustellen, dass die anderen nicht mehr jedes Wort hören konnten. Nikopolidis folgte ihm und nahm seine Sonnenbrille ab, so dass Michalis unter den mächtigen weißen Augenbrauen wache braune Augen sehen konnte.

»Sie sind für die Baustelle verantwortlich?«, eröffnete Michalis das Gespräch.

»Das sind nur die Vorarbeiten«, erwiderte Nikopolidis ruhig und gelassen. »Sobald alle Genehmigungen vorliegen, können meine Leute richtig loslegen.«

»Ist ein Gelände direkt am Meer denn geeignet für so eine Anlage?«

»Wir werden den Untergrund massiv verdichten und gegen das Meer absichern müssen. Es ist ein großer Unterschied, ob hier Fußball gespielt wird oder ob eine millionenschwere Anlage auf dem Gelände stehen soll. Auch wenn das noch nicht alle Beteiligten begriffen haben.« Nikopolidis lächelte.

»Die beiden Herren da drüben sind anderer Meinung als Sie?«

Nikopolidis zuckte mit den Schultern.

»Mich interessiert nur, ob die Behörden die Errichtung der Anlage genehmigen. Erst danach kann ich sagen, wie hoch die Kosten und der Aufwand sind. Und selbst dann sind nicht die Meinungen dieser beiden Herren entscheidend.«

Nikopolidis warf einen Blick zu Bouchadis und Anestis Papasidakis, und Michalis ahnte, dass er von den beiden offenbar nicht viel hielt.

»Entscheidend ist die Meinung von Kyriakos Papasidakis?«, hakte Michalis nach und erntete ein anerkennendes Lächeln von Nikopolidis.

»Ich sehe, Sie sind im Bilde.«

»Ging es darum auch in Ihrem Streit mit Leonidas Seitaris?«, fragte Michalis weiter.

Nikopolidis musterte ihn skeptisch.

»Ich kannte Leonidas, seit er vier Jahre alt war. Er hat mit meinen Söhnen Fußball gespielt, da war das hier« – er deutete zu dem kleineren Trainingsplatz mit Kunstrasen – »noch eine Wiese, die wir Eltern manchmal gemäht haben. Die Tore bestanden aus angeschwemmten Holzstangen, und jedes Frühjahr haben die Jungs neue gesucht, weil die alten Stangen von den Winterstürmen weggerissen worden waren.«

Michalis wartete, ob dieser intelligente Herr mit den wachen Augen selbst bemerken würde, dass das keine Antwort auf seine Frage war.

»Wissen Sie, schon mein Vater hat hier in Paleochora gebaut. Einfache, solide Häuser. Mitte der Siebziger, bevor die Touristen kamen, da war hier alles einfach. Die Leute waren arm, hatten etwas Landwirtschaft und ein kleines Haus. Und sehen Sie sich Paleochora heute an.« Nikopolidis ließ den Blick über den Strand und den Ort streifen. »Es ist viel Geld nach Paleochora gekommen. Manche sind dadurch reich geworden. Auch meine Familie. Wenn meine Kinder irgendwann die Firma übernehmen, dann hat das nichts mehr mit dem zu tun, was ich von meinem Vater übernommen habe.«

Michalis warf einen Blick zu Koronaios, der sich noch immer mit Anestis und Bouchadis unterhielt und Notizen machte.

»Leonidas hat früher, bevor er auf einer der großen Fähren anfing«, fuhr Nikopolidis fort, »sogar bei mir gearbeitet. Wir mochten uns. Und ganz ehrlich« – er kratzte sich an der linken Schläfe – »ich verstehe bis heute nicht, warum er so vehement gegen diese Fischfarm war. Angeblich würde die Fischfarm unsere kretischen Traditionen zerstören und die Fischer ruinieren. Aber sehen Sie sich doch um.« Wieder ließ er den Blick über den Ort schweifen. »Paleochora hat heute nichts mehr mit dem Paleochora meiner Kindheit zu tun. Wo ist da die Tradition? Alle wollen an das Geld der Touristen ran. Auch die Fischer wollen das. Also die paar Fischer, die es noch gibt.« Nikopolidis schaute Richtung Hafen.

»Aber die sind schon fast alle über sechzig. Und warum? Weil niemand mehr seine Familie von dem ernähren kann, was er aus dem Meer holt. Das war früher anders, denn wenn Sie sich heute den Fang ansehen ...« Er schüttelte den Kopf. »Mickrig. Natürlich freut sich unser Fischhändler, wenn die Fischer etwas von ihren Ausfahrten mitbringen. Das meiste jedoch, was er hier verkauft und was die Tavernen anbieten, muss aus Chania geholt werden und ist deshalb teurer. Aber die Touristen wollen nun mal Fisch essen.«

Michalis hatte den Eindruck, dass Nikopolidis regelrecht froh war, dass jemand ihn einfach reden ließ und ihm zuhörte.

»In Chania oder in der Bucht von Souda liegen einige große Fischerboote, die hochseetauglich sind und weit genug rausfahren können, um auf nennenswerte Fischschwärme zu stoßen. Diese Trawler bleiben mehrere Tage auf dem Meer und legen den Fang noch an Bord auf Eis. Aber die kleinen Fischer, die nur in der Nähe der Küste fischen können, was ist mit denen? Ihrer Familie gehört in Chania doch das *Athena*. Kommen da alle Fische von den kleinen Fischern, die morgens im venezianischen Hafen festmachen?«

Entweder sprach sich auch hier schnell herum, was seine Familie machte, oder Nikopolidis hatte sich auf dieses Gespräch vorbereitet, dachte Michalis und hatte den Kollegen Tsimikas im Verdacht, die Informationen verbreitet zu haben. Vielleicht war ja auch Tsimikas dafür verantwortlich, dass der Mord an Meropi Torosidis so schnell an die Öffentlichkeit gelangt war.

»Die Fische, die die Touristen so gern essen, weil sie groß sind und gut aussehen – Doraden, Seewolf, Brassen, Red Snapper –, wo kommen die wohl her?« Nikopolidis blickte Michalis an und schien eine Antwort zu erwarten.

»Sie werden es mir sagen, nehme ich an«, entgegnete Michalis, und Nikopolidis wirkte ein wenig enttäuscht.

»Die Fische kommen nicht mehr von Fischern, die wie vor hundert Jahren nachts romantisch aufs Meer hinausfahren und ihre Netze auswerfen. Griechenland ist einer der größten Produzenten von Fischen aus Aquakultur, und allein die Firma *Psareus* betreibt fast zwanzig Fischfarmen. So ist es nun einmal, auch wenn die Gegner das nicht wahrhaben wollen.« Zum ersten Mal klang Nikopolidis verächtlich.

»Ja, ich hatte mit Leonidas Streit. Nicht nur gestern, sondern in all den vergangenen Monaten. Manchmal erbittert, und oft laut. Weil es einfach nicht einzusehen ist, dass Leute wie er verhindern wollen, dass es Paleochora auch in den nächsten Jahren noch gutgeht.« Nikopolidis schnaubte. »Die Rucksacktouristen, die jedes Jahr kommen, würden doch am liebsten immer noch hier am Strand übernachten. Und die haben auch kein Geld, das sie ausgeben können. Wir leben hier von denen, die teure Hotels und Apartments buchen. Und die wollen abends nicht ein paar kümmerliche, frisch gefangene Sardinen auf dem Teller haben, sondern gut gewachsene Brassen und kräftige Barsche.«

Nikopolidis schwieg, und Michalis war verwundert, wie offen er über Leonidas Seitaris und die Gegner der Fischfarm gesprochen hatte. Vermutlich war er wohlhabend genug, um die Meinung anderer ignorieren zu können. Und er schien auch sicher zu sein, dass wegen des Mordes an Leonidas nicht gegen ihn ermittelt würde.

»Und Sie haben auch gestern Abend im Kafenion mit Leonidas gestritten«, hakte Michalis nach einem Moment des Schweigens nach.

»Leonidas hat sich in den letzten Wochen immer mehr in die Sache reingesteigert. Er war ja sozusagen das Sprachrohr der Gegner. Immer, wenn jemand über die Fischfarm berichtet hat, ist Leonidas befragt worden.«

Michalis sah in Richtung Koronaios, der sich inzwischen von Anestis abgewandt hatte, von der Anhöhe aus über den Sportplatz Richtung Strand blickte und telefonierte. Abrupt wandte sich Michalis wieder Nikopolidis zu.

»Ohne jemanden wie Leonidas Seitaris wäre die Fischfarm schon viel weiter?«, fragte er schnell.

Nikopolidis brauchte einen Moment, um die Frage zu durchschauen.

»Wollen Sie wissen, ob ich ein Motiv hätte, Leonidas umzubringen?« Nikopolidis lächelte. Ein arrogantes Lächeln, das Michalis nicht gefiel. »Ganz bestimmt nicht«, fuhr er fort. »Wenn es nicht Leonidas wäre, dann wäre jemand anderes das Sprachrohr gewesen. Diese Gegner sind sehr« – er schien zu überlegen, wie er es formulieren sollte – »sehr moralisch. Und fühlen sich überlegen. Mit vernünftigen Argumenten kann man denen nicht kommen.«

Nikopolidis sah Michalis an, aber der ließ ihn warten.

»Sie wollen doch sicher wissen, wo ich gestern Abend nach dem Streit mit Leonidas war«, fuhr Nikopolidis in überheblichem Ton fort.

Michalis nickte. »Ja, das ist meine Aufgabe.«

»Ich bin mit meinem Bruder zusammen nach Hause gegangen. Unsere Grundstücke grenzen aneinander. Vor meiner Haustür haben wir uns verabschiedet, und drinnen hat meine Frau auf mich gewartet. Wir haben noch ferngesehen und sind dann schlafen gegangen. Heute früh sind wir um sechs Uhr aufgestanden. Wie jeden Morgen. Nach so vielen Ehejahren kann man gar nicht anders, wenn Sie wissen, was ich meine.«

Nein, das wusste Michalis nicht, aber er wusste, dass sie dieses Alibi überprüfen würden.

»Vielen Dank erst einmal«, sagte Michalis. »Falls wir noch Fragen haben, werden wir Sie ja sicherlich hier in Paleochora antreffen.«

»Selbstverständlich«, entgegnete Nikopolidis und wandte sich zu Bouchadis und Anestis um, die schweigend nebeneinanderstanden.

»Eines würde ich gern noch wissen«, sagte Michalis schnell. Nikopolidis drehte sich um, und Michalis spürte, dass Nikopolidis zum ersten Mal überrascht war und fürchtete, die Kontrolle über die Situation zu verlieren.

»Für einen Mord gibt es immer einen Auslöser. Irgendetwas muss gestern oder in den letzten Tagen passiert sein.« Michalis blickte Nikopolidis an und sah, dass dessen Augen unruhig hin und her wanderten.

»Da kann ich Ihnen leider nicht helfen«, erwiderte Nikopolidis ein wenig ungehalten.

»Sie haben gesagt, er war das Sprachrohr der Fischfarm-Gegner. Warum war er das und nicht jemand anderes?«

»Fragen Sie mal in seiner Familie nach. Und wenn Ihnen da niemand antworten will, dann fragen Sie nach seiner Schwägerin. Die hat mit ihm nämlich sehr viel heftiger gestritten als ich.«

»Seine Schwägerin?«

»Hab ich doch gerade gesagt!«

»Sie wussten, dass Leonidas Seitaris manchmal auf seinem Boot übernachtet hat?«, wollte Michalis noch wissen.

Nikopolidis blieb stehen.

»Kommen Sie mir nicht so«, empörte er sich, und Michalis war klar, dass er einen wunden Punkt getroffen hatte.

Nikopolidis ging, ohne sich noch einmal umzudrehen, zu Bouchadis und Anestis zurück. Michalis überlegte, woran ihn dieser Bauunternehmer mit dem spitzen Gesicht, den vollen weißen Haaren und dem runden Bauch erinnerte: an einen Dachs. Auf den ersten Blick angenehm und etwas träge wirkend, aber gelegentlich durchaus gefährlich.

»Und, haben Sie etwas Nützliches erfahren?«, erkundigte sich Tsimikas, als sie wieder im Dienstwagen saßen.

»Wir sollten mit der Witwe sprechen«, sagte Michalis, und Koronaios nickte. »Sie wissen ja sicher, wo die Familie wohnt?«, wandte Michalis sich an Tsimikas.

»Ja. Natürlich. Selbstverständlich«, entgegnete Tsimikas. Er wirkte verunsichert, weil keiner auf seine Frage reagiert hatte.

Die Wege waren kurz in Paleochora, und in der Nachsaison hätte es wohl nur wenige Minuten gedauert, bis sie das Haus der Familie Seitaras erreicht hätten. Doch jetzt mussten sie sich hupend einen Weg durch die Touristengruppen bahnen, um die wenigen hundert Meter von dem im Westen gelegenen Sandstrand zur östlichen Seite mit der Uferpromenade und dem Fähranleger zu gelangen. An dem Anleger wollte Michalis der Straße entlang der Wasserkante folgen, doch Koronaios entdeckte eine *Sacharoplastio*, eine Konditorei.

»Halt mal eben«, forderte Koronaios Michalis auf, und der Wagen stand noch nicht einmal, da öffnete er schon die Tür und verschwand in dem Laden.

»Wenn nachher Zeit ist, könnte ich Ihnen eine Taverne empfehlen«, schlug Tsimikas vor.

»Sehr gern, darauf werden wir zurückkommen«, erwiderte Michalis und warf einen Blick auf sein Handy. Es gab keine Anrufe oder Nachrichten von seiner Familie, was erfreulich, aber ungewöhnlich war.

Nach wenigen Minuten kam Koronaios mit einer großen Papiertüte zurück und reichte Michalis und Tsimikas *Tiropittakia*, Käsetaschen, sowie Spinat-Käsetaschen, *Spanakotiropittakia*, die unglaublich gut schmeckten. Michalis fuhr nach einer kurzen Pause weiter, bog zweimal nach rechts ab und hielt in einer winzigen Gasse vor einem schlichten, strahlend weiß gestrichenen, zweistöckigen Haus. *Gavdiotika*, so erklärte Tsimikas ihnen, hieß dieser Teil von Paleochora, weil vor einigen Jahrzehnten viele Leute von *Gavdos*, einer südlich vor Kreta liegenden Insel, zugezogen waren und hier ihre Häuser gebaut hatten.

»Brauchen Sie mich eigentlich noch?«, fragte Tsimikas, als sie gehalten hatten. »Vielleicht wäre es gut, wenn ich am Hafen vor Ort bin. Einer meiner Kollegen könnte mich hier abholen«, schlug Tsimikas vor.

»Da haben Sie recht, das wäre besser«, entgegnete Michalis.

»Wir werden nach diesem Gespräch sicherlich auch wieder zum Hafen kommen.«

Tsimikas nickte, nahm sein Handy und verabschiedete sich.

»Hast du von den beiden Männern am Sportplatz etwas erfahren?«, wollte Michalis von Koronaios wissen.

»Bouchadis und dieser Anestis? Pfff …« Koronaios seufzte. »Beide unangenehm. Petros Bouchadis hat für heute Nacht kein Alibi. Er war kurz hier im Kafenion und danach angeblich allein in seinem Büro in Sougia, wo er auch übernachtet haben will.«

»Ja, da stand ein Bett.«

»Und dieser andere, dieser Anestis Papasidakis … komischer Kerl. Mal aggressiv, mal total verunsichert. Wohnt mit seiner Mutter zusammen, was in dem Alter ja nur die wenigsten tun.« Koronaios schüttelte den Kopf.

»Und sein Alibi?«

»Er war gestern ebenfalls in diesem Kafenion, ist aber sehr früh nach Hause gegangen. Was seine Mutter wohl bestätigen könnte.« Koronaios nahm seine Sonnenbrille ab, da sie sich dem Haus genähert hatten und in dessen Schatten getreten waren. »Aber Mütter bestätigen in so einem Fall ja fast alles.«

Ja, das wussten sie nur zu gut. Mütter würden ihre Kinder auch vor Gericht beschützen, selbst wenn sie lügen mussten.

»Im Grunde genommen haben also beide kein wirkliches Alibi«, fasste Michalis zusammen.

»Du sagst es«, entgegnete Koronaios. »Und dieser Bauunternehmer, der auf seriösen weißhaarigen Herrn macht?«

»Ist angeblich mit seinem Bruder vom Kafenion nach Hause gefahren und hat dann mit seiner Frau zu Hause ferngesehen, bevor sie schlafen gegangen sind. Seine Frau wird das vermutlich bestätigen.« Auch Michalis schob seine Sonnenbrille in die Hemdtasche.

»Er hat mir sehr viel über Paleochora erzählt, dieser Nikopolidis. Vielleicht wollte er ablenken, aber auf jeden Fall kennt er hier alle, und das schon sehr lange.«

»Kommt er als Mörder in Frage?«

Michalis wiegte den Kopf hin und her. »Ich denke, nein. Aber das ist mehr ein Gefühl. Eher könnte er jemanden angestiftet haben. Ich bin sicher, der kann auch anders als nur ein freundlicher älterer Herr sein.«

Koronaios nickte. »Ich hab vorhin übrigens mit Jorgos telefoniert. Er ist auf dem Weg hierher.«

»Gut.«

»Und dann sollten wir auch dringend etwas Vernünftiges essen.« Koronaios hatte beim Aussteigen noch einige *Tiropittakia* und *Spanakotiropittakia* aus der Papiertüte genommen. »Die sind zwar nicht schlecht, aber kein Ersatz für ein richtiges Essen«, fügte er hinzu.

Vor dem Haus standen mehrere Autos sowie eindeutige Hinweise auf Kinder: ein Dreirad, ein Bobbycar, ein Kinderwagen, Strandspielzeug und eine Luftmatratze. Auf einem Balkon im ersten Stock wehte in dem leichten Wind getrocknete Wäsche, die niemand abgehängt hatte. Sie zögerten kurz, dann drückte Koronaios auf den kleinen Knopf neben dem Namen *Seitaris*. Ein schnarrendes Geräusch ertönte.

»Die haben uns doch garantiert längst bemerkt«, mutmaßte Michalis.

Koronaios drückte erneut auf die Klingel. Wieder das schnarrende Geräusch, kurz darauf das Schreien eines Babys im Haus, und dann waren hinter der Tür Geräusche zu hören.

Ein Schlüssel wurde umgedreht und die Tür vorsichtig geöffnet.

»Ja?«, fragte ein Mann Mitte dreißig mit Hornbrille.

Michalis und Koronaios brauchten beide einen Moment, um sich daran zu erinnern, dass sie dieses Gesicht aus dem kleinen Supermarkt in Georgioupolis kannten.

»Panagiotis Galanos?«, fragte Michalis verwundert.

»Ja«, erwiderte der Mann kurz angebunden. Er hatte gerötete, müde Augen.

»Sie wissen ja, wer wir sind«, fuhr Michalis fort, »Mordkommission Chania. Wir ermitteln in dem Mordfall Leonidas Seitaris.«

»Ja.«

»Wir würden gern seine Frau sprechen.«

»Amanta schläft. Der Arzt war hier. Er hat ihr etwas gegeben.«

Michalis nickte und spürte, wie es in seinem Kopf arbeitete. Panagiotis Galanos war der Bruder von Savina, wegen der er selbst erst nach Sougia und dann nach Georgioupolis gefahren war und die mit Sicherheit mehr wusste, als sie ihnen bisher gesagt hatte. Und jetzt gab es einen zweiten Mord, und ihr Bruder öffnete im Haus des Ermordeten die Tür? Michalis warf einen Blick zu Koronaios, der ebenso beunruhigt zu sein schien.

»Dürfen wir fragen, warum Sie hier sind?«, fragte Koronaios.

»Ich … Amanta ist unsere Schwester.«

Michalis zuckte innerlich zusammen. Wenn Panagiotis der Bruder der Witwe war, dann war Savina Galanos die Schwester der beiden. Und damit war sie ein Bindeglied zwischen den zwei Mordfällen und hatte möglicherweise etwas damit zu tun.

»Ist Ihre Schwester Savina auch hier?«, erkundigte Michalis sich und sah, dass der hochgewachsene Mann überfordert war.

»Kommen Sie rein«, sagte Panagiotis schließlich und öffnete die Tür gerade so weit, dass Michalis und Koronaios eintreten konnten. Michalis registrierte, dass Panagiotis dabei einen misstrauischen Blick nach draußen warf.

Der enge Hausflur lag voller Spielsachen, und Michalis erinnerte sich an die Andeutung von Theo, dem Bruder des Toten, dass Leonidas gelegentlich an Bord übernachtet habe, weil es ihm zu Hause zu anstrengend war. In dem Moment hörten Michalis und Koronaios aus dem Wohnzimmer das Schreien eines Säuglings, folgten den Geräuschen und entdeckten Savina, die das Baby gerade aus einer Wiege hob. Im selben Moment kam von oben ein etwa siebenjähriger Junge heruntergerannt, gefolgt von einem ungefähr dreijährigen Mädchen.

»Dürfen wir jetzt endlich wieder hier spielen?«, rief der Junge, bevor er Michalis und Koronaios sowie die ernsten Gesichter von Savina und Panagiotis bemerkte. Er erschrak, und auch seine kleine Schwester blieb abrupt auf der Treppe stehen. Für einen Moment war nur das Schreien des Babys zu hören. Dann ging Panagiotis auf Savina zu und nahm ihr das schreiende Kind ab. »Ich leg den Kleinen zu Amanta«, sagte er entschlossen.

»Wir haben einige Fragen an Ihre Schwester«, begann Michalis, nachdem Panagiotis mit den Kindern ins obere Stockwerk verschwunden war.

»Ja?« Savina war blass und verheult, und Michalis ahnte, dass diese sportliche blonde Frau im Moment nur ein Schatten ihrer selbst war.

»Ihr Bruder sagte, dass der Arzt Ihrer Schwester ein Beruhigungsmittel gegeben hat«, fuhr Michalis fort. »Wissen Sie, wann sie wieder ansprechbar sein wird?«

»Nein ... sie braucht jetzt Ruhe«, erwiderte Savina leise.

»Das verstehen wir. Aber wir müssen einen Mord aufklären.«

»Ja. Natürlich.« Savina kniff die Augen zusammen.

»Gibt es denn etwas Neues bei Meropi?«

Michalis warf Koronaios einen Blick zu. Der deutete auf sich, als wollte er fragen: Soll ich es ihr sagen?

»Der Mord an Ihrer Kollegin Meropi Torosidis scheint aufgeklärt zu sein«, sagte dann jedoch Michalis.

»Ist jemand verhaftet worden?«, fragte Savina schnell.

»Ja.«

»Wer? Jannis Dalaras? Ihr Verlobter?«

Michalis glaubte herauszuhören, dass Savina hoffnungsvoll klang.

Diesmal war es Koronaios, der antwortete.

»Die Ermittlungen sind noch nicht abgeschlossen, deshalb können wir Ihnen dazu leider keine Auskünfte geben.«

Der kurze Moment, in dem Savina etwas kraftvoller gewirkt hatte, war wieder verflogen, und ihr ohnehin schmales Gesicht schien in sich zusammenzufallen. Michalis und Koronaios warteten einen Moment, doch es war klar, dass sie von Savina nichts mehr erfahren würden.

»Wir werden später noch einmal vorbeikommen«, sagte Michalis freundlich und wollte Savina eine Visitenkarte reichen. Sie reagierte nicht, sondern starrte fast apathisch auf den kleinen gläsernen Couchtisch, wo neben einem Becher mit Frappé auch zwei Schnuller lagen und ein Trinkfläschchen mit Milch stand.

»Rufen Sie uns bitte an, wenn wir mit Ihrer Schwester sprechen können«, sagte Michalis und legte die Karte auf den Tisch.

»Oder auch, wenn Ihnen oder Ihrem Bruder etwas einfällt, das wir wissen sollten«, fügte Koronaios hinzu, bevor sie langsam Richtung Haustür gingen.

»Bitte«, erklang plötzlich die leise Stimme von Savina, »bitte sagen Sie niemandem, dass ich hier bin.«

»Warum?«, wollte Koronaios wissen, und Michalis sah die Angst in Savinas Augen. Doch sie blieb wortlos auf dem Sofa sitzen und starrte zu Boden.

Im Haus schlug eine Uhr, und aus dem oberen Stockwerk waren wieder das Wimmern des Säuglings und die spielenden Kinder zu hören.

Schweigend gingen die beiden zum Wagen zurück. Bevor sie einstiegen, warf Michalis noch einen Blick zum Haus zurück und schien die Trauer, die darauf lastete, fast körperlich spüren zu können.

»Zum Hafen?«, fragte Koronaios, und Michalis nickte, wendete und fuhr los. Diesmal nahm er nicht den Weg durch den Ort, sondern folgte dem Verlauf der schmalen Straße am Meer entlang, die nach rechts an dem Rohbau eines verfallenen, mehrstöckigen Hotels sowie an einigen pittoresken Neubauten vorbeiführte, und erreichte schließlich den Hafen.

14

Die Angehörigen und die Freunde des Toten standen noch immer vor dem Absperrband, und Tsimikas sicherte mit seinen uniformierten Kollegen diese Sperre. Michalis ahnte, dass das Warten und Herumstehen bei der Hitze zu einer Lethargie geführt hatte, die jederzeit in Wut und Aggression umschlagen konnte. Timos Kardakis, der Angestellte des Toten, saß auf einem Poller und starrte Richtung Hafenausfahrt.

Neben dem SUV von Zagorakis, dem Chef der Spurensicherung, stand jetzt auch der grüne Familienvan von Lambros Stournaras, dem Gerichtsmediziner aus Chania. An der Straße vor dem Hafen hatte Michalis entdeckt, was vor allem die trauernden Angehörigen noch nicht sehen sollten: den Leichenwagen, mit dem der tote Leonidas Seitaris später in das gerichtsmedizinische Institut nach Chania gefahren werden würde. Michalis und Koronaios blieben im Wagen sitzen und sahen nachdenklich zu dem Ausflugsschiff, der *Amanta II*.

»Es ist kein gutes Zeichen, dass Savina Galanos bei beiden Mordfällen auftaucht«, sagte Koronaios unvermittelt.

Michalis war froh, dass nicht nur er das so sah.

»Und du hattest sicherlich auch den Eindruck, dass sie fast zu hoffen schien, Jannis Dalaras könnte der Mörder von Meropi Torosidis sein«, fuhr Koronaios fort.

»Ja …«, antwortete Michalis. »Und es wundert mich auch, dass sie sofort auf ihn als Verdächtigen kam. Als wir in Georgioupolis mit ihr gesprochen haben, hat sie noch so getan, als hätte sie kaum Kontakt zu Meropi Torosidis gehabt.«

Zagorakis kam von Bord, zog seine Handschuhe und seinen weißen Schutzoverall aus und ging auf Michalis und Koronaios zu. Sie stiegen aus und spürten den angenehmen leichten Wind, der die Hitze ein wenig erträglicher machte.

»Hunderttausend Fingerabdrücke, wie ich es mir gedacht habe«, sagte Zagorakis leise.

»Hast du denn verwertbare Spuren gefunden? Vor allem im Ruderhaus?«, erkundigte sich Koronaios.

»Dieser Timos Kardakis hat uns seine Fingerabdrücke zur Verfügung gestellt. Wir werden im Labor untersuchen, ob es noch weitere Abdrücke gibt. Unter den Fingernägeln des Toten gibt es Faserreste. Die werden wir analysieren.« Zagorakis warf einen Blick zur *Amanta II*. »Einiges spricht für einen Kampf an Bord. Außerdem gehe ich davon aus, dass das Opfer im Sterben versucht hat, sich hochzuziehen oder Hilfe zu holen. Etliche Blutspuren deuten darauf hin.«

»Habt ihr sein Handy gefunden?«, fragte Koronaios.

»Nein. Vielleicht ist es über Bord gegangen, vielleicht ist es sonst wo. Müsst ihr orten lassen.« Zagorakis zog einen Mundwinkel spöttisch nach oben, denn er wusste, wie kompliziert und zeitaufwendig es war, eine offizielle Genehmigung für eine Handyortung zu bekommen, sofern nicht Gefahr in Verzug vorlag.

»Stournaras wird euch das genauer sagen, aber als Tatwaffe gehe ich von einem Messer oder einem vergleichbaren spitzen Gegenstand aus. Details dann in meinem Bericht.«

Zagorakis machte sich auf den Weg zu seinem Wagen und begann, mit seinem Assistenten Dimitrios die Alukoffer sowie die Proben, Beweismittelbeutel mit Haaren und Hautschuppen und allem, was in dem Ruderhaus gesichert worden war, einzupacken.

Michalis und Koronaios gingen zur *Amanta II* und warteten auf Stournaras, der in seinem weißen Arbeitskittel an Land kam.

»Erst monatelang nichts, und jetzt zwei Leichen direkt nacheinander«, stöhnte Stournaras, während er sich seine blutigen Plastikhandschuhe auszog.

»Es ist jetzt« – Stournaras blickte auf seine Armbanduhr – »kurz vor halb eins. Der Tod dürfte vor knapp zwölf Stunden eingetreten sein. Also etwa zwischen Mitternacht und zwei Uhr.« Stournaras warf einen Blick Richtung Leichnam. »Ich gehe davon aus, dass er sehr schnell gestorben ist. Genaueres kann ich euch sagen, wenn ich ihn in Chania auf dem Tisch habe, aber es gibt zahlreiche tiefe Einstiche im Oberkörper. Die ersten im Unterleib und dann welche in der Herzgegend. Vermutlich wären schon drei oder vier dieser Stiche tödlich gewesen. Der oder die Täter haben jedoch achtzehnmal zugestochen. Auch das werde ich euch morgen genauer sagen können, aber offenbar waren die ersten Stiche zielgerichtet, und alle danach sind blindwütig erfolgt. Als hätte der Täter die Kontrolle über sich verloren.«

Michalis nickte. Seit er hier auf Kreta bei der Mordkommission ermittelte, hatte er noch keinen Mord erlebt, der pragmatisch und kühl ausgeführt worden wäre. Aus seinen Jahren bei der Athener Mordkommission kannte er die Faustregel, dass Opfer und Täter sich umso nähergestanden hatten, je unkontrollierter und blindwütiger die Tat ausgeführt worden war.

»Vielleicht liegt es ja an den hohen Temperaturen jetzt im August« – Stournaras kratzte sich am Kopf –, »aber …«

»Ja?«, hakte Michalis nach, weil Stournaras nicht weitersprach.

»Auch der Täter, der vor ein paar Tagen diese junge Frau in der Schlucht getötet hat, hat ja viel öfter zugeschlagen, als es nötig gewesen wäre, und ihren Kopf mit einem Stein oder Felsbrocken regelrecht zertrümmert.«

Stournaras schüttelte sich.

»Aber das hilft euch ja nichts. Der Mord an der jungen Frau ist aufgeklärt, wie ich gehört habe, und der Täter sitzt in Heraklion in U-Haft. Ich mach hier weiter.«

Stournaras nahm aus der Tasche seines Kittels neue Handschuhe und ging zurück auf die *Amanta II*.

Michalis und Koronaios sahen ihm nach.

»Vielleicht ist es aber kein Zufall, und es liegt auch nicht an der Hitze. Vielleicht war es einfach derselbe Täter.« Koronaios kniff nachdenklich die Augen zusammen. »Dalaras hatte zwar ein Motiv, und er ist ja wohl auch zur Samaria-Schlucht gefahren«, fuhr er fort. »Ich denke, er ist nach wie vor unser Hauptverdächtiger, aber wir sollten nicht ausschließen, dass wir uns täuschen.«

»Und denkbar wäre auch, dass jemand es nach Raserei aussehen lassen wollte«, fügte Michalis hinzu und blickte zu Timos Kardakis. »Stournaras sagt, der Mord ist zwischen Mitternacht und zwei geschehen. Dann fragen wir den Angestellten doch mal, wo er zu der Zeit war.«

»Meine Freundin arbeitet in einer Bar an der Promenade«, teilte Timos ihnen überrascht mit. »Verdächtigen Sie mich etwa?«

»Das ist erst einmal Routine«, entgegnete Koronaios ernst.

»In der Bar hab ich bis gegen zehn Uhr etwas getrunken, und dann bin ich nach Hause gegangen.« Timos wirkte eingeschüchtert.

»Allein?«, wollte Michalis wissen.

»Ja! Wir wohnen zusammen, und meine Freundin kommt manchmal erst nachts um vier von der Arbeit nach Hause. Ich hab noch am Computer gespielt und bin dann ins Bett gegangen.«

»Wann genau?«, hakte Koronaios nach.

»Gegen eins. Ich muss ja früh wieder raus. Damit ich rechtzeitig hier bin.« Er warf einen wehmütigen Blick zur *Amanta II*. »So war es all die Monate.«

»Stimmt es denn, dass Sie demnächst bei Leonidas Seitaris aufhören wollten?«, erkundigte sich Michalis.

Timos sah Michalis ängstlich an. »Macht mich das etwa verdächtig? Ich bring doch deshalb meinen Chef nicht um!«

»Aber Sie hatten gelegentlich Streit mit ihm«, ergänzte Michalis schnell.

»Es hat Leonidas nicht gefallen, dass ich gehen will, aber Streit … nein.«

»Sie waren doch heute früh als Erster an Bord. Ist Ihnen vielleicht doch noch etwas eingefallen, was fehlte oder ungewöhnlich war?«, erkundigte sich Koronaios, und Michalis ahnte, dass er Timos beruhigen und ihm das Gefühl geben wollte, ein Zeuge und kein Verdächtiger zu sein.

Über ihnen kreischte eine Silbermöwe, und Timos' Augen folgten kurz ihrem Flug. »Im Ruderhaus lag immer ein Fernglas. Und ich habe den Eindruck, dass es fehlt«, erwiderte er dann.

»Könnte Leonidas es mit nach Hause genommen haben?«, fragte Michalis.

»Ich arbeite jetzt im dritten Jahr auf der *Amanta*«, entgegnen Timos. »Und die ganze Zeit lag es immer über dem Ruder auf der Ablage. Sogar im Winter, wenn wir lackiert haben.«

»Gut. Danke erst einmal.« Michalis nickte.

»Brauchen Sie mich noch?«, fragte Timos. »Ich bin seit heute früh hier, ich müsste mal etwas essen, und meine Freundin wartet auch ...«

Michalis runzelte kurz die Stirn.

»Nein, wir brauchen Sie vorläufig nicht mehr. Geben Sie uns Ihre Nummer und bleiben Sie erreichbar«, antwortete Koronaios.

Timos fuhr mit seinem Moped los, und Michalis musterte die Gruppe der stumm Trauernden, die um Theo und Leonidas Seitaris' Vater herumstanden. Ihr Schweigen gefiel ihm nicht. Es wirkte feindselig.

»Hat Zagorakis eigentlich schon die DNA, die ich ihm aus dem Hotelzimmer von Dalaras gegeben habe, untersucht und verglichen?«, überlegte Michalis.

»Ich hab bisher nichts gehört«, erwiderte Koronaios.

»Dann fragen wir ihn doch«, schlug Michalis vor, während sie vom Ort her ein Martinshorn hörten.

Zagorakis schüttelte den Kopf. »Ich hatte heute früh damit angefangen, aber dann musste ich ja hierher. Wenn ich zurück bin, mach ich mit der Analyse weiter«, erklärte er und deutete Richtung Paleochora, wo ein Martinshorn zu hören war, das seine Position nicht veränderte. »Könnte es sein, dass auch euer Chef da drüben gerade zwischen den Touristenmassen steht und nicht vorankommt?« Er grinste.

Michalis rief Myrta im Büro an und erkundigte sich, ob sie schon die Liste mit den Anrufen, die Meropi Torosidis in den Tagen vor ihrem Tod geführt hatte, bekommen hatte. Er hatte den Lautsprecher seines Smartphones laut gestellt, damit Koronaios mithören konnte.

»Das hat Jorgos gestoppt, weil der Fall doch gelöst ist«, entgegnete Myrta bedauernd.

»So etwas sollte er mit uns absprechen«, schimpfte Michalis, und bevor er sich aufregen konnte, nahm Koronaios ihm das Smartphone ab, ging ein paar Meter zur Seite und kam nach zwei Minuten lächelnd zurück. Das Martinshorn hatte sich in der Zwischenzeit genähert und war dann verstummt.

»Myrta wird uns die Telefonlisten besorgen. Das nehm ich auf meine Kappe«, erklärte Koronaios und gab Michalis sein Smartphone zurück. »Außerdem bekommen wir auch noch die Telefonverbindungen von Savina. Ich nehme an, das ist in deinem Sinne«, ergänzte Koronaios.

»Auf jeden Fall«, entgegnete Michalis anerkennend. Der Wagen von Jorgos näherte sich vom Hafenzugang her.

»Wie sieht es aus?«, fragte Jorgos, als er aus seinem Wagen stieg. Er hatte eindeutig schlechte Laune.

»War bei dir auch so viel Verkehr?«, erkundigte sich Koronaios.

»Ja. Touristen. Aber sie bringen das Geld.« Jorgos blickte sich missmutig um, warf einen Blick auf die *Amanta II* sowie auf Zagorakis und Stournaras im Ruderhäuschen und schüttelte den Kopf.

»Was habt ihr denn bisher?«

»Das Opfer ist erstochen worden. Sehr wahrscheinlich hier an Bord und mit mehr Einstichen, als nötig gewesen wären, um jemanden umzubringen«, führte Michalis aus.

»Gibt es Verdächtige?«

Michalis und Koronaios sahen sich an. So kurz angebunden war Jorgos nur selten.

»Der Tote war ein Gegner der Fischfarm-Anlage, die hier errichtet werden soll«, erwiderte Michalis. »Und er hatte gestern Abend im Kafenion deshalb einen heftigen Streit gehabt. Aber es gab wohl auch Probleme mit seinem Angestellten. Das ist derjenige, der heute früh die Polizei alarmiert hat.«

Jorgos nickte missmutig. »Habt ihr die Verdächtigen schon überprüft?«

»Wir sind dabei.« Koronaios hatte das Wort ergriffen. »Der Angestellte hat kein Alibi, war allein zu Hause. Wir wissen aber nicht, ob er ein Motiv hätte, seinen Chef zu töten.«

»Und mit wem hatte der Tote Streit im Kafenion?«

»Mit einem Bauunternehmer, einem unaufgeregten älteren Herrn. Er wirkt nicht wie jemand, der so ein Verbrechen begehen würde – zumindest nicht selbst«, entgegnete Michalis.

Jorgos blickte Koronaios und Michalis nachdenklich an. »Ich hatte vorhin ein sehr unerfreuliches Gespräch mit unserem Herrn Kriminaldirektor.«

Koronaios schürzte spöttisch die Lippen, entschied sich aber, ebenso wie Michalis, zu schweigen.

»Der Verlobte, Jannis Dalaras, und vor allem sein Anwalt machen Druck.« Jorgos stöhnte. »Wir haben bisher wenig gegen ihn in der Hand, und das ist den beiden natürlich klar.«

»Sobald Zagorakis die DNA-Probe von Dalaras analysiert hat, wissen wir mehr«, warf Michalis ein.

»Ich habe mit meinem Kollegen in Heraklion geklärt, dass sie Dalaras eine Speichelprobe abnehmen«, erwiderte Jorgos kühl.

Michalis und Koronaios musterten ihn überrascht.

»Ginge das nicht mit dem blutigen Wattebausch aus seinem Hotelzimmer einfacher?«, warf Koronaios ein.

»Eure Beschaffung dieser DNA-Probe würde vor Gericht Probleme machen.« Jorgos klang ungehalten. »Wir können ja nicht mal sicher sein, dass an dem Wattebausch wirklich das Blut von Dalaras ist.«

Michalis runzelte die Stirn.

»Was war denn an deinem Gespräch mit Karagounis so unerfreulich?«

Jorgos kniff missmutig die Augen zusammen, bevor er antwortete.

»Karagounis hat von seinem Kollegen aus Heraklion verlangt, dass die Polizei dort schneller arbeitet, und daraufhin haben die beiden sich wohl am Telefon angebrüllt.«

»Was unsere Arbeit nicht gerade leichter macht«, merkte Koronaios an.

Jorgos schüttelte verärgert den Kopf. »Ich kenne meinen Kollegen Nikos Kritselas, den Chef der Mordkommission in Heraklion, schon recht lange. Er teilt meine Einschätzung des Falls, aber sie haben massive Personalprobleme, und er kann nicht gegen den Willen seines Vorgesetzten arbeiten. Und der hat es wohl, seit Karagounis ihm Vorwürfe gemacht hat, noch weniger eilig.«

»Was ist mit der Befragung von Kyriakos Papasidakis, dem Inhaber von *Psareus*?«, erkundigte sich Michalis.

Jorgos atmete tief ein. »Die Kollegen haben, wie gesagt, Personalprobleme. Gestrichene Stellen, versetzte oder kranke Kollegen ...«

»Heißt das, in Heraklion wird gerade gar nicht ermittelt?«, bohrte Michalis nach.

»Sie haben sich wohl mehrfach bemüht, Kyriakos Papasidakis telefonisch zu erreichen«, erwiderte Jorgos resigniert, »aber der ging anderthalb Tage lang nicht ans Handy, und in seiner Firma wusste angeblich auch niemand etwas. Deshalb waren sie froh, ihn dann schließlich überhaupt zu erreichen. Das Ergebnis dieses Telefonats steht in ihrem Bericht, und ihr könnt euch denken, dass der sehr unbefriedigend ausfällt.«

»Was ist mit dem Hotelzimmer von Meropi Torosidis? Ist das durchsucht worden?«, fragte Michalis, und Jorgos stöhnte.

»Die Kollegen haben die Sachen der Toten abtransportiert und das Zimmer versiegelt, bis die Spurensicherung es sich vornehmen kann. Aber heute früh haben sie dem Hotel erlaubt, das Zimmer neu zu vermieten, weil der Fall ja aufgeklärt ist.«

»Das kann nicht dein Ernst sein!« Michalis spürte, dass er vor Wut rot anlief, was ihm selten passierte. »Das ist ein Fall für die Dienstaufsicht! Das ist Behinderung von Ermittlungen!«

»Jetzt beruhig dich mal!«, herrschte Jorgos ihn an. »Ich hab euch doch gerade erklärt, dass die Kollegen in Heraklion überlastet sind. Ihr beiden könnt auch nicht zwei Mordfälle gleichzeitig bearbeiten. Wenn ich gewusst hätte, dass der Mord an der jungen Frau uns noch weiter beschäftigt, hätte ich eine andere Lösung finden müssen.«

Michalis und Koronaios warfen sich einen skeptischen Blick zu.

»Was ist?«, wollte Jorgos wissen.

»Es ist bisher nur eine Ahnung«, antwortete Koronaios. »Aber wir können nicht ausschließen, dass zwischen den beiden Fällen ein Zusammenhang besteht.«

»Wie kommt ihr darauf?«, fragte Jorgos alarmiert.

»Wir sind im Umfeld dieses Mordes auf Personen gestoßen, die bereits im Zusammenhang mit dem Mord an Meropi Torosidis aufgetaucht sind«, fuhr Koronaios fort.

»Auf wen?«

»Auf die Firma *Psareus* und ihre Mitarbeiter.« Koronaios machte eine kurze Pause. »Darunter auch auf Savina Galanos. Die Frau, wegen der Michalis gestern nach Sougia gefahren ist und die wir dann in Georgioupolis aufgespürt haben.«

Jorgos' Miene verdunkelte sich.

»Du hast vielleicht die Baufahrzeuge und die drei Herren

an der Straße vor dem Hafen bemerkt«, übernahm Michalis das Reden, »der Ältere von ihnen ist der Bauunternehmer Nikopolidis, der gestern Abend den Streit mit dem Ermordeten hatte. Und die beiden anderen« – Michalis wartete auf eine Reaktion von Jorgos, doch der sah ihn nur mürrisch an – »sind der Bruder von Kyriakos Papasidakis sowie Petros Bouchadis, der Bauleiter von *Psareus*, mit dem ich bereits gestern in Sougia das Vergnügen hatte.«

Jorgos nickte. »Und wo seid ihr auf Savina Galanos gestoßen?«

»Sie ist die Schwägerin des toten Kapitäns.«

Jorgos pfiff beeindruckt.

»Hoffentlich ein Zufall«, erklärte er düster. »Lasst uns beten, dass die Kollegen mit der DNA-Probe von Dalaras schnell sind und wir ihm den Mord nachweisen können.«

»Außerdem …«, fuhr Koronaios zögernd fort.

»Noch etwas?«

»Es könnte Parallelen in der Ausführung der Taten geben.«

»Wurde dieser Kapitän denn auch erschlagen?«

»Nein, er wurde erstochen. Spitzer Gegenstand, vermutlich ein Messer. Aber …«

Koronaios führte aus, was Stournaras über die Anzahl der Verletzungen und die mögliche Raserei des Täters gesagt hatte.

»Was sind unsere nächsten Schritte?«, wollte Jorgos wissen.

»Wir müssen herausfinden, ob Timos Kardakis, der Angestellte, ein Motiv haben könnte, seinen Chef zu ermorden«, entgegnete Michalis. »Und dann sollten wir uns in dem Kafenion umhören, wo es gestern Abend den Streit gegeben hat. Vorher würde ich aber gern drüben von dem Fischer wissen, wer hier nachts etwas gesehen haben könnte.« Michalis deutete zu dem kleinen Fischerboot, an dem der alte Fischer vorhin seine Netze geflickt hatte und jetzt dabei war, das Deck zu schrubben.

»Dieser Hafen muss doch Millionen gekostet haben.« Jorgos war dem Blick von Michalis gefolgt. »Und wofür? Für drei Yachten, ein rostiges Frachtschiff, eine Handvoll winziger Fischerboote, die Küstenwache und ein Ausflugsboot? Unglaublich.«

Michalis ging zum Wagen und öffnete die Türen, um die heiße Luft entweichen zu lassen. Er sah, dass Jorgos leise etwas zu Koronaios sagte, und dann zu ihm kam und seine Sonnenbrille auf die Stirn schob.

»Deine Familie« – Jorgos stöhnte –, »also unsere Familie.«

»Ist schon wieder etwas mit meinem Vater?«, fragte Michalis beunruhigt.

»Nein! Nein, nein, alles gut mit Takis.« Jorgos schüttelte den Kopf. »Ich mach es kurz, und du regst dich bitte nicht auf.«

Michalis sah Jorgos erwartungsvoll an.

»Hat deine Familie sich daran gehalten, dich heute in Ruhe zu lassen, und nicht angerufen?«

»Ja. Hast du das veranlasst? Ich hab mich schon gewundert.«

»Wie gesagt, ich mach es kurz.« Jorgos nahm seine Sonnenbrille in die Hand. Michalis ahnte, wie schwer es war, etwas, was mit seiner Familie zusammenhing, kurz zusammenzufassen. »In der Bibliothek, in der Hannah arbeiten wollte, ist die Klimaanlage ausgefallen. Und ein Schwager von dieser Katerina, der neuen Freundin von Hannah, ist wohl Installateur.« Jorgos schüttelte den Kopf und schien es absurd zu finden, dass er sich mit so etwas beschäftigen musste.

»Also. Kurz gesagt, Hannah wollte dich überraschen und die Klimaanlage in eurer Wohnung in Gang bringen. Dieser

Installateur sollte das angeblich nicht lieferbare Steuerungsgerät besorgen, und das hat über drei Ecken dann Markos erfahren. Du weißt ja, wie das ist in Chania.«

»Verstehe. Markos, Elenas Schwager. Und dann wurde es schwierig, nehme ich an«, warf Michalis ein und stöhnte.

»Ja, das kann man so sagen«, erwiderte Jorgos gedehnt. »Markos hat sich wohl aufgeregt, du kennst ihn ja, und er hat diesen Installateur aus eurer Wohnung geschmissen und Hannah vorgeworfen, sie würde einen fremden Mann reinlassen. Hannah ist dann offenbar etwas unfreundlich geworden und hat gedroht, nach Deutschland zu fliegen, wenn sie hier nicht arbeiten kann und Markos verhindert, dass die Klimaanlage fertig eingebaut wird. Angeblich hat Hannah sich sogar schon Flüge rausgesucht, aber da gehen die Meinungen in deiner Familie auseinander.«

»Oh«, sagte Michalis nur und musste ebenso wie Jorgos grinsen. Ihm war klar, was dieser Streit zwischen Hannah und Markos vor allem bei den Frauen seiner Familie für ein Beben ausgelöst hatte.

»Du kannst dir vorstellen, wer mich daraufhin alles angerufen hat«, fuhr Jorgos fort und bemühte sich, ernst zu bleiben. »Aber es gibt auch etwas Gutes.«

»Und was?«

»Elena hat Markos daraufhin wohl so unter Druck gesetzt, dass der sich jetzt um eure Klimaanlage kümmert. Angeblich soll sie morgen Nachmittag fertig sein.«

»Also frühestens in drei Tagen«, mutmaßte Michalis.

»Das würde Elena diesmal nicht durchgehen lassen.«

Koronaios trat zu ihnen und sah Michalis auffordernd an.

»Ich finde, wir sollten uns jetzt wieder um diesen Fall kümmern«, sagte er ruhig.

»Unbedingt«, erwiderte Michalis, und Jorgos nickte.

Michalis sah, dass Stournaras von Bord ging, seinen weißen Schutzanzug auszog und nach seinem Handy griff. In die Gruppe der Trauernden kam Bewegung, und Tsimikas und seine Polizisten, die die Absperrung sichern sollten, wurden von Theo Seitaris, Leonidas' Vater und den anderen Angehörigen und Freunden bedrängt.

»Moment«, sagte Michalis und ging eilig zu Stournaras.

»Du bist fertig?«, fragte Michalis leise.

»Ja. Ich ruf eben die Jungs an. Die stehen weiter vorn«, erwiderte Stournaras.

»Ich hab den Wagen gesehen.« Michalis sah Stournaras eindringlich an. »Warte bitte noch.« Er deutete auf die Gruppe der Angehörigen. »Gib ihnen fünfzehn Minuten. Wenigstens dem Vater und dem Bruder des Opfers. Sie brauchen das, das weißt du. Nur sie. Allein mit dem Toten. Da drinnen.«

Die Augen des Gerichtsmediziners verengten sich zu Schlitzen.

»Michalis. Eure Aufgabe ist es …«, begann Stournaras.

»Ich weiß!«, antwortete Michalis leise, aber energisch. »Unsere Aufgabe ist es, dich in Ruhe arbeiten zu lassen und zu verhindern, dass der Zustand und die Lage des Leichnams verändert werden. Auch nicht von den Angehörigen.«

»Na also«, erwiderte Stournaras ungerührt.

»Es ist aber auch unsere Aufgabe«, fuhr Michalis fort, den die Sturheit des Gerichtsmediziners ärgerte, »einen Mord aufzuklären und den Täter zu finden.« Michalis sah Stournaras an. Der hielt seinem Blick stand. »Und das wird für uns einfacher, wenn die Angehörigen hier ihre Zeit mit dem Toten haben können.«

»Aber auf deine Verantwortung!«, erwiderte Stournaras gereizt.

»Nein, auf meine!«, sagte Jorgos laut. Er war nähergekommen und hatte den Wortwechsel mit angehört. »Auf meine Verantwortung, und wenn diese Familie eine halbe Stunde braucht, dann bekommt sie eine halbe Stunde!«

»Okay«, sagte Stournaras beleidigt. »Aber wenn ihr das nächste Mal …«

»Lambros! Es reicht!«, fuhr Jorgos den Gerichtsmediziner an, der sich wortlos umdrehte und zu seinem Wagen ging. Michalis hörte noch, wie er leise »Sagt mir einfach Bescheid, wenn ich wieder meine Arbeit machen kann« vor sich hin schimpfte.

»Danke«, sagte Michalis zu Jorgos.

»Ist ja wohl das mindeste, dass die Familie zu dem Verstorbenen darf, bevor er weggebracht wird«, erwiderte Jorgos.

Michalis winkte Tsimikas zu sich und stellte ihm Jorgos vor.

»Die Angehörigen von Leonidas Seitaris dürfen jetzt für maximal eine halbe Stunde zu dem Toten«, sagte er. »Sie bleiben bitte hier und sorgen dafür, dass es nicht länger dauert. Mein Kollege und ich werden uns drüben mit dem Fischer unterhalten.«

»Sie können sich auf mich verlassen«, entgegnete Tsimikas, stolz darauf, mit dieser Aufgabe betraut zu werden.

»Ich behalte das hier im Auge«, warf Jorgos schnell ein und meinte wohl vor allem Tsimikas. »Holt mich einfach ab, wenn ihr bei dem Fischer fertig seid.«

Michalis ging zu der Absperrung und wandte sich an Leonidas Seitaris' Bruder Theo sowie an dessen Vater.

»Wir und unsere Kollegen haben unsere Arbeit fürs Erste getan«, sagte er behutsam. »Sie können jetzt an Bord gehen. Bitte verändern Sie nichts, und wenn unsere Kollegen Sie auffordern, das Schiff wieder zu verlassen, folgen Sie deren Anweisungen.«

Michalis sah Theo an, der dankbar nickte, bevor der Vater einen der Polizisten aus dem Weg schob, die Absperrung wegriss und an Bord ging. Theo nahm jedoch zunächst sein Handy aus der Tasche, bevor er zu seinem toten Bruder ging.

»Lass mich raten«, sagte Jorgos, der Michalis und Koronaios zu ihrem Wagen begleitete, »in wenigen Minuten ist die Familie des Toten hier, und es wird eine Stunde dauern, bis der Leichenwagen losfahren kann.«

»Wahrscheinlich«, erwiderte Michalis, »aber es ist für alle wichtig. Und vielleicht wird uns einer von ihnen dafür später Fragen beantworten, die uns helfen werden.« Michalis stieg in den Wagen. »Lass uns in der Zwischenzeit mit dem Fischer sprechen.«

Der Fischer ließ sich von der Polizei ungern stören und beteuerte, in der vergangenen Nacht nicht hier gewesen zu sein.

»Aber der alte Andreas und sein Cousin, die sind letzte Nacht raus. Richtung Gavdos.« Er zeigte vage nach Süden, wo die Insel Gavdos lag. »Meistens kommen die zwei abends wieder zurück. Manchmal bleiben sie auch über Nacht. Müsstet ihr anrufen. Vassilis hat die Nummer«, fügte der alte Mann hinzu, ohne die Polizisten anzusehen.

»Vassilis?«, fragte Michalis. Er und Koronaios standen am Kai, während der alte Fischer ungerührt das Deck seines kleinen Bootes schrubbte.

»Der Wirt«, erwiderte der Fischer und fand offensichtlich, er habe genug gesagt, denn er verschwand in der offenen Luke zum Motorraum und kam nicht wieder heraus.

»Vermutlich der Wirt vom Kafenion. Und wenn nicht, dann weiß das Tsimikas«, sagte Michalis zu Koronaios.

15

Tsimikas hatte ihnen beschrieben, wie sie das grün gestrichene Gebäude in der Hauptstraße finden würden, das Michalis schon vorhin aufgefallen war, und wollte später nachkommen. Im Moment hatte er jedoch angesichts weiterer ankommender Angehöriger alle Hände voll damit zu tun, für halbwegs geordnete Verhältnisse auf der *Amanta II* zu sorgen. Und es war unübersehbar, dass er diese Aufgabe mindestens so sehr genoss, wie sie ihn überforderte.

Vassilis, der Wirt des Kafenions, schien nicht überrascht zu sein, als Michalis, Koronaios und Jorgos auftauchten. Sie setzten sich an einen freien Tisch in der Nähe der Tür und schauten sich um. Dies war eindeutig der Treffpunkt der Einheimischen, denn im Innenraum saß nur eine Handvoll älterer Männer rauchend um einen Tisch herum. Touristen hatten sich nicht hinein verirrt, einige wenige saßen draußen an den Tischen.

»Ich bin sicher, die wissen hier längst, wer wir sind«, sagte Michalis, dem die Blicke der Männer und des Wirtes nicht entgangen waren. Die älteren Männer diskutierten lautstark über den zu niedrigen Preis des Olivenöls und den zu hohen für Medikamente, über die Fußballergebnisse und über die neue Regierung, unter der natürlich nichts besser geworden war. Einig waren sie sich immerhin, dass unter einer neuen Regierung noch nie etwas besser geworden war.

Vassilis war ein Mann Mitte fünfzig mit schwarzem Bart,

halblangen, zerzausten dichten Haaren und einer fast grauen Gesichtsfarbe. Die Sonne, so fanden die meisten Kreter, war etwas für die Touristen. Kaum ein Einheimischer hätte sich ihr mittags freiwillig ausgesetzt.

Vassilis stellte den erregt gestikulierenden Männern *Melomakarona*, kleines Orangengebäck, einige Frappés sowie Oliven hin und trat dann zu den Polizisten an den Tisch.

»Können wir bei Ihnen etwas essen?«, erkundigte sich Koronaios.

»Selbstverständlich«, erwiderte Vassilis. »Aber wenn Sie Auswahl haben wollen oder Fisch essen möchten … Wir sind ein Kafenion, keine Taverne. Wir haben Kleinigkeiten. Omelette, Mezedakias. Und das, was meine Frau kocht.«

Jorgos nickte. »Was kocht Ihre Frau denn heute?«

Der Wirt musterte Jorgos und schien zu überlegen, ob das höflich oder womöglich beleidigend gemeint sein könnte.

»Ich müsste in die Küche gucken. Meine Frau hat vorhin *Katsiki me patates sto fourno* vorbereitet. Mal sehen, ob es schon fertig ist. Und zu trinken? Bier? Raki?«

Koronaios schüttelte den Kopf.

»Ein großes Wasser und drei Frappés?« Koronaios sah Michalis und Jorgos an. Die nickten. »Zweimal *metrio*, einmal *glyko*«, fügte Koronaios noch hinzu.

»Eine Frage«, sagte Michalis und hielt den Wirt zurück, der sich auf den Weg in die Küche machen wollte, »wir müssten mit einem Andreas reden. Einem Fischer.«

Vassilis blieb stehen, betrachtete Michalis wie ein seltenes Tier und schien zu überlegen, ob er ihm vertrauen konnte.

»Andreas hat nichts mit dem Mord zu tun. Er und Leonidas waren Freunde. Und Andreas ist heute Nacht rausgefahren. Mit seinem Cousin«, antwortete er dann bestimmt.

»Wann kommt er wieder?«, hakte Michalis nach.

Vassilis zuckte mit den Schultern. »Heute Nacht.«
»Wann genau?«, wollte Koronaios ungeduldig wissen.
»Schwer zu sagen. Um Mitternacht. Ungefähr.«
Der Wirt wandte sich Richtung Küche, aber Koronaios ließ nicht locker.
»Sie haben doch sicher seine Nummer.«
»Muss ich suchen«, antwortete Vassilis und ging.

»In diesen Kafenions«, überlegte Koronaios laut, »sitzen jeden Abend dieselben Männer. Vielleicht sollten wir uns heute Abend dazusetzen. In solchen Orten wissen die Leute fast alles voneinander. Und am meisten wissen diejenigen, die sich jeden Abend hier treffen.« Koronaios musterte Michalis. »Wenn wir mit diesem Andreas reden wollen und der wirklich erst gegen Mitternacht mit seinem Fang zurückkommt, dann wird das eine lange Nacht.«
Michalis fragte sich, worauf Koronaios hinauswollte.
»Damit wir etwas erfahren, werden wir hier sicherlich auch den einen oder anderen Raki trinken müssen«, fuhr Koronaios fort und musterte Michalis und Jorgos. »Wir sollten darauf vorbereitet sein, in Paleochora die Nacht zu verbringen.«
Michalis und Jorgos sahen sich kurz verblüfft an. Von Koronaios, der sonst, wann immer es ging, die Abende mit seinen beiden Töchtern und seiner Frau verbrachte, hatten sie so einen Vorschlag nicht erwartet. Waren seine Töchter womöglich gerade derart aufsässig, dass Koronaios ein Abend ohne Familie sogar gelegen kam?
Bevor sie nachfragen konnten, kam der Wirt zurück und stellte einen Teller *Mustokulura*, Orangenkringel mit Nelken, Zimt und einem kleinen Schuss Raki, sowie die Frappés auf den Tisch. Koronaios nahm sich sofort einen der *Mustoku-*

lura, und kaum hatte er ihn im Mund, griff er schon nach dem nächsten.

»Das *Katsiki* wäre in zehn Minuten fertig«, sagte Vassilis.

»Gut. Dann bitte dreimal«, erwiderte Koronaios, ohne Michalis und Jorgos angesehen zu haben, aber keiner von ihnen protestierte. »Und bitte gleich noch einen Teller von den *Mustokulura*. Die sind gut«

Vassilis nickte. »Ich hab mit Andreas gesprochen. Zwischen elf und zwölf müssten sie heute Nacht unten im Hafen ankommen.«

Er wollte schon wieder gehen, doch diesmal hielt Koronaios ihn auf.

»Sagen Sie«, begann er, während er sich einen weiteren der *Mustokulura* nahm, »Sie wissen ja, warum wir hier sind.«

Der Wirt sah Koronaios ungerührt an. Dann zuckte es kurz um seinen rechten Mundwinkel.

»Offenbar vor allem, weil mindestens einer von Ihnen sehr hungrig ist«, entgegnete er, und ein leichter Spott war nicht zu überhören.

»Es gab hier gestern Abend Streit«, warf Michalis ein.

»Es gibt hier jeden Abend Streit«, entgegnete Vassilis reserviert. »Erst recht, seit sie diese Anlage bauen wollen.«

»Sind viele der Männer gegen die Fischfarm?«, fragte Michalis.

Vassilis zuckte mit den Schultern.

»Manche sind dafür, manche sind dagegen«, sagte er vage. »Aber solange sie alle jeden Abend hier sind und streiten, ist es nicht so schlimm.«

»War gestern Abend etwas anders als sonst?«, bohrte Michalis nach.

»Gestern ...« Der Wirt überlegte. »Dieser andere war hier.

Der von der Firma, der sonst immer allein in Sougia hockt. Der lässt sich bei mir nur selten blicken.«

»Bouchadis? Ist er lange geblieben?«, fragte Michalis.

»Nein. Er hat mit Nikopolidis geredet, hat was getrunken und ist dann gefahren. Kurz danach haben sich Nikopolidis und Leonidas in die Haare gekriegt.«

»Ging es bei dem Streit immer um dasselbe oder gestern um etwas anderes?«, erkundigte sich Koronaios.

»Ich hab abends keine Zeit, zuzuhören. War's das?«, entgegnete der Wirt kurz angebunden. »Ich muss jetzt in die Küche, falls Sie das *Katsiki* wirklich haben wollen.«

»Unbedingt«, betonte Koronaios.

Der Wirt ging los, drehte sich aber nach wenigen Schritten noch einmal um.

»Ihr Kollege wird übrigens auch gleich hier sein.«

»Wer?«, fragte Michalis, obwohl ihm klar war, wen der Wirt meinte.

»Tsimikas. Ich habe ihm Bescheid gesagt.«

»Was haben Sie ihm gesagt?«

»Dass Sie hier sind. Vielleicht wollen Sie ja auf ihn warten mit dem Essen.«

»Nein, das wollen wir nicht«, erwiderte Koronaios schnell.

»Auch recht.« Der Wirt nickte und nahm den leeren Teller. »Ich bringe Ihnen noch einen Teller *Mustokulura*.«

»Sehr gern«, entgegnete Koronaios.

Der Wirt verschwand. Koronaios deutete auf seinen Frappé.

»Eine Ausnahme. Heute brauche ich einfach einen *glyko*«, erklärte er entschuldigend.

»Es hat doch niemand etwas gesagt«, erwiderte Jorgos lächelnd.

»Dann ist ja gut«, brummte Koronaios.

»Ich werde das Gefühl nicht los, dass Tsimikas zu viel redet«, sagte Michalis, nachdem sie auch den nächsten Teller *Mustokulura* geleert hatten. »Wir sollten ihm klarmachen, dass er nicht über unsere Ermittlungen sprechen darf. Ich habe den Verdacht, das tut er. Möglicherweise hat sich der Mord an Meropi auch durch ihn so schnell herumgesprochen.«

»Ich werd ihn darauf hinweisen, wenn er gleich auftaucht.« Koronaios nickte, und Michalis war nicht sicher, ob das eine gute Idee war, solange Koronaios Hunger hatte.

»Du hast eben davon gesprochen, wie euer Abend hier in Paleochora aussehen könnte.« Jorgos schaute zu Koronaios. »Würdest du tatsächlich hier übernachten wollen?«

»Ja, und nicht nur ich.« Koronaios sah Michalis an. »Wir ermitteln ja nicht allein. Schon gar nicht nachts.«

»Das heißt?«, wollte Jorgos wissen.

»Hotel«, antwortete Koronaios lapidar.

»Hotel?«, fragten Michalis und Jorgos überrascht.

»Ja. Hotel.« Koronaios grinste kurz. »Glaubt ihr, ich leg mich auf die Rückbank des Wagens? Oder im Schlafsack an den Strand?«

»Du willst mit Michalis im Hotel übernachten?«, fragte Jorgos ungläubig.

»Getrennte Zimmer. Ich schnarche, und Michalis ... was weiß ich.«

»Und deine Familie?«

»Denen tut es mal ganz gut, einen Abend ohne mich zu verbringen«, erwiderte Koronaios.

»Vielleicht keine schlechte Idee«, räumte Jorgos ein. »Lasst uns sehen, wie die nächsten Stunden hier laufen. Myrta kann ja schon mal klären, wo es Zimmer gibt.«

Jorgos blickte Michalis an, der sich noch nicht geäußert hatte.

»Was sagst du dazu?«

Michalis wiegte den Kopf hin und her. »Ja, das wäre sicherlich hilfreich«, antwortete er zögernd.

»Aber? Ist es wegen Hannah?«, erkundigte sich Jorgos.

»Nein!«, entfuhr es Michalis. Wenn er in einem Mordfall ermittelte, durfte es keine Rolle spielen, ob er eine Nacht mit Hannah verbringen konnte oder nicht. Daran, dass Hannah in vier Tagen im Flugzeug nach Berlin sitzen würde, wollte er nicht denken.

Vassilis kam zurück an ihren Tisch.

»Das *Katsiki* braucht noch ein paar Minuten. Kann ich sonst noch etwas bringen?«

Koronaios schüttelte den Kopf. »Nein. Vielen Dank.«

Der Wirt warf einen Blick nach draußen zur Hauptstraße, wo ein Einsatzwagen direkt vor den Tischen, an denen Touristen saßen, gehalten hatte. Tsimikas stieg aus, kam ins Kafenion und begrüßte den Wirt ebenso wie die älteren Männer als das, was sie wohl für ihn waren: gute Bekannte. Erst dann trat er zu dem Tisch der Kommissare.

»Darf ich?«, fragte Tsimikas und wollte sich schon neben Michalis setzen, doch Koronaios stand auf.

»Bevor Sie sich setzen, würde ich gern etwas mit Ihnen klären«, sagte er lächelnd.

»Ja … natürlich«, entgegnete Tsimikas verwundert und sah Michalis fragend an.

Koronaios ging nach draußen, Tsimikas zögerte kurz, dann folgte er ihm.

»Müssen wir auch noch etwas besprechen?« Michalis wandte sich an Jorgos. »Ich würde ansonsten schnell Hannah anrufen.«

»Mach das. Ich sag Bescheid, wenn das Essen da ist.«

Michalis trat auf die Hauptstraße, lehnte sich an einen Laternenpfahl und schloss kurz die Augen. Die hochsommerlichen Temperaturen waren dank des leichten Windes an der Südwestküste Kretas besser zu ertragen als in Chania. In den Geruch der staubigen Hitze mischten sich Essensdüfte aus den umliegenden Tavernen sowie zahlreiche Nuancen von Sonnencreme.

Während er Hannahs Nummer wählte, entdeckte Michalis Koronaios und Tsimikas in der Nähe des Gebäudes, das sich die Küstenwache und die Polizei teilten. Die beiden unterhielten sich angeregt und lachten dabei sogar.

»Hey, schön, dass du dich meldest!«, rief Hannah, und auch Michalis war froh, ihre Stimme zu hören. Er war immer wieder erstaunt, dass er sie schon nach wenigen Stunden vermisste.

»Du hast bestimmt schon erfahren, dass deine Familie mal wieder in Aufruhr ist?« Hannah klang schuldbewusst, aber nicht so, als ob sie sich im Unrecht fühlte.

»Jorgos ist hier. Er hat mir von Markos erzählt und von der Klimaanlage in der Bibliothek.«

»Das Ding hätte ja auch noch diese Woche durchhalten können! Aber Katerina meint, es sei ein Wunder, dass die Klimaanlage überhaupt bis gestern funktioniert hat.«

»Und in den nächsten Tagen bekommen wir dann eine eigene Klimaanlage.« Michalis schmunzelte.

»Nicht in den nächsten Tagen! Morgen! Das hat Markos versprochen!« Michalis hörte, dass Hannah lachte.

»Ja, weil du gedroht hast, dass du abreist.«

Hannah zögerte, bevor sie antwortete.

»Das ist mir nur so rausgerutscht. Und war natürlich nicht ernst gemeint.«

»Das hoffe ich doch …«

»Hey! Natürlich nicht!«

»Ich weiß!«

»Aber es war nötig. Ich muss jede Menge Mails beantworten und hab heute erst zwei Seiten geschrieben, so schaff ich das nie …«

»Doch, das schaffst du.«

»Ich hab vorhin mit den zwei Ventilatoren in der Wohnung gesessen, aber ich kann bei der Hitze einfach nicht denken.«

»Und wo bist du jetzt?«

»Neben dem Busbahnhof ist ein großes Hotel. Katerinas Bruder kennt den Geschäftsführer. Die Lobby ist klimatisiert, und es gibt Internet, da sitz ich in einer Sofaecke, aber wirklich toll ist das auch nicht.«

Michalis lächelte beeindruckt. Er wusste noch, wie sehr ihn am Anfang alle vor diesen Deutschen gewarnt hatten: Die seien so unflexibel, da müsse immer alles genau nach Plan und Vorschrift laufen. Hannah hingegen schaffte es immer wieder, überraschende Lösungen zu finden.

Michalis hörte Hannah glucksen.

»Außerdem hat es bei Markos ja offenbar gewirkt.« Sie klang stolz. »Es ist der deutschen Nervensäge gelungen, einen Kreter im Hochsommer zu etwas zu bringen, was er seit Wochen ignoriert hat.«

Ja, da hatte Hannah recht.

»Wie geht's dir?«, fragte Hannah.

»Es geht. Ein weiterer Toter. Und das mitten im Urlaubstrubel von Paleochora.«

»Bleibt ihr den ganzen Tag dort?«

»Ja. Und … es kann spät werden.«

»Sehr spät?«

»Es kann sogar sein, dass wir hier übernachten müssen.«

Hannah schwieg. »Oh«, sagte sie dann enttäuscht.

»Es ist der zweite Mord und ...« Michalis stockte. Am Telefon wollte er nicht über die Ermittlungen reden.

»Würdet ihr denn heute Nacht in ein Hotel gehen?«, erkundigte Hannah sich, nachdem sie einen Moment geschwiegen hatte.

»Das ist noch nicht sicher. Aber wenn, dann mit getrennten Zimmern. Koronaios schnarcht.« Das war als Scherz gedacht, aber Hannah ging nicht darauf ein.

»Hat dieses Paleochora nicht einen großen Strand?«, erkundigte sie sich stattdessen. Michalis reagierte nicht gleich, denn neben Koronaios und Tsimikas hatte eine dunkle Limousine gehalten, und ein Mann in einem teuren Anzug stieg aus und begrüßte erst Tsimikas und dann auch Koronaios sehr herzlich. Gleichzeitig näherte sich ein lautes Moped, und Michalis sah, dass der alte Fischer, mit dem sie vorhin geredet hatten, vor dem Kafenion hielt und hineinging.

»Michalis? Alles in Ordnung?«, fragte Hannah besorgt.

»Ja, ich war nur gerade abgelenkt. Was hattest du zuletzt gesagt?«

»Der Strand ...«, antwortete Hannah gedehnt.

»Ja. Ja, der Strand ist sehr schön. Wenn man hier Urlaub macht.«

»Und wenn du da übernachtest ...«

»Ja?«

»So ein Hotel hat doch eine Klimaanlage, oder?«

»Klar.« Michalis ahnte, worauf Hannah hinauswollte.

»Und irgendwann wirst du sicherlich auch Feierabend machen.«

»Sicher. Aber ich kann nicht sagen, wann.«

»Wie wäre es, wenn ...«

Michalis zögerte. Eigentlich wollte er Hannah nicht in Ermittlungen hineinziehen, aber in vier Tagen ging ihr Rückflug, und die Vorstellung, heute Nacht mit ihr am Strand Sterne zu betrachten und Wein zu trinken, und das ohne seine Familie in der Nähe zu haben … diese Vorstellung gefiel ihm.

»Wie würdest du herkommen?«

»Ich besorg mir ein Auto. Das schaff ich schon.«

Ja, daran zweifelte Michalis nicht. »Ich rede mit Jorgos, okay?«

Michalis warf einen Blick in das Kafenion, wo Jorgos allein am Tisch saß und ihm winkte.

»Ich muss wieder arbeiten. Ich meld mich, sobald sich das geklärt hat, ja?«

»Ja! Bis später!«

Michalis legte auf und blickte zu Koronaios, auf den der Herr im Anzug wild gestikulierend einredete. Michalis ging lieber zurück zu Jorgos.

»Myrta checkt die Hotels. Dann wissen wir, ob das eine Option wäre. Vielleicht sind ja auch alle ausgebucht.«

»Ich hab Hannah davon erzählt«, sagte Michalis.

Jorgos musterte Michalis. »Wir könnten ein Doppelzimmer für dich nehmen. Ich möchte nicht wissen, was deine Familie sonst sagt, wenn du vier Tage vor Hannahs Rückflug nachts nicht nach Hause kommst.«

»Lass uns warten, wie sich das hier entwickelt.«

Michalis blickte zu dem Tisch mit den Einheimischen, an dem jetzt auch der alte Fischer saß und ihn immer wieder musterte. Die anderen älteren Männer schauten ebenfalls zu Michalis. Langsam stand der Alte auf und kam rüber.

»Darf ich?«

»Gern«, erwiderte Michalis, und der Fischer setzte sich.

»Bitte. Das ist der Leiter unserer Mordkommission«, stellte Michalis Jorgos vor.

Der alte Fischer beugte sich nah zu Michalis.

»Mir ist noch etwas aufgefallen«, raunte er. »Beim Fischen muss ich immer Messer griffbereit haben. Ist ständig was im Netz, was wir rausschneiden müssen. Deshalb haben wir an den Aufbauten kleine Halterungen. Zwei Steuerbord, zwei Backbord.«

Der alte Mann machte eine Pause, und Michalis fragte sich, was er ihnen Wichtiges mitteilen wollte.

»Sie haben also vier Messer griffbereit an Deck«, sagte Michalis.

»Aber jetzt nur noch drei.«

»Und das vierte?«

»Verschwunden. Seit heute Nacht.« Der Mann stand auf. »Wollte ich Ihnen nur sagen. Falls das wichtig ist.«

»Das ist sogar sehr wichtig!« Michalis war alarmiert. »Wir müssen mit Ihnen zu Ihrem Schiff fahren. Möglicherweise ...«

»Jetzt ess ich erst mal was.«

»Hören Sie, das ist ...«, warf Jorgos ein.

»Jetzt ist das Messer ja sowieso weg. Und das ist es in einer halben Stunde auch noch.« Damit ging der alte Fischer zu seinem Tisch zurück.

Michalis und Jorgos sahen ihm nach.

»Lassen wir ihn essen«, entschied Jorgos.

»Erstaunlich, dass er uns das überhaupt gesagt hat. Vorhin hat er nichts davon erwähnt«, fügte Michalis hinzu, nahm sein Handy und rief Zagorakis an.

»Bist du noch am Hafen?«, fragte er. »Gut. Koronaios und ich waren vorhin bei einem Fischer und seinem Boot.« Michalis hörte Zagorakis zu. »Hast du gesehen. Gut. Wir kommen in etwa einer halben Stunde und untersuchen das Boot. Bleib bitte noch da.«

Der Wirt kam mit vollen Tellern aus der Küche, stellte jedoch als Erstes dem alten Fischer eines der köstlich duftenden *Katsiki me patates sto fourno* hin. Erst dann brachte er zwei Teller mit Ziege und Kartoffeln zum Tisch von Michalis und Jorgos.

»Ihr Kollege ist gegangen?«, fragte er.

»Der ist innerhalb von dreißig Sekunden hier«, erwiderte Michalis und griff zum Smartphone.

Er rief Koronaios an, und es dauerte nicht einmal zwanzig Sekunden, bis er am Tisch saß und zu essen begann.

»Du hattest ja offenbar ein sehr beeindruckendes Gespräch da draußen«, sagte Michalis, während der Wirt das dritte Essen brachte.

»Der Bürgermeister«, antwortete Koronaios zwischen zwei Bissen.

»Aha. Dachte ich mir schon.« Michalis deutete auf den alten Fischer, der ebenfalls aß. »Wir fahren nach dem Essen mit ihm zum Hafen. Der Fischer vermisst an Bord ein Messer.«

Koronaios stutzte und ließ seine Gabel sinken.

»Ihm fehlt ein Messer? Und da sitzt ihr hier noch rum?« Koronaios klang fast empört.

»Zagorakis weiß Bescheid. Ich bin sicher, niemand wird das Boot betreten, bevor wir da sind«, beruhigte Michalis ihn.

»Der Fischer möchte erst essen«, ergänzte Jorgos. »Außerdem hättest du hier sonst mit drei Portionen allein gesessen.«

»Die ich selbstverständlich nicht angerührt hätte.«

»Da bin ich ganz sicher«, erwiderte Jorgos spöttisch.

»Der Bürgermeister.« Koronaios blickte nach draußen, wo Tsimikas neben dem Bürgermeister stand und mit dem Kopf Richtung Michalis und Koronaios deutete. »Wir könnten nach dem Essen einen Termin bei ihm haben. Er würde uns gern die genauen Pläne für die Fischfarm erläutern.«

»Lass mich raten. Er ist ein großer Befürworter?«, meinte Michalis.

»Definitiv.«

Michalis musterte Koronaios. »Wie war denn dein Gespräch mit Tsimikas? Es wirkte nicht unbedingt so, als ob du ihn zusammengefaltet hättest.«

»Es gibt ja auch andere Möglichkeiten«, erwiderte Koronaios trocken. »Und Tsimikas ist immerhin lernfähig. Ich bin sicher, dass er so schnell keine Informationen mehr nach außen tragen wird. Außerdem«, fügte Koronaios nach einer Pause und mehreren Bissen hinzu, »kennt sein Bruder den Bruder des neuen Freundes meiner ältesten Tochter.«

Michalis und Jorgos mussten grinsen. Irgendwie lief es auf Kreta immer wieder darauf hinaus, dass die Dinge sehr einfach zu regeln waren, sobald jemand jemanden kannte.

»Nikoletta hat einen neuen Freund?«, fragte Jorgos vorsichtig.

»O ja!« Koronaios klang etwas aufgebracht. »Und wir durften ihn auch bereits kennenlernen. Ist gar nicht so übel.« Koronaios tat so, als würde er sich auf sein Essen konzentrieren. Michalis und Jorgos warfen sich einen Blick zu. Bisher hatte Koronaios noch nie ein gutes Haar an den Freunden seiner ältesten Tochter gelassen.

»Und bevor ihr euch jetzt noch länger Blicke zuwerft oder mich mit Fragen nervt«, fuhr Koronaios die beiden an, »Nikoletta will, dass wir heute Abend mit ihr und diesem jungen Mann essen gehen. Deshalb …« Koronaios wedelte mit seiner Gabel durch die Luft. »Deshalb wäre es mir durchaus recht, wenn die Ermittlungen mich heute Abend zwingen würden, in Paleochora zu bleiben. Denn das Spektakel habe ich bereits dreimal erlebt, und jedes Mal hat es danach keine zwei Monate gedauert, bis Nikoletta die jungen Herren wieder abserviert hat.« Koronaios schüttelte den Kopf. »Dieses Schicksal und diese Zeitvergeudung würde ich dem jungen Mann ebenso wie mir gern ersparen. Habt ihr wegen der Übernachtung noch mal nachgedacht?«

»Myrta klärt, wie es mit den Hotels aussieht. Und Hannah« – Jorgos verzog leicht das Gesicht – »scheint die Idee auch zu gefallen.«

»Das hat sie so nicht gesagt!«, entgegnete Michalis. »Und sie wird auch nicht kommen, falls es hier brenzlig werden könnte!«

Koronaios warf einen Blick nach draußen, wo Tsimikas sich gerade vom Bürgermeister verabschiedete.

»Da draußen laufen garantiert ein paar hundert deutsche Touristen rum. Ich bin sicher, dass deine Hannah dazwischen nicht weiter auffällt.«

Eine halbe Stunde später trafen sie sich mit Zagorakis und dem alten Fischer an dessen Boot. Er zeigte ihnen die Halterungen, in denen etwa fünfundzwanzig Zentimeter lange Messer steckten. Jenes, das dem Kai am nächsten gewesen war, fehlte.

Am Hafen war es bis auf das Kreischen einiger Silbermöwen und dem Bellen wilder Hunde ruhig. Der Leichnam von Leonidas war abtransportiert worden, und an dem Ausflugsschiff hielt nur noch ein uniformierter Polizist Wache.

»Der Bürgermeister würde uns jederzeit empfangen«, erwähnte Tsimikas vorsichtig. Michalis war aufgefallen, dass er sich seit dem Gespräch mit Koronaios sehr viel zurückhaltender benahm. Offenbar hatte Koronaios ihm freundlich, aber bestimmt beigebracht, wie er sich als Polizist in einem Mordfall zu verhalten hatte.

»Und was genau sollen wir beim Bürgermeister?« Michalis blickte auf die Uhr. Es war fast drei.

»Der Bürgermeister weiß, dass Leonidas Seitaris ein entschiedener Gegner dieser Fischfarm war. Aber er selbst scheint darin eher die leuchtende Zukunft Paleochoras zu sehen«, antwortete Koronaios.

»Ja, so etwas in der Art hat mir der Bauunternehmer Nikopolidis vorhin auch erzählt«, antwortete Michalis nachdenklich. »Vielleicht nicht schlecht, wenn wir mehr über die Anlage erfahren. Danach sollten wir dann aber schleunigst die Alibis überprüfen«, fuhr er fort.

Das Rathaus lag am Ende der Hauptstraße Richtung Ortsausgang, wo die Straße zu einer von Platanen gesäumten Allee wurde. Es musste in den letzten Jahren einiges an Geld zur Verfügung gestanden haben, denn das prächtige, an ein Kastell erinnernde, dreistöckige Gebäude wirkte mit seiner sandfarbenen Fassade und den hohen, dunklen Fenstern wie frisch renoviert.

Das Büro des Bürgermeisters wäre in der Polizeidirektion von Chania als großer Besprechungsraum durchgegangen. Es hatte gediegene dunkle Holzmöbel, große Fensterfronten zu zwei Seiten sowie eine gut funktionierende Klimaanlage. Michalis sah, dass Koronaios ebenso neidisch wie Jorgos zur Kenntnis nahm, was in einem ausgebuchten Urlaubsort finanziell möglich war.

»Odysseas Koutris«, stellte sich der Bürgermeister vor und bat seine Gäste, sich zu setzen. Der Raum war so groß, dass es einen Besprechungstisch mit einer reichhaltigen Auswahl an Getränken und Gebäck gab.

»Bedienen Sie sich«, forderte Odysseas Koutris sie auf. »Frappé, nehme ich an?«

»Sehr gern«, entgegnete Koronaios.

»Viermal?« Der Bürgermeister zählte Tsimikas ungefragt dazu und schien ohnehin davon auszugehen, dass Tsimikas bei dieser kleinen Einladung dabei sein würde.

»Gern. Für uns bitte *metrio*«, antwortete Koronaios und warf Michalis einen Blick zu. *Nur leicht gesüßt*, damit wollte Koronaios ihn offenbar davon überzeugen, dass *glyko* vorhin wirklich eine Ausnahme gewesen sei.

Odysseas Koutris nahm Platz. Der smarte, gut frisierte und schlanke Bürgermeister wurde nun ernst.

»Schrecklich. Wirklich schrecklich, dieser ...« Er zögerte und wollte wohl das schlimme Wort nicht benutzen, »Todesfall.«

»Mord«, korrigierte Koronaios.

»Ja. Mord.« Odysseas Koutris nickte betroffen und presste die Lippen aufeinander. »Und Sie können sich denken, wie schnell in einer Gemeinde wie Paleochora Gerüchte die Runde machen. Gerade, weil Leonidas zuletzt ja sehr in der Öffentlichkeit stand.« Er nickte, und Michalis ahnte, dass Koutris überlegte, ein »Gott hab ihn selig« hinzuzufügen, es sich aber verkniff.

»Und natürlich denken hier im Ort jetzt viele, dieser Todesfall hinge mit seinem Kampf gegen unsere Fischfarm zusammen.«

Michalis nahm zur Kenntnis, dass Odysseas Koutris von *unserer Fischfarm* sprach, und überlegte, ob er geschäftlich daran beteiligt sein könnte.

»Sie werden bei Ihren Ermittlungen vermutlich immer wieder auf den Bau dieser Anlage stoßen.« Der Bürgermeister sah die Kommissare aus Chania ernst an. »Deshalb ist es mir wichtig, dass Sie einen Eindruck von dem bekommen, was hier entstehen wird. Und nicht nur auf Gerüchte und ... private Meinungen angewiesen sind, sondern die Fakten kennen.«

Jorgos' Handy klingelte.

»Mein Kollege aus Heraklion«, sagte er entschuldigend und blickte vor allem Michalis an, »da muss ich rangehen.«

Jorgos stand auf und verließ den Raum. Der Bürgermeister blickte ihm irritiert nach, als hätte er einen Teil seines Publikums verloren. In dem Moment kam eine Sekretärin und brachte fünf Frappés. Auch davon ließ sich der Bürgermeister nur widerwillig stören.

»Ich bin jetzt seit einem guten Jahr im Amt«, fuhr er fort, »und darf behaupten, dass sich unser Paleochora seitdem hervorragend entwickelt.« Er warf Tsimikas einen auffordernden Blick zu, und der beeilte sich zu nicken.

»Wir leben von den Touristen und müssen dafür sorgen, dass sich unsere Gäste hier so wohl wie möglich fühlen. Dafür brauchen wir ein gepflegtes Straßenbild, und in diesem Bereich ist im letzten Jahr viel passiert. Dazu gehören aber auch eine gut ausgebaute Infrastruktur und ein perfekter Service, besonders mit Blick auf eine anspruchsvollere Zielgruppe.« Odysseas Koutris nickte, als würde er an dieser Stelle Applaus, zumindest aber Zustimmung erwarten. Michalis und Koronaios fragten sich, was der Bürgermeister mit diesem Vortrag bezweckte.

»Meine Vorgänger haben sich jahrelang, ich möchte sogar sagen jahrzehntelang, auf dem ausgeruht, was sich hier für eine finanziell eher limitierte Klientel entwickelt hatte. Doch Wanderer, Rucksacktouristen und Familien sind zwar sehr sympathisch und auch weiterhin willkommen, aber was wir in der Zukunft hier brauchen ...«

»Herr Bürgermeister«, unterbrach Michalis, »ich möchte nicht unhöflich sein, aber wir ermitteln in einem Mordfall. Unsere Zeit ist begrenzt.«

»Ja. Selbstverständlich«, erwiderte Koutris irritiert. »Ich möchte Ihnen nur helfen, den Streit um die Fischfarm besser zu verstehen.«

Der Bürgermeister wartete auf eine Reaktion von Michalis, doch der sah ihn ungerührt an.

»Unsere Fischfarm«, fuhr er fort, »wird ein Segen für den Tourismus sein. Für Paleochora und für ganz Kreta.«

Michalis lehnte sich zurück. Langsam reichte es ihm.

Koutris griff zu einem Stapel Broschüren und hielt eine davon stolz hoch. *Paleochora 2022 – eine Vision*, stand auf dem Deckblatt.

In der Mitte der Broschüre gab es eine Fotomontage des Areals um den Hafen und die bisherige Sportanlage. Dort stand jetzt die fertige Fischfarm-Anlage im strahlenden Sonnenschein, und lachende Menschen trugen Kühlboxen mit Fischen. Die Mauer, von der Tsimikas vorhin, als sie vor der Sportanlage standen, gesprochen hatte, fehlte hingegen.

»Okay«, sagte Koronaios, »das ist eine aufwendig gemachte Hochglanzbroschüre. Aber« – er nahm einen Schluck von seinem Frappé und blickte Koutris prüfend an – »wenn alles nur positiv wäre, dann gäbe es ja keine Gegner.«

Der Bürgermeister zog die Augenbrauen hoch und warf Tsimikas einen vorwurfsvollen Blick zu. *Was hast du hier für Leute angeschleppt?*, schien dieser Blick zu sagen. Michalis' Handy klingelte, er sah eine Nummer, die er nicht kannte, und stellte sein Smartphone auf lautlos. Er würde später zurückrufen.

»Sie wissen sicherlich«, fuhr Odysseas Koutris fort, »dass die Fanggebiete in Küstennähe fast leergefischt sind. Die Fischer müssen weit rausfahren, um nennenswerte Mengen zu fangen, die den Bedarf decken könnten. Aber dafür sind unsere kleinen Fischer gar nicht ausgerüstet. Und ganz unschuldig sind sie daran auch nicht.«

»Wie meinen Sie das?«, wollte Michalis wissen.

»Ach, das führt jetzt zu weit«, wich der Bürgermeister aus.

»Wir sagen es Ihnen dann schon, wenn uns etwas zu weit führt«, warf Koronaios ungerührt ein.

»Also gut.« Odysseas Koutris wirkte verunsichert.

»Es gab auch in Paleochora jahrelang Fischer, die mit Dynamit gefischt haben. Die haben dadurch eine Zeitlang sehr viel Fisch aus dem Meer geholt und gutes Geld verdient. Aber« – er zögerte – »mit dem Dynamit haben diese Fischer auch ihre eigene Grundlage zerstört. Es sind viele Fische dabei sinnlos gestorben, und nach einigen Jahren waren kaum noch welche da, die sich vermehren konnten.«

»Aber die Dynamitfischerei ist doch längst verboten?«, warf Michalis ein.

»Ja, das stimmt. Die großen Schwärme haben sich allerdings nie wieder erholt, denn es wurde seitdem ja auch ohne Dynamit intensiv gefischt.« Odysseas Koutris musterte Michalis und Koronaios.

»Ich will damit nur sagen, dass unsere Fischer nicht gerade Engel sind. Denn unsere Gegner behaupten gern, Fischfarmen würden die kretischen Traditionen verraten. Als ob Traditionen an ein paar alten Booten hängen! Natürlich finden manche Leute kleine Fischerboote romantisch, aber kein Tourist kommt extra deshalb hierher. Und ganz ehrlich« – Odysseas Koutris beugte sich vor und versuchte, gewinnend zu lächeln – »es verirrt sich sowieso kaum ein Tourist in unseren Hafen. Und das ist vielleicht auch besser so.« Er machte eine Pause, als käme jetzt etwas besonders Wichtiges. »Denn die Touristen wären eher entsetzt, wenn sie die oft leeren Netze unserer wenigen Fischer sehen würden.«

Odysseas Koutris grinste.

»Aber« – Michalis versuchte, sich daran zu erinnern, was Theo Seitaris, der Bruder des toten Leonidas, gesagt hatte, »hat so eine Fischfarm nicht Auswirkungen auf die ganze Küste?«

»Auch so eine erfundene Behauptung!« Der Bürgermeister warf die Arme hoch, als habe er nur darauf gewartet, das zu hören. »Die Firma *Psareus* hat eigens ein Forschungsinstitut damit beauftragt, ein Gutachten zu erstellen und zu klären, ob unsere Küste für eine Fischfarm geeignet ist.«

Er stand auf und nahm von seinem Schreibtisch eine gebundene Broschüre, deren Titelseite eine Bucht mit hineinmontierten, großen runden Fischkäfigen zierte. *Untersuchung zu ökologischen Auswirkungen einer Fischfarm auf den Küstenabschnitt Agia Roumeli – Paleochora* stand klein im unteren Teil dieses Deckblatts.

Odysseas Koutris wedelte freudig damit herum.

»Hier! Diplomierte und promovierte Biologen haben unsere Küste genau untersucht!«

»Und was ist das Ergebnis dieser Untersuchungen?«, fragte Koronaios trocken und brachte Odysseas Koutris damit erneut aus dem Konzept.

»Ja, ähm, dass unsere Küste geeignet ist und dass es hier keine Probleme geben wird!«

»Darf ich mal?« Michalis streckte die Hand aus. Der Bürgermeister zögerte, bevor er ihm das Gutachten gab.

Michalis überflog die Einleitung sowie die Zusammenfassung der Ergebnisse am Ende. Den wissenschaftlichen Teil nahm er nur zur Kenntnis: lange Datenreihen, Diagramme, Grafiken und ein Gewirr wissenschaftlicher Fachbegriffe.

»Entscheidend ist das Ergebnis dieses Gutachtens. Dort steht eindeutig, dass für unsere Küste keinerlei ökologische

Auswirkungen zu befürchten sind.« Odysseas Koutris klang stolz und überzeugt.

Michalis deutete auf Datenreihen, bei denen es um die Sedimentierung unterhalb der Fischkäfige sowie um Strömungsmodelle bei unterschiedlichen Windrichtungen und Windstärken ging.

»Was bedeuten diese Daten?«, fragte Michalis.

Der Bürgermeister blickte nur kurz auf das Gutachten. »Ich bin kein Wissenschaftler. Die werfen da mit Begriffen um sich, das versteht ja kein Mensch. Ich bin Bürgermeister, mich interessieren die Ergebnisse.«

Michalis sah, dass Koronaios die Stirn runzelte und vermutlich dasselbe dachte wie er: Der Bürgermeister berief sich stolz auf ein Gutachten, von dem er nur die Zusammenfassung kannte und den Rest nicht verstand.

Jorgos kam wieder herein.

»Entschuldigung, das war leider wichtig.«

Michalis und Koronaios warfen sich einen Blick zu und standen fast gleichzeitig auf.

»Herr Bürgermeister, wir danken Ihnen sehr für Ihre Zeit und Ihre Erläuterungen«, sagte Koronaios schnell. »Aber wir müssen uns jetzt leider wieder um die Aufklärung des Mordfalls kümmern.«

»Ja, selbstverständlich«, antwortete Odysseas Koutris. Er war unzufrieden und strich seinen fast faltenfreien Anzug glatt.

»Dieses Gutachten«, sagte Michalis, »würde ich gern mitnehmen.«

Odysseas Koutris sah ihn überrascht an.

»Warum?«

»Bei Ermittlungen in einem Mordfall sind wir Ihnen keine Erklärungen schuldig«, erwiderte Koronaios und versuchte, dabei so unschuldig wie möglich zu lächeln, während Odysseas Koutris' Miene einfror.

»Gut. Ich, äh, ich lasse Ihnen eine Kopie zukommen.«

»Heute noch?«, hakte Michalis nach.

»Heute? Da muss ich sehen, ob noch jemand im Haus ist.«

»Wenn nicht, würden wir gern Ihr Exemplar mitnehmen. Sie kennen das Gutachten ja und würden es später zurückbekommen«, fügte Koronaios hinzu.

»Nein, nein, ich würde es gern behalten. Wir machen eine Kopie, und die haben Sie dann spätestens in einer halben Stunde. Die liegt dann unten am Empfang, falls ich nicht mehr im Haus sein sollte.« Odysseas Koutris blickte die Kommissare fragend an. »Sofern Sie in einer halben Stunde noch in Paleochora sein sollten.«

»Darauf können Sie sich verlassen. Einen schönen Tag noch«, sagte Koronaios und ging. Michalis verabschiedete sich etwas freundlicher.

Vor dem Rathaus schlug ihnen die noch immer fast vierzig Grad heiße Luft, die sie in dem gekühlten Gebäude beinahe vergessen hatten, unbarmherzig entgegen. Einige griechische Fahnen hingen schlaff an ihren Masten, der Wind vom Hafen kam hier offenbar nicht an.

Tsimikas hatte es plötzlich eilig, sich zu verabschieden.

»Oder brauchen Sie mich noch?«, wollte er wissen. »Ich muss ins Büro, ein paar Dinge erledigen.«

»Nein, wenn wir Sie brauchen, rufen wir Sie an«, entgegnete Michalis.

»Aber bleiben Sie erreichbar, denn es kann gut sein, dass es ein langer Abend wird«, ergänzte Koronaios.

»Ja, natürlich«, antwortete Tsimikas, doch es war ihm anzusehen, dass er Dienst nach Vorschrift gewöhnt war und den Abend privat verplant hatte.

»Was war denn da drinnen los?«, wollte Jorgos wissen, nachdem Tsimikas gefahren war.

»Das wüsste ich ehrlich gesagt auch gern.« Michalis strich sich über den Bart. »Der Bürgermeister findet diese Fischfarm großartig und wollte uns davon überzeugen, dass die Gegner keine Ahnung haben.«

»Unangenehmer Typ«, kommentierte Koronaios. »Und bei dir?« Er sah Jorgos an. »Gibt es neue Informationen?«

»Mein Kollege aus Heraklion hat mich informiert, dass Jannis Dalaras eine DNA-Probe abgenommen worden ist. Die kommt jetzt ins Labor, hoffentlich haben wir dann morgen das Ergebnis«, berichtete Jorgos. »Seinem Anwalt haben sie wohl klargemacht, dass bis dahin auch an eine Freilassung gegen Kaution nicht zu denken ist.«

»Gut.« Michalis überlegte und wollte die Nummer, die vorhin aufgeleuchtet war, zurückrufen, sah jedoch, dass in der Zwischenzeit auch Manolis Votalakos, der Ranger aus der Samaria-Schlucht, versucht hatte, ihn zu erreichen. Er rief ihn an und erfuhr, dass einer seiner Ranger zwischen dem Tatort und Agia Roumeli ein ziemlich neues Handy gefunden hatte.

»Der Ranger wollte sich um eine abgestürzte Ziege kümmern«, erklärte Michalis, nachdem er aufgelegt hatte. »Das Handy lag oberhalb des Wanderwegs, wohin Wanderer erst mühsam klettern müssten. Votalakos glaubt, dass jemand das Handy dorthin geworfen haben könnte, um es loszuwerden.«

»Vielleicht sind Fingerabdrücke dran«, hoffte Koronaios.

»Ja, wäre gut, wenn Zagorakis es möglichst schnell zur Untersuchung bekommen könnte«, ergänzte Michalis.

»Eigentlich braucht ihr mich hier ja nicht mehr unbedingt. Ich könnte auf dem Weg nach Chania bei den Rangern vorbeifahren und das Handy mitnehmen«, schlug Jorgos vor.

»Gute Idee. Vielleicht haben wir Glück, und es ist das Handy von Meropi Torosidis.«

Michalis nickte.

»Dann mach ich mich mal auf den Weg.« Jorgos warf einen Blick auf das Rathaus. »In unserer Polizeidirektion werde ich mich dann daran erinnern, dass es auf Kreta öffentliche Gebäude mit funktionierender Klimaanlage gibt.«

Jorgos nahm Unterlagen aus seinem Wagen und reichte Michalis eine schmale Mappe. »Das ist der Bericht der Kollegen aus Heraklion. Steht wie gesagt nicht viel drin, aber ihr solltet ihn trotzdem gelesen haben.« Ein schelmisches Lächeln huschte ihm übers Gesicht. »Und bevor ich es vergesse. Myrta hat für euch zwei Zimmer gebucht. Drüben am Sandstrand. Hotel *Paralia*. Klingt, als sei es kein schlechtes Hotel.«

»Wow«, entfuhr es Koronaios beeindruckt.

»Wie ihr eine Zahnbürste und so etwas besorgt, wisst ihr hoffentlich.« Jorgos grinste. »Und ich hab auch gleich Hannah angerufen. Ich hoffe, das war dir recht.« Jorgos warf Michalis einen fragenden Blick zu. »Ich gehe davon aus, dass sie auf dem Weg hierher ist. Sie weiß, wohin sie muss, du brauchst dich um nichts kümmern.«

»Ach, so läuft das also.« Koronaios grinste amüsiert.

Michalis zuckte mit den Schultern und entschied sich, lieber nichts zu sagen.

»Könntest du dann vielleicht auch meine Frau anrufen?«, wandte Koronaios sich spöttisch grinsend an Jorgos. »Das würde mir eine Menge Ärger ersparen.«

»Das schaffst du schon«, erwiderte Jorgos.

Michalis rief die unbekannte Nummer an, die auf seinem Smartphone aufgeleuchtet hatte, und erreichte Panagiotis, den Bruder von Savina Galanos.

»Amanta wäre jetzt wieder ansprechbar. Falls Sie mit ihr reden wollen.«

»Vielen Dank, dass Sie Bescheid gegeben haben. Wir kommen gleich zu Ihnen«, antwortete Michalis und versuchte, Hannah anzurufen. Sie ging nicht ran, also schrieb er ihr eine Nachricht: »Bis nachher. Freue mich.«

Ganz sicher, ob es wirklich eine gute Idee war, wenn Hannah während der Ermittlungen in einem Hotel auf ihn warten würde, war er allerdings nicht.

16

Als sie die kleine Gasse, in der das Haus von Amanta und dem toten Leonidas Seitaris lag, erreicht hatten, hielt Michalis in einer gewissen Entfernung an.

»Was ist?«, wollte Koronaios wissen.

»Kann ich dir nicht genau sagen. Aber ich würde mir das gern einen Moment ansehen.«

»Okay«, erwiderte Koronaios und streckte die Hände an die Lüftungsschlitze, aus der kühle Luft strömte.

»Sieh mal«, sagte Michalis und deutete auf einen cremeweißen Pick-up, der in der engen Gasse mühsam wendete, obwohl er problemlos an ihnen hätte vorbeifahren können.

»Könnte es sein, dass da jemand von uns nicht gesehen werden will?«, mutmaßte Koronaios.

»Denkbar«, entgegnete Michalis. »Und siehst du diesen silbergrauen Kombi vor dem Nachbarhaus?« Er deutete auf das Haus direkt neben dem des Toten.

»Ja, was ist mit dem?«

»Der stand vorhin am Hafen.«

Koronaios nickte. Er musste sich mal wieder eingestehen, dass Michalis Details wahrnahm, die ihm entgingen.

Michalis blickte auf die Uhr.

»Es ist jetzt vier Uhr. Wir sollten heute auf jeden Fall noch einige Alibis überprüfen.«

»Ja, unbedingt«, entgegnete Koronaios. »Und vielleicht wissen wir ja nach dem Gespräch mit der Witwe, wer für uns am interessantesten ist.«

»Es war übrigens nicht meine Idee, dass Hannah herkommt«, sagte Michalis, bevor sie ausstiegen.

»Aber du hast auch nichts dagegen, nehme ich an«, erwiderte Koronaios spöttisch.

»Nein ...« Michalis zögerte. »Sie fliegt in vier Tagen wieder nach Deutschland. Aber eigentlich ... eigentlich würde ich das lieber trennen. Mordermittlungen und Hannah.«

Koronaios nickte. »Verstehe ich. Verstehe ich sogar sehr gut«, sagte er und stieg aus.

Dass Amanta wieder ansprechbar sei, wie ihr Bruder Panagiotis behauptet hatte, war übertrieben gewesen. Sie saß im Wohnzimmer auf dem Sofa, drückte sich den schlafenden Säugling an die Brust, als müsste sie sich an ihm festhalten, und sagte fast kein Wort. Leichenblass und apathisch begrüßte sie Michalis und Koronaios mit einem stummen Heben des Kopfes, während die beiden älteren Kinder mit ihrer Tante Savina durchs Haus liefen.

»Es tut uns sehr leid, dass wir Sie mit unseren Fragen quälen müssen«, begann Michalis. »Doch je mehr wir wissen, desto schneller können wir den Mörder finden und überführen.«

Amanta nickte stumm und sah ihren Bruder Panagiotis hilfesuchend an.

»Was wollen Sie denn wissen?«, fragte der leise.

»Ihr Mann war ein Gegner der Fischfarm, die hier gebaut werden soll«, sagte Michalis, »und es gab deshalb Streit. Könnte dieser Streit der Grund dafür gewesen sein, ihn zu ermorden?«

Amanta zuckte ratlos mit den Schultern. »Ich weiß es nicht«, sagte sie leise.

»Ein wochenlanger Streit ist meistens kein Grund für einen

Mord. Irgendetwas muss diese Tat ausgelöst haben.« Michalis sah die blasse Frau, die seinem Blick auswich, an. »Ist Ihnen in den letzten Tagen etwas aufgefallen? Hat Ihr Mann jemanden getroffen, den er sonst nicht trifft, oder hat er etwas gesagt, was er normalerweise nicht sagt?«

Die Witwe schüttelte den Kopf. »Nein ...«

Savina tauchte mit den beiden älteren Kindern in der Wohnzimmertür auf. »Spielt mal bitte allein oben. Wir müssen hier etwas besprechen«, sagte sie zu ihnen.

»Wir wollen aber dabei sein!«, beschwerte sich der Junge.

»Das ist kein Gespräch für Kinder. Nach oben mit euch!«, rief Savina und jagte die beiden lachend die Treppe hinauf. Als sie kurz danach allein zurückkam, ahnte Michalis, wie schwer es ihr fiel, sich vor den Kindern nichts anmerken zu lassen. Sie setzte sich neben Amanta auf das Sofa, und Michalis fiel die Ähnlichkeit der Schwestern auf, so unterschiedlich sie ansonsten waren. Während Savina als Großstädterin ihre Haare blond gefärbt und modisch geschnitten hatte, war an Amanta alles unauffällig und traditionell. Ihre Haare waren halblang, dunkelbraun und schlicht nach hinten gebunden, und sie trug braune und graue Kleidung, die sie vermutlich schon seit Jahren besaß, während Savina teure Sachen anhatte, die kaum älter als ein halbes Jahr waren.

Nachdem Savina Platz genommen hatte, lag eine Spannung im Raum, die vorher nicht dagewesen war.

Michalis blickte zwischen den drei Geschwistern hin und her.

»Hat Ihr Mann sich bedroht gefühlt? Oder hat ihm vielleicht sogar jemand offen gedroht?«, erkundigte er sich behutsam.

Die Geschwister sahen sich an. Keiner von ihnen schien antworten zu wollen.

»Nein …«, sagte Amanta schließlich, und Michalis war froh, als von oben plötzlich das Schreien der Tochter zu hören war und Savina aufstand.

»Ich geh schon«, sagte sie und eilte nach oben. Amanta schien sich zu entspannen, als Savina nicht mehr im Raum war.

»Stimmt es, dass Ihr Mann in letzter Zeit häufiger an Bord übernachtet hat?«, fragte Michalis.

Wieder sah Amanta ihren Bruder Panagiotis an und nickte ihm dann zu.

»Ja, das stimmt«, antwortete Panagiotis daraufhin zögernd.

»Wir glauben, dass jemand davon gewusst und ihm möglicherweise aufgelauert hat.«

Amanta nickte.

»Warum hat Ihr Mann dort übernachtet? Gab es hier bei Ihnen Probleme, oder … gab es andere Gründe?« Michalis tastete sich behutsam vor.

Amanta kniff die Augen zusammen und sah kurz zur Zimmerdecke. Im oberen Stockwerk war das Geschrei verstummt.

»Soll ich es ihnen sagen?«, fragte Panagiotis, und Amanta nickte.

»Sie wissen, dass Savina für die Firma *Psareus* arbeitet?«, fragte Panagiotis dann und seufzte.

»Ja, das wissen wir.«

»Dann können Sie sich vielleicht denken …« Panagiotis unterbrach sich und blickte seine Schwester Amanta an. Erneut nickte sie. »Es gab jedes Mal Streit, wenn Savina hier war. Irgendwann hat Leonidas beschlossen, dass er auf dem Schiff bleibt, wenn Savina da ist.«

»Ich sehe Savina so selten, seit sie in Athen lebt«, fügte Amanta leise hinzu. »Und die Kinder lieben ihre Tante sehr und fragen nach ihr. Savina hätte gern eigene Kinder, aber solange sie in Athen und bei dieser Firma ist …«

Amanta warf ihrem Bruder Panagiotis einen Blick zu.

»Das hat Savina ganz allein so entschieden!«, entgegnete er energisch, und Amanta nickte.

»Deshalb haben Leonidas und ich ausgemacht, dass er an Bord übernachtet, wenn Savina zu Besuch ist«, fuhr Amanta fort. Ihre Stimme wurde brüchig, und sie begann zu schluchzen. Auch der Säugling in ihrem Arm begann zu weinen.

Michalis und Koronaios nickten sich zu und standen auf.

»Wir danken Ihnen und wollen Sie nicht länger stören«, verabschiedete sich Koronaios. »Falls wir noch Fragen haben, würden wir uns melden.«

Amanta reagierte nicht.

»Und falls Ihnen oder Ihrer Schwester noch etwas einfallen sollte« – Michalis wandte sich an Panagiotis –, »dann rufen Sie uns bitte sofort an.«

»Ja, das werde ich tun«, erwiderte Panagiotis und begleitete die beiden zur Tür.

»Ihre Schwester Savina hat uns beim letzten Mal gebeten, niemandem zu sagen, dass sie hier ist. Kann es sein, dass sie Angst hat?«, fragte Michalis mit gesenkter Stimme.

Panagiotis blickte zur Treppe, wo Savina gerade aufgetaucht war.

»Ja«, erwiderte er so leise, dass Savina ihn nicht hören konnte, und öffnete schnell die Haustür.

Schweigend gingen Michalis und Koronaios auf ihren Dienstwagen zu. Aus dem Augenwinkel sah Michalis, dass ein ganz in Schwarz gekleideter Mann einige Kisten in den silbergrauen Kombi vor dem Nachbarhaus stellte. Erst als dieser Mann sich umdrehte und auf sie zukam, erkannte er Theo Seitaris, den Bruder des Toten.

»Ich muss mich bei Ihnen bedanken«, sagte Theo stockend.

»Dass mein Vater und ich zu Leonidas auf das Boot durften ... das hat uns geholfen.« Er presste die Lippen aufeinander. Seine Augen wirkten grau und erloschen.

Michalis nickte. »Es ist schrecklich. Wir tun, was wir können, um den Mörder zu finden.« Er deutete auf Amantas Haus.

»Haben Sie Ihre Schwägerin besucht?«

»Nein, ich wohne hier. Leonidas und ich haben nebeneinander gebaut.«

Das klang sachlich, aber Michalis glaubte zu spüren, wie sehr Theo der Verlust seines Bruders getroffen hatte. So, wie es für Michalis unvorstellbar war, dass sein Bruder Sotiris nicht mehr leben würde, so war es wohl auch für Theo.

»Sie haben« – Michalis erinnerte sich an das Gespräch mit dem Bürgermeister – »vorhin gesagt, die Firma *Psareus* würde die Küste zerstören.«

»Ja, das stimmt.«

»Was meinen Sie damit?«

Theo kniff die Augen zusammen, so dass sie fast nur noch Schlitze waren.

»Mein Bruder hätte Ihnen dazu Genaueres sagen können«, wich er aus. »Ich verstehe davon nicht so viel wie er. Aber« – er warf einen Blick Richtung Meer – »in der Bucht vor Lissos sollen irgendwann vier von diesen riesigen, runden Käfigen liegen. In jedem Käfig vielleicht hunderttausend Fische. Doraden, Seewolf, Brassen, Red Snapper.« Er beobachtete Michalis und schien sich zu fragen, ob das als Erklärung genügte.

»Und?«, erkundigte Michalis sich jedoch.

»Wie gesagt, so viel verstehe ich davon nicht. Aber diese Fische werden täglich gefüttert, und was sie nicht fressen, sinkt zu Boden. Und das Meer ist ja auch die Toilette der Fische. Unter den Käfigen stirbt der Meeresboden wegen der Fäkalien und der Futterreste ab, und das Zeug wird dann von der

Strömung an der Küste verteilt. Der ganze Dreck und auch die Medikamente, die diese Fische bekommen.«

Michalis nickte.

Theo tippte sich grüßend an die Stirn. »Ich muss weiter.« Damit drehte er sich um, ließ die Heckklappe seines Wagens zufallen, blieb aber stehen und sah Michalis und Koronaios fragend an.

»Ich bin nicht sicher, ob es wichtig ist«, begann er.

»Ja?«, ermunterte Michalis ihn.

»Im Ruderhaus. An Bord. Bei meinem Bruder.« Theo musste schlucken.

Michalis und Koronaios warteten.

»Sie hatten sich doch vorhin erkundigt, ob an Bord etwas fehlt.«

»Ist Ihnen etwas aufgefallen?«, fragte Michalis.

»An der Wand hing immer ein kleiner Anker. Aus Messing, so groß wie ein Handteller. Als Talisman. Der gehört Timos, den hat ihm seine Freundin geschenkt. Hinten sind die Namen der beiden eingraviert und ein Herz. Auf jeden Fall hängt er dort jetzt nicht mehr. Vielleicht haben ihn ja auch Ihre Spurensicherer mitgenommen.«

»Danke. Wir werden das prüfen«, erwiderte Koronaios.

Theo nickte, stieg in seinen Wagen und fuhr los.

»Ich frag Zagorakis, ob dieser Messinganker bei ihm ist. Wenn nicht, sollten wir uns als Erstes mit Timos unterhalten«, schlug Michalis vor und griff nach seinem Smartphone.

»Und ich erkundige mich bei Tsimikas, wo wir Timos finden können. Das weiß der garantiert«, entgegnete Koronaios.

»Dann frag ihn auch gleich, wo Anestis und seine Mutter wohnen. Sie ist ja sein Alibi, und das würde ich gern aus ihrem Mund hören.«

»Und wo die Frau und der Bruder von Nikopolidis zu finden sind, weiß er ja sicherlich auch.«

Timos Kardakis war nicht zu erreichen, deshalb fuhren sie zu dem Haus, in dem Anestis mit seiner Mutter wohnte. Sie folgten der Straße entlang des Kieselstrands, passierten den Friedhof und sahen dann bereits von weitem ein von einem hohen, teilweise überwucherten Zaun umgebenes, weißes Haus mit Blick aufs Meer.

»Ganz schön nobel«, musste Koronaios anerkennen, als sie am Eingangstor geklingelt hatten. Schon von der kleinen Straße aus war das glitzernde Meer zu erkennen. »Tsimikas hat mich gewarnt, wir sollen uns nicht wundern über das Haus. Das hat wohl Kyriakos Papasidakis seiner Mutter und seinem Bruder Anestis gebaut und offensichtlich keine Kosten gescheut.«

Sie mussten mehrmals klingeln, bis die Haustür geöffnet wurde und eine grauhaarige, schwarz gekleidete Frau Mitte siebzig in zerschlissenen Hausschuhen langsam und gebeugt zum Eingangstor schlurfte.

»Ja?«, sagte sie mit dünner Stimme.

»Frau Efthalia Papasidakis?«, fragte Michalis höflich. Ihre Polizeimarken hatten sie erst einmal wieder eingesteckt, nachdem sie die hilflos wirkende Frau gesehen hatten.

»Ja?«

Michalis und Koronaios stellten sich vor und baten darum, ins Haus kommen zu dürfen. Statt zu antworten, blickte die alte Frau sich immer wieder suchend auf der Straße um, bis der silbergraue Pick-up, der an der Baustelle vor dem Sportplatz gestanden hatte, sich mit hoher Geschwindigkeit näherte und erst im letzten Moment hinter dem Polizeiwagen zum Stehen kam.

»Was wollen Sie von meiner Mutter?«, rief Anestis empört, noch bevor er ausgestiegen war.

Michalis und Koronaios warteten, bis er vor ihnen stand.

»Wie Sie ja wissen, geht es um Mordermittlungen. Wollen Sie, dass wir das hier draußen auf der Straße besprechen?«, fuhr Koronaios Anestis an.

Anestis blickte sich erschrocken um. Seine Mutter schien er kaum wahrzunehmen.

»Dauert es lange?«, erkundigte sich Anestis.

»Wir wissen, was wir fragen wollen. Wir wissen aber natürlich nicht, wie lange Sie und Ihre Mutter für die Antworten brauchen werden«, entgegnete Koronaios kühl.

»Ja, dann kommen Sie schon rein.« Anestis ging an seiner Mutter vorbei und drückte das Eingangstor auf.

Efthalia Papasidakis hakte sich bei ihrem Sohn unter, und gemeinsam gingen sie langsam auf das Haus zu. Die beiden gaben ein skurriles Bild ab, denn die gekrümmte Efthalia reichte dem großgewachsenen Anestis nicht einmal bis zur Brust.

Michalis hatte Zeit, den ungepflegten Anestis in seinem zerknitterten Sakko genauer in Augenschein zu nehmen. Er machte mit seinen hängenden Schultern, den zerzausten Haaren und dem lauernden, fast angriffslustigen Blick auf Michalis den Eindruck eines unter Druck stehenden und misstrauischen Menschen.

Schon von außen hatte das Haus mit dem großen Grundstück und dem Blick auf das Meer luxuriös gewirkt, und dieses Bild verstärkte sich innen noch. Anestis und seine Mutter Efthalia wirkten in ihrer alten und abgetragenen Kleidung wie Fremdkörper inmitten einer vermutlich von einem Innenarchitekten gestalteten, sehr teuren, hellen Einrichtung.

»Das Haus hat mein Bruder für unsere Mutter gebaut«, sagte Anestis, dem Michalis' Blick nicht entgangen war.

»Aber Sie wohnen doch auch hier?«, warf Koronaios ein.

»Ja. Seit einiger Zeit.«

Sie hatten auf einer Couchgarnitur aus hellem Leder Platz genommen. Einer der Sessel war noch mit Plastik umwickelt, als sei er nie ausgepackt worden.

»Willst du unseren Gästen nicht etwas anbieten?« Efthalia, die in ihrem Sessel fast versank, sah Anestis vorwurfsvoll an. Der zuckte kurz mit den Augenbrauen.

»Hätten die Herren denn gern etwas?«, fragte er. »Einen *Elliniko* vielleicht?«

»Ja, gern«, antwortete Koronaios schnell.

Wenn Koronaios gehofft hatte, dadurch ohne Anestis mit der Mutter reden zu können, so hatte er sich getäuscht. Anestis verschwand zwar in der Küche, doch solange ihr Sohn nicht da war, sagte Efthalia Papasidakis kein Wort. Erst als Anestis mit vier kleinen *Elliniko* zurückkam, ging die Mutter auf die Frage nach dem Alibi von Anestis ein.

»Anestis war gestern Abend im Kafenion«, sagte die Mutter, und Michalis hatte den Eindruck, sie sei darauf stolz. »Gegen elf war er dann aber wieder hier. Wir haben noch ein wenig ferngesehen, und dann sind wir beide schlafen gegangen.« Sie sah Anestis an, und Michalis glaubte, bei ihm ein kurzes Nicken zu bemerken. »Schließlich muss Anestis ja früh aufstehen und sich um die Fischfarm kümmern.«

Efthalia Papasidakis nippte an ihrem *Elliniko*. Für sie war dieses Gespräch offenbar beendet, und auch Anestis sah Michalis und Koronaios ungeduldig an.

Sie nahmen jeweils noch einen Schluck und standen auf.

»Dann möchten wir uns bedanken. Wenn wir noch Fragen haben, melden wir uns«, sagte Koronaios.

Die Mutter reagierte nicht, Anestis hingegen schoss aus seinem Sessel in die Höhe und ging zur Tür.

Auf dem Weg zum Ausgang blieb Michalis vor einem großen gerahmten Foto stehen, das ihm schon vorher aufgefallen war. Es schien in den siebziger oder achtziger Jahren aufgenommen worden zu sein, denn es zeigte in etwas ausgeblichenen und unnatürlichen Farben einen Mann mit einem über einen halben Meter langen Zackenbarsch auf einem Fischerboot. Neben ihm standen strahlend und stolz zwei Jungs.

»Sind das Sie?« Michalis deutete auf den jüngeren der beiden Jungen.

»Ja«, entgegnete Anestis, ohne stehen zu bleiben.

»Und die anderen beiden, sind das Ihr Bruder und Ihr Vater?«

»Ja«, wiederholte Anestis unwirsch, öffnete die Haustür und wartete ungeduldig darauf, dass Michalis und Koronaios an ihm vorbei zum Eingangstor gingen.

»Ein eigenartiges Zusammenleben von Mutter und Sohn«, meinte Koronaios, als sie wieder losfuhren.

»Ja.« Michalis nickte. »Aber sie hat sein Alibi bestätigt.«

»Du hattest doch auch den Eindruck, dass das abgesprochen war?«

»Ja, davon gehe ich aus. Es kann aber trotzdem stimmen.«

Koronaios nahm sein Handy und erreichte Timos Kardakis, den Angestellten des Ermordeten.

»Er ist jetzt zu Hause und wartet auf uns«, meinte Koronaios, nachdem er aufgelegt hatte.

»Das Rathaus liegt auf dem Weg. Lass uns die Kopie des Gutachtens abholen«, schlug Michalis vor.

»Glaubst du, der Bürgermeister hat daran gedacht?«, fragte Koronaios spöttisch.

»Das werden wir gleich wissen.«

»Davon hat mir unser Bürgermeister gar nichts gesagt«, erklärte die Frau am Empfang ihnen freundlich. »Und er ist jetzt auch nicht mehr im Haus.«

»Dann rufen Sie ihn bitte an«, forderte Koronaios sie auf, doch Odysseas Koutris hob nicht ab.

»Das tut mir sehr leid«, flötete die Frau.

»Das sollte vor allem Ihrem Bürgermeister leidtun«, entgegnete Koronaios.

Timos Kardakis wohnte in einer Parallelstraße zur Hauptstraße, kurz vor der Uferpromenade Richtung Kieselstrand. Die sandfarbene Putz an der Fassade platzte ab, und auch das Treppenhaus mit einer steilen Treppe hatte sicherlich seit Jahrzehnten keinen neuen Anstrich bekommen.

»Wir würden gern mehr über den Ärger wissen, den Sie mit Ihrem Chef Leonidas Seitaris hatten.« Koronaios kam gleich zur Sache, als Timos Kardakis ihnen die Tür öffnete.

»Ja, Leonidas hat sich geärgert, weil ich gekündigt habe«, gab er zerknirscht zu. »Und er hat, wie soll ich es sagen, seitdem hat er mir das Leben schwergemacht. Aber deshalb bring ich ihn doch nicht um!«

»Was heißt das, er hat Ihnen das Leben schwergemacht?«, bohrte Michalis nach.

»Ich musste länger arbeiten, ich musste das Deck schrubben, obwohl ich es schon getan hatte« – Timos seufzte – »und vor kurzem, da ist auf dem Rückweg von Elafonisi Wind aufgekommen. Also, vier Windstärken, nicht wirklich schlimm. Aber dabei haben sich zwei unserer dicken Fender losgerissen. Ich glaube, dass Passagiere mit den Knoten gespielt hatten, vielleicht wollten sie selbst Knoten machen, kann ja sein ...«

»Was genau sind Fender?«, unterbrach Koronaios ihn. Timos sah ihn erstaunt an.

»Das sind diese Kunststoffbälle aus PVC, die kleineren Fender sind auch länglich. Die hängen im Hafen zwischen Boot und Kaimauer, damit der Schiffsrumpf nicht beschädigt wird.«

Koronaios nickte.

»Davon waren also zwei über Bord gegangen. Leonidas hat mir vorgeworfen, ich hätte sie nicht ordentlich befestigt, und hat mir die Fender dann vom Lohn abgezogen.«

Timos sah Michalis und Koronaios an.

»Glauben Sie etwa, dass ich jemanden wegen so einer Sache umbringen würde?« Er lachte ungläubig auf.

»Wir glauben gar nichts. Wir ermitteln«, entgegnete Koronaios schnell. »Und wir hatten Sie vorhin gefragt, ob an Bord seit dem Mord etwas fehlt. Ist Ihnen da vielleicht noch etwas eingefallen?«

Timos kniff die Augen zusammen und schien nachzudenken.

»Nein ...«, antwortete er zögernd.

»Sicher?«, hakte Koronaios energisch nach. Timos' Blick wurde unruhig, und er fuhr sich nervös durch den Bart, sagte aber nichts.

»Es ist nämlich so«, ergänzte Michalis mit ruhiger Stimme, »wir wissen inzwischen, dass etwas aus dem Ruderhaus verschwunden ist. Und wenn wir jetzt bei Ihnen eine Durchsuchung machen und diesen Gegenstand hier finden würden, dann hätten Sie ein Problem.«

Timos erschrak. »Meinen Sie etwa ...« Er zögerte. »Den kleinen Anker? Von meiner Freundin?«

Michalis und Koronaios sahen, dass Timos schwitzte, und warteten.

»Den hat Emilia mir geschenkt! Als Talisman. Das würde sie mir nie verzeihen, wenn der weg wäre!«

»Ist dieser Anker hier in Ihrer Wohnung?«

Timos riss die Schublade einer Kommode auf, holte den handtellergroßen Messinganker heraus und zeigte ihn Michalis und Koronaios. »Bitte.«

Koronaios nahm einen Plastikbeutel aus seiner Sakkotasche, griff damit nach dem Anker und verschloss den Beutel.

»Wann haben Sie diesen Anker an sich genommen?«, fragte Michalis.

»Heute Morgen!« Timos klang verzweifelt.

»Sie haben also Ihren ermordeten Chef gefunden, haben die Polizei gerufen und sich dann als Erstes ein Souvenir mitgenommen?«, wollte Koronaios ungerührt wissen.

»Das hätte ich nicht tun sollen. Ich weiß. Aber ich hatte Angst, dass der Anker beschlagnahmt wird und ich ihn nie wiederbekomme. Es tut mir leid«, antwortete Timos kleinlaut.

Koronaios und Michalis nickten.

»Wir werden den Anker untersuchen lassen. Wenn wir nichts finden und die Ermittlungen irgendwann abgeschlossen sind, bekommen Sie ihn selbstverständlich zurück«, teilte Michalis Timos ruhig mit. »Und vorläufig dürfen Sie Paleochora nicht verlassen. Die örtliche Polizei wird informiert, und falls Sie einen Fluchtversuch unternehmen sollten, müssen wir Sie in Gewahrsam nehmen.«

»Ich habe nicht vor, Paleochora zu verlassen«, erwiderte Timos erschüttert.

»Wenn Leonidas ihn wirklich schikaniert haben sollte, hätte er ein Motiv«, überlegte Koronaios laut, als sie wieder im Wagen saßen.

»Das können wir nicht ausschließen. Auch wenn es mich wirklich überraschen würde«, entgegnete Michalis und startete den Motor. »Es ist jetzt fast sechs. Ich schlage vor, wir fahren zum Hotel und fassen zusammen, was wir bisher in Erfahrung gebracht haben und was wir heute unbedingt noch klären müssen. Einverstanden?«

Koronaios nickte und rief Tsimikas an, um ihn zu informieren, dass Sie bei Timos gewesen waren und der zugesichert hatte, Paleochora nicht zu verlassen. Tsimikas versprach, ein Auge auf Timos zu haben.

Die Hotelzimmer, stellten sie beeindruckt fest, lagen nach Westen Richtung Strand und Sonnenuntergang. Die Möbel waren schlicht, aber stilvoll.

»Wir haben bisher diese drei Männer, die mit der Fischfarm in Verbindung stehen. Die hatten alle ein Problem mit Leonidas, und keiner von ihnen hat ein belastbares Alibi. Wobei wir noch mit dem Bruder und der Ehefrau des Bauunternehmers reden müssen«, begann Koronaios, als sie sich mit einem Frappé an den kleinen dunklen Mahagoni-Tisch in seinem Zimmer gesetzt hatten. »Dann haben wir den Angestellten Timos, der möglicherweise überfordert oder verwirrt war, vielleicht aber auch ein Motiv hat. Und falls wir an diesem Messinganker Spuren finden sollten, die auf einen Kampf an Bord hindeuten, hätte er ein Beweisstück verschwinden lassen.«

»Dann gibt es Savina, die bei beiden Mordfällen auftaucht und Angst hat, jemand könnte erfahren, dass sie hier ist. Und die vermutlich etwas weiß, was sie uns bisher nicht gesagt hat«, fuhr Michalis fort. »Irgendetwas muss in den letzten Tagen passiert sein. Könnte dieser Leonidas Seitaris plötzlich gefährlich geworden sein? Hatte er etwas in der Hand, von dem wir noch nichts wissen?«

Das Smartphone von Michalis klingelte. Michalis ging ran und lächelte: Hannah stand unten an der Rezeption.

»Ich bin in zehn Minuten wieder hier, okay?«, sagte Michalis und ging zur Tür.

Koronaios grinste. »Das machen wahrscheinlich nur deutsche Frauen mit. Begrüßen, Koffer abstellen und wieder zur Arbeit gehen.«

»Ich befürchte, es wird genau umgekehrt sein: Laptop aufklappen und mir zu verstehen geben, dass sie jetzt keine Zeit hat.«

Koronaios schüttelte den Kopf, erfuhr aber wenig später, dass es genauso gewesen war. Hannah wollte dringend Mails und Anfragen wegen der El-Greco-Ausstellung beantworten und war heilfroh, dass auch Michalis arbeiten musste.

»Sie war mehr an dem Kennwort für das Hotel-WLAN als an mir interessiert«, spottete Michalis.

Ganz so stimmte es allerdings nicht. Hannah hatte Michalis sehr wohl gefragt, wie die Ermittlungen liefen, und war überrascht gewesen, als Michalis sagte, dass der Mord etwas mit dem geplanten Bau der Fischfarm zu tun haben könnte.

»Ich hab eine Freundin in Berlin, die ist Biologin und war mal ein halbes Jahr in Peru und Chile. Ich müsste sie fragen, aber wenn ich das richtig im Kopf habe, dann hält sie solche Fischfarmen für eine riesige Sauerei.«

Als Michalis wieder auf dem Weg zu Koronaios war, kam dieser ihm auf dem Hotelflur entgegen und zog ihn in sein Zimmer.

»Myrta hat dem Telefonanbieter Druck gemacht und ist an die Daten von Meropi Torosidis' Handy gekommen. Frag mich nicht, wie sie das so schnell geschafft hat«, sagte Koronaios hektisch.

»Großartig. Und was hat sie herausgefunden?«

»Rate mal, mit wem Meropi Torosidis in den Tagen vor ihrem Tod – manchmal sogar stündlich und immer mindestens zwanzig Minuten lang – telefoniert hat?« Koronaios hielt sein Handy in die Luft und beantwortete die Frage gleich selbst. »Mit Savina Galanos. Ihrer Kollegin bei der Firma *Psareus*, die uns erzählt hat, dass sie sich im Grunde kaum kannten.«

»Vielleicht bringt sie das zum Reden«, sagte Michalis, »das ist endlich etwas Konkretes.«

Michalis nahm diesmal den Weg unten am Hafen entlang, der ihnen das Gedränge der Urlauber in der Hauptstraße ersparte und sie schneller zum Haus von Amanta Seitaris bringen würde.

»Schau mal nach hinten«, sagte Michalis, kurz nachdem sie den Parkplatz verlassen hatten, »da ist wieder dieser cremefarbene Pick-up. Ich könnte schwören, der folgt uns.«

Koronaios wollte mit seinem Handy ein Foto von dem Wagen machen, doch der Pick-up musste anhalten, weil einige braungebrannte junge Männer in Badehosen über die Straße schlenderten. Ein Kleintransporter schob sich dazwischen, so dass sie den Pick-up aus den Augen verloren.

»Ich …«, stammelte Savina. Zunächst hatte sie nicht mit ihnen reden wollen, aber Michalis und Koronaios hatten ihr gedroht, sie mit nach Chania zu nehmen und dort zu verhören. Der einzige Raum, in dem sie sich ungestört unterhalten konnten, war das mit Spielzeug übersäte Kinderzimmer im ersten

Stock, und so saßen sie auf winzigen Kinderstühlen inmitten von Kinderzeichnungen, kleinen Autos und Kuscheltieren.

»Wir … am Anfang kamen wir nicht so gut klar miteinander. Ich bin Controllerin in der Firma, und Meropi war die Assistentin des Chefs, der nicht kontrolliert werden will und Informationen nicht gern rausrückt«, begann Savina schließlich.

»Aber dann?«, bohrte Michalis nach.

»Meropi hat sich verliebt und wusste nicht, was sie tun sollte. Und weil sie hier sonst niemanden kannte, hat sie sich an mich gewandt. Natürlich auch, weil ich ihren Jannis nicht kenne. Ihre Freundinnen in Athen hätten ja etwas ausplaudern können. Außerdem« – sie blickte kurz zum Fenster – »ich weiß, wie es ist, als junge Frau auf Kreta. Wenn man mehr will als Kinder kriegen. Was meinen Sie denn, warum ich hier weggegangen bin? Ich habe auf Kreta jedenfalls noch nie einen Mann getroffen, der es in Ordnung gefunden hätte, dass ich meinen eigenen Weg gehen und nicht bis ans Ende meiner Tage für ihn kochen will.«

Savina war energisch geworden, und auch falls sie damit vom Thema ablenken wollte, wusste Michalis doch recht genau, wovon sie sprach.

»Sie wollen uns also erzählen, Sie haben jeden Tag mit der Assistentin Ihres Chefs über deren Beziehungsprobleme gesprochen? Stundenlang? Auch spät abends und nachts?«, fragte Koronaios ungläubig.

»Ja«, entgegnete Savina nach einem deutlichen Zögern.

»Sie erwarten aber nicht ernsthaft, dass wir das glauben, oder?«, fuhr Koronaios sie an.

Savina zuckte mit den Schultern.

»Sie müssen selbst wissen, was Sie glauben oder nicht«, erwiderte sie schnippisch, und Michalis ahnte, dass diese Frau, die lieber im großstädtischen Athen als im traditionellen Kreta lebte, sich nicht von zwei kretischen Beamten in die Enge treiben lassen wollte.

»Dann sagen Sie uns doch mal, wo Sie letzten Samstagvormittag waren. Und gestern Abend.«

»Das ist jetzt nicht Ihr Ernst.« Savina lachte irritiert, nahm ein Steckspiel der Kinder in die Hand und fügte einige Teile zusammen. »Sie wollen mein Alibi wissen?«

»Ja«, entgegnete Koronaios.

»Gestern Abend war ich hier. Sonst hätte Leonidas ja nicht an Bord übernachtet«, erwiderte Savina bitter. »Und am Samstag, da war ich in Georgioupolis. Bei meinen Eltern und meinem Bruder.«

»Die das bestätigen können?« Koronaios blieb hartnäckig.

»Selbstverständlich.«

Die drei schwiegen. Koronaios warf Michalis einen Blick zu und wusste, dass dieser absichtlich nicht reagierte. Und wie er es sich gedacht hatte, wurde Savina nervös.

»Brauchen Sie mich noch?«, wollte sie wissen.

»Ja«, entgegnete Michalis und wartete weiter, während Savina auf dem viel zu niedrigen Kinderstuhl hin und her rutschte. Sie trug inzwischen ebenso wie ihre Schwester Amanta schwarze Kleidung, was die Ähnlichkeit der beiden noch auffälliger machte.

Als Savina begann, auf ihrer Unterlippe zu kauen, wusste Michalis, dass er weitermachen konnte.

»Sie haben uns bisher verschwiegen, dass Sie und Meropi Torosidis in einem engen Austausch standen«, begann er. »Und wenn es dabei wirklich vor allem um Privates gegangen ist, dann ist das für uns unerheblich. Aber« – er strich sich über den Bart und fixierte Savina – »Meropi Torosidis ist tot. Und wir wissen, dass sie Ihnen noch am Samstag Fotos aus der Schlucht geschickt hat.« Michalis sah, dass Savina betreten zu Boden starrte. »Frau Galanos«, fuhr Michalis energisch fort, »wir haben es mit zwei Mordfällen zu tun. Sie können diese beiden Toten nicht wieder lebendig machen. Aber Sie können uns helfen, die Täter zu finden.«

Savina nahm einen kleinen grauen Stoff-Delphin vom Boden auf und strich über seinen Rücken, legte den Kopf in den Nacken, starrte einen Moment zur Decke und schloss dann die Augen. Sie seufzte, dann blickte sie Michalis zweifelnd an.

»Aber ... ich dachte, Sie haben den Mörder von Meropi schon verhaftet? Ihren Verlobten?« Savina klang hilflos.

»Dalaras ist ein Verdächtiger. Nicht mehr«, erwiderte Michalis.

Savina nickte, legte den Stoff-Delphin zu den Spielzeugautos und gab sich einen Ruck.

»Meropi ...«, sagte sie leise, »Meropi hatte Angst. Große Angst. Sie muss etwas herausgefunden haben, was mit unserem Projekt hier zu tun hat.«

»Mit der Fischfarm«, hakte Michalis nach.

»Ja.« Savina blickte aus dem Fenster.

»Und was hatte sie herausgefunden?«

»Ich ... ich weiß es nicht. Das hat sie mir nicht gesagt.«

»Haben Sie eine Idee, was es sein könnte?«

Savina kniff die Augen zusammen. »Nein ...«

»Vor wem hatte Sie Angst? Vor Bouchadis?«, fragte Michalis.

»Wie kommen Sie auf Bouchadis?« Savina zuckte zusammen.

»Sie haben sich gestern krankgemeldet und sind abgetaucht.« Michalis warf Koronaios einen Blick zu, er nickte. »Es wirkt, als seien Sie vor Bouchadis geflüchtet.«

»Nein. Nein ...«, entgegnete sie leise.

»Und Kyriakos Papasidakis? Hatte Meropi Angst vor ihm?«
Savinas Augen weiteten sich. »Papasidakis? Der ist der Chef.«

»Was heißt das?«

»Das heißt, er macht, was er will. Und wie er es will.«

Von unten aus dem Wohnzimmer war lautes Kindergeschrei zu hören.

»Brauchen Sie mich noch?«, drängte Savina. »Ich würde meiner Schwester gern helfen. Drei Kinder sind gerade zu viel für sie.«

»Frau Galanos.« Michalis sah Savina eindringlich an. »Wir können verstehen, dass auch Sie Angst haben. Aber Sie verschweigen uns etwas. Und wir befürchten, dass Sie sich dadurch selbst in Gefahr bringen.«

»Wie kommen Sie darauf?« Savina schüttelte den Kopf.

»Das gehört zu unserem Beruf.« Michalis ließ Savina nicht aus den Augen. »Der Mörder könnte weitere Morde begehen. Wenn Sie etwas wissen, dann sagen Sie es uns. Jetzt.«

Savina sah Michalis mit leeren Augen an, und er spürte ihre Angst. Dann schüttelte sie langsam den Kopf.

»Ich weiß nicht, ob Bouchadis so etwas tun könnte … Und sonst … Ich weiß nichts. Wirklich. Tut mir leid.«

Michalis und Koronaios nickten sich zu.

»Gut, dann war es das erst einmal«, sagte Koronaios. »Bitte bleiben Sie erreichbar. Und falls Sie die Absicht haben sollten, Kreta zu verlassen, dann teilen Sie uns das bitte mit.« Koronaios bemerkte Savinas beunruhigten Blick. »Es könnte sein, dass wir weitere Fragen haben«, fügte er hinzu.

Kurz vor der Tür wandte sich Michalis noch einmal zu Savina um.

»Haben Sie Meropi Torosidis eigentlich geraten, bei Jannis Dalaras zu bleiben?«

Savina sah ihn verständnislos an.

»Sie sagten, Meropi habe Sie um Rat gebeten. Und Sie selbst wollen offenbar auf keinen Fall auf Kreta leben. Hat Meropi das nicht überzeugt?«

»Ach so. Das meinen Sie. Ja ...« Savina biss sich wieder auf die Lippe. »Meropi war hin und her gerissen. Sie war in Valerios verliebt, aber ob sie wirklich für immer hier mit ihm leben könnte ...« Sie senkte die Stimme. »Und sie sah, wie es mir hier geht. Ich hätte dieses Fischfarm-Projekt nicht machen sollen. Ich wollte nicht nach Kreta zurück und mir anhören, dass ich eine schlechte Tochter bin, weil ich meinen Beruf mag und noch keine Kinder habe.«

Unten im Haus war das Kindergeschrei lauter geworden. Michalis und Koronaios verabschiedeten sich.

»Warum sagt uns diese Frau nicht einfach, was sie weiß?« Koronaios war verärgert, als sie wieder im Auto saßen. Draußen ging ein junges Paar mit rotverbrannten Schultern vorbei und zerrte ein quengelndes Kind hinter sich her. »Stattdessen erzählt sie uns, dass sie mit ihrer Kollegin stundenlang über Beziehungsprobleme geredet hat.«

»Wobei es schon so klang, als hätten sie wirklich darüber geredet. Vielleicht hat Savina ja auch nur zufällig erfahren, dass Meropi etwas herausgefunden hatte.«

Michalis runzelte die Stirn. »Wir müssen an Kyriakos Papasidakis rankommen. Als Boss von *Psareus* weiß er mit Sicherheit, dass es hier Widerstand gibt.«

»Und da sein Bruder und wohl auch seine Mutter hier in Paleochora leben, kann es gut sein, dass er auch den toten Leonidas Seitaris kannte«, fügte Koronaios hinzu.

»Jorgos soll klären, dass wir mit Papasidakis selbst reden müssen. Da können die Kollegen aus Heraklion auch gern dabei sein. Aber wir sollten unbedingt herausfinden, was in dieser Firma los ist.«

»Ich rufe Jorgos gleich an«, sagte Koronaios.

Michalis nickte.

»Ja, gut.« Er startete den Motor. »Mein Gefühl sagt mir, dass Savina wirklich keine Ahnung hat, was Meropi wusste. Dass es allerdings etwas anderes gibt, was sie uns nicht sagen will.«

»Und was?«

»Das weiß ich noch nicht. Aber vielleicht bald.«

Sie fuhren auf dem Weg Richtung Hotel die Straße am Ufer entlang. Urlauber schlenderten über die schmale Fahrbahn, Hunde liefen kläffend hinter Mofas her, und Silbermöwen kreisten in der Hoffnung auf Essensreste über einem winzigen Kieselstrand.

»Es ist jetzt kurz nach sechs.« Koronaios blickte auf die Uhr. »Lass uns vorn am Fähranleger halten. Ich ruf meine Frau und danach Jorgos an, und dann besorgen wir ein paar Sachen für die Nacht im Hotel, gehen etwas essen, und danach ins Kafenion.« Koronaios sah Michalis von der Seite an. »Wobei ihr wahrscheinlich gern zu zweit wärt, oder?«

»Bei Ermittlungen bin ich sogar sehr gern zu zweit. Aber lieber mit dir«, widersprach Michalis.

»Das bist du heute Abend noch lang genug«, entgegnete Koronaios und ahnte noch nicht, wie recht er haben sollte.

Michalis vereinbarte mit Hannah, sich in einer halben Stunde in einer der Tavernen an der Hauptstraße zu treffen. Da es in Paleochora nur drei größere Straßen und zwischen ihnen einige Querverbindungen gab, würden sie sich schon finden.

Während Koronaios mit Jorgos telefonierte, schlenderte

Michalis zum äußersten Ende des Fähranlegers. Hier musste die *Amanta II*, das Boot von Leonidas Seitaris, jeden Tag abgelegt haben, und hier würde in Kürze die große Fähre aus Agia Roumeli anlegen und über Nacht liegen bleiben.

Die Uferpromenade war voller Menschen, und die vielen Bars füllten sich mit Leuten, die den Tag am Strand verbracht hatten und jetzt die abendliche Kühle genossen. Michalis setzte sich auf die Promenadenbefestigung und hörte dem Kreischen der Möwen, dem friedlich gegen die Mauer plätschernden Wasser und den sirrenden Rufen einiger Mauersegler zu. Kurz schloss er die Augen, doch schon nach wenigen Sekunden tauchten in seinem Kopf die Bilder des blutverschmierten Leichnams in dem Ruderhäuschen der *Amanta II* auf. Inmitten der Lebensfreude an der Uferpromenade war es schwer zu ertragen, dass das Grauen nur wenige hundert Meter entfernt lag. Und vielleicht lag es ja sogar noch sehr viel näher.

Michalis sah sich nach Koronaios um, der ihm winkte und kurz in einem Café verschwand. Er folgte ihm und bekam ein Eis in die Hand gedrückt.

»Das haben wir uns verdient, finde ich«, meinte Koronaios und ging Richtung Fähranleger.

»Was hat Jorgos gesagt?«, wollte Michalis wissen, während Koronaios schon an der Kante des Anlegers stand und einigen kleineren Fischen zusah, denen Kinder Brotreste zuwarfen und die gierig danach schnappten.

»Frag mich lieber, was meine Frau gesagt hat«, rief Koronaios. »Die hat mich minutenlang beschimpft, weil ich heute hier übernachte!«

»Und, ist sie womöglich auch auf dem Weg hierher?«, spottete Michalis trotz des Risikos, einen wunden Punkt zu treffen.

»Das hat sie tatsächlich kurz überlegt. Alle rein ins Auto und hier ein romantisches Abendessen am Meer. Na ja« – Koronaios fuhr sich über seine Halbglatze – »ich hab ihr schnell von überfüllten Tavernen und einem Mörder, der frei rumläuft, erzählt. Da hatte sich das erledigt. Und irgendwann hat sie dann zugegeben, dass auch sie im Grunde keine Lust hat, schon wieder einen neuen Liebhaber unserer reizenden Nikoletta kennenzulernen.«

»Und …«, wiederholte Michalis, »was hat Jorgos gesagt?«

»Jorgos«, erklärte Koronaios nachdrücklich, »Jorgos ist genauso wie wir der Meinung, dass wir dringend mit Kyriakos Papasidakis reden müssen. Er will seine Kollegen in Heraklion anrufen, aber seine Hoffnung ist nicht sehr groß, dass wir dabei sein können, falls sie ihn treffen sollten.«

Das hatte Michalis befürchtet. Die vier Präfekturen, in die Kreta unterteilt war, bestanden eifersüchtig und misstrauisch auf ihre Eigenständigkeit. Kaum etwas war deshalb auf Kreta so schwierig wie die Zusammenarbeit von Behörden aus unterschiedlichen Präfekturen.

»Und er hat das Handy, das in der Schlucht gefunden wurde, bei Votalakos abgeholt. Es ist jetzt in der Spurensicherung.«

»Sehr gut. Falls darauf Fingerabdrücke von Dalaras sein sollten, wären wir ein Stück weiter.«

Gegenüber dem Fähranleger, am Anfang einer kleinen Gasse, fiel Michalis ein silbergrauer Kombi auf, der vor einem Ticketbüro stand, das Fahrkarten für Bootstouren, Ausflüge und die Fähren verkaufte. Michalis entdeckte Theo Seitaris, den Bruder des Toten, gedankenverloren hinter einem Schreibtisch sitzend. Er bemerkte Michalis und kam nach draußen.

»Sie arbeiten hier?«, fragte Michalis.

»Das ist mein Laden, ja ...« Theo Seitaris klang deprimiert.

»Aber ohne die *Amanta II* nützt er mir nichts. Wir sind die Einzigen, die von hier aus Fahrten nach Elafonisi anbieten, damit verdienen wir unser Geld.« Theo sah Michalis an.

»Was denken Sie, wann das Schiff wieder freigegeben wird?«

»Sobald die Spurensicherung die Arbeit beendet hat. Die *Amanta II* gehörte vermutlich Ihrem Bruder?«

Theo Seitaris lachte bitter. »Die gehört uns allen zusammen. Und damit bin ich im Moment Eigentümer eines halben Schiffs ohne Kapitän.«

In dem Laden klingelte ein Telefon. Theo Seitaris verabschiedete sich und ging wieder hinein.

Michalis und Koronaios schlenderten zur Hauptstraße, wo sie Hannah treffen wollten. In der kleinen Stichstraße, durch die sie gingen, war spürbar, dass Paleochora zwei unterschiedliche Gesichter hatte – eines im Sommer voller Touristen, aber auch eines im Winterhalbjahr für die Einheimischen. Während es in der Nähe des Sandstrands zwei große Supermärkte gab, fand sich in dieser kleinen Straße das, was Menschen in ihrem Alltag brauchten. Ein Obst- und Gemüseladen, ein Metzger und ein Eisenwarengeschäft, in dem es nicht nur Werkzeug, Schrauben, Nägel und Beschläge für Boote gab, sondern auch Kochtöpfe sowie Kupfer- und Stahlrohre.

Auf der Hauptstraße drängten sich die Menschen, und kurz fragte sich Michalis, ob er Hannah hier wirklich finden würde. Ein unsinniger Gedanke, denn obwohl Hannah über fünfzig Meter entfernt vor einem Souvenirgeschäft stand und von einer Gruppe Touristen verdeckt wurde, wusste Michalis sofort: Dort ist sie. Und tatsächlich drehte sich Hannah, noch bevor Michalis sie entdeckt hatte, um und lächelte. Sie trug das hellblaue Kleid, das er so gern an ihr mochte.

Die Hauptstraße stieg Richtung offenes Meer leicht an und mündete an der Kirche von Paleochora, bevor die Stufen hinauf zu den Ruinen des Kastells führten. Michalis, Hannah und Koronaios sahen sich nach einer Taverne um, in der auch Einheimische aßen, und entschieden sich dann für eine in der Nähe der Kirche. Michalis setzte sich so, dass er das Kafenion im Blick behalten konnte. Obwohl die Hauptstraße abends für den Verkehr gesperrt war, fuhren durch die Verbindungsstraßen hupende Mopeds, Motorräder und auch das ein oder andere Auto, um vom Sandstand zur Uferpromenade zu kommen. Michalis beobachtete amüsiert, dass es für die einheimischen Jugendlichen das Abendvergnügen war, sich immer wieder auf ihren Mofas an den Urlaubern vorbeizudrängen. Paleochora schien noch überschaubarer zu sein, als Michalis gedacht hatte, denn innerhalb der anderthalb Stunden, die sie gemeinsam beim Essen saßen, liefen nahezu alle Menschen vorbei, denen sie hier heute schon begegnet waren. Nikopolidis, Bouchadis und Anestis Papasidakis, aber auch der Bürgermeister, Theo Seitaris und sogar Timos Kardakis ließen sich auf der Hauptstraße blicken. Panagiotis und Amanta huschten, ganz in Schwarz gekleidet, kurz durch die Straße und kamen wenig später mit Einkäufen zurück. Die Einzige, die Michalis nicht sah, war Savina.

Wenig überrascht war Michalis, als er Tsimikas entdeckte, der lachend eine attraktive Frau im Arm hielt.

»Ich hoffe sehr für ihn, dass er sein Handy dabeihat und auch rangeht, wenn wir ihn brauchen ...«, brummte Koronaios. Es war offensichtlich, dass Tsimikas lieber den Abend mit dieser Frau als mit Ermittlungen verbringen würde. Als er in einiger Entfernung ein zweites Mal auftauchte, wählte Koronaios zum Spaß seine Nummer, doch Tsimikas hob nicht ab. »Ich wette, er muss der Frau erst noch einige Drinks ausgeben …« Und tatsächlich mussten sie nicht lange warten, bis sie Tsimikas in einer Bar verschwinden sahen.

»In spätestens zwei Stunden will ich ihn im Kafenion sehen«, knurrte Koronaios, »und das wird er auch gleich erfahren.«

Koronaios stand auf und verschwand ebenfalls in der Bar.

Hannah nahm Michalis' rechte Hand. »Du siehst erschöpft aus«, sagte sie und musterte ihn.

»Ja … manchmal hätte ich gern einen Job, den ich vergessen kann, sobald ich nach Hause komme«, erwiderte Michalis nachdenklich.

»Ist es unpassend, dass ich hergekommen bin?«, wollte Hannah wissen.

»Nein, es ist toll, dich zu sehen, und ich darf gar nicht daran denken, dass du in vier Tagen …«

»Schscht …«, unterbrach Hannah ihn schnell. Sie hatten es nicht abgesprochen, aber dass Hannah bald wieder weg sein würde, war zwischen ihnen tabu.

Michalis nickte. »Ich kann nicht sagen, wie diese Nacht laufen wird. Wir wissen schon recht viel, aber es fehlt noch etwas Entscheidendes. Vielleicht ist um elf alles getan, was möglich war, und wir fragen uns, warum wir hier übernachten. Es kann jedoch auch anders sein.«

»Kein Problem«, entgegnete Hannah. »Dann genießen wir, dass wir jetzt hier sitzen. Und irgendwann wirst du ja im Hotel auftauchen.«

Ja, davon ging Michalis aus.

Koronaios kam zurück und setzte sich grinsend an den Tisch.

»Ich habe Tsimikas um neun Uhr zu uns ins Kafenion bestellt«, berichtete er zufrieden, »und ich habe der Frau zu verstehen gegeben, wie wichtig Tsimikas bei den Ermittlungen ist. Ich glaube, er ist mir jetzt dankbar, denn sie war ziemlich beeindruckt.«

Michalis wusste von früheren Begegnungen, dass Hannah und Koronaios sich mochten, und er war froh, dass Koronaios sich von Hannah noch mal die Probleme mit der Klimaanlage erzählen ließ, so dass er seinen Gedanken nachhängen konnte. Danach kam Koronaios auf seine Tochter Nikoletta und ihre Liebhaber zu sprechen, und Hannah lachte verständnisvoll. Michalis hingegen war so in Gedanken versunken gewesen, das er nicht bemerkt hatte, dass sie ihn immer wieder beunruhigt musterte. Er war in eine Welt abgetaucht, in der sich die losen Teile der Morde an Meropi Torosidis und Leonidas Seitaris zusammenzufügen begannen.

»Alles in Ordnung mit dir?«, fragte Hannah, als es Zeit war, zu gehen, und Koronaios längst gezahlt hatte. Sie lächelte ihn besorgt an.

»Ja, alles in Ordnung«, antwortete Michalis vage und stand mit den beiden auf.

Sie begleiteten Hannah zum Hotel, von wo aus sie dann zum Kafenion aufbrechen wollten.

»Vielleicht können wir nachher noch irgendwo etwas trinken, wenn es nicht so spät wird«, schlug Michalis vor, aber Hannah lachte nur. »Ich besorg einen Wein«, erwiderte sie. »Und dann setzen wir uns an den Strand.«

Auf dem Weg zum Hotel drückte Koronaios zweimal seine Tochter Nikoletta auf dem Handy weg.

»Das muss sie langsam mal lernen, dass es nicht immer nur um sie geht«, sagte Koronaios streng, und Michalis schmunzelte. *Vielleicht etwas spät*, dachte er, behielt es aber für sich. Auch Hannah verkniff sich einen Kommentar.

»Ich hab übrigens diese Biologin in Berlin angerufen«, berichtete Hannah, als sie das Hotel erreicht hatten. »Fischfarmen sind eine komplexe Geschichte und ziehen viele Probleme nach sich. Interessiert euch das?«

»Gibt es eine Kurzzusammenfassung?«, fragte Koronaios vorsichtig, und Hannah lachte.

»Dafür ist es etwas zu kompliziert, aber ich könnte es versuchen ...«

»Okay«, erwiderte Koronaios.

»Also: Die Fische, die in den Käfigen gezüchtet werden, sind Raubfische und brauchen andere Fische als Nahrung. Deshalb bekommen sie Fischmehl, und für jedes Kilo Dorade oder Wolfsbarsch aus Fischfarmen müssen woanders auf der Welt etwa fünf Kilo Fisch zu Futter verarbeitet werden. Hauptsächlich in Peru und Chile, und dort gehen dadurch die Ökosysteme kaputt. Und hier werden dann in jedem dieser Käfige zwanzigtausend, in den größten Käfigen sogar bis zu hunderttausend Fische gehalten. Ihr könnt euch vorstellen, dass die ziemlich viel fressen.«

Michalis und Koronaios nickten.

»Unter den Käfigen so einer Fischfarm wird der Meeresgrund nach kurzer Zeit von den Futterresten und dem Kot der Fische regelrecht erstickt und stirbt ab«, fuhr Hannah fort. »Und ein Teil von diesem Kot und dem nicht verwerteten Futter wird von der Strömung die Küste entlang verteilt, sinkt ab und fault am Boden vor sich hin. Früher oder später würden sich auch die Touristen in Paleochora wundern, warum das Wasser so trübe ist und unangenehm riecht.«

Das ist ungefähr das, was Theo Seitaris auch erzählt hatte, dachte Michalis. Es gibt also mehr Leute, die das so sehen.

»Außerdem verabreicht man den Fischen Antibiotika, damit in den Käfigen keine Krankheiten ausbrechen und es nicht zu einem Massensterben kommt«, fuhr Hannah fort. »Auch die Antibiotika können ins Wasser gelangen. Und schließlich bleibt noch das Müllproblem. Die Unmengen an Fischfutter werden jeden Tag in Plastiksäcken transportiert, und bei den meisten Fischfarmen werden die leeren Säcke einfach über Bord geworfen und landen an den Stränden. Das ist nicht gut für den Tourismus, aber auch nicht für Vögel und Fische. Wenn das Plastik zerfällt, besteht die Gefahr, dass sie es fressen und daran sterben.«

Hannah sah, dass Michalis und Koronaios aufmerksam zuhörten. »Wenn später Interesse besteht«, sagte sie, »dann kann ich euch gern einige wenig appetitliche Details erzählen. Aber jetzt muss ich arbeiten.«

»Willst du tatsächlich noch etwas tun?«, erkundigte sich Michalis, als sie in der Hotellobby an der Treppe standen. Koronaios wartete vor dem Hotel. Er hatte behauptet, er müsse seine Frau anrufen, aber Michalis kannte seinen Partner lange genug, um zu wissen, dass er ihn und Hannah kurz allein lassen wollte.

»Du arbeitest doch auch noch, oder nicht?« Hannah grinste und gab ihm einen Kuss, bevor sie sich umdrehte und im Treppenaufgang verschwand.

Vor dem Hotel kam Koronaios auf Michalis zu und deckte sein Handy mit einer Hand ab.

»Könntest du bitte meiner Frau sagen, dass wir hier ermitteln und dass es kein netter Abend mit anderen Frauen wird?«, flüsterte Koronaios und drückte Michalis das Handy in die Hand. Michalis brauchte mehrere Minuten, bis er Koronaios' aufgebrachte Ehefrau davon überzeugt hatte, dass sie tatsächlich wegen der Ermittlungen in Paleochora übernachten mussten und auch er lieber in Chania als hier wäre. Hannah erwähnte er wohlweislich nicht, aber er wies darauf hin, dass die Mordkommission nur dank des klugen Vorgehens von Koronaios überhaupt schon so weit war, beide Mordfälle in Kürze aufgeklärt zu haben.

»Ich würde es nie wagen, meine Frau derart anzulügen.« Koronaios grinste dankbar, nachdem er aufgelegt hatte. »Aber was du gesagt hast, hat sie beeindruckt.«

Auf dem Weg zum Kafenion klingelte Michalis' Smartphone, und er ging ran, obwohl er die Nummer nicht kannte.

»Ja? Ja, bin ich«, sagte Michalis. »Und da sind Sie ganz sicher?« Er hörte eine Zeitlang mit zusammengekniffenen Augen zu, legte dann auf und sah Koronaios beunruhigt an.

»Was ist los?«, wollte sein Kollege wissen.

»Das war die Besitzerin des *Macheraki* in der *Odos Kanevarou*. Du weißt schon, die Bar, in der Dalaras getrunken hat und deren Kellnerin mit ihrem Freund mit dem Motorrad unterwegs war.«

»Ja, und?«

»Diese Kellnerin hat letzten Samstag um zwei Uhr am Nachmittag die Bar geöffnet. Und da saß Dalaras schon vor dem Laden und wollte sofort ein Bier. Da ist sie ganz sicher.«

Michalis rechnete. »Wenn der Ziegenhirte Dalaras morgens um neun in Xyloskalo in seinem Wagen gesehen hat und er fünf Stunden später in Chania vor der Bar hockte«, sagte Michalis, »dann kann er nicht der Mörder von Meropi Torosidis sein. Zu Fuß durch die Schlucht zum Tatort und zurück zum Wagen, das allein dauert sechs bis acht Stunden, und dann noch anderthalb nach Chania. Dalaras hätte niemals vor vier oder fünf Uhr in der Bar sein können, wenn er seine

Verlobte in der Schlucht ermordet hätte. Das ist ausgeschlossen.«

Koronaios schnaufte. »Ich ruf Jorgos an.«

Koronaios erreichte Jorgos, den die Vorstellung, Dalaras käme als Täter nicht in Frage, alarmierte. Er bat darum, die Untersuchung des Handys von Meropi abzuwarten. Sollten sich dort Spuren von Dalaras finden, könnten in dem Zeitablauf oder in der Aussage des Ziegenhirten vielleicht doch Fehler sein. Es war offensichtlich, dass Jorgos den bisherigen Hauptverdächtigen nicht so schnell aufgeben wollte.

»Außerdem glaubt Jorgos nicht, dass es heute Abend in Heraklion noch jemanden gibt, der sich um die Freilassung von Dalaras kümmern würde«, spottete Koronaios.

An dem Kafenion beleuchteten kleine runde Lampen die grüne Fassade. Draußen saßen an vielen Tischen Urlauber, und Vassilis, der Wirt, hatte zusammen mit zwei jungen Bedienungen mehr als genug zu tun.

Drinnen aber hatten sich die älteren, rauchenden Männer versammelt, von denen einige bereits am Nachmittag hier gewesen waren. In einer Ecke tranken Nikopolidis und Bouchadis Frappé und schienen sich nicht viel zu sagen zu haben, was in dem allgemeinen Stimmengewirr nicht weiter auffiel.

Koronaios bestellte zwei Frappés, ließ sich ein Tavli-Spiel geben und setzte sich mit Michalis an einen Tisch.

»Hatte ich dir schon mal gesagt, dass ich das früher jeden Tag gespielt habe?«, bemerkte Koronaios.

»Also im Grunde wie jeder Mann auf Kreta«, spottete Michalis, »zumindest die über sechzig.«

»Aber ich war richtig gut«, drohte Koronaios, und in kürzester Zeit musste Michalis einsehen, dass er recht hatte.

Auch wenn Tavli ein Würfelspiel war, so war doch vor allem die Strategie entscheidend. Und schon bei der ersten der drei Runden, den *Portes*, hatte Michalis nicht den Hauch einer Chance. Koronaios hatte seine Steine bereits vom Brett gewürfelt, als Michalis noch nicht einmal alle bis zu seinem letzten Steg gebracht hatte.

Während des Spiels blickte Koronaios sich unauffällig im Raum um.

»Wir werden beobachtet«, sagte er leise. »Die wüssten gern, wie gut ich im Tavli wirklich bin.«

Sie stellten gerade die Steine für die zweite Runde, das *Plakoto*, auf, als ihr Kollege Tsimikas hereinkam, von den Anwesenden freundlich begrüßt wurde und sich zum Wirt an den Tresen setzte. Michalis und Koronaios nickte er nur kurz zu.

»Geh du mal zu ihm rüber«, schlug Koronaios vor, »ich schwöre dir, dass ziemlich schnell einer der Männer kommt und gegen mich spielen will. Und früher oder später werden sie dann vergessen, dass ich Polizist bin.«

Michalis gesellte sich zu Tsimikas, der mit einem der Gäste redete. Und noch während Michalis wartete und sich umsah, trat schon der erste der Alten zu Koronaios, deutete auf das Tavli und setzte sich.

»Danke, dass Sie gekommen sind«, sagte Michalis zu Tsimikas, als der sein Gespräch beendet hatte und zerknirscht lächelte. Vermutlich hatte es mit der Frau doch noch Ärger gegeben, als er gehen musste. »Sind heute Abend alle Männer hier, die sonst auch da sind? Und verhält sich jemand anders als üblich?«

Tsimikas sah sich um.

»Es ist vielleicht etwas ruhiger als sonst. Und« – Tsimikas deutete mit dem Kopf auf den Tisch, an dem Nikopolidis und

Bouchadis saßen – »die beiden, die sind selten hier. Bouchadis eigentlich nie. Der wohnt ja auch nicht auf Kreta.«

»War er gestern Abend hier?«

»Ja. Und Nikopolidis auch. Aber der kommt auch sonst manchmal.«

Vermutlich, dachte Michalis, wollten die beiden alles so normal wie möglich aussehen lassen.

»Und Anestis Papasidakis? Der dritte, der vorhin bei der Baustelle war?«

»Anestis? Der kommt noch.«

»Wieso sind Sie da so sicher?« Michalis war überrascht.

»Anestis kommt jeden Abend. Hat ja sonst nichts zu tun. Aber es redet nie jemand mit ihm. Sehen Sie den Tisch da ganz hinten vor den Toiletten? Das ist sein Stammplatz. Da sitzt er dann allein, bekommt drei Raki, und wenn er die getrunken hat, geht er wieder.«

»Jeden Abend?«

»Wann immer ich hier war, war es so.« Tsimikas lächelte.

»Warum redet niemand mit ihm?«, wollte Michalis wissen.

Tsimikas beugte sich zu Michalis und erzählte leise: »Mit zehn oder elf Jahren hat Anestis in der Schule fast jeden Tag eine Prügelei angefangen. Auch mit älteren, größeren Mitschülern. Er war berüchtigt.«

»Haben die anderen sich nicht gewehrt?«

»Er hat ein paarmal ziemlich einstecken müssen, aber danach war immer nur für ein paar Wochen Ruhe.« Tsimikas blickte zu dem leeren Tisch vor den Toiletten. »Weil er sich mit allen, die abends hier sind, schon mal geprügelt hat, wollen die mit ihm nichts mehr zu tun haben.«

»Leonidas Seitaris natürlich auch nicht«, mutmaßte Michalis.

»Nein. Und seit sie wegen der Fischfarm auf verschiedenen Seiten stehen, erst recht nicht«, fügte Tsimikas hinzu.

»Efthalia, Anestis' Mutter, hat sein Alibi bestätigt. Angeblich war er gestern Nacht bei ihr zu Hause.«

»Efthalia hat mit Ihnen gesprochen?« Tsimikas lachte kurz auf. »Sie redet nicht mit jedem. Ist etwas menschenscheu.«

»Das haben wir bemerkt. Warum ist sie so?«, wollte Michalis wissen.

»Ihr Mann war Fischer. Ist auf See ertrunken. Sein Boot hat man gefunden, ihn nicht. Seitdem … Wie soll ich sagen, sie lebt sehr zurückgezogen. Manchmal sieht man sie wochenlang nicht. Und dann taucht sie plötzlich wieder auf.«

Michalis nickte.

»Sagen Sie …«, begann Tsimikas zögernd.

»Ja?«

»Brauchen Sie mich hier eigentlich wirklich?«

Michalis sah ihn prüfend an. »Diese Frau wartet auf Sie, oder?«

Tsimikas wiegte den Kopf hin und her.

»Wenn Sie mir versprechen, dass Sie erreichbar sind. Und wir werden nur anrufen, wenn es dringend ist. Dann können Sie gehen.«

Tsimikas strahlte. »Danke! Sie sind sehr großzügig. Ich werde mich bei Gelegenheit revanchieren.«

Koronaios hatte mittlerweile bei den Einheimischen am größten Tisch des Kafenions Platz genommen und spielte Tavli. Die Männer feuerten seinen Gegner an, denn auch der schien deutlich ins Hintertreffen geraten zu sein. Michalis sah Koronaios' entschlossenen Blick, aber auch, dass er trotz des Spiels stets den ganzen Raum im Auge behielt.

»Darf ich?«, sagte plötzlich jemand zu Michalis. Michalis hatte nicht bemerkt, dass Nikopolidis, der alte Bauunternehmer, sich genähert hatte.

»Gern«, erwiderte Michalis.

»Kommen Sie voran mit Ihren Ermittlungen?«, erkundigte sich Nikopolidis.

»Wir sammeln Informationen«, antwortete Michalis vage. »Und allmählich ergibt sich daraus ein Bild.«

Nikopolidis nickte. »Sie können sich denken, dass mir einiges daran liegt, dass der Mörder gefasst wird. In Paleochora wird zu viel geredet.«

Michalis wartete, doch Nikopolidis hatte offenbar gesagt, was er sagen wollte, und wandte sich wieder ab.

»Ist Kyriakos Papasidakis auch manchmal hier? Ihr Chef, also Ihr Auftraggeber?«

»Der ist fast nie in Paleochora. Sitzt lieber in seinem Luxushotel in Heraklion.«

»Sie mögen ihn nicht besonders?« Michalis war hellhörig geworden.

»Mögen …« Nikopolidis sah sich um und sprach leise weiter. »Ich kannte den Vater der beiden Papasidakis-Brüder. Und ich finde, ein Sohn sollte sich um seine Mutter kümmern. Auch wenn sie alt und schwierig ist. Aber Kyriakos hat ihr vor vielen Jahren ein Haus gebaut und glaubt, damit habe er genug getan.«

Michalis musste daran denken, dass Efthalia fast wie ein Fremdkörper in ihrem Haus gewirkt hatte.

»Hat Kyriakos Papasidakis das Haus denn nur für seine Mutter gebaut? Anestis wohnt doch auch dort, oder?«

»Anestis …« Nikopolidis schüttelte den Kopf. »Sie wollen nicht wissen, wie Anestis vorher gehaust hat, da bin ich sicher. Hier waren früher viele Menschen arm, aber so wie es bei

Anestis aussah ... Er kann froh sein, dass er einen reichen Bruder hat. Aber das ist deren Sache. Mir würde es einfach helfen, wenn mein Auftraggeber hin und wieder hier vor Ort wäre und mir sagen könnte, wie er sich die Fischfarm-Anlage vorstellt.«

»Sind dafür nicht Bouchadis und Anestis zuständig?«

»Vielleicht. Auch.«

Michalis erstaunte diese vorsichtige Antwort.

»Und Savina Galanos? Sie sitzt doch auch in Sougia, oder?«

»Savina ...«, wiederholte Nikopolidis gedehnt. Michalis wartete gespannt. »Angeblich stammt sie ja von Kreta. Georgioupolis. Aber sie wirkt wie eine aus Athen. Hält sich für was Besseres und findet uns auf Kreta ... zu traditionell, glaube ich. Rückständig.«

Michalis sah Nikopolidis fragend an.

»Verstehen Sie mich nicht falsch«, fuhr der fort, »sie ist eine kluge Frau und beherrscht ihren Job, hat für ihr Alter schon viel Erfahrung. Und ...«

»Und?«

»Kaum jemand kennt dieses Fischfarm-Projekt so gut wie sie. Aber damit kennt sie auch die Probleme.«

»Gibt es denn Probleme?«, fragte Michalis schnell.

»Es gibt immer Probleme.« Nikopolidis zuckte mit den Schultern.

Michalis spürte, dass er damit schon mehr gesagt hatte, als er wollte.

»Und Papsidakis' Assistentin? Meropi Torosidis?«

Nikopolidis verzog das Gesicht.

»Schlimme Geschichte. Ganz schlimm. Sie war noch so jung, hatte alles noch vor sich.« Er schüttelte den Kopf.

»Kannten Sie sie gut?«, wollte Michalis wissen.

»Nein. Sie arbeitete in Heraklion, war nur zwei- oder dreimal hier.«

Nikopolidis schwieg, sah sich um und bemerkte ebenso wie Michalis, dass Anestis das Kafenion betreten und sich an den kleinen Tisch in der Ecke gesetzt hatte. Wegen des Lärms auf der Straße fiel es kaum auf, aber für einen Moment verstummten die Gespräche. Auch an dem großen Tisch, wo Koronaios offenbar im Tavli einen ebenbürtigen Gegner gefunden hatte, war für einen Moment kein Klackern der Würfel zu hören. Erst als der Wirt drei Gläser Raki für Anestis brachte, löste sich die Spannung, und die Gespräche wurden wiederaufgenommen.

»Ich geh zurück zu Bouchadis«, sagte Nikopolidis, hob die Hand und ließ Michalis allein. Der beobachtete die Männer und stellte fest, dass Anestis, so wie Tsimikas gesagt hatte, ignoriert wurde.

Nach einigen Minuten setzte sich jedoch Bouchadis zu Anestis und redete auf ihn ein. Die beiden schienen schnell in Streit zu geraten, Bouchadis schlug mit der flachen Hand aufgebracht auf den Tisch, und Anestis packte Bouchadis und holte ruckartig zu einem Kopfstoß aus. Bouchadis konnte gerade noch ausweichen, riss sich los und stieß Anestis nach hinten. Der prallte gegen den Tisch, riss zwei Stühle um und brüllte Bouchadis hinterher, während der aus dem Kafenion stürmte.

Michalis und Koronaios warfen sich einen kurzen Blick zu, dann eilte Michalis nach draußen und wollte Bouchadis folgen. Zunächst konnte er ihn in der Menschenmenge nicht finden, entdeckte Bouchadis dann aber in der kleinen Seitengasse, die zum Fähranleger führte. Bouchadis stieg dort in einen cremeweißen Pick-up und fuhr Richtung Hafen. Michalis sprang in seinen Wagen und folgte ihm, verlor ihn aber aus den Augen. Bouchadis musste nach rechts abgebogen sein.

Verärgert kehrte Michalis zum Fähranleger zurück, parkte und wollte wieder ins Kafenion gehen, als er an der Uferpromenade in einiger Entfernung einen hellen Pick-up bemerkte. Doch bevor er erneut in sein Auto steigen konnte, war dieser Wagen verschwunden.

Michalis lehnte sich an die Fahrertür und sog die nächtliche Luft mit dem süßlich-herben Duft von Oregano, Macchia und Thymian ein, der von den Bergen herunterkam. Dann machte er sich auf den Weg zurück zum Kafenion, doch schon nach wenigen Metern ließ ein Geräusch ihn innehalten, das sofort verklang und das niemand außer ihm bemerkt zu haben schien. Michalis hätte schwören können, dass es ein Schuss gewesen war.

Er lauschte und war unsicher, aus welcher Richtung der Knall gekommen war. Um ihn herum flanierten und lachten die Menschen unbeschwert. Doch dann hörte Michalis einen zweiten Schuss, und jetzt war er sicher, woher der gekommen war: von *Gavdiotika*, dem kleinen Viertel, in dem Amanta und Theo Seitaris ihre Häuser hatten.

Michalis rannte zu seinem Wagen, raste zu der Straße, in der die beiden wohnten, nahm seine Dienstwaffe aus dem Handschuhfach und schlich sich zum Haus von Amanta. In dem Haus war es dunkel, und alles schien ruhig zu sein.

Vor Theos Haus leuchtete eine Zigarette auf. Mit gezogener Waffe näherte sich Michalis und sah die Glut durch die Luft fliegen und auf der Straße landen. Sekunden später trat Theo Seitaris aus dem Schatten des Hauses.

»Hat hier jemand geschossen?«, flüsterte Michalis.

Theo blickte zur Seite, und Savina kam hinter einem Wagen hervor.

»Ein Marder«, erwiderte Theo, »hier laufen nachts manchmal Marder rum. Unangenehme Tiere.«

Savina wirkte aufgewühlt und schien etwas in der Hand zu haben, was sie vor Michalis verbergen wollte.

Michalis erkannte jedoch den Umriss einer Pistole.

»Haben Sie etwa geschossen?«, fragte Michalis ungläubig.

»Ein Marder«, wiederholte Savina.

»Haben Sie ihn denn erwischt? Den Marder?«

Savina zuckte mit den Schultern. »Die sind flink, die Biester.«

Im Haus von Amanta flackerte Licht auf. Savina ging ruhig zu einem kleinen grauen Geländewagen, legte die Pistole ins Handschuhfach und verschwand dann wortlos im Haus.

Michalis bemerkte, dass an Theos schwarzem Hemd ein Knopf abgerissen war, als sei daran gezerrt worden.

»Wollen Sie mir wirklich erzählen, dass es hier um einen Marder ging?«, bohrte Michalis nach.

»Können gefährlich sein, die Viecher. Angeblich greifen die sogar kleine Kinder an.«

Michalis musterte Theo und wartete. Der wandte sich wortlos um und öffnete seine Haustür.

»War Bouchadis hier?«, rief Michalis ihm nach. Theo blieb stehen und drehte sich um.

»Bouchadis? Weshalb sollte der hier auftauchen?«

»Oder sind die anderen schlimmer? Nikopolidis? Anestis?«

»Keine Ahnung. Fassen Sie den Mörder meines Bruders. Dann ist hier auch wieder Ruhe.«

»Je mehr Sie mir sagen, desto schneller finden wir ihn.«

»Es ist einer von denen. Seien Sie sicher. Mein Bruder hat nie jemandem etwas getan.« Theo wirkte erschöpft. Selbst in der Dunkelheit konnte Michalis erkennen, dass sich seine Augen zu schmalen Schlitzen verengt hatten.

»Was ist mit Timos Kardakis? Hat Ihr Bruder ihn wirklich schikaniert?«, fragte Michalis.

»Mein Bruder hat niemanden schikaniert«, entgegnete Theo gereizt. »Aber dass wir uns nicht gerade freuen, wenn jemand mitten in der Hochsaison kündigen will, ist doch wohl klar.«

Für Michalis klang das wie eine Bestätigung.

»Timos ist harmlos, der bringt niemanden um, da können Sie wirklich sicher sein«, fuhr Theo fort.

Diesen Satz hatte Michalis schon sehr oft gehört, und genauso oft war er falsch gewesen. Es war auch für ihn manchmal nur schwer zu verstehen, warum sich bei friedlich wirkenden Menschen unvermittelt zerstörerische, brutale Gewalt entladen konnte.

»Ihr Bruder. Hat er sich früher auch mit Anestis geprügelt?«, fragte Michalis.

Theo grinste fast hämisch. »Wir haben zusammengehalten. Immer. Deshalb hat sich Anestis lieber nicht mit uns angelegt. Einmal allerdings hat er nicht dran gedacht. Das hat er dann auch bereut.« Theo nahm eine Zigarette und rieb sie zwischen den Fingern. »Ist aber zwanzig Jahre her. Nicht, dass Sie auf dumme Gedanken kommen.«

Er zündete die Zigarette an, inhalierte tief und schwieg. Über einem der Häuser glaubte Michalis, die Schatten von Mauerseglern zu erkennen.

»Was ist mit Anestis? Warum redet keiner mit ihm?«, fragte Michalis nach einer Weile.

Theo zog an der Zigarette. Dann räusperte er sich. »Sie wissen, dass sein Vater Dynamitfischer war?«

»Dynamitfischer?«

»Ist aber nicht gut ausgegangen.«

»Was heißt das?«

Theo ließ sich Zeit.

»Der alte Papasidakis kam eines Tages ohne Unterarme vom Fischen zurück. Hatte draußen auf dem Meer das Dynamit zu spät losgeworfen. Ist noch in seiner Hand explodiert. Sein Gehilfe hat ihn zurückgebracht. Es war ein Wunder, dass er nicht verblutet ist.«

»Und dann? Fischen konnte er ja wohl nicht mehr.«

»Der alte Papasidakis hat gesoffen, und hinter seinem Rücken haben sie über ihn gelästert. Über den Krüppel, der den Raki jetzt aus großen Gläsern trinken musste, weil er die kleinen Gläser mit seinen Armstumpen nicht anheben konnte. Irgendwann ist er tatsächlich wieder zum Fischen rausgefahren. Immer mit einem der Söhne. Allein konnte er ja kaum etwas machen.«

»Und?« Michalis ahnte, dass die Geschichte noch nicht zu Ende war.

»Beim letzten Mal ist der Alte wohl allein rausgefahren. Ein paar Tage später trieb sein Boot dann in der Nähe von Gavdos. Die Insel da draußen.« Theo deutete Richtung Süden. »Seine Leiche ist nie gefunden worden.«

Michalis nickte und schwieg. Eine schaurige Geschichte.

»Meine Frau wartet.« Theo deutete zur Tür.

»Wie ist der ältere Papasidakis-Sohn denn so reich geworden?«, hakte Michalis schnell ein.

»An der Börse, munkelt man. Wir hatten Kyriakos hier jahrelang nicht mehr gesehen, und dann wurde plötzlich ein neues Haus gebaut. Drüben, wo der Friedhof ist, noch etwas weiter. Und kaum war das Haus fertig, da zog die Mutter der Papasidakis-Brüder ein. Und ein paar Jahre später auch Anestis.« Theo warf seine Zigarette zu Boden. »Eins noch«, sagte er dann leise und kam näher. »Panagiotis, Savinas Bruder, musste zurück nach Georgioupolis. Aber er hat mir vorher noch etwas erzählt.« Theo sah sich um, als sollte ihn niemand hören. »Savina muss nicht wissen, dass ich Ihnen das erzähle. Aber … letzten Samstag. Als diese Frau in der Schlucht ermordet worden ist. Leonidas soll Savina gesagt haben, dass an dem Samstag einer von den *Psareus*-Leuten in Agia Roumeli war.«

»In Agia Roumeli? Am Ende der Schlucht?«

»Ja.«

»Und wer von den *Psareus*-Leuten?«

»Das wusste Panagiotis nicht.«

»Woher könnte Ihr Bruder das gewusst haben? Kann er dort gewesen sein?«, fragte Michalis schnell.

»Nein. Mein Bruder war in Elafonisi. Wo er jeden Tag war. Und wo er immer noch jeden Tag sein sollte.«

Theo drehte sich abrupt um und ging ohne ein weiteres Wort ins Haus. Michalis sah ihm nach und blickte dann zu Amantas Haus, in dem es vollkommen dunkel war.

Sein Smartphone klingelte. Koronaios.

»Alles okay bei dir?«, fragte Koronaios atemlos.

»Ja. Ich hab Neuigkeiten. Und bei dir? Wo bist du?« Michalis hörte das Hupen von Autos, als laufe Koronaios auf einer befahrenen Straße.

»Anestis hat einen Anruf bekommen und ist sofort rausgerannt. Ich bin an ihm dran«, erwiderte Koronaios.

»Wo bist du genau?«, wollte Michalis wissen.

»Auf der Hauptstraße, Höhe Polizeirevier. Richtung Rathaus. Ich weiß nicht, wohin er will.«

»Ich nehm den Wagen und komm dir von der anderen Seite entgegen«, erwiderte Michalis schnell.

Michalis fuhr die Uferpromenade entlang, bog nach einigen hundert Metern links und gleich wieder rechts parallel zur

Hauptstraße ab, bis er das Rathaus im Blick hatte und sich dort umsah. In einiger Entfernung glaubte er, Anestis' silbergrauen Pick-up zu erkennen. Daneben stand eine luxuriöse dunkle Sportlimousine, an deren Fahrerseite ein Mann lehnte. Michalis fuhr näher heran und ahnte, wer dieser Mann war: Kyriakos Papasidakis, der Inhaber von *Psareus*. Großgewachsen, schlank und kräftig, in einem gutsitzenden dunklen Anzug und einem markanten schwarzen Borstenhaarschnitt.

Michalis hielt etwa fünfzig Meter vor dem Sportwagen und wartete im Auto. Anestis tauchte aus der Tiefe der Hauptstraße auf, ging auf seinen Bruder zu und blieb vor ihm stehen. Es schien, als würde Kyriakos aufgebracht auf ihn einreden.

Michalis nahm seine Dienstwaffe aus dem Handschuhfach und entdeckte Koronaios, der sich den Brüdern vorsichtig näherte. Er stieg aus und schlich im Schutz der Häuserwände ebenfalls näher. Plötzlich blickte Kyriakos Papasidakis in seine Richtung, schien Anestis leise etwas zu fragen und bemerkte dann auch Koronaios. Anestis wandte sich um, Papasidakis riss blitzschnell seine Wagentür auf und startete den Motor.

Michalis rannte auf den Sportwagen zu und stellte sich direkt vor die Motorhaube, obwohl der Wagen bereits anfuhr. Papasidakis bremste scharf, und im nächsten Moment hatte Koronaios ebenfalls den Wagen erreicht und knallte mit der flachen Hand seinen Dienstausweis gegen die Seitenscheibe.

»Steigen Sie sofort aus!«, brüllte er, doch als Reaktion ertönte aus dem Wagen auf einmal sehr lauter, sakraler Chorgesang. Gleichzeitig ließ Papasidakis den Motor aufheulen, legte einen Gang ein und raste los, so dass Michalis gerade noch zur Seite springen konnte und zu Boden stürzte. Er versuchte, auf die Reifen des Sportwagens zu zielen, doch der war bereits zu weit entfernt, als dass er sie noch hätte treffen können.

»Bist du okay?«, rief Koronaios besorgt, während Michalis sich aufrappelte.

»Ja!«, stöhnte Michalis und humpelte zurück zum Dienstwagen. Sein Knie schmerzte vom Aufprall. »Vielleicht erwischen wir ihn noch!«

»Das wird er bereuen!«, brüllte Koronaios, nahm Michalis den Wagenschlüssel ab und sprang auf den Fahrersitz.

»Bleib du hier!«, rief er Michalis zu, »kümmer du dich um Anestis! Ich schnapp mir den anderen!«

Michalis zögerte, doch ihm war klar, dass er Koronaios bei der Verfolgung von Papasidakis nicht allein lassen konnte. So schnell es ihm möglich war, stieg er in den Wagen und hatte die Beifahrertür kaum geschlossen, da jagte Koronaios auch schon los.

»Was ist mit deinem Knie, bist du verletzt?«, fragte Koronaios, als er das Ortsende erreicht und das Blaulicht auf das Autodach gestellt hatte.

»Nicht schlimm.« Michalis wischte den Dreck von seiner Hose und bewegte das rechte Bein, um sich zu versichern, dass es nichts Ernsthaftes war.

»Du hast aber Schmerzen, oder?«

»Ist wirklich nicht der Rede wert.«

»Du wirst gefälligst das Gegenteil behaupten, sobald wir diesen Typen da vorn gestellt haben.«

Michalis konnte zwar das Auto von Papasidakis in der Ferne ausmachen, aber seine Hoffnung, ihn einzuholen, war gering. Papasidakis hatte den schnelleren Wagen und war offenbar ein skrupelloser Fahrer.

»Und falls wir ihn nicht erwischen sollten«, fügte Koronaios hinzu, »dann wirst du unserem Vertrauensarzt vorjammern, wie schwer du verletzt bist. Und dann ist Papasidakis wenigstens wegen Widerstands gegen die Staatsgewalt dran.«

Michalis lächelte verkrampft. Er war sicher, dass das Papasidakis und seine Anwälte kaum beeindrucken würde.

Sie näherten sich den Rücklichtern von Papasidakis' Wagen, als der vor einer engen Kurve vom Gas gehen musste.

»Ich fürchte, dass er zur Schnellstraße und vielleicht nach Heraklion will«, fluchte Koronaios.

»Wir könnten Verstärkung anfordern«, schlug Michalis vor.

»Dann verfolgen ihn entweder nur noch mehr Wagen, oder die Schnellstraße wird gesperrt, und es gibt womöglich einen Massenunfall. Wir bleiben einfach an ihm dran.«

17

Sie jagten durch die Nacht. Die Strecke von Paleochora Richtung Chania war bis zur Schnellstraße kurviger, als Michalis sie in Erinnerung hatte. Vor zwei Tagen war Vollmond gewesen, und der noch fast runde Mond erhellte die Nacht. Das Flackern des Blaulichts war für Sekunden immer wieder schemenhaft auf Bäumen und Häuserwänden zu erkennen. Hin und wieder waren die Rücklichter des Sportwagens in der Ferne auszumachen.

»Wir sollten Jorgos informieren«, schlug Michalis vor.

»Es ist bald Mitternacht. Warum sollten wir deinen Onkel jetzt rausklingeln?« Koronaios beschleunigte auf der mittlerweile wieder geraden Strecke. »Wenn es jetzt einen dritten Mord gegeben hätte, dann würden wir Jorgos natürlich anrufen. Aber weil ein Idiot dich über den Haufen fahren wollte? Jorgos würde uns nur zurückpfeifen und die Sache morgen die Kollegen aus Heraklion erledigen lassen. Und dann ist klar, dass wir nie wieder etwas davon hören werden. Die Zusammenarbeit mit den Kollegen der anderen Präfekturen ist wirklich erbärmlich.«

Michalis klammerte sich an den Türgriff, als Koronaios vor der nächsten Kurve erst sehr spät abbremste.

»Aber du hast schon vor, diese Nacht zu überleben, oder?«

»Ich kenn die Strecke, und ich kenn dieses Auto.« Koronaios beschleunigte nach der Kurve, und seine Miene hellte sich auf. Zum ersten Mal seit Minuten sah er wieder die Rücklichter von Papasidakis' Wagen.

»Hast du Bouchadis vorhin eigentlich noch erwischt?«, wollte Koronaios wissen, während er vor der nächsten Kurve wieder vom Gas gehen musste.

»Nein«, erwiderte Michalis und berichtete Koronaios von den Schüssen vor den Häusern von Theo und Amanta.

»Theo hat mir etwas erzählt, was Savina ihrem Bruder anvertraut hat.« Michalis fuhr sich durch den Bart. »Leonidas Seitaris soll ihr gesagt haben, dass einer von den *Psareus*-Leuten letzten Samstag in Agia Roumeli war.«

»Wie bitte?«, fragte Koronaios fassungslos und wandte zum ersten Mal seit Minuten kurz den Blick von der Straße ab.

»Er wusste aber nicht, welcher von denen. Und er ist auch sicher, dass Leonidas Seitaris nicht in Agia Roumeli auf der Fähre gewesen sein kann, weil er in Elafonisi war.«

»Dann könnte er es von jemandem wissen, der dort war. Vielleicht jemand von der Fähre. Die kennt er doch bestimmt.«

»Er hat auf einer der Fähren früher mal gearbeitet, hat mir Nikopolidis erzählt.«

Koronaios nickte und beschleunigte, um den Anschluss an die roten Rücklichter nicht zu verlieren. »Darum werden wir uns morgen früh kümmern. Tsimikas kennt die Leute von der Fähre doch sicherlich auch«, fügte er noch hinzu.

Hinter Voukoulies endete der kurvige Teil der Strecke, aber Michalis wurde erst ruhiger, als sie die Schnellstraße erreicht hatten. Koronaios schaltete das Blaulicht aus und holte aus dem Wagen alles raus, doch der Abstand zu Papasidakis wurde nicht geringer.

Hinter Georgioupolis verließen sie die Präfektur Chania und damit den Regionalbezirk, in dem sie ermitteln durften.

Papasidakis schien das zu wissen, denn er spielte jetzt Katz und Maus mit ihnen. Einmal ließ er Koronaios bis auf zwanzig Meter an sich herankommen, bevor er Gas gab und schnell wieder einige hundert Meter Vorsprung herausfuhr.

»Der muss sich sehr sicher sein«, schimpfte Koronaios. »Vermutlich kennt er den Gouverneur und weiß, dass es nie ein Verfahren gegen ihn geben wird.«

»Oder er würde das mit Geld regeln. Ist ihm wahrscheinlich vollkommen egal«, entgegnete Michalis.

»Aber wenn ich irgendetwas gegen den in die Hand bekomme, dann werde ich nicht lockerlassen, da kann der Typ sicher sein. Da hilft ihm dann auch sein ganzes Geld nichts mehr. Millionen, weil einer an der Börse spekuliert hat, das ist doch kein ehrlich verdientes Geld.«

Michalis nutzte die gerade Strecke auf der Schnellstraße und schrieb Hannah, dass sie wegen einer wichtigen Spur unterwegs seien und er heute Nacht wohl nicht mehr ins Hotel kommen werde. Hannah reagierte nicht, und Michalis ging davon aus, dass sie eingeschlafen war. Nicht zu antworten, weil sie verärgert war, hätte nicht zu ihr gepasst. Selbst wenn sie sich ärgerte oder enttäuscht gewesen wäre, würde sie ihn das wissen lassen und nicht beleidigt schweigen.

Etwa zwanzig Kilometer vor Heraklion fand Papasidakis offenbar, dass es Zeit war, seine Verfolger endgültig abzuhängen. Er beschleunigte, und nach zwei Minuten war der Wagen in der Nacht verschwunden, und sie konnten nicht einmal mehr seine Rücklichter erahnen.

»Das war es noch nicht, da kannst du sicher sein«, schimpfte Koronaios. »Wissen wir eigentlich, in welchem Hotel der wohnt?«

»Ein Luxushotel, hat Nikopolidis mir vorhin gesagt.« Michalis überlegte, dann griff er nach hinten, wo der Bericht, den Jorgos ihnen gegeben hatte, auf dem Rücksitz lag.
»Wenn die Kollegen aus Heraklion halbwegs ihren Job gemacht haben, dann müsste das doch da drinstehen.«
Michalis blätterte und fand, was er suchte.
»Hier. Hotel Minos, direkt am Hafen.«
»Das Minos. Das passt zu ihm. Das größte und prächtigste Gebäude von Kreta. Luxussaniert für Leute mit sehr viel Geld. Gib mal die Adresse ins Navi ein.«

Sie fuhren in Heraklion auf der *Akti Sophokli Venizelou* am Meer entlang, passierten das Historische Museum, entdeckten an der *Platia Anglon* das beeindruckende Hafenkastell Koules und folgten der *Odos Kountourioti* mit den Überresten der tunnelartigen Arsenale, in denen früher Waren gekühlt worden waren. Schließlich hielten sie an der alten Stadtmauer auf dem Parkplatz vor dem fünf Stockwerke hohen Prachtbau Hotel *Minos*, dessen Luxus unübersehbar war.
Michalis fuhr sein Fenster nach unten. Ein leicht salziger, angenehmer Wind wehte vom Hafen herüber.
»Siehst du hier irgendwo seinen Wagen?« Michalis blickte über den Parkplatz mit dem Tickethäuschen, an dem Ausflüge zu dem alten Palast von Knossos gebucht werden konnten. Etliche Autos standen hier, doch Papasidakis' dunkler Sportwagen war nicht zu sehen.
»Wenn wir da jetzt reingehen und unsere Polizeiausweise aus Chania hochhalten, machen wir uns lächerlich«, meinte Koronaios.
»Und riskieren ein Dienstaufsichtsverfahren, weil wir unsere Zuständigkeit überschreiten«, ergänzte Michalis.
»Und ich trau diesem Typen zu, dass er das weiß.« Koro-

naios blickte missmutig zum Hotel und zur Rückbank ihres Wagens. »Es ist jetzt nach zwei. Wir sollten das Hotel im Auge behalten, und falls wir einschlafen, schlafen wir eben ein. Morgen früh rufen wir Jorgos an, und im besten Fall spazieren wir dann mit den Kollegen gemeinsam da rein.«

Ja, das wäre der beste Fall, das ahnte auch Michalis. Vielleicht waren aber diese zweieinhalb Stunden Verfolgungsjagd auch einfach sinnlos gewesen.

»Nein, diese Fahrt hierher war nicht umsonst.« Koronaios schien seine Gedanken zu erahnen. »Ich garantiere dir, dass wir hier irgendetwas erfahren werden, was wir noch nicht wussten. Und wenn es nur ein winziges Detail ist, das uns bisher fehlt.«

Winziges Detail. Der Begriff blieb in Michalis' Kopf hängen, und er sah den dunklen Sportwagen, dem sie so lange gefolgt waren, vor sich. Doch bevor er sich darauf einen Reim machen konnte, klingelte sein Smartphone.

»Hey, ich war eingeschlafen«, sagte Hannah und gähnte, »du hast vor Stunden geschrieben, wo bist du denn jetzt?«

Michalis wollte Hannah nicht mit der Schilderung der waghalsigen Verfolgungsjagd beunruhigen, deshalb sagte er nur vage etwas von einem Verdächtigen und dass er am Telefon darüber nicht reden könne.

»Ja, versteh ich. Und ... wo seid ihr jetzt genau?«

Michalis sah Koronaios etwas hilflos an. Der zuckte mit den Schultern und stieg schnell aus, um die Situation für Michalis nicht noch schwieriger zu machen.

»Heraklion«, gab Michalis dann zu, weil er Hannah nicht anlügen wollte.

»Wow. Heraklion?«

»Ja. Erklär ich dir später. Du kannst mir glauben, es ist mir wahnsinnig unangenehm ...«

»… aber in Heraklion dürft ihr doch gar nicht ermitteln, oder?«, unterbrach Hannah ihn.

»Ja, aber wir mussten an dem Verdächtigen dranbleiben, und später werden uns die Kollegen hier unterstützen.«

Hannah schwieg, und Michalis war unsicher, ob sie nicht doch verärgert war.

»Ihr habt einen Verdächtigen bis nach Heraklion verfolgt?«, wollte sie dann verwundert wissen.

»Ja … wir hoffen, dass es sich auszahlen wird.«

Hannah schwieg.

»Bist du sauer?«, fragte Michalis vorsichtig, und Hannah zögerte mit der Antwort etwas zu lange.

»Nein … aber ich hatte mich darauf gefreut, mit dir heute Nacht noch am Strand zu liegen.« Sie klang enttäuscht. »Ich hab Wein und Gläser besorgt. Wäre einfach schön gewesen.«

»Wenn der Fall gelöst ist, holen wir das nach. Verspro…«

»Bitte versprich es nicht. Wenn es dann nicht klappt, bin ich wirklich enttäuscht.«

»Hast recht. Aber ich werd alles tun, damit es klappt.«

»Ja. Gut.« Hannah wurde einsilbig. »Ich leg mich wieder hin und fahr morgen früh zurück. Bis morgen.«

»Bis morgen!«, rief Michalis, und dann legte Hannah ohne ein weiteres Wort auf. Sie ist tatsächlich sauer, dachte Michalis betrübt und stieg aus.

Er fand Koronaios auf der anderen Seite der großen *Odos Kountourioti*, die am Hafen entlangführte und hinter der die monumentale Mauer des Hafenkastells Koules begann.

»Da kannst du sagen, was du willst«, meinte Koronaios, ohne den Blick vom Hafen und dem Kastell abzuwenden, »Chania ist schöner.«

»Wenn du das sagst«, entgegnete Michalis.

»Ja, meinst du nicht?«

Michalis blickte sich um und begriff, dass Koronaios darüber wirklich nachzudenken schien.

»Ja, unser venezianischer Hafen ist romantisch, wunderschön und ohne Autos. Das hier ist ein normaler Hafen mit Frachtern, Fähren, Autos, Lieferverkehr. Ist einfach viel größer, dieses Heraklion.«

Und die viertgrößte Stadt Griechenlands, erinnerte sich Michalis. Heraklion hatte etwa hundertsechzigtausend Einwohner, dagegen war Chania wirklich überschaubar. »Alles okay mit Hannah?«, erkundigte sich Koronaios.

»Ich glaube, sie ist genervt. Kann ich auch verstehen.«

Ein dunkler SUV fuhr vorbei, und plötzlich wusste Michalis, warum er eben den dunklen Sportwagen vor Augen gehabt hatte.

»Als ich oben in Omalos bei Votalakos war, wegen dem Ziegenhirten«, überlegte Michalis laut, »da hat einer der Männer gesagt, dass letzten Samstag nicht nur Dalaras' Wagen im Weg stand. Direkt vor dem Eingang zur Schlucht, vor dem kleinen Laden in Xyloskalo, war eine dunkle Sportlimousine so ungünstig geparkt, dass die Busse mühsam um ihn herum rangieren mussten.«

Koronaios runzelte die Stirn.

»Denkst du, Kyriakos Papasidakis könnte in der Schlucht gewesen sein? Dass er Meropi Torosidis getötet hat?«

»Niemand hat ihn bisher gefragt, wo er an dem Samstag war. Vielleicht hat er ein Alibi, vielleicht aber auch nicht.« Michalis überlegte. »Nikopolidis hat angedeutet, dass es Probleme mit Genehmigungen gibt. Falls die Morde an Meropi Torosidis und Leonidas Seitaris etwas mit dieser Fischfarm zu tun haben, dann wussten die beiden vielleicht etwas, was Papasidakis gefährlich wurde.«

»Die einzige direkte Verbindung zwischen den beiden Mordopfern, von der wir bisher wissen, ist Savina«, führte Koronaios den Gedanken weiter. »Und wir wissen, dass Meropi Torosidis Angst hatte, weil sie wohl etwas über die Fischfarm herausgefunden hat. Und wir gehen davon aus, dass Savina mehr weiß.«

»Ja«, bestätigte Michalis und nickte. »Ich glaube, wir sind sehr nah dran. Wir müssen mit Kyriakos Papasidakis reden, ganz egal, wie. Und ich ruf nachher Votalakos, den Ranger, an. Vielleicht gibt es in Xyloskalo jemanden, der sich an diesen dunklen Sportwagen genauer erinnert.«

»Und womöglich sogar an den Fahrer«, ergänzte Koronaios und deutete zu dem Luxushotel, das dezent vom Licht vieler kleiner Scheinwerfer beleuchtet wurde.

»Ich wette, dieser feine Kyriakos Papasidakis liegt irgendwo da oben in einem sehr weichen Bett. Wir sollten uns auch hinlegen«, schlug Koronaios vor.

»Im Auto?«

»Wo sonst. Oder willst du dich hier im *Minos* einmieten? Dann möchte ich aber mithören, wie du das Jorgos erklärst. Hier gibt's im Sommer die Nacht doch garantiert nicht unter vierhundert Euro.«

Sie klappten die Rückenlehnen so weit wie möglich nach hinten und beobachteten das Hotel und die vorbeifahrenden Fahrzeuge. Irgendwann hörte Michalis Koronaios' regelmäßigen Atem neben sich.

18

Michalis war sicher, in dieser Nacht kein Auge zuzutun, doch dann schreckte er hoch, als es draußen bereits dämmerte. Seine Uhr zeigte halb sechs, und trotz der lauen Sommernacht fröstelte er. Vor allem aber taten ihm der Rücken und die Schulter, auf der er gelegen hatte, weh. Vorsichtig öffnete er die Beifahrertür und stieg leise aus, während Koronaios friedlich weiterschlief.

Um warm zu werden, ruderte er mit den Armen, außerdem stellte er fest, dass er hungrig war. Auf seinem Smartphone fand er heraus, dass der Busbahnhof nur ein paar hundert Meter entfernt war, und dort würde es sicherlich schon Frappé und etwas zu essen geben.

Auf dem Smartphone sah er aber auch, dass Hannah bereits wach war. Sie schickte ihm ein Selfie vom Strand von Paleochora und schrieb, er solle sich keine Sorgen machen. Es sei schade und blöd gelaufen, aber sie freue sich darauf, ihn heute Abend zu sehen. In einer klimatisierten Wohnung. *Und jetzt geh ich schwimmen!* Michalis lächelte und steckte sein Smartphone beruhigt weg.

Während der Busbahnhof von Chania in den siebziger Jahren gebaut und seither nie nennenswert renoviert worden war, war der in Heraklion neu und modern. Michalis erstand zwei Frappés und einige *Kallitsounia* und trank im Stehen einen *Elliniko*. Auf dem Rückweg zum Wagen klingelte sein Smartphone, doch bis er die Hände frei hatte, war der Anruf wieder weg. Hundert Meter weiter sah er Koronaios, der mit seinem Handy herumfuchtelte, ihm entgegenkam und sich auf den Frappé stürzte.

»Halbwegs gut geschlafen?«, wollte Michalis wissen, doch Koronaios winkte ab.

»Jorgos hat mich gerade angerufen. Wollte wissen, wo wir stecken, und … na ja, wirklich begeistert war er nicht davon, dass wir in Heraklion sind. Aber ich hab es ihm so erklärt, dass er versteht, warum wir an Papasidakis dranbleiben mussten. Er will versuchen, seinen Kollegen hier in Heraklion zu erwischen. Vielleicht hat der ja Interesse, Herrn Papasidakis aufzusuchen. Auch wenn ich dafür« – er wiegte den Kopf hin und her und hob die Hände – »tja, ich musste die Situation in Paleochora etwas dramatischer machen.«

»Das heißt?«

»In meiner Version hat Papasidakis dich am Bein erwischt, und du hast auch Schmerzen.«

»Stimmt doch halbwegs.«

»Ja. Wie gesagt. Ich hab es etwas dramatischer beschrieben. Jorgos meldet sich jedenfalls, sobald er seinen Kollegen erreicht hat.«

Michalis trank seinen Frappé und blickte auf die Uhr.

»Kurz nach halb sieben. Meinst du, ich kann Votalakos anrufen um diese Zeit?«

»Den Ranger? Das ist ein Naturbursche. Der ist schon wach. Garantiert. Bei dem brechen doch gleich die ersten hundert Wanderer auf.«

Votalakos erinnerte sich, dass der Mann in Omalos Michalis von dem Sportwagen, der auf dem Parkplatz in Xyloskalo im Weg gestanden hatte, erzählt hatte. Er wollte sich umhören und sich melden, falls er mehr erfahren sollte.

In der Zwischenzeit rief Jorgos an und teilte ihnen mit, dass sein Kollege Nikos Kritselas auf dem Weg zu ihnen sei. Kritselas, so hatte Jorgos angedeutet, freue sich regelrecht darauf, endlich nicht von seinem Kriminaldirektor gebremst oder von Papasidakis abgewimmelt zu werden.

Während sie zurück zu ihrem Wagen liefen, wählte Michalis die Nummer von Tsimikas. »Sie sollen sich mal auf der Fähre umhören. Vielleicht war Leonidas Seitaris ja nicht selbst in Agia Roumeli, sondern jemand hat es ihm erzählt.«

Tsimikas schien stolz zu sein, eigenständig ermitteln zu dürfen, und versprach, sofort mit der Besatzung zu reden.

Keine Viertelstunde später hielt ein dunkler Zivilwagen neben Michalis und Koronaios, und der Chef der Mordkommission von Heraklion stieg mit einem Kollegen aus.

Nikos Kritselas war Anfang vierzig, untersetzt, trug sein braunes Haar mit Seitenscheitel und begrüßte die beiden Kollegen freundlich. Auf Michalis wirkte er wie jemand, der wegen seiner geringen Körpergröße zwar gern unterschätzt wurde, aber dennoch ein ausgeprägtes Selbstbewusstsein hatte. Der Kommissar, der mit ihm aus dem Wagen stieg, machte hingegen einen gelangweilten und missmutigen Eindruck.

Kritselas ließ sich berichten, wie die Situation in Paleochora gewesen war. »Es ist immer wieder erschreckend«, sagte er bedauernd, »wie schwierig die Zusammenarbeit zwischen den Präfekturen ist. Wir müssen uns doch gegenseitig unterstützen. Zum Glück können Jorgos und ich die Dinge gelegentlich auf dem kurzen Dienstweg regeln.« Er atmete tief ein. »Dann werden wir diesem Herrn mal einen Besuch abstatten«, sagte er und ging entschlossen auf das Hotel *Minos* zu.

Der Nachtportier war erkennbar überfordert, als vier Kommissare der Mordkommission vor ihm standen und den Gast der teuersten Suite des Hauses sprechen wollten. Und zwar sofort und ohne dass Kyriakos Papasidakis davon etwas erfahren sollte, bevor sie vor seiner Zimmertür standen.

Kritselas ließ sich, falls Papasidakis nicht öffnen sollte, die Zimmerkarte geben, und ordnete an, dass sein gelangweilter Kommissar an der Rezeption blieb. Er sollte aufpassen, dass der Rezeptionist Papasidakis nicht doch vorwarnte, aber Michalis hatte Zweifel, ob der Kommissar diese Aufgabe ernst nehmen würde.

»Es ist mir sehr unangenehm, dass wir Papasidakis bisher nicht persönlich befragt haben«, sagte Kritselas, als sie im Fahrstuhl standen, »aber wir hatten einige interne Probleme. Ich werde es mir nicht mehr lange gefallen lassen, dass mir so oft die Hände gebunden sind.«

Wieder ahnte Michalis, welch enormes Selbstbewusstsein Kritselas haben musste.

Kritselas klopfte im fünften Stock an die Tür der Suite und wartete. Das Klopfen hatte leise geklungen, deshalb pochte Kritselas nach einigen Sekunden energischer gegen die Tür. Wieder klang das Geräusch gedämpft.

»Hier wollen die Reichen unter sich sein«, argwöhnte er, »und haben so dicke Wände und Türen, dass sie den Rest der Welt ignorieren können.«

Kritselas nahm die Zimmerkarte und wollte sie gerade in den dezent mit Mahagoni verkleideten Schlitz neben der Tür stecken, als sich die Zimmertür öffnete.

»Ja?«, fragte Kyriakos Papasidakis höflich. Er wirkte nicht überrascht, sondern in einem weißen Bademantel und frisch geduscht eher so, als würde er sich auf diesen Tag freuen. Im Hintergrund lief klassische Musik.

Kritselas hielt ihm weniger freundlich seinen Polizeiausweis entgegen. »Mordkommission Heraklion. Wir würden gern mit Ihnen reden.«

Auch jetzt schien Papasidakis nicht überrascht zu sein und sah Michalis und Koronaios neugierig an. Dann huschte ein bedauerndes Lächeln über sein Gesicht.

»Ah«, rief er und breitete die Arme aus, als wollte er alte Freunde begrüßen. »Die beiden Herren aus Paleochora! Das ist mir so unangenehm, das müssen Sie mir glauben. Mein Bruder hat mir erzählt, dass Sie aufgebracht waren, weil wohl einer von Ihnen vor meinem Wagen gestanden hatte. Das ist wirklich unverzeihlich, ich hoffe, Ihnen ist nichts passiert. Kommen Sie doch rein!«

Papasidakis trat zur Seite und öffnete einladend die Tür. Michalis, Koronaios und Kritselas sahen sich ungläubig an.

Die Hotelsuite übertraf das, was Michalis sich vorgestellt hatte, bei weitem. In den riesigen, mit wertvollen dunklen Holzmöbeln eingerichteten Zimmern herrschte purer Luxus, und Michalis war sicher, dass das, was nach Gold aussah, auch reines Gold war.

»Ich hoffe wirklich sehr, dass keiner von Ihnen verletzt wurde. Ich hatte einen sehr langen Tag gestern, und wenn ich dann im Wagen Musik höre, bin ich wie in einer anderen Welt.«

Michalis warf Koronaios einen Blick zu, und beide fragten sich, was Papasidakis für eine Show abzog. Er schien sich so unangreifbar zu fühlen, dass er es wagte, sich über kretische Kommissare lustig zu machen. Auch Kritselas musterte Michalis und Koronaios ratlos.

»Sie müssen doch bemerkt haben, dass wir Ihnen gefolgt sind!«, warf Koronaios Papasidakis vor.

»Sie sind mir gefolgt?«, entgegnete Papasidakis ungläubig.

»Sie überfahren fast einen Polizisten, und dann jagt Ihnen ein Wagen mit Blaulicht hinterher. Und das wollen Sie nicht mitbekommen haben?«, polterte Koronaios.

Papasidakis schüttelte bedauernd den Kopf.

»Nein, das ist … das ist ja wirklich unglaublich. Aber wie gesagt, wenn ich nachts im Wagen Musik höre … Blaulicht, sagen Sie? Sind Sie sicher? Das müsste ich doch bemerkt haben!«

Michalis konnte sich nicht erinnern, bei einer Befragung schon einmal derart dreist angelogen worden zu sein.

»Was für Musik haben Sie denn heute Nacht im Wagen gehört?«, fragte Michalis und sah, dass er mit der Frage nicht nur Kritselas, sondern auch Papasidakis überraschte, dessen aufgesetzter Charme kurz erstarb, dann aber von einem umso entschlosseneren Lächeln abgelöst wurde.

»Hat Ihnen die Musik gefallen? Fayrfax. Robert Fayrfax. Sechzehntes Jahrhundert. Habe ich in meiner Zeit in London kennengelernt. Phantastisch.«

Wieder breitete Papasidakis die Arme aus und deutete dann auf eine Sitzecke.

»Setzen Sie sich doch! Kann ich Ihnen etwas anbieten?«, rief er, als würde er sich freuen, Gäste zu bewirten.

»Nein, wir bleiben lieber stehen«, antwortete Koronaios.

»Wie Sie möchten. Womit kann ich Ihnen denn helfen?«

»Sie könnten uns einige Fragen beantworten«, entgegnete Koronaios.

»Sehr gern«, erwiderte Papasidakis freundlich, setzte sich und sah die Polizisten erwartungsvoll an.

Michalis musterte diesen bis zur Arroganz selbstbewussten

und dennoch charismatischen Mann, den offenbar nichts beeindrucken konnte. Wenn sie nicht wegen zweier Mordfälle ermitteln würden, hätte er ihn vielleicht interessant gefunden. So aber war er sicher, dass Kyriakos Papasidakis sie entweder einwickeln oder schlicht verhöhnen wollte.

»Ja, fragen Sie!«, ermunterte Papasidakis die drei Kommissare, da alle für einen Moment fassungslos geschwiegen haben.

»Kannten Sie Leonidas Seitaris persönlich?«, begann Michalis.

Papasidakis presste die Lippen aufeinander und machte ein bekümmertes Gesicht.

»Ja, von früher, aus unserer Schulzeit. Wir kennen uns alle.« Er sah Michalis und Koronaios betrübt an. »Es ist schrecklich, was passiert ist. Unfassbar. Und es ist furchtbar, dass ich und die Mitarbeiter meiner Firma von einigen Leuten in Paleochora beschuldigt werden, mit diesem Mord etwas zu tun zu haben.« Papasidakis schüttelte zwar bedauernd den Kopf, aber Michalis sah zum ersten Mal, seit sie hier waren, ein kurzes Blitzen in seinen Augen. Sehr kurz nur, aber es zeigte, dass seine Freundlichkeit jederzeit umschlagen konnte.

»Ich hoffe wirklich sehr, dass Sie den Mörder von Leonidas bald finden werden. Bei Meropi habe ich gehört, haben Sie ja schon hervorragende Arbeit geleistet.«

Nikos Kritselas wollte etwas einwenden, hielt sich aber zurück.

»Es ist auffällig, dass es innerhalb weniger Tage zwei Morde gibt, bei denen die Opfer direkt oder indirekt mit Ihrer geplanten Fischfarm in Verbindung stehen.« Michalis blickte Papasidakis direkt an und spürte, wie schwer es diesem fiel, sein Lächeln aufrechtzuerhalten.

»Wäre es für Sie denkbar«, fuhr Michalis fort, »dass der

Konflikt um Ihre Fischfarm jemanden so sehr provoziert haben könnte, dass er zum Mörder wurde?«

»Der Mord an Meropi«, erwiderte Papasidakis verstimmt, »war nach meinem Kenntnisstand doch ein Eifersuchtsdrama. Korrigieren Sie mich gern. Und bei Leonidas ... ich kann mir beim besten Willen nicht vorstellen, dass jemand aus meiner Firma zu so etwas in der Lage wäre. Das ist ausgeschlossen.«

»Aber es würde doch ein erheblicher Schaden für Sie entstehen, wenn Ihre Gegner die Anlage verhindern würden«, stellte Michalis ruhig fest.

Die Augen von Papasidakis wurden kälter. »Es gibt keinen Grund, meine Fischfarm zu verhindern«, entgegnete er ruhig, doch mit deutlicher Härte in der Stimme.

»Aber die Argumente der Gegner ...«

»Ich habe ein Gutachten erstellen lassen, und diese Behauptungen von der Zerstörung des Meeresbodens und der Belastung der Küste sind nachgewiesener Unsinn. Nur leider scheren sich die Gegner nicht um wissenschaftliche Fakten. Haben Sie noch weitere Fragen?«

»Es ist reine Routine«, mischte Koronaios sich ein, »aber wo waren Sie eigentlich vorgestern am Abend und in der Nacht?«

Papasidakis blickte ihn verächtlich an. »Halten Sie mich für einen Verdächtigen? Einen Mörder?«

Die Atmosphäre in der Suite wurde frostig, doch bevor Koronaios etwas erwidern konnte, klingelte Kritselas' Handy. Er warf einen Blick darauf und ging ran.

»Ja? Herr Kriminaldirektor?«, sagte Kritselas und hielt sein Handy vom Ohr weg, denn sein Gesprächspartner wurde laut. Michalis überlegte, Papasidakis noch nach seinem Alibi für die Zeit des Mordes an Meropi Torosidis zu fragen, doch

Kritselas' Gesichtsausdruck hielt ihn davon ab. Kritselas hörte dem Kriminaldirektor schweigend zu, warf einmal ein »Ja, ja natürlich« ein, legte schließlich auf und sah Michalis und Koronaios zerknirscht an.

»Dieser Einsatz ist jetzt beendet«, sagte Kritselas leise und ging wortlos zur Tür.

Papasidakis zog die Augenbrauen hoch und schenkte Michalis ein letztes Lächeln, bevor er an eines der Fenster trat, um das warme weiche Licht der ersten Sonnenstrahlen über dem Meer zu genießen.

Kritselas wartete auf dem Hotelflur schon auf sie.

»Unglaublich«, schimpfte er. »Irgendjemand hat unseren Kriminaldirektor informiert ...«

Michalis sah sich um und entdeckte schräg gegenüber der Hotelsuite das winzige rote Licht einer mit Mahagoni verkleideten Überwachungskamera. Vermutlich waren sie beobachtet worden, als sie vor der Suite gewartet hatten.

Der gelangweilte Kommissar wartete noch immer an der Rezeption, wo jetzt auch der Hotelchef eingetroffen war und die Polizisten freundlich verabschiedete. Auf dem Weg zum Wagen erfuhren sie, dass der Hotelchef aufgetaucht war, kurz nachdem sie die Suite betreten hatten. Vermutlich hatte Papasidakis ihn angerufen und veranlasst, dass er den Kriminaldirektor von Heraklion verständigte.

Die Sonne stand bereits über den Gebäuden, die den Hafen und das Ufer säumten, und ließ den Prachtbau des Hotels *Minos* noch imposanter erscheinen.

»Tut mir leid, dass es so gelaufen ist«, entschuldigte sich Michalis missmutig, »vermutlich werden Sie eine Menge Ärger bekommen.«

»Ja, das werden jetzt unangenehme Tage«, entgegnete Kritselas, klang aber fast so, als würde er sich darauf freuen. »Papasidakis muss sehr gute Kontakte nach ganz oben in Athen haben. Doch früher oder später wird das unserem Kriminaldirektor auf die Füße fallen, da bin ich sicher.«

Im Wagen von Kritselas meldete sich das Funkgerät, und der andere Kommissar stieg ein. Kritselas musterte Koronaios und Michalis aufmerksam.

»Ich kann Ihnen vertrauen, ja?«, fragte er leise.

»Selbstverständlich«, erwiderten Michalis und Koronaios gleichzeitig.

»Die Tote, Meropi Torosidis, hat nicht in diesem Hotel gewohnt. Hier wohnt nur der große Boss.« Kritselas beugte sich zu den beiden vor. »Unsere Ermittlungen in dem anderen Hotel waren schlampig. Da ging einiges durcheinander, ich saß an einem anderen Fall, und plötzlich war das Zimmer geräumt, bevor unsere Spurensicherung drin gewesen war. Unverzeihlich, hat aber interne Gründe.« Kritselas sah sich um und vergewisserte sich, dass der Kommissar noch am Funkgerät war und nicht zuhören konnte.

»Mit der Festnahme von Dalaras war der Fall für unseren Kriminaldirektor erledigt, auch wenn Dalaras und sein Anwalt ziemlichen Druck machen. Aber wir haben in dem Hotel noch nicht einmal mit dem Rezeptionisten gesprochen, der an dem Wochenende Dienst hatte. Einem Herrn Vangelis.« Kritselas senkte die Stimme. »Der hatte danach zwei Tage frei, müsste jetzt aber wieder im Dienst sein. Dalaras behauptet ja, er habe hier nach Meropi Torosidis gesucht. Und vielleicht wäre es interessant, zu erfahren, ob er im Hotel war. Oder« – Kritselas blickte kurz zu seinem Kommissar – »vielleicht jemand anderes.«

Der Kommissar legte das Funkgerät zurück.

»Hotel *Kalokeri*. Nicht weit weg«, fügte Kritselas leise hinzu, bevor er normal weitersprach.

»Vielen Dank, dann wünsche ich Ihnen eine gute Rückfahrt!« Kritselas reichte Michalis und Koronaios zum Abschied die Hand und stieg in seinen Wagen.

»Ich glaube, wir würden dem Kollegen Kritselas einen großen Gefallen tun, wenn wir etwas gegen Papasidakis finden«, sagte Koronaios. »Der würde seinem Vorgesetzten gern mal die Grenzen aufzeigen.«

»Es ist nicht weit weg, dieses Hotel *Kalokeri*.« Michalis hatte in der Kartenapp auf seinem Handy nachgesehen und zeigte auf die Straße, die oberhalb des Hotels *Minos* verlief. »Sollen wir Jorgos vorher informieren?«

»Das erfährt er früh genug«, entgegnete Koronaios entschlossen. »Mit einem Besuch im Hotel *Kalokeri* überschreiten wir endgültig unsere Zuständigkeit. Und auch dass uns der Kollege Kritselas beinahe dazu aufgefordert hat, sollten wir lieber für uns behalten.«

Michalis nickte.

»Hat sich deine Familie heute noch gar nicht gerührt? Oder glauben die, du frühstückst gerade fröhlich mit Hannah im Hotelbett?«, wollte Koronaios wissen.

Michalis kniff die Augen zusammen und blickte zum Himmel, dessen dunkles morgendliches Blau im Osten allmählich dem gleißend weißen Licht der Augustsonne wich. Am westlichen Himmel entdeckte Michalis jedoch etwas, was er länger nicht mehr gesehen hatte: langgezogene dünne Wolken. »Ich wär ganz froh, wenn meine Familie mal an was anderes als an Hannah und mich denken würde.«

Koronaios bemerkte, dass Michalis den Himmel betrachtete.

»Ist da oben etwas?«

»Wolken«, erwiderte Michalis nachdenklich. »Vielleicht kippt das Wetter, und die Hitze geht vorbei.« Doch eigentlich dachte Michalis nicht an das Wetter, sondern er hoffte, in Meropi Torosidis' Hotel endlich mehr darüber zu erfahren, was passiert war.

Der Kontrast zum Hotel *Minos* war fast beschämend. Wo im *Minos* edelste, dunkle Materialien und das dezente Lichtarrangement eine gedämpfte, kultivierte und luxuriöse Atmosphäre verbreiteten, war das *Kalokeri* ein in den siebziger Jahren errichtetes Mittelklassehotel, das nie renoviert worden und mittlerweile recht heruntergekommen war.

Vor dem Hotel blockierte ein Reisebus die Straße, und in der Lobby drängte sich eine Reisegruppe aus Litauen an der Rezeption.

»Ich kann verstehen, dass Savina empört war, weil Meropi hier untergebracht wurde, und Papasidakis einige hundert Meter weiter im Luxus lebt«, meinte Koronaios, während sie in der Lobby warteten und sich umsahen.

Die litauische Reisegruppe setzte sich Richtung Fahrstuhl in Bewegung, und es blieb ein junger Mann hinter der Rezeption übrig. Er war groß, dürr und sah blass und übernächtigt aus. Sein weißes Hemd mit schwarzer Weste sowie seine schwarze Hose machten den Eindruck, als habe er in einem Hinterzimmer darin geschlafen.

»Wir sind ausgebucht, tut mir leid«, rief der Mann Michalis und Koronaios zu, ohne aufzublicken.

Sie gingen auf ihn zu, und Michalis las das Namensschild an seiner Weste.

»Herr Vangelis?«, sagte Michalis höflich.

»Ja?«

»Wir sind von der Polizei.«

Vangelis musterte die beiden und zog die Mundwinkel nach unten. Er war müde, wartete offensichtlich auf seine Ablösung und wollte ins Bett, das war deutlich.

»Worum geht es?«

»Sie hatten letzten Samstag Dienst?«, begann Michalis.

»Ja. Und?«

»Es geht um Meropi Torosidis. Die Frau, die hier gewohnt hat und umgebracht wurde. Sie erinnern sich? Wir hätten ein paar Fragen.«

»Aber Ihre Kollegen waren doch schon hier.«

»Aber mit Ihnen hat bisher niemand gesprochen, oder?«

»Nein …«

»Es wird nicht lange dauern«, sagte Michalis beruhigend, »ich nehme an, Sie hatten die ganze Nacht Dienst und möchten nach Hause.«

»Ja«, kam es einsilbig zurück.

»Gut. Wann haben Sie Meropi Torosidis denn zum letzten Mal hier gesehen?«, erkundigte sich Michalis.

»Frau Torosidis …«, wiederholte Vangelis nachdenklich. »Ja, die hat sich Freitagnachmittag verabschiedet. Sie wollte nach Chania und von dort in die Samaria-Schlucht.«

»Und das wissen Sie so genau?«, hakte Koronaios nach.

»Ja, weil wir auch vom Hotel aus Busse zur Schlucht organisieren. Deshalb hat es mich gewundert. Außerdem …«

»Ja?«

»An dem Abend hat ein Mann nach ihr gefragt. Angeblich ihr Verlobter. War extra aus Athen gekommen und wollte Frau Torosidis wohl überraschen. Er war dann ziemlich ungehalten und wollte sich in ihrem Zimmer umsehen, als er sie nicht erreichen konnte, aber das ist natürlich nicht möglich. Und Frau Torosidis ist einfach nicht ans Handy gegangen.«

Michalis und Koronaios sahen sich an.

»Und dieser Verlobte hat dann was gemacht?«

»Das weiß ich nicht. Er ist gegangen und war, wie gesagt, ziemlich sauer.«

»Ist Ihnen sonst noch etwas aufgefallen an dem Wochenende? Eine weitere Person vielleicht, die sich nach Meropi Torosidis erkundigt hat?«, fragte Michalis.

»Hat mein Chef Ihnen das nicht schon gesagt?«, erwiderte Vangelis.

»Was denn?«

»Mir wäre es lieber, Sie fragen das meinen Chef selbst. Der kommt gleich und löst mich ab.« Vangelis gähnte.

»Wir sind die Polizei«, entgegnete Koronaios schnell und eindringlich. »Und wenn wir Ihnen Fragen stellen, sollten Sie uns antworten. Sonst kann es noch eine ganze Weile dauern, bis Sie ins Bett kommen, das verspreche ich Ihnen.«

Michalis musterte Koronaios. Dafür, dass sie gerade außerhalb ihrer Zuständigkeit ermittelten, war er ziemlich forsch.

»Ja, aber wie gesagt, das weiß mein Chef genauer. Am Samstag, am Nachmittag, da kam der Chef von Frau Torosidis ins Hotel.«

»Der Chef? So ein Großer mit kurzen dunklen Haaren?«

»Ja, genau der.«

»Und was wollte er?«

»Unterlagen, die im Zimmer von Frau Torosidis liegen sollten«, entgegnete Vangelis zögernd.

»Und haben Sie ihn in das Zimmer gelassen?«

»Nein, das dürfen wir nicht. Aber dieser Herr war sehr hartnäckig, und dann hab ich irgendwann meinen Chef gerufen. Dem war das erst auch nicht recht, aber sie haben sich wohl geeinigt.«

Kyriakos Papasidakis hat also dem Hotelchef Geld gegeben, um sich Zugang zu Meropi Torosidis' Zimmer zu verschaffen, dachte Michalis.

»Und wissen Sie, ob Herr Papasidakis in dem Zimmer gefunden hat, was er gesucht hat?«, bohrte Michalis nach.

In diesem Moment hielt vor dem Hotel ein Wagen.

»Das ist mein Chef.« Vangelis deutete erleichtert nach draußen. »Sie können ihn direkt fragen.«

»Wir fragen aber noch immer Sie!«, drängte Koronaios energisch.

Vangelis seufzte. »Also, er hat sich hinterher erkundigt, ob Frau Torosidis vielleicht etwas an der Rezeption abgegeben hat. Weil das, was er gesucht hatte, offensichtlich nicht in ihrem Zimmer war.«

Vangelis blickte beunruhigt nach draußen, wo sein Chef am Wagen lehnte und telefonierte.

»Wann genau war Herr Papasidakis denn hier?«, wollte Michalis noch wissen.

»Samstagnachmittag. Später Nachmittag, so gegen fünf, würde ich sagen«, antwortete Vangelis nervös. Offenbar sollte sein Chef nicht mitbekommen, dass er der Polizei so viel erzählte.

Koronaios gab Michalis ein Zeichen, dass es an der Zeit war, zu verschwinden.

Michalis nickte. »Gut. Vielen Dank erst einmal, wir haben jetzt den nächsten Termin. Bei Ihrem Chef werden wir uns dann später melden.«

Eilig verließen Michalis und Koronaios das Hotel und gingen zu ihrem Wagen, ohne dass der Hotelchef auf sie aufmerksam wurde.

»Da müssen also wir zwei aus Chania kommen, um zu erfahren, dass Kyriakos Papasidakis nach Meropi Torosidis' Tod ihr Zimmer durchsucht hat. Unglaublich«, schimpfte Koronaios und schüttelte den Kopf. »Wenn der Kollege Kritselas vorhin nicht so engagiert gewesen wäre, würde ich denken, dass hier überhaupt keiner ein Interesse daran hat, diesen Fall aufzuklären.«

Koronaios warf Michalis den Wagenschlüssel zu. »Fahr du, ich ruf Jorgos an.«

Michalis fing den Schlüssel mit einer Hand, ließ die Wagentüren aufspringen und schaute einer leeren Plastikflasche nach, die am Straßenrand vom Wind erfasst und die leicht abschüssige Straße hinuntergetrieben wurde.

»Wind«, murmelte Michalis, »es kommt Wind auf.«

Michalis fuhr um das Zentrum von Heraklion herum, hielt dann aber oberhalb der Altstadt an der *Platia Venizelou* an, dem nach dem berühmtesten Politiker Kretas und langjährigen Ministerpräsidenten Griechenlands benannten großen Platz, um Frappé und einige *Zournadakia* und *Kourabiedes* für die Fahrt mitzunehmen. Als sie die *Odos Martyron* Richtung Chania erreicht hatten, wählte Koronaios Jorgos' Nummer und berichtete ihm von der wenig erfreulichen Begegnung mit Kyriakos Papasidakis. Dass sie im Hotel *Kalokeri* gewesen und mit dem Herrn an der Rezeption gesprochen hatten, erwähnte er nicht.

»Das Handy, das Jorgos gestern bei den Rangern abgeholt hat, gehörte tatsächlich Meropi Torosidis. Ihre Sim-Karte war noch drin, und es gibt auch Fingerabdrücke.« Koronaios rieb sich die Nasenflügel. »Allerdings keine von Jannis Dalaras. Dessen Fingerabdrücke und DNA sind inzwischen abgeglichen worden. Keine Übereinstimmung mit den Spuren bei Meropi Torosidis. Sie werden Dalaras nachher freilassen.« Koronaios nickte skeptisch. »An Kyriakos Papasidakis kommen wir vorläufig nicht heran. Aber an seine Mitarbeiter. Wir werden Nikopolidis, Bouchadis und Papasidakis' Bruder Anestis zum Verhör einbestellen und sie erkennungsdienstlich behandeln. Vielleicht finden sich von denen ja Spuren bei einem der Mordfälle.«

Michalis nickte. »Ja. Aber wir sollten uns auch das Alibi von Valerios, Meropi Torosidis' Geliebtem, noch mal näher ansehen. Vielleicht war es ja doch ein Eifersuchtsdrama. Valerios hätte ein Motiv«, erwiderte er.

»Außerdem soll Zagorakis, sobald wir in der Polizeidirektion sind, den kleinen Anker von Timos Kardakis untersuchen. Vielleicht gibt es daran Spuren, die uns weiterhelfen«, fügte Koronaios hinzu.

Die ersten zwanzig Kilometer führte die Straße an Gewerbe- und Industriebetrieben vorbei. Links erhoben sich die Berge, und rechts war zwischen Hallen, Zäunen, Mauern und Büros das hellblaue Meer nur zu erahnen. Erst nach einer halben Stunde tauchten die ersten Ortschaften, Ferienhäuser und kleinen Hotels auf. Und immer wieder beobachtete Michalis, dass sich die Äste und Blätter der Platanen, Tamarisken und Kiefern im Wind bewegten.

»Bist du wach genug zum Fahren?«, erkundigte sich Koronaios.

»Ja. Mach ruhig die Augen zu, wenn du willst«, schlug Michalis vor.

»Ja, vielleicht mach ich das.«

Wenige Minuten später lehnte Koronaios' Kopf an der Seitenscheibe, und seine Augen waren geschlossen.

Michalis hing seinen Gedanken nach. Gestern früh, vor nicht einmal vierundzwanzig Stunden, hatte es noch so ausgesehen, als könnte der Mord an Meropi Torosidis bereits aufgeklärt sein. An den Ermittlungen im zweiten Mordfall arbeiteten sie noch nicht einmal einen ganzen Tag. Dafür, dachte Michalis, hatten sie schon erstaunlich viel herausgefunden. Dass es in dieser kurzen Zeit mehr Fragen als Antworten gab, war keine Überraschung. Kompliziert war vor allem, dass sie noch keinen wirklichen Beweis dafür hatten, dass beide Mordfälle zusammenhingen, auch wenn einiges dafür sprach. Und was, überlegte Michalis, hatte es zu bedeuten, dass Kyriakos Papasidakis wenige Stunden nach dem Tod seiner Assistentin in ihrem Hotelzimmer nach Unterlagen gesucht hatte? Könnte er von der Ermordung gewusst haben oder selbst der Mörder sein? Zeitlich wäre es möglich gewesen, von der Schlucht aus bis gegen fünf Uhr am Nachmittag wieder in Heraklion zu sein.

Koronaios wurde wach, als sie Georgioupolis bereits passiert hatten.

»Oh«, gähnte er, »hab ich lange geschlafen?«

»Fast eine Stunde …«

»Okay.« Koronaios schüttelte sich.

»Wenn du Glück hast, gibt es im Hotel einen Frappé für dich.«

Koronaios nickte. Wenig später erreichten sie die ersten Vororte von Chania und fuhren über die *Odos Eliftheriou Venizelou* in die Innenstadt.

»Kann ich Ihnen etwas anbieten?«, fragte der Mann im dunkelblauen Anzug, der auch heute an der Rezeption stand. Er hatte Valerios Vafiadis angerufen und informiert, dass die Polizei ihn noch einmal sprechen wollte. Sein Blick auf Michalis und Koronaios und deren Zustand wirkte fast ein wenig mitleidig, fand Michalis und straffte sich.

»Falls es Frappé geben sollte …«, antwortete Koronaios schnell.

»Kein Problem.«

Valerios kam mit einer Gruppe Italienerinnen aus dem Fahrstuhl, alle lachten und strahlten ihn an, und wie schon beim ersten Mal hatte Michalis den Eindruck, dass der Assistent des Hotelmanagers hier der große Sympathieträger war, von dem vor allem die Frauen begeistert waren. Was, überlegte Michalis, wenn Meropi Torosidis nicht die einzige Frau war, der Valerios von einer gemeinsamen Zukunft auf Kreta vorgeschwärmt hatte? Könnte sie das begriffen haben, und war es darüber zum Streit gekommen, der in der Samaria-Schlucht eskalierte?

»Wir haben noch einige Fragen an Sie«, sagte Michalis, nachdem sie sich begrüßt hatten. Das Lachen im Gesicht von Valerios war, nachdem er die Italienerinnen verabschiedet hatte, sofort in sich zusammengefallen und einer tiefen, und nach Michalis' Empfinden ehrlichen Trauer gewichen.

Valerios presste die Lippen aufeinander.

»Ich wollte Sie nachher ohnehin anrufen«, sagte er. »Ich hab gestern Abend mein Zimmer aufgeräumt. Zum ersten Mal, seit …« Er schluckte. »Ich hatte für Meropi ein Fach in meinem Schrank frei gemacht. Sie hatte sich das gewünscht, für ihre Kleidung, weil sie oft bei mir war. Und … ja, ihr Geruch hängt noch in den Sachen. Das ist schön. Und unerträglich. Deshalb wollte ich aufräumen.«

»Und?« Michalis fragte sich, warum Valerios das so ausführlich erzählte.

»Ich dachte, es wäre nur Kleidung. Unterwäsche und so, Sie wissen schon. Aber ganz unten liegt auch ein Umschlag. Ich hab ihn nicht rausgenommen, aber ich dachte, das könnte Sie interessieren.«

»Ja. Zeigen Sie uns den bitte.«

Valerios ging vor, und Michalis folgte ihm.

»Ich komm gleich nach!«, rief Koronaios, denn der Frappé musste jeden Moment fertig sein.

Michalis ahnte, dass die Hotelangestellten nur jene Zimmer bekamen, die Gästen nicht zugemutet werden konnten. Durch einen schmalen Flur gelangten sie im Erdgeschoss in den hinteren Teil des Hotels.

In seinem Zimmer schaltete Valerios sofort das Licht an, denn es drang kein Tageslicht herein. Er öffnete die Schranktür und deutete auf ein Fach, in dem BHs, Tops und Blusen lagen. Darunter war ein großer weißer Umschlag zu erkennen.

»Haben Sie den Umschlag angefasst?«, wollte Michalis wissen.

»Nur kurz, weil ich mich gefragt hatte, was das sein könnte.«

»Hast du Handschuhe dabei?«, erkundigte sich Michalis, als Koronaios mit zwei Frappé-Bechern hereinkam. Koronaios stellte sie ab, griff in seine Sakko-Tasche und holte dünne Einweghandschuhe hervor.

Michalis nahm den Umschlag vorsichtig aus dem Schrankfach. Er war unverschlossen, und es steckte eine umfangreiche wissenschaftliche Arbeit darin. *Untersuchung zu ökologischen Auswirkungen einer Fischfarm auf den Küstenabschnitt Agia Roumeli – Paleochora* stand auf der Titelseite unter dem Foto einer Bucht mit großen runden Fischkäfigen. Und ganz unten stand klein der Name eines privaten Forschungsinstituts aus Athen.

Michalis und Koronaios sahen sich verwundert an.

»Herr Vafiadis«, sagte Michalis zu Valerios, »unsere Spurensicherung wird dieses Zimmer untersuchen müssen. Sie haben jetzt ein paar Minuten, um unter unserer Aufsicht das Nötigste einzupacken. Danach werden wir dieses Zimmer versiegeln, und es wäre eine Straftat, es zu betreten.«

»Wie bitte?«, fragte Valerios fassungslos.

»Ich denke, Sie haben meinen Kollegen verstanden«, entgegnete Koronaios und trank von seinem Frappé.

»Hast du ein Auge auf ihn?«, sagte Michalis leise zu Koronaios, »ich werfe mal einen Blick in dieses Gutachten.«

»Mach das.« Koronaios nickte zustimmend.

Michalis ging auf den Flur, überflog das Inhaltsverzeichnis des umfangreichen Gutachtens und blätterte dann ganz nach hinten zur Zusammenfassung. *Wegen der unzureichenden Wassertiefe in der Bucht vor Lissos, den problematischen Strömungsverhältnissen sowie der möglichen Anfälligkeit des Standorts bei starken Südwest-Stürmen,* las Michalis, *kann dieser Standort aus wissenschaftlicher Sicht nicht empfohlen, sondern muss als ungeeignet eingestuft werden.*

Das war das genaue Gegenteil von dem, was in dem Gutachten stand, das ihnen gestern der Bürgermeister in Paleochora so stolz präsentiert, aber nicht ausgehändigt hatte.

Michalis ging eilig zurück in Valerios' Zimmer.

»Wir müssen sofort in die Polizeidirektion!«, wollte er rufen, doch Koronaios war am Telefon und winkte ab. »Jorgos!«, sagte Koronaios leise und gab Valerios zu verstehen, dass er sich beeilen sollte, seine Sachen in einem kleinen Koffer zu verstauen. Dann schob er Valerios aus dem Zimmer und drückte Michalis ein Siegel in die Hand, das der auf Tür und Türrahmen klebte.

»Wir sollen sofort zu Karagounis kommen«, sagte Koronaios, als sie das Hotel verlassen hatten und auf dem Weg zu ihrem Wagen waren, »unser Kriminaldirektor will uns und Jorgos dringend sprechen.«

»Das ist gut«, meinte Michalis, »denn dieses Gutachten besagt sehr deutlich, dass Lissos als Standort für die Fischfarm ungeeignet ist. Meropi Torosidis wusste davon, deshalb hat sie es hier versteckt. Und ich bin sicher, sie ist genau deshalb ermordet worden.«

»Damit hätten wir das Motiv. Jetzt müssen wir nur noch beweisen, wer die Gelegenheit hatte und die Tat ausgeführt hat«, sagte Koronaios.

»Und wir müssen unbedingt an das Gutachten von dem Bürgermeister rankommen«, ergänzte Michalis.

Koronaios ließ sich den Wagenschlüssel geben, und während er mit Blaulicht Richtung Polizeidirektion jagte, rief der Ranger Votalakos Michalis zurück.

»Ich habe mich umgehört«, sagte Votalakos, »wegen diesem dunklen Sportwagen.«

Michalis erfuhr, dass sich zwar in dem kleinen Laden an dem Parkplatz vor dem Einstieg zur Samaria-Schlucht niemand an das Fabrikat oder gar das Kennzeichen des Sportwagens erinnern konnte. Einem der Angestellten war jedoch eingefallen, dass Samstagabend, als sie gerade aufräumten und schließen wollten, noch ein Taxi vorgefahren war.

»Dieser Angestellte musste dann allerdings Kisten reintragen, und als er wieder nach draußen kam, war das Taxi ebenso verschwunden wie der Sportwagen«, sagte Michalis zu Koronaios, nachdem er aufgelegt hatte. »Den Taxifahrer oder denjenigen, der den Sportwagen gefahren hat, hat er nicht gesehen. Aber das Taxi war kein Pkw, sondern ein Kleinbus.«

»Es wird in der Gegend nicht so viele Kleinbusse geben, die als Taxi zugelassen sind«, meinte Koronaios.

»Genau. Das soll Myrta herausfinden.«

Michalis rief Myrta an, die sich sofort an die Recherche machte.

Müde, wie er war, erinnerte Michalis sich erst, als er und Koronaios den Fahrstuhl ignorierten und die Treppen nahmen, dass es ihnen vor zwei Tagen kaum möglich gewesen war, hier zu Fuß nach oben zu gehen.

»Es gibt in der Gegend nur eine Handvoll kleiner Taxiunternehmen«, sagte Myrta, als sie deren Büro betraten. »Ich bin dran, vielleicht weiß ich schon mehr, wenn Karagounis mit euch fertig ist.«

»Glaubst du, es wird schlimm bei ihm?« Koronaios versuchte, arglos zu klingen.

»Ach ...« Myrta schaute zwischen Michalis und Koronaios hin und her. »Aber ich würde euch empfehlen, vorher noch einen Blick in den Spiegel zu werfen. Am besten dort, wo es auch ein Waschbecken und Handtücher gibt.«

»So schlimm?«, fragte Koronaios.

»Na ja ...« Myrta lächelte diplomatisch.

Mit feuchten Haaren, und deutlich frischer, saßen Michalis und Koronaios kurz darauf mit Jorgos im Büro von Karagounis.

»Ich bekam vor einer Stunde einen empörten Anruf meines Kollegen aus Heraklion«, begann Karagounis leise und energisch, »und auch, wenn der Kollege Kritselas wohl mehrfach beteuert hat, dass Sie beide zu keiner Zeit Ihre Zuständigkeiten überschritten hätten, so war das meinem Kollegen Anlass genug, mir lautstarke Vorhaltungen zu machen.«

Karagounis schwieg und sah Michalis und Koronaios aus seinen kleinen Reptilienaugen an. Michalis wartete auf einen geeigneten Moment, um den Ermittlungserfolg mit dem Gutachten einzubringen.

»Ehrlich gesagt«, fuhr Karagounis fort und sah Michalis unverwandt und ohne zu blinzeln an, »wäre ich bei Ihnen,

Herr Charisteas, geradezu enttäuscht, wenn Sie nicht zumindest versucht hätten, Ihre Kompetenzen zu überschreiten. Auch wenn ich Ihnen ja nicht sagen muss, was ein Disziplinarverfahren in Ihrem Fall bedeuten könnte.«

Der Hauch eines Lächelns glitt über Karagounis' Gesicht, wie Michalis überrascht feststellte.

»Dass Kyriakos Papasidakis Verbindungen in höchste Kreise in Athen hat, wird Ihnen nicht entgangen sein. Und Ärger von ganz oben ist das Letzte, was wir hier brauchen können«, fuhr Karagounis fort, und Michalis fragte sich, worauf er hinauswollte.

»Umso mehr hat es mich deshalb überrascht, dass ich vor einer halben Stunde einen zweiten Anruf, und diesmal einen sehr freundlichen, von meinem Pendant aus Heraklion bekommen habe, in dem er sich in aller Form entschuldigt hat. Und diesen Anruf müssten Sie mir jetzt bitte erklären.«

Karagounis ließ den Blick über seine drei Untergebenen gleiten und lehnte sich zurück.

»Herr Kyriakos Papasidakis lässt durch den Kriminaldirektor von Heraklion ausrichten, dass er mit Ihnen beiden« – Karagounis deutete auf Michalis und Koronaios – »einen Bootsausflug machen möchte. Er will Ihnen, da Sie sich ja so sehr dafür interessieren, höchstpersönlich die Bucht von Lissos, in der die Käfige seiner Fischfarm eines Tages liegen sollen, zeigen. Und zwar noch heute. Mit einem Helikopter wäre er innerhalb einer Stunde dort, wenn Sie es einrichten können.«

Karagounis trank einen Schluck Wasser aus seinem Glas.

Michalis und Koronaios trauten sich vor Verblüffung kaum, einen Blick zu wechseln.

»Aber vorher erklären Sie mir das bitte«, forderte Karagounis schneidend. »Was ist in Heraklion passiert, das einen schwerreichen Mann, wegen dem der Kriminaldirektor mich wie einen Idioten angebrüllt hat, dazu bringt, mit Ihnen beiden einen Bootsausflug machen zu wollen?«

Karagounis stellte sein Wasserglas geräuschlos ab. Jetzt erwartete er wirklich eine Antwort, das war Michalis klar, und sie musste gut sein. Koronaios hüstelte leicht und hoffte vermutlich, dass Michalis etwas sagen würde. Auch Jorgos blickte Michalis auffordernd an.

»Ich würde Ihnen gern etwas zeigen. Ich müsste es nur schnell aus unserem Büro holen.« Michalis ärgerte sich, dass er das dicke Gutachten unten im Büro liegen lassen hatte.

»Unnötig. Erklären Sie es mir«, entgegnete Karagounis kühl.

Michalis blickte Koronaios an und zögerte kurz. »Letzten Samstag ist Meropi Torosidis ermordet worden. Vermutlich am späten Vormittag«, sagte er dann.

Michalis wartete, ob Karagounis etwas fragen würde, aber der gestikulierte nur unwirsch. *Weiter*, hieß das eindeutig.

»An diesem Samstag, etwa gegen siebzehn Uhr, ist Kyriakos Papasidakis in Heraklion in das Hotel *Kalokeri* gegangen, in dem seine kurz zuvor ermordete Assistentin gewohnt hat, und hat sich Zugang zu ihrem Zimmer verschafft, weil er dort Unterlagen gesucht hat. Er hat sie aber nicht gefunden.« Michalis machte eine kurze Pause, um die Reaktion von Karagounis abzuwarten.

»Das wissen die Kollegen aus Heraklion aber bisher nicht, nehme ich an.« Ein Hauch von Anerkennung lag in Karagounis' Stimme.

»Nein. Und Sie wissen auch nicht, dass Kyriakos Papasidakis den Hotelchef vermutlich bestochen hat, um das Zimmer durchsuchen zu können. Möglicherweise hat dieser Hotelchef auch Papasidakis darüber informiert, dass wir heute früh in seinem Hotel *Kalokeri* waren und Fragen gestellt haben.« Michalis wartete erneut auf eine Reaktion von Karagounis.

»Weiter«, forderte der ihn auf.

»Wir glauben, das, was Kyriakos Papasidakis gesucht hat, gefunden zu haben. Meropi Torosidis hatte ein Gutachten im Zimmer ihres Geliebten in Chania versteckt.«

»Wie bitte?«, entfuhr es Jorgos ungläubig. Es war das erste Mal, dass er etwas sagte.

»Was für ein Gutachten?«, fragte Karagounis, und auch er klang verblüfft.

»Ein von Papasidakis beauftragtes Forschungsinstitut in Athen hat untersucht, wie sich der Betrieb der Fischfarm auf die Küstenregion im Südwesten Kretas auswirken würde. Wir waren gestern mit Jorgos beim Bürgermeister von Paleochora, und der hat uns dieses Gutachten ebenfalls präsentiert. Und er war begeistert, wie positiv die Wissenschaftler die Fischfarm-Anlage beurteilt haben.«

»Was ist dann das Problem?«

»Ich konnte bisher nur die Zusammenfassung des Gutachtens überfliegen, das wir heute früh gefunden haben. Aber in dieser Zusammenfassung beurteilen die Wissenschaftler dieses Projekt keineswegs so positiv, wie es in dem Gutachten steht, das dem Bürgermeister vorliegt. Zumal dieses Gutachten erheblich umfangreicher ist als das, welches uns der Bürgermeister zwar präsentiert, aber bisher nicht ausgehändigt hat.« Michalis wartete, ob Karagounis ähnliche Schlussfolgerungen wie er ziehen würde, doch dessen Gesichtsausdruck blieb undurchdringlich.

»Unser Verdacht ist, dass es zwei Gutachten geben könnte. Ein positives, möglicherweise gefälschtes für die Öffentlichkeit, und eines mit den wahren Ergebnissen der Untersuchungen, die aber nicht nach außen dringen sollen. Das müssten wir aber noch überprüfen«, fügte Michalis hinzu, »und wenn sich dieser Verdacht bestätigt, dann hätten wir vermutlich das Motiv, warum Meropi Torosidis sterben musste. Sie kannte das Originalgutachten und war deshalb zu einer Gefahr geworden.«

Karagounis neigte seinen Kopf zur Seite. »Und was bezweckt Herr Papasidakis dann mit diesem Bootsausflug? Will er uns vom Wesentlichen ablenken oder versuchen, Sie zu bestechen? Würden Sie sich von dieser Fahrt zu der Bucht etwas versprechen, Herr Charisteas?«

Michalis blickte Jorgos an. Es gefiel ihm nicht, dass nur er von Karagounis angesprochen wurde, als sei dies ein Zweiergespräch. Jorgos aber nickte ihm aufmunternd zu.

»Ich gehe davon aus«, fuhr Michalis fort, »dass Papasidakis damit einen Plan verfolgt. Ich würde erst einmal zusagen. Außerdem würde mich interessieren, wer von seinen Mitarbeitern dabei ist. Vielleicht könnten wir in der Richtung ja noch etwas Druck ausüben. Dass wir gern die Einschätzung seiner Fachleute hätten, so in der Art. Denn« – Michalis kniff die Augen zusammen – »auch wenn wir jetzt vielleicht das Motiv zumindest für den Mord an Meropi Torosidis kennen, so wissen wir noch nicht, wer der Täter ist. Vielleicht würde er sich bei der Ausfahrt verraten, vielleicht soll er aber auch aus unserem Blickfeld genommen werden.«

Karagounis stand ruckartig auf. Auch Jorgos und Koronaios erhoben sich. Michalis hingegen blieb sitzen.

»War in Ihrem Telefonat die Rede davon, mit welchem Schiff wir zu der Bucht von Lissos fahren werden?«, erkundigte sich Michalis.

»Eine Privatyacht«, erwiderte Karagounis.

»In Paleochora liegt ein Boot der Küstenwache. Ich würde es bevorzugen, damit zu fahren.«

»Darum kümmern Sie sich, Charisteas«, ordnete Karagounis an und meinte diesmal Jorgos.

»Sehr gern«, entgegnete der.

Michalis erhob sich und ging mit Koronaios und Jorgos zur Tür.

»Herr Charisteas?«

Sowohl Michalis als auch Jorgos drehten sich zu Karagounis um, doch der fixierte nur Michalis.

»Ich weiß Ihre Hartnäckigkeit zu schätzen. Aber übertreiben Sie es nicht.« Damit wandte Karagounis sich ab, und das Gespräch war beendet.

»Du scheinst langsam sein Liebling zu werden«, spottete Koronaios, als sie mit Jorgos auf ihr Büro zugingen.

»Sei vorsichtig«, fügte Jorgos leise hinzu, »das kann gefährlich werden. Alle, die Karagounis in den letzten Jahren gelobt hat, waren danach nicht mehr lange hier. Und das nicht freiwillig.«

»Warum?«, fragte Michalis leise.

Jorgos sah sich kurz um, ob jemand zuhören könnte. »Das erzähle ich dir ein anderes Mal. Aber nicht hier.«

Zurück in ihrem Büro, brachte Michalis das Gutachten und den Messinganker zu Myrta.

»Zagorakis soll untersuchen, ob er an den beiden Sachen irgendwelche Spuren finden kann. Hast du schon was wegen dem Taxi herausgefunden?«

»Noch nicht. Einige Fahrer sind nicht erreichbar, aber ich bleib dran, versprochen.«

»Gut.« Michalis nickte und musste sich kurz an Myrtas Schreibtisch abstützen.

»Ihr solltet euch mal ausruhen«, sagte Myrta besorgt.

»Ja. Aber heute halten wir noch durch«, entgegnete Michalis und bemühte sich um ein zuversichtliches Lächeln.

Bevor sie aufbrachen, sah Michalis, dass Hannah sich gemeldet hatte, und rief sofort zurück.

»Alles gut gelaufen bei euch?«, fragte Hannah. »Wo seid ihr inzwischen?«

»In Chania, in der Polizeidirektion. Wir kommen gut voran, müssen aber gleich wieder nach Paleochora. Und du, wo bist du?«

Michalis glaubte, ein leises Bohrgeräusch zu hören.

»Hast du es erkannt?«, fragte Hannah aufgekratzt.

»Eine Bohrmaschine?«

»Das Steuerungselement unserer Klimaanlage wird montiert! Markos ist hier.«

»Wow. Dann kannst du ja nachher in unserer Wohnung arbeiten!«

»Ja, das ist phantastisch. Wir sehen uns heute Abend, ja?«

»Ich bin sicher, dass wir nicht noch eine Nacht in Paleochora verbringen werden. Ich meld mich später!«

»Ist gut.«

Diesmal legte Hannah nicht auf, sondern wartete, ob Michalis das Gespräch zuerst beenden würde. Er zögerte, sagte noch leise »Bis nachher« und legte dann auf.

Koronaios übernahm das Fahren, und während er mit Blaulicht Richtung Paleochora raste, meldete sich Jorgos und gab Bescheid, dass das Schiff der Küstenwache in einer Stunde bereit sei. Papasidakis sei von der Wahl des Bootes zwar nicht begeistert gewesen, werde aber da sein. Und er würde selbstverständlich seine engsten Mitarbeiter mitbringen, damit alle Missverständnisse ausgeräumt werden könnten.

»Eine Bootspartie auf einem Schiff der Küstenwache mit einem Multimillionär, der vermutlich in zwei Mordfälle verwickelt ist.« Michalis schüttelte den Kopf. »Warum schlägt Papasidakis so etwas vor? Will er uns veralbern oder von etwas anderem ablenken?«

»Sollen wir Verstärkung anfordern?«, überlegte Koronaios laut.

»Ich ruf Tsimikas an, der soll mit seinen Leuten in Bereitschaft sein. Außerdem will ich wissen, ob er etwas wegen der Fähre nach Agia Roumeli herausgefunden hat«, erwiderte Michalis und nahm sein Smartphone zur Hand. Tsimikas ging jedoch nicht ran.

»Der würde uns helfen, wenn er auch mal erreichbar wäre«, schimpfte Michalis.

Draußen flog die Landschaft vorbei, und wenn andere Wagen im Weg zu sein drohten, schaltete Koronaios das Martinshorn ein und drängte die Fahrer zur Seite.

»Bist du wach genug für solche Manöver?«, erkundigte sich Michalis.

»Falls nicht, dann bin ich es jetzt«, erwiderte Koronaios und jagte zwischen zwei weißen Kleinwagen hindurch, die sich seinetwegen an den Straßenrand quetschen mussten.

Trotz der rasanten Fahrt fielen Michalis ein paarmal die Augen zu, und im Wegdämmern sah er immer wieder Papasidakis in seinem weißen Bademantel vor sich, wie er sie mit weit ausgebreiteten Armen freundlich begrüßte. Er hatte aufgrund der Überwachungsanlage vermutlich gewusst, dass sie vor der Tür seiner Suite standen, aber was hatte ihn veranlasst, morgens um halb sieben drei Mordermittler wie willkommene Gäste zu behandeln und ihnen offen ins Gesicht zu lügen? Michalis ahnte, dass es tiefe Verachtung sowie das Gefühl von absoluter Unantastbarkeit waren.

Kurz vor Paleochora meldete sich Myrta, die ein Taxiunternehmen in Sougia ermittelt hatte, das einen Kleinbus als Taxi nutzte. Myrta konnte den Fahrer bisher nicht erreichen, wollte es aber weiter versuchen.

»Wenn du ihn erwischst«, bat Michalis, »dann beschreib ihm bitte Papasidakis, Anestis und auch Bouchadis. Hast du was zu schreiben? Kyriakos Papasidakis ist sehr groß und hat einen auffälligen schwarzen Borstenhaarschnitt. Anestis ist ebenfalls recht groß, hat zerzauste braune Haare, ist sehnig-muskulös und eher nachlässig gekleidet. Bouchadis ist groß und kräftig und massiger. Und frag den Fahrer bitte, ob er sich an Details des Sportwagens erinnert.«

Von der letzten Anhöhe vor Paleochora aus hatten sie wieder eine grandiose Aussicht auf die im glänzenden Gegenlicht des Meeres liegende Landzunge.

»Ich bin froh, dass wir nicht mit einer schnittigen Privatyacht, sondern mit einem soliden Boot der Küstenwache rausfahren«, meinte Koronaios. »Muss ganz schön windig sein da draußen.«

Ja, das dachte Michalis auch, und es gefiel ihm nicht. Er war nur dann gern auf Booten, wenn sie ruhig auf dem Wasser lagen und nicht schaukelten. Doch er glaubte, Schaumkronen auf dem Meer zu erkennen, und das ließ ihn eine sehr unruhige Fahrt befürchten.

Sie hörten das Geräusch von Rotorblättern, und ein Helikopter flog über sie hinweg Richtung Paleochora.

»Wenn das mal nicht unser Herr Papasidakis ist ...«, mutmaßte Koronaios.

Wenig später hielt Koronaios vor dem Rathaus, an dem die griechischen Fahnen nicht wie gestern schlaff herunterhingen, sondern im Wind flatterten.

»Wir holen uns jetzt dieses Gutachten«, sagte Koronaios und stieg aus. »Und ich bin sicher, das wird dem Herrn Bürgermeister nicht gefallen.«

Sie ignorierten die Frau am Empfangstresen und liefen eilig die Treppen in den zweiten Stock hinauf. Kurz vor dem Büro des Bürgermeisters klingelte Michalis' Smartphone. Er erkannte die Nummer von Tsimikas und drückte ihn weg.

Koronaios klopfte an und riss im selben Moment die Tür zum Büro des Bürgermeisters auf. Odysseas Koutris befand sich mit drei Männern in einer Besprechung und schreckte hoch.

»Was erlauben Sie …«, rief er, doch Koronaios ließ ihn nicht zu Wort kommen.

»Wir wollen nicht lange stören, wir nehmen nur das Gutachten mit.«

»Ah, das Gutachten, das ist mir unangenehm, aber gestern …«

»Geben Sie es einfach her«, fiel Koronaios ihm ins Wort.

»Aber Sie können doch nicht einfach …«

»Doch. Wir sind die Polizei. Wir können.«

»Ich lasse Ihnen gern eine Kopie …«

»Dazu hatten Sie gestern Gelegenheit. Jetzt ist es ein beschlagnahmtes Beweismittel. Her damit.« Koronaios streckte die Hand aus und ließ keinen Zweifel daran, wie ernst es ihm war. Die drei Männer sahen den Bürgermeister irritiert an. Der zögerte noch.

»Herr Koutris! Wir sind nicht zum Spaß hier!« Koronaios wurde lauter. »Sie sind gerade dabei, vor Zeugen polizeiliche Ermittlungen zu behindern!«

Koronaios trat an den Schreibtisch und schnappte sich dort, wo gestern das Gutachten gelegen hatte, wahllos einen Stapel Unterlagen.

»Ich gebe es Ihnen ja schon!«

Odysseas Koutris schloss eine Schublade auf und nahm das Gutachten heraus. Koronaios griff danach und entriss es ihm unsanft.

»Ich bin sicher, wir hören noch voneinander.« Damit stürmte Koronaios aus dem Büro. Michalis nickte dem Bürgermeister zu und folgte seinem Kollegen, beeindruckt von dessen Entschlossenheit.

»Ich lass mir von diesen Typen doch nicht alles gefallen«, sagte Koronaios grinsend, als sie draußen vor dem Rathaus standen. »Außerdem würde es mich nicht wundern, wenn Kyriakos Papasidakis in wenigen Minuten weiß, dass wir hier waren. Und dann ist ihm auch klar, dass er uns ernst nehmen sollte.« Koronaios atmete tief durch und freute sich, Dampf abgelassen zu haben.

Michalis blätterte im Gutachten nach hinten zur Zusammenfassung, die tatsächlich das Gegenteil von dem enthielt, was in der ausführlichen Version stand.

»Wenn wirklich Kyriakos Papasidakis dieses Gutachten in Auftrag gegeben hat, dann dürfte er es auch gewesen sein, der diese gekürzte und gefälschte Fassung veranlasst hat.« Michalis überlegte. »Geht es nur um Geld, oder hat er noch einen anderen Grund, warum er diese Fischfarm um jeden Preis hier bauen will?«

»Wenn wir das wissen« – Koronaios sprach das aus, was Michalis dachte – »dann wissen wir vermutlich auch, wer Meropi Torosidis und Leonidas Seitaris ermordet hat.«

»Fahr du« – Koronaios warf Michalis den Wagenschlüssel zu –, »ich ertrag diese volle Hauptstraße nicht.«

Michalis bog sofort nach links zur Uferpromenade ab, passierte ohne Probleme den Fähranleger und hatte dann freie Fahrt bis zum Hafen.

»Du kennst Paleochora ja bereits in- und auswendig«, spottete Koronaios.

»Es gibt im Grunde auch nur vier Straßen und die Querverbindungen. Da nehm ich doch nicht die einzige Straße, auf der sich alle drängeln.«

Michalis bog jedoch nicht links zum Hafen ab, sondern folgte der Straße bis zur Sportanlage, wo mitten auf dem Spielfeld ein Helikopter stand.

»Ich hatte mich schon gefragt, ob Paleochora überhaupt einen Landeplatz hat. Und ich bin ziemlich sicher, dass dieser Sportplatz keiner ist. Was Papasidakis aber nicht interessieren dürfte.« Michalis nahm sein Smartphone zur Hand. »Ich probiere es noch mal bei Tsimikas. Vielleicht hat er ja in der Zwischenzeit noch etwas erfahren.«

Tsimikas ging ran, doch das Einzige, was Michalis hörte, waren laute Windgeräusche.

»Wo sind Sie denn? Gehen Sie mal irgendwohin, wo es nicht stürmt!«, rief Michalis, dann hörte er noch ein unterdrücktes »Schei…«, gefolgt von einem Aufprall, und danach war es still.

»Ist dieser Idiot etwa mit der Fähre gefahren? Der sollte doch die Besatzung am Anleger befragen!«, schimpfte Michalis.

»Und es klang, als sei sein Handy gerade über Bord gegangen«, spottete Koronaios.

»Wahnsinn.« Michalis schüttelte den Kopf und fuhr weiter.

Bei der Einfahrt in das Hafengelände erkannten Michalis und Koronaios sofort, wie stark der Wind bereits hier im Schutz der Hafenmauern war. An den Booten flatterten die Flaggen und Wimpel, kleinere Staubwolken wirbelten in den Ecken auf, und sogar die Möwen schienen im Flug Mühe zu haben, nicht mitgerissen zu werden. Und das alles bei wolkenlosem Himmel.

»Der Meltemi nimmt noch zu«, grummelte Koronaios. »Kann ungemütlich werden.«

Der *Meltemi,* das wusste Michalis, war ein hochsommerlicher Nordwind, der bei strahlendem Sonnenschein im August urplötzlich über Kreta hinwegfegen konnte. Dabei entwickelte er sich nur hier im Südwesten zum Sturm, im Norden Kretas war er hingegen lediglich ein angenehm kühlender Wind.

Vor dem Schiff der Küstenwache hatte eine große, luxuriöse Motoryacht festgemacht. Kyriakos Papasidakis und der Bauunternehmer Nikopolidis standen am Kai.

»Anestis und Bouchadis scheinen zu fehlen. Mal sehen, ob zumindest einer von ihnen noch auftaucht.« Koronaios öffnete das Handschuhfach, in dem ihre Dienstwaffen lagen. »Ich weiß, du hast diese Dinger genauso ungern dabei wie ich. Aber ohne die gehe ich heute nicht mit dir an Bord.«

Michalis nickte. »Solange wir nicht wissen, wer mit den beiden Morden etwas zu tun hat, sollten wir keinem von ihnen trauen.«

Kyriakos Papasidakis löste sich aus der Gruppe und lief mit ausgebreiteten Armen freudestrahlend auf sie zu. Michalis hatte Mühe, angesichts dieses grotesken Verhaltens ernst zu bleiben. Allerdings, das registrierte Michalis, wirkte Papasidakis nervöser und weniger souverän als heute früh in seiner

Suite. Vielleicht bereute er ja bereits, sie zu dieser Ausfahrt eingeladen zu haben.

»Schön, dass Sie sich die Zeit genommen haben!«, rief Papasidakis. »Und noch können Sie es sich überlegen. Meine Yacht liegt bereit!«

Michalis blickte zu der dunkelblauen Luxusyacht und sah dort vier Männer in weißen Uniformen, die Besatzung. Der Älteste von ihnen trug vier goldene Streifen auf seiner Uniformjacke, er schien der Kapitän zu sein. Am Bug der Yacht war groß der Name *Kyriakos I* zu lesen. Entweder, überlegte Michalis, war Papasidakis eitel genug, sein Boot nach sich selbst zu benennen, oder sein Vater oder Großvater hatten ebenfalls diesen Vornamen getragen.

»Wir sind im Dienst«, erwiderte Michalis so sachlich und freundlich wie möglich, »deshalb müssen wir leider auf dem Boot der Küstenwache bestehen.«

»Sehr bedauerlich. Ihnen entgeht etwas! Haben Sie noch einen Moment Zeit? Ich müsste eigentlich noch zwei, drei Telefonate führen. Athen. Außerdem warte ich noch auf Bouchadis. Er soll Ihnen in der Bucht erklären, wo und wie die Fischkäfige liegen werden.«

Michalis und Koronaios warfen sich einen Blick zu.

»Wir müssen leider so schnell wie möglich ablegen, sonst wären wir gezwungen, diese Fahrt zu verschieben«, erwiderte Koronaios nüchtern.

»Schade. Bouchadis hätte ich sehr gern dabei.« Papasidakis sah sich beunruhigt um.

»Kommt Ihr Bruder denn nicht mit?«, erkundigte sich Koronaios.

»Anestis musste ich nach Heraklion bitten, es gibt dort einige dringende Angelegenheiten zu erledigen.«

Michalis und Koronaios begrüßten die Besatzung der Küstenwache und erst danach Nikopolidis, der von der Aussicht, bei dem stärker werdenden Wind auf das Meer hinauszufahren, wenig begeistert zu sein schien.

Das graugestrichene Schiff der Küstenwache war gut zwanzig Meter lang und sieben Meter breit. Die Aufbauten waren weiß lackiert, der große Unterstand mit dem Ruderhaus war zum Heck hin offen, und im Ruderhaus führte eine schmale Tür zu einem engen Vorraum mit einem weiteren Ruder. Vermutlich für Dienstfahrten bei Kälte und Regen, dachte Michalis.

Während der größte Teil des Schiffsrumpfs fast zwei Meter über der Wasseroberfläche aufragte, war er am Heck abgesenkt und lag nur etwa einen halben Meter über dem Wasser, um auf See Schiffbrüchige oder Verunglückte mit einer Leiter oder mit Leinen an Bord holen zu können. Zwischen dieser Absenkung und dem Ruderhaus gab es Sitzbänke und eine Überdachung. Für schwere See war dieses Boot nicht unbedingt geeignet, dachte Michalis.

Der Kapitän des Schiffs war ein Mann Mitte vierzig mit braunem Vollbart und einem Bauch, über dem das Hemd der Uniform spannte.

»Der Meltemi soll sogar noch zunehmen, es kann draußen ziemlich ungemütlich werden. Unser Kurs wird parallel zu den Wellen verlaufen, es wird also schaukeln«, erklärte er Michalis und Koronaios. »Ein ruhigerer Tag wäre sicherlich günstiger, aber ...«

»Das können wir uns bei unseren Ermittlungen leider nicht aussuchen«, entgegnete Michalis leise.

»Ich wollte Sie nur gewarnt haben«, erwiderte der Kapitän ebenso leise. »Ab Windstärke vier müssen wir laut Vorschrift Rettungswesten tragen. Meine Männer und ich sind da etwas großzügiger. Draußen« – er zeigte zu den Wellen jenseits der Hafenausfahrt – »haben wir in Böen mittlerweile sechs Windstärken.«

»Aber Sie haben doch sicherlich Rettungswesten an Bord?«, erkundigte sich Koronaios.

»Selbstverständlich«, bestätigte der Kapitän und beugte sich zu Michalis und Koronaios vor. »Und um es einmal gesagt zu haben: Wir sind ein Polizeiboot und haben für Notfälle auch Waffen dabei«, flüsterte er und warf einen Blick Richtung Papasidakis. Auch den Kapitän, ahnte Michalis, schien dessen Verhalten zu irritieren.

»Es scheint sich in Paleochora übrigens schnell herumgesprochen zu haben, dass wir diese Ausfahrt machen«, ergänzte der Kapitän noch. »Sie kennen doch Theo Seitaris, den Bruder des Ermordeten? Der war vorhin hier, und seitdem haben mich schon drei Leute angerufen und gefragt, warum wir mit diesem Millionär rausfahren müssen.«

Als sie gerade ablegen wollten, bemerkte Michalis einen Wagen, der sich langsam näherte. Ein Mann stieg aus, und Michalis erkannte Theo Seitaris.

»Einen Moment«, sagte er zum Kapitän und ging mit Koronaios von Bord und auf Theo zu, der an seinem Wagen lehnte und sich misstrauisch umsah.

»Haben Sie etwas von Savina gehört?«, fragte Theo beunruhigt, und Michalis sah, dass er sich wirklich Sorgen machte.

»Nein. Sollten wir?«

Theo biss sich auf die Lippe und starrte zum Boot der Küstenwache, wo Papasidakis an Deck stand und skeptisch herüberblickte.

»Amanta war bei mir. Savina ist vorhin weggefahren und

wollte nicht sagen, wohin, und seitdem geht sie nicht ans Telefon.«

Michalis runzelte die Stirn. »Sie machen sich Sorgen?«

Theo zögerte. »Savina hat Angst, dass Sie die Nächste ist, die umgebracht wird. Das hat sie mir gestern Nacht gesagt.« Wieder blickte Theo zu Papasidakis. »Sie will darüber nicht reden, aber sie weiß etwas. Das haben Sie ja sicherlich auch schon bemerkt.«

Michalis und Koronaios nickten.

»Außerdem, gestern Abend, der Marder …«

»Es gab keinen, oder?«

»Savina hatte jemanden ums Haus schleichen sehen. Und dann hat sie geschossen.«

»Und wer soll da herumgeschlichen sein?«, wollte Koronaios wissen.

»Ich habe sie gefragt, ob es einer aus ihrer Firma war. Sie hat mit den Schultern gezuckt.«

Michalis und Koronaios sahen sich betreten an.

»Woher hat Savina eine Waffe?«, fragte Koronaios.

»Leonidas hatte eine. Die hat sie im Haus entdeckt.«

»Wo ist die Waffe jetzt?«

»Vielleicht im Haus, vielleicht hat sie sie mitgenommen. Ich weiß es nicht.«

Michalis runzelte die Stirn. Dass Savina womöglich mit einer Waffe unterwegs war, alarmierte ihn. Zwar könnte sie sich damit verteidigen, aber eine Waffe brachte Menschen auch dazu, sich unnötig in Gefahr zu begeben.

»Wir müssen kurz besprechen, wie wir vorgehen«, sagte Koronaios und ging mit Michalis ein paar Meter weiter, um in Ruhe reden zu können. Theo blieb zurück.

»Wir können doch nicht diese Bucht besichtigen, während Savina Galanos mit einer Waffe rumläuft und wir nicht wissen, wo Anestis und Bouchadis sind.« Koronaios klang entschlossen. »Wenn wir erst da draußen sind, kann es ein, zwei Stunden dauern, bis wir wieder an Land eingreifen können«, fügte er hinzu.

Michalis nickte. »Vielleicht würden wir auf See etwas erfahren, was uns helfen könnte. Aber das muss warten, du hast recht.«

Sie sahen, dass Theo telefonierte, erleichtert winkte und zu ihnen kam.

»Das war Amanta«, sagte er. »Savina hat sich bei ihr gemeldet. Sie ist im Auto, auf dem Weg nach Georgioupolis.«

»Und warum hat sie das nicht früher gesagt?«, fragte Michalis verwundert.

»Amanta meinte, Savina wollte in Ruhe nachdenken.«

»Sie waren doch vorhin schon mal hier, oder?«, erkundigte sich Michalis.

»Ja. Ich hatte gehört, dass die Küstenwache rausfährt. Und ich hatte gehofft, dass es Neuigkeiten gibt, wann die *Amanta II* wieder freigegeben wird.«

»Haben Sie Savina gegenüber erwähnt, dass wir mit Papasidakis und seinen Leuten rausfahren?«

»Nein. Amanta hab ich davon erzählt, aber … Savina hab ich heute noch nicht gesehen. Wenn möglich gehen wir uns aus dem Weg.«

Koronaios blickte Michalis an. »Also, zurück an Bord?«

Michalis atmete tief ein. »Ja …«, sagte er, klang aber nicht überzeugt.

Papasidakis hatte sie beim Gespräch mit Theo beobachtet, hielt eine Aktenmappe in der Hand und machte einen ungeduldigen Eindruck.

»Wollen wir dann jetzt los?«, rief er.

»Ja, gern«, antwortete Michalis, doch als er das Deck betreten wollte, rief Myrta an. Schnell lief er ein paar Meter an der Hafenmauer entlang und stieß dabei auf zwei knurrende Hunde, die dort in der Sonne lagen. Michalis sah, dass Koronaios ebenfalls zu seinem Handy griff.

»Ich habe den Taxifahrer erreicht, der am Samstag einen Gast nach Xyloskalo gebracht hat«, sagte Myrta, »und ihm die drei Männer beschrieben. Er ist sich nicht ganz sicher, die Fahrt ist ja schon fünf Tage her. Der Sportwagen in Xyloskalo sei dunkel gewesen, mehr weiß er nicht. Und dass der Fahrgast wohl mit der Fähre von Agia Roumeli gekommen war und seinen Wagen vor der Schlucht abholen wollte. Soll ich versuchen, Fotos von den Männern zu finden? Dann könnte ich sie dem Taxifahrer schicken, vielleicht erkennt er einen von ihnen.«

»Ja, mach das«, antwortete Michalis leise. »Und falls euch ein Vorwand einfällt, um in Heraklion im Hotel *Minos* nachzufragen, ob Anestis gerade dort ist, wäre ich euch dankbar. Papasidakis behauptet, er sei dort, aber das glauben wir nicht.«

19

Michalis war in seinem Leben noch nie während eines Sturms auf dem Meer gewesen, und ihn überraschte die Kraft des Winds, als sie den schützenden Hafen verlassen hatten. Die höheren Wellen hoben den Bug aus dem Wasser und ließen das Boot dann wieder in die Wellentäler eintauchen. Gleichzeitig stand die Sonne hoch am strahlend blauen Himmel, der von keiner Wolke getrübt war.

»Ich habe eben mit Jorgos gesprochen«, sagte Koronaios zu Michalis. Weil Papasidakis zwar so tat, als würde er die zu den Weißen Bergen, den *Lefka Ori*, hin ansteigende Felsenküste bewundern, aber sehr nahe bei ihnen stand, machten Michalis und Koronaios einige Schritte Richtung Achterschiff. Sie mussten sich an der Reling festhalten, aber wenigstens waren sie ungestört.

»Jorgos informiert die Kollegen in Paleochora und will herausfinden, wo Tsimikas steckt«, sagte Koronaios.

»Hat er sonst noch etwas gesagt?«

Koronaios grinste. »Er hat uns eine schöne Ausfahrt gewünscht. Und er bewundert unseren Mut, bei einem Meltemi rauszufahren. Würde er nie machen, meinte er.«

»Das ist das, was man sich von einem Chef an Unterstützung wünscht«, spottete Michalis.

»Dein Onkel ist zweimal in seinem Leben seekrank gewesen. Das reicht ihm.«

Eine Welle hob das Boot hoch, und sie mussten mit beiden Händen die Reling umklammern.

»Kommen Sie lieber unter die Abdeckung!«, rief ihnen der Kapitän zu. Im nächsten Moment erreichte sie die nächste Welle, die Gischt schwappte über das Deck hinweg und traf auch Michalis und Koronaios.

Der Kapitän überließ dem Steuermann das Ruder und trat zu den beiden Kommissaren.

»Ich habe Sie gewarnt, dass es ungemütlich wird! Mit so einem Meltemi ist nicht zu spaßen«, sagte er, »ich hoffe, keiner von Ihnen wird seekrank. Noch können wir umdrehen.«

»Nein, das wird schon gehen«, erwiderte Koronaios und betrachtete ebenso wie Michalis die tanzenden Gischtkronen auf den Wellen, die von den Windböen immer wieder wie zarte Vorhänge über die Wasseroberfläche gezogen wurden.

»Ein großartiges Schauspiel, oder?«, rief Papasidakis ihnen begeistert zu. Er hatte sich zum Steuermann gesellt, als wäre er der Kapitän. Nikopolidis hingegen stand an der Backbordseite des Unterstands und schien möglichst weit von Papasidakis entfernt bleiben zu wollen. Michalis konnte sich nicht erinnern, dass Nikopolidis mit jemandem gesprochen hatte, seit sie an Bord gegangen waren.

»Und Ihren Fischkäfigen macht es nichts aus, wenn im Winter der Sturm noch kräftiger wird?«, brüllte Michalis.

»Die Bucht von Lissos bietet genug Schutz!«, erwiderte Papasidakis. »Das ist alles wissenschaftlich untersucht!«

»Das werden Sie ja nachher sehen«, ergänzte der Kapitän skeptisch.

Das Schiff bewegte sich inzwischen parallel zur Küste Richtung Osten und rollte wegen der jetzt seitlich aufprallenden Wellen nach links und rechts. Michalis spürte, dass sein Magen sich bemerkbar machte.

»Versuchen Sie, zum Horizont zu blicken. Auf keinen Fall

auf Ihr Handy. Gehen Sie mit dem Schwanken des Boots mit. Und sagen Sie Bescheid, wenn es schlimmer wird«, empfahl ihm der Kapitän, der ahnte, dass Michalis alles andere als ein geübter Seemann war.

»Und dann?«, fragte Michalis.

»Dann lass ich Sie ans Ruder. Das wirkt fast immer.«

»Wann erreichen wir denn die Bucht von Lissos?«, erkundigte sich Michalis.

»In einer guten halben Stunde«, bekam er zur Antwort.

Michalis versuchte, sich abzulenken und sich auf die traumhaft schöne Küste zu konzentrieren. Hannah hätte dieser Anblick gefallen, da war er sicher, allerdings hatte er noch nie darüber nachgedacht, ob Hannah bei so einem Sturm ruhig bleiben oder in Panik geraten würde.

Die südliche Küste Kretas war an vielen Stellen karg, und jetzt im Hochsommer aufgrund der vertrockneten Pflanzen hellbraun. Dann aber gab es sanft geschwungene, wegen der Macchia und Phrygana sogar im August grün schimmernde Hügel und hin und wieder einige Olivenbäume und Pinien.

Es dauerte nur ein paar Minuten, bis der Kapitän Michalis zum Ruder zog und Papasidakis deshalb seinen Platz räumen musste. Der Steuermann erklärte Michalis, worauf er zu achten hatte, und überließ ihm das Steuer, blieb aber an seiner Seite.

Michalis behielt den Küstenverlauf und den digitalen Kompass im Blick, bekam aber mit, dass Koronaios und auch Nikopolidis sich Rettungswesten geben ließen.

»Hast du Angst, weil ich am Ruder bin?«, fragte Michalis spöttisch, als Koronaios mit seiner orange-roten Weste neben ihn trat.

»Ich will hier nicht als Fischfutter enden«, knurrte Koronaios. »Wird es bei dir denn besser?«.

»Erstaunlicherweise, ja«, antwortete Michalis, dessen Übelkeit tatsächlich nachließ. Als jedoch sein Handy klingelte und Michalis danach greifen wollte, hielt der Kapitän ihn am Arm fest.

»Warten Sie, bis es ruhiger wird«, riet er ihm, »sonst geht es mit Ihrer Übelkeit gleich wieder los.«

Michalis dankte ihm für den Rat und reichte Koronaios sein Smartphone.

»Dein Vater …«, sagte Koronaios süffisant, und als es kurz danach erneut klingelte, grinste er breit. »Und jetzt dein Bruder. Wissen die, dass du auf See bist?«

Michalis zuckte mit den Schultern. Jorgos wusste, dass sie hier draußen waren, und Michalis hielt ihn eigentlich für klug genug, das nicht im *Athena* herumzuposaunen.

Kurz bevor sie die Bucht von Lissos erreichten, übernahm der Steuermann wieder das Ruder und lenkte das Schiff so nah unter die Küste, dass sie in den Schutz der Felsen kamen. Der Wind und die Wellen ließen nach, und es öffnete sich der Blick auf eine traumhaft schöne Bucht mit einem kleinen Kieselstrand und einer Kapelle oberhalb des Ufers. Michalis nutzte die Gelegenheit und zog eine Rettungsweste an.

»Sehen Sie?«, rief Papasidakis und stellte sich neben Michalis, »wie ruhig es hier ist? Kein Problem für die Fischkäfige!«

»Werden Ihre Käfige denn so nah am Strand liegen?«, fragte der Kapitän verwundert und blickte auf das Echolot. »Wir haben hier nur neun Meter Tiefgang, sind nicht Ihre Käfige schon zehn Meter tief, wenn sie voll sind?«

Papasidakis warf dem Kapitän einen genervten Blick zu.

»Ja, vielleicht liegen sie auch etwas weiter draußen. Das könnte ihnen Bouchadis sagen. Ärgerlich, dass er nicht dabei ist.«

»Hat er sich nicht gemeldet?«, wollte Koronaios wissen.

»Ich weiß nicht, wo er steckt«, schimpfte Papasidakis.

»Herr Nikopolidis«, rief Michalis den Bauunternehmer, der am Heck stand und auf das Meer blickte. »Können Sie uns sagen, wo genau die Fischkäfige hier liegen werden?«

Nikopolidis warf Papasidakis einen Blick zu und deutete vage Richtung offenes Meer, wo sich die hohen Wellen aufbauten.

»Na ja, hier drüben etwa«, entgegnete er schulterzuckend und wich dem Blick von Papasidakis aus.

»Nicht spekulieren, Herr Nikopolidis! Dafür habe ich meine Fachleute!«, entgegnete Papasidakis vorwurfsvoll, nahm eine Karte aus seiner Mappe und breitete sie an der Wand des Unterstands aus. Die Karte zeigte den Küstenverlauf, in den ein Grafiker vier Fischkäfige montiert hatte. »So wird es aussehen, wenn die Anlage fertig ist«, erklärte Papasidakis mit seinem gewinnenden Lächeln. »Vom Meer aus sind die Käfige kaum zu sehen, und an Land, da gibt es vielleicht eine Handvoll Wanderer. Und auch die« – Papasidakis grinste breit – »werden sich freuen, wenn sie abends in den Tavernen guten Fisch bekommen!«

»Wie oft wird diese Bucht denn von Ihnen angefahren werden? Bleiben die Käfige das Jahr über hier, oder werden sie zwischen Paleochora und dieser Bucht hin und her transportiert?«, erkundigte sich Michalis.

Papasidakis wich einer Antwort aus; Nikopolidis deutete jedoch an, dass die Käfige zweimal im Jahr nach Paleochora gebracht werden mussten.

»Außerdem«, fügte er hinzu, »müssen die Fische ja mehrmals am Tag gefüttert werden.«

Nikopolidis handelte sich für seine Antworten böse Blicke von Papasidakis ein. Diese Ausfahrt lief eindeutig nicht so ab, wie der Chef von *Psareus* sie sich vorstellt hatte, und es war Michalis noch immer ein Rätsel, was Papasidakis mit dieser Besichtigung beabsichtigte.

»Heute ist Sturm, da ist niemand hier«, unterbrach der Kapitän Michalis' Gedanken. »Aber was ist mit den Leuten, die bei gutem Wetter zum Baden kommen? Es gibt doch Badeboote, die von Sougia die Leute hierherbringen.«

»Dafür werden wir eine Lösung finden«, knurrte Papasidakis gereizt.

»Haben Sie eine Seekarte mit den genauen Tiefenangaben?«, fragte Koronaios, an den Kapitän gewandt.

»Ja. Selbstverständlich.«

Während der Kapitän die Seekarte ausbreitete und Koronaios sich von ihm die Tiefenangaben erklären ließ, bemerkte Michalis ein offenes Boot mit Außenbordmotor, das sich aus Richtung Sougia näherte. Es hielt direkt auf die Küstenwache zu, und Michalis hatte den Eindruck, jemand würde ihnen winken. Er ließ sich das Fernglas geben, begann dann ungläubig zu lachen, und reichte das Fernglas an Koronaios weiter.

»Das kann doch nicht wahr sein«, stöhnte Koronaios kopfschüttelnd.

Wenige Minuten später sahen alle, was Michalis und Koronaios so fassungslos machte: Auf dem offenen Boot stand vollkommen durchnässt der Revierleiter von Paleochora, Stefanos Tsimikas.

»Ich glaube, der Herr Revierleiter möchte zu uns an Bord kommen«, erklärte Michalis dem Kapitän, der ebenfalls ungläubig den Kopf schüttelte.

»Er wird seine Gründe haben, aber es gibt dafür wirklich günstigere Tage«, antwortete er und deutete auf die Wellen, die so nah unter Land zwar weniger bedrohlich wirkten, das offene Motorboot jedoch kräftig hin und her warfen.

An der Pinne des Außenbordmotors saß ein bärtiger Mann, den Michalis nicht kannte. Er steuerte zum Heck der Küstenwache, da Tsimikas am Achterschiff an Bord gehen musste. Das offene Boot schwankte jedoch so stark, dass Tsimikas beinahe ins Meer gefallen wäre, bevor die Besatzung ihn zu packen bekam und an Bord zerrte.

»Sollen wir dich in Schlepptau nehmen?«, rief der Kapitän dem Mann zu, aber der winkte ab.

»Ich habe es von Loutro bis hierher geschafft, dann schaffe ich den Rest auch noch. Und im Schlepp ist die Gefahr größer, dass ich umgeworfen werde«, rief er zurück. »Aber wenn ihr eine Rettungsweste hättet, wäre ich dankbar!«

Er bekam eine Weste zugeworfen, zog sie eilig über und gab Gas. Sein offenes Boot schaukelte bedenklich, aber er steuerte es souverän durch die Wellen.

Dem tropfnassen Tsimikas wurde eine Decke über die Schultern gelegt.

»Sie werden uns doch sicher erklären wollen, warum Sie mit dieser Nussschale in Loutro waren«, begann Michalis.

»Ja«, erwiderte Tsimikas ernst. Ihm war nicht zum Spaßen zumute, die letzten Stunden hatten an ihm gezehrt. »Aber unter sechs Augen«, fügte er entschlossen hinzu und warf einen Blick Richtung Papasidakis.

»Würden Sie uns bitte kurz allein lassen«, forderte Koronaios Papasidakis auf, der sich neugierig genähert hatte. Papasidakis musterte ihn herablassend, dann hangelte er sich nach vorn zum Bug und griff nach seinem Handy.

»Ich habe heute früh die Fähre verpasst«, begann Tsimikas leise zu berichten, »aber dafür weiß ich jetzt, dass Leonidas Seitaris und Anestis Papasidakis am Dienstag miteinander geredet haben. Gegen Abend. Also nur wenige Stunden, bevor Leonidas ermordet wurde.«

»Wie bitte?«, entfuhr es Michalis ungläubig.

»Das habe ich heute früh erfahren, während ich auf die Besatzung der Fähre gewartet habe. Da hat Stelios mich angesprochen. Stelios führt in der Nähe des Fähranlegers das kleine Haushalts- und Eisenwarengeschäft.«

Michalis erinnerte sich an das Geschäft in der Stichstraße zur Hauptstraße.

»Leonidas war am Dienstagabend bei Stelios, um für die *Amanta* eine neue Dieselpumpe abzuholen. In dem Moment hielt Anestis mit seinem Pick-up vor der Tür, und er kam in den Laden.«

Michalis und Koronaios hörten aufmerksam zu.

»Die beiden konnten sich noch nie leiden, irgendwas muss da mal gewesen sein, vor ein paar Jahren«, fuhr Tsimikas, vor Kälte zitternd, fort. »Anestis kam also in den Laden, als Leonidas gerade gehen wollte, und der muss etwas gesagt haben, was Anestis aufgeregt hat. Leonidas hat Anestis jedenfalls weggestoßen und ist in seinen Wagen gestiegen.«

Tsimikas schlang die Decke fester um sich.

»Es gibt noch weitere Details, aber zu denen später. Die Fähre hatte ich auf jeden Fall verpasst, aber ich habe Kostas dazu gebracht, hinter ihnen her zu fahren. Es hat allerdings gedauert, bis er so weit war, außerdem kamen wir bei dem Sturm nur langsam voran, deshalb haben wir die Fähre erst in Loutro eingeholt.«

Loutro, überlegte Michalis, das war der nächste Fährhafen hinter Agia Roumeli. Ein winziger, traumhaft schöner Ort, der nur vom Wasser aus zu erreichen war.

»Der Anleger in Loutro liegt geschützt, da konnte ich an Bord gehen und mit der Besatzung reden. Und jetzt halten Sie sich fest.« Tsimikas beugte sich ganz nah zu Michalis und Koronaios vor. Weil das Schiff schwankte, fiel er dabei fast um, und Michalis musste ihn auffangen. Tsimikas schüttelte sich. Michalis warf einen Blick zu Papasidakis, der am Bug telefonierte und verärgert auf jemanden einzureden schien.

»Letzten Samstag, also an dem Abend, an dem die junge Frau in der Samaria-Schlucht ermordet worden ist«, berichtete Tsimikas, »hat Leonidas abends an der Fähre mit der Besatzung noch etwas getrunken. Das hat er öfter gemacht, er ist ja vor vielen Jahren selbst auf der Fähre gefahren. Und jetzt kommt es. Alexis reißt in Agia Roumeli die Karten ab, wenn die Wanderer an Bord gehen. Und der hat am Samstag Anestis gesehen. In Agia Roumeli, auf der Fähre, und es sah so aus, als käme er aus der Schlucht. Da ist Alexis ganz sicher. Und das hat er an dem Samstag, als sie in Paleochora angelegt hatten, Leonidas erzählt.«

Michalis und Koronaios sahen Tsimikas beeindruckt an.

»Gute Arbeit«, raunte Koronaios.

»Wenn Leonidas Seitaris also wusste, dass Anestis in Agia Roumeli war, und er das womöglich im Streit Anestis unter die Nase gerieben hat« – Michalis warf einen Blick zu Kyriakos Papasidakis, der sich beunruhigt wieder genähert hatte – »dann könnte das ein Mordmotiv sein.«

»Dauert es denn noch lang?«, rief Papasidakis ihnen zu. »Ich würde Ihnen gern noch etwas zeigen. Außerdem wird der Sturm stärker, wir sollten nicht zu lange bleiben!«

»Dies ist eine Besprechung der Mordkommission!«, entgnete Koronaios energisch. »Und die dauert, solange sie dauert!«

Papasidakis presste die Lippen zusammen und zog sich wütend zurück.

»Und ausgerechnet Anestis ist bei dieser Ausfahrt nicht dabei« – Michalis musste sich festhalten, weil das Schiff von einer hohen Welle erfasst wurde –, »angeblich ist er in Heraklion, aber das glauben wir nicht.«

»Ich ruf Jorgos an. Vielleicht haben die etwas herausgefunden«, sagte Koronaios.

»Und Sie rufen bitte Ihre Leute in Paleochora an.« Michalis reichte Tsimikas sein Smartphone. »Ihr eigenes liegt im Meer, nehme ich an?«

»Ja«, erwiderte Tsimikas zerknirscht. »In der Nähe von Loutro, als wir aus dem Schutz der Bucht raus waren.«

»Ihre Kollegen sollen in Paleochora nach Anestis suchen, aber es niemandem sagen. Die Dinge sprechen sich zu schnell herum.«

Während Tsimikas leise mit seinem Polizeirevier sprach, legte Koronaios schon wieder auf.

»Kritselas hat im Hotel *Minos* nachgefragt. Anestis war in der letzten Woche mehrfach dort, aber nicht heute.«

Michalis nickte, und als Tsimikas sein Telefonat beendet hatte, besprachen sie sich mit dem Kapitän und brachen Richtung Paleochora auf.

»Ich würde Ihnen gern vorher noch etwas zeigen«, versuchte Papasidakis die Rückfahrt hinauszuzögern.

»Unsere Ermittlungen lassen das leider nicht zu«, beschied Koronaios ihm daraufhin.

Das Schiff rollte wieder stärker, sobald sie die Abdeckung der Landzunge verlassen hatten und der Wind sie mit voller Wucht traf. Tatsächlich schien es, als habe der Sturm zugenommen.

Michalis hatte auf seinem Smartphone gesehen, dass sein Bruder und sein Vater erneut angerufen hatten. »Hat Jorgos etwas von meiner Familie gesagt?«, fragte er Koronaios.

»Nein, kein Wort«, antwortete der.

Ich bin auf einem Boot der Küstenwache, warum ruft ihr ständig an?, schrieb Michalis seinem Bruder Sotiris. *Mir geht's gut, gibt es etwas Wichtiges?*

Wir wollen nur sicher sein, dass alles in Ordnung ist. Meld dich bitte, wenn ihr im Hafen seid, bekam er wenig später zur Antwort.

An Bord wurde jetzt kaum noch gesprochen. Tsimikas kauerte, in mehrere Decken gehüllt, unter der Abdeckung, und Papasidakis starrte auf den Horizont und mied den Blickkontakt mit den anderen.

»Sieht Papasidakis da draußen etwas?«, fragte Michalis leise, als Nikopolidis neben ihm Schutz vor der Gischt gesucht hatte.

»Die Insel Gavdos«, flüsterte Nikopolidis. »Seine Familie kommt von dort. Sie sind erst vor sechzig Jahren nach Paleochora gezogen.«

Das Schiff kämpfte sich durch die an die Küste rollenden Wellen, als das Smartphone von Michalis erneut klingelte. Eigentlich wollte er es ignorieren, warf dann einen Blick darauf und nahm das Gespräch sofort an, als er sah, wer anrief: Savina Galanos.

»Ja?«, fragte er leise, hörte dann jedoch nur ein Flüstern. »Können Sie lauter sprechen?«, bat er und presste das Telefon ans Ohr.

»Ich bin in Sougia in meinem Büro«, sagte Savina ein bisschen lauter, »Anestis ist vorgefahren. Er scheint meinen Wagen erkannt zu haben und schleicht jetzt ums Haus herum.«

»Bleiben Sie ganz ruhig. Wir schicken sofort Leute los.«

»Ich habe eine Pistole dabei«, erwiderte Savina. »Und sobald er hier reinkommt, schieß ich auch.« Savina schwieg einen Moment. »Ich kann ihn sehen. Durch die Jalousien. Jetzt telefoniert er.«

Michalis hörte an Bord ein Handy klingeln, blickte sich um und sah, dass Papasidakis ranging und sich trotz des Windes und der Gischt zum Heck hangelte und dort mühsam festhielt.

»Anestis ist sonst nie hier, der hat nicht mal einen Schlüssel zu diesem Büro«, fuhr Savina fort.

Michalis winkte Koronaios zu sich.

»Umdrehen und nach Sougia. Sofort. Und Tsimikas soll seine Leute nach Sougia schicken. Zum Büro von *Psareus*«, flüsterte er Koronaios zu. Der gab Tsimikas sein Handy, sagte ihm, worum es ging, und sprach dann mit dem Kapitän, der sofort wenden ließ. Papasidakis schaute auf, beendete das Gespräch und stürmte zum Kapitän.

»Was ist hier los? Warum wird gewendet?«, fragte er aggressiv.

»Weil wir es angeordnet haben«, entgegnete Koronaios kühl.

Papasidakis schnappte nach Luft.

»Er telefoniert nicht mehr. Aber …«, hörte Michalis Savina flüstern, »ich glaube, ich habe bei ihm einen kleinen rosaroten Wanderrucksack gesehen. Meropi hatte so einen. Ich muss jetzt auflegen.«

Michalis atmete tief durch und schüttelte den Kopf. Wenn Anestis den Rucksack von Meropi Torosidis dabeihatte, dann erklärte das, warum der nicht in der Samaria-Schlucht gefunden worden war. Anestis hatte ihn mitgenommen, nachdem er sie ermordet hatte. Warum aber fuhr er damit jetzt zu dem Büro in Sougia? Und: Wusste Kyriakos Papasidakis davon?

Die Fahrt wurde jetzt noch unruhiger, denn die Wellen waren höher geworden. Der schweigsame Nikopolidis schien mit Übelkeit zu kämpfen.

Etwa zwanzig Minuten später klingelte erneut Michalis' Handy, er ging sofort ran.

»Anestis ist verschwunden«, gab Savina Entwarnung. »Ich sitze in meinem Wagen, und er ist nirgends zu sehen.«

»Ist die Polizei schon bei Ihnen?«, wollte Michalis wissen.

»Nein. Ich werde aber auch nicht warten, ich will nur noch weg. Falls er doch noch auftaucht.«

»Gut. Wohin fahren Sie? Paleochora?«

»Nein. Georgioupolis, und dann endlich wieder nach Athen. Weit weg von Kreta.«

Savina klang bitter, aber immerhin schien sie in Sicherheit zu sein.

Das Boot wendete und nahm Kurs auf Paleochora. Die Spannung an Bord löste sich. Papasidakis kauerte missmutig auf der Backbordseite und schien lieber nass zu werden, als in der Nähe der anderen zu sein.

Sie machten gute Fahrt, so dass schon bald die ersten Häuser in der Ferne schemenhaft zu erkennen war. Tsimikas' Polizisten waren vor dem Büro von *Psareus* in Sougia eingetroffen und hatten bestätigt, dass dort alles ruhig war.

»Kann ich meinen Leuten sagen, dass sie nach Paleochora zurückfahren können?«, wollte Tsimikas wissen, doch Michalis zögerte.

»Sie sollen sich in Sougia umsehen«, ordnete er an, »ich will wissen, ob Anestis dort noch unterwegs ist.«

Obwohl das Schiff in den Wellen heftig schaukelte, verspürte Michalis keine Anzeichen mehr von Seekrankheit. Gelegentlich kreisten Silbermöwen über ihnen, zogen aber weiter, wenn sie erkannten, dass dies kein Fischerboot war und nichts zu fressen für sie abfiel. Michalis überlegte, Hannah anzurufen, als er sah, wie Papasidakis auf sein Handy starrte, sich dann aufrichtete und alarmiert den Horizont absuchte. Er hangelte sich trotz des starken Wellengangs zum Achterschiff und blickte angestrengt Richtung Sougia.

Michalis fragte sich, ob Papasidakis in der Ferne etwas gesehen hatte, und ließ sich ein Fernglas geben.

»Fährt dort ein kleines Motorboot?«, fragte Michalis den Kapitän, denn er glaubte, ein winziges offenes Boot zu erkennen.

Der Kapitän nahm ebenfalls ein Fernglas zur Hand.

»Ja, da will jemand raus«, bestätigte er. »Ziemlich verrückt bei diesem Wetter. Aber wenn es ein Einheimischer ist, dann weiß er, was er tut.«

»Und wenn nicht?«

»Niemand würde einen Touristen bei einem Meltemi rausfahren lassen.«

»Und wenn doch?«

»Dann besteht die Gefahr, dass er kentert.«

Michalis kniff die Augen zusammen und blickte Koronaios skeptisch an.

»Was ist?«, fragte Koronaios.

»Da ist irgendetwas«, entgegnete Michalis und deutete in Richtung des kleinen Bootes, das mit bloßem Auge schon nicht mehr zu erkennen war. Dann sah er, wie Papasidakis erregt in sein Handy sprach und immer wieder zu dem kleinen Boot blickte.

Michalis wollte zu Nikopolidis gehen, doch die Stimme des Kapitäns hielt ihn zurück.

»Festhalten!«, brüllte der Kapitän in Richtung Papasidakis, und in dem Moment sah Michalis von Backbord her eine Welle, die höher als die bisherigen war, auf sie zurollen. Papasidakis konnte sich gerade noch an die Reling klammern, wurde aber von der Gischt voll erfasst. Sein Handy schlitterte durch das Wasser, das über das Heck abfloss. Papasidakis griff danach, drückte darauf herum und fluchte.

»Mit wem haben Sie telefoniert?«, rief Michalis ihm zu.

»Das geht Sie nichts an!«, brüllte Papasidakis gegen den Wind zurück.

Nikopolidis hatte die ganze Zeit über zwar nichts gesagt und sich festgehalten, doch auch er hatte in Richtung des kleinen Motorboots geblickt.

»Hat *Psareus* in Sougia ein kleines offenes Motorboot liegen?«, wollte Michalis von ihm wissen.

»Ja«, erwiderte Nikopolidis knapp, nachdem er Papasidakis einen Blick zugeworfen hatte.

»Würde jemand bei dem Wetter damit rausfahren? Bouchadis?«

»Bouchadis ist nicht lebensmüde«, entgegnete Nikopolidis.

Michalis überlegte fieberhaft, dann rief er Savina Galanos an, ließ es lange klingeln und legte auf, als die Mailbox ansprang.

»Ihre Leute sollen in Sougia zum Hafen fahren!« Michalis drückte Tsimikas sein Smartphone in die Hand. »Sofort. Ich will wissen, ob Anestis' Pick-up dort abgestellt ist und ob das Boot von *Psareus* dort liegt.«

Wenige Minuten später wurde Michalis bestätigt, was er befürchtet hatte: Am Hafen stand ein silbergrauer Pick-up, und das Motorboot von *Psareus* war verschwunden. In der Nähe des Pick-ups war ein kleiner silberner Geländewagen geparkt, wie ihn Savina fuhr.

»Was denkst du?«, fragte Koronaios leise.

»Dass Anestis Savina entführt hat und mit ihr da draußen unterwegs ist.«

»Und sie irgendwo über Bord werfen will.« Koronaios nickte wütend. Dann hangelte er sich an der Reling entlang zu Papasidakis.

»Wo will Ihr Bruder hin?«, brüllte er Papasidakis gegen den Sturm zu.

»Wer?«, rief Papasidakis verärgert.

»Ihr Bruder. Sie haben mich genau verstanden.« Koronaios stand direkt vor Papasidakis. Michalis kam ebenfalls hinzu und rutschte, als die nächste Welle von Backbord das Schiff anhob, zur Seite, konnte sich aber festhalten.

»Mein Bruder ist in Heraklion. Woher soll ich wissen, was er gerade tut.«

»Herr Papasidakis! Es geht um Mord! Ihr Bruder ist nicht in Heraklion. Und wenn Sie nicht kooperieren, sind Sie wegen Beihilfe zum Mord dran!«, rief Michalis.

»Ich weiß nicht, wovon Sie reden«, erwiderte Papasidakis höhnisch.

»Sie haben doch gerade mit Anestis telefoniert«, sagte Michalis.

»Nein.«

»Wenn wir wollen, haben wir Ihre Telefonverbindungen in einer halben Stunde ermittelt.«

Papasidakis starrte Michalis an. Der hielt seinem Blick stand.

»Rufen Sie Ihren Bruder an. Sagen Sie ihm, dass er sofort

umdrehen soll. Mit Savina. Wir wissen, dass er Meropi Torosidis und Leonidas Seitaris getötet hat.«

Papasidakis drehte den Kopf zur Seite, atmete tief durch und stöhnte. Dann nahm er sein nasses Handy aus der Hosentasche.

»Damit kann ich niemanden mehr anrufen.«

»Geben Sie mir Anestis' Nummer.«

»Ich kenne keine Nummern auswendig.«

Michalis musterte Papasidakis. Vielleicht stimmte das sogar. Deshalb rief er zu Nikopolidis rüber: »Herr Nikopolidis! Haben Sie die Nummer von Anestis?«

»Ja!«, antwortete Nikopolidis, ohne zu zögern.

»Wählen Sie seine Nummer und geben Sie uns Ihr Handy!«

Nikopolidis wählte und reichte sein Handy an Michalis weiter. Lange klingelte es, dann sprang die Mailbox an.

Michalis legte auf und sah Papasidakis an.

»Wo will Anestis hin?«

Papasidakis rang mit sich. »Elafonisi«, sagte er und wich Michalis' Blick aus. Der war überrascht.

»Elafonisi? Was will er da?«

Papasidakis zuckte mit den Schultern. »Das frage ich mich auch. Aber er hat gesagt, dass er nach Elafonisi will.«

Michalis ging zum Kapitän.

»Elafonisi …«, sagte der. »Da gibt es einen geschützten Anlegeplatz. Aber das ist kompletter Wahnsinn. Er müsste stundenlang parallel zu den Wellen fahren. Und das mit dieser Nussschale.«

Hatte Anestis das wirklich vor? Michalis beobachtete Papasidakis, der den Horizont absuchte. Das kleine Boot war mittlerweile auch mit dem Fernglas nicht mehr zu erkennen. Log Papasidakis sie an? Wollte Anestis woanders hin? Wenn ja, wohin?

Nikopolidis trat zu Michalis, sah sich immer wieder nach Papasidakis um und sagte dann leise: »Der Vater der Papasidakis-Brüder stammt von Gavdos. Da draußen ist er wohl auch umgekommen, zumindest ist dort sein Boot damals gefunden worden. Er selbst jedoch nie.«

»Was heißt das?«, fragte Michalis.

»Niemand würde von hier aus nach Elafonisi fahren. Gavdos könnte er schaffen, falls die Wellen nicht noch höher werden.«

Der Kapitän nickte, nahm sein Fernglas, blickte hindurch und schüttelte den Kopf.

»Ich kann das Boot schon länger nicht mehr sehen. Kurz vor Paleochora, das müsste Kostas sein. Aber das andere Boot ...«

»Was machen wir?« Koronaios war zu Michalis getreten und hielt sich an den Streben des Unterstands fest.

»Gavdos. Kurs nach Gavdos«, sagte Michalis entschlossen.

»Sicher?«, wollte der Kapitän wissen.

»Ja«, entgegnete Michalis, obwohl er alles andere als sicher war.

Der Kapitän ließ den Kurs ändern, und kaum liefen sie südlich und gegen die Wellen an, kam Papasidakis zum Unterstand gestürzt.

»Was ist los? Was ist das für ein Kurs?«, brüllte er außer sich.

»Wir suchen Ihren Bruder«, entgegnete der Kapitän ruhig.

»Und Savina«, ergänzte Michalis, »und wir hoffen, beide lebend zu finden.«

»Aber das ist der falsche Kurs! Anestis will nach Elafonisi!«

»Das glauben wir nicht«, erwiderte Koronaios. »Wir glauben, er will nach Gavdos.«

Papasidakis starrte Nikopolidis wütend an. »Hast du denen das eingeredet? Willst du meinen Bruder auf dem Gewissen haben?«

Nikopolidis reagierte nicht.

»Verräter«, zischte Papasidakis und hangelte sich, obwohl er bei jeder Welle noch nasser wurde, zum Bug.

»Ich ruf Jorgos an. Er wollte auf dem Laufenden gehalten werden.« Koronaios ging in den kleinen vorderen Ruderraum, um ohne Windgeräusche telefonieren zu können.

»In Paleochora erzählt man sich«, sagte Nikopolidis, als Papasidakis außer Hörweite war, »dass Anestis sich die Schuld am Tod seines Vaters gibt. Einer der Söhne sollte immer bei den Ausfahrten dabei sein, nachdem der Vater keine Hände mehr hatte. Anestis hat damals zugelassen, dass der Vater allein rausgefahren ist. Keine Ahnung, wie der das ohne Hände geschafft hat, aber er hat es geschafft. Und ist danach nie wieder aufgetaucht.«

Michalis nickte.

Koronaios kam zurück. »Ich glaube, unser Chef ist froh, wenn wir wieder wohlbehalten an Land sind.«

»Klang er sehr besorgt?«, erkundigte sich Michalis.

»Ja, schon.« Dann grinste Koronaios. »Ich weiß jetzt übrigens, wo unser Freund Bouchadis ist.«

»Und? Wo?«

»Sitzt im Kafenion und spielt Tavli. Jorgos hat mit den Kollegen aus Paleochora gesprochen, und die haben ihn dort gesehen.«

Das Schiff kämpfte sich durch die Wellen, und immer wieder hob sich der Rumpf und sackte dann in das nächste Wellental. Dieses Rauf und Runter war für Michalis besser zu ertragen als vorher das Rollen nach links und rechts. Vor allem aber suchte er, ebenso wie Koronaios und der Kapitän, permanent den Horizont ab. Er spürte die Sonne, die trotz des Sturms vom wolkenlosen Himmel auf seine Haut brannte.

Sie fuhren schon eine halbe Stunde auf diesem Kurs, und die Insel Gavdos, die zunächst nur schemenhaft zu erkennen gewesen war, zeichnete sich immer deutlicher vor dem Horizont ab, als der Kapitän als Erster etwas zu entdecken glaubte.

»Dort« – er deutete auf einen Punkt links von Gavdos –, »dort ist es etwas.«

Michalis blickte durch das Fernglas, und dann sah auch er einen kleinen, in den Wellen tanzenden hellen Fleck, der allmählich deutlicher als offenes Motorboot zu erkennen war.

»Warum behauptet Papasidakis, sein Bruder würde nach Elafonisi fahren, obwohl er vermutlich weiß, wohin er will?«, fragte Koronaios in die Runde, und es war Nikopolidis, der aussprach, was Michalis dachte, nachdem er einen Blick zu dem vollkommen durchnässt am Bug ausharrenden Papasidakis geworfen hatte.

»Vielleicht wäre es Kyriakos Papasidakis ja ganz recht, wenn Anestis hier draußen über Bord geht«, sagte Nikopolidis leise.

Sie glaubten, durch die Ferngläser zwei Menschen in dem Boot erkennen zu können. Ganz in Schwarz und am offenen Bug zusammengekauert, saß vermutlich Savina. Der Kapitän ließ volle Kraft voraus fahren, denn das kleine Motorboot verschwand immer wieder zwischen den Wellen. Nachdem sie es eine Zeitlang aus den Augen verloren hatten, schien plötzlich nur noch eine Person an Bord zu sein. Die schwarze Figur am Bug war verschwunden.

Auch Papasidakis kam jetzt zum Unterstand. Sie waren mittlerweile nah genug, um sehen zu können, dass das Motorboot manövrierunfähig dahintrieb und nur noch ein Spielball der Wellen war. Anestis klammerte sich mit einer Hand an den Bootsrand und schöpfte verzweifelt mit der anderen Hand Wasser aus dem Boot.

Michalis beobachtete Papasidakis, während sie sich dem Motorboot näherten. In dessen Blick lagen nicht etwa Angst oder die Hoffnung, Anestis zu retten, sondern reine Verachtung. Michalis erschauerte, denn Papasidakis schien sich tatsächlich zu wünschen, dass sein Bruder in den Wellen unterginge.

Michalis nahm ein Fernglas und suchte ebenso wie Koronaios das Wasser ab. Plötzlich glaubte er, in einigen hundert Metern Entfernung einen roten Punkt auf dem Wasser auszumachen.

»Da!«, rief er dem Kapitän zu und deutete dorthin.

»Das könnte ein Kanister sein«, sagte der Kapitän, das Fernglas vor den Augen.

Auch Papasidakis ließ sich ein Fernglas geben.

»Das ist unser Benzinkanister. Und ich sehe auch die blonden Haare von Savina. Wir müssen sie rausholen!«

»Und Ihr Bruder?«, fragte der Kapitän.

»Der kann sich am Boot festhalten, bis wir bei ihm sind«, erwiderte Papasidakis ungerührt.

Michalis sah aus dem Augenwinkel, dass Nikopolidis fassungslos den Kopf schüttelte.

Die Küstenwache nahm Kurs auf diesen roten Punkt, und schnell erkannten sie tatsächlich Savina, die sich an den Kanister klammerte und immer wieder versuchte, mit einem Arm zu winken. Der Steuermann musste sehr vorsichtig manövrieren, um so nah wie möglich an Savina heranzukommen, ohne sie durch den Schiffsrumpf und die Schraube in Gefahr zu bringen. Zwei Männer der Besatzung warfen Savina immer wieder Rettungsleinen zu, doch der Wind und die

Wellen verhinderten, dass sie eine von ihnen zu fassen bekam. Ihre Kräfte schienen nachzulassen, ihr Kopf sank unter Wasser, und sie konnte sich nur mit Mühe an dem Kanister wieder an die Oberfläche ziehen. Schließlich blieb eine der Rettungsleinen zwei Meter vor Savina auf dem Wasser liegen. Michalis stockte der Atem: Savina ließ den Kanister los und versuchte wild entschlossen, die Rettungsleine zu erreichen, obwohl ihre vollgesogene Kleidung sie unter Wasser zog. Savina hatte nur diesen einen Versuch, das wusste Michalis, danach würde sie vor ihren Augen ertrinken, und das wusste auch Savina. Kurz ging sie unter, kam wieder an die Oberfläche, machte drei, vier kraftvolle Schwimmzüge, erwischte die Rettungsleine und klammerte sich daran fest.

Die Männer zogen die Rettungsleine vorsichtig zum Schiff. Am Heck wurde eine provisorische Leiter ausgeklappt, an der Savina sich mit letzter Kraft festhielt, bis die Männer sie an den Armen zu fassen bekamen und mit einem Ruck mehr an Bord rissen als hochzogen.

Savina schlug auf dem Deck auf, spuckte Salzwasser, krümmte sich und begann zu weinen. Der Kapitän prüfte ihren Puls und Atem, dann wurde sie in Decken gehüllt, und es wurde ihr Trinkwasser gegeben, während der Steuermann wendete und Kurs auf das Motorboot mit Anestis nahm. Savina hatte keine Kraft mehr, um sich festzuhalten, und rollte über das Deck. Ein Mann der Besatzung stützte sie, bis sie aufstehen und mit seiner Hilfe zum Unterstand gehen konnte. Dort ließ Savina sich auf eine Bank sinken und starrte mit leerem Blick vor sich hin.

Von dem Motorboot ragte nur noch der Bug heraus, das Heck mit dem schweren Außenbordmotor hing bereits unter Wasser. Sie konnten Anestis nicht entdecken, aber Michalis hoffte, dass er sich auf der anderen Seite an den Schiffsrumpf geklammert hatte. Als sie das Boot erreichten, war jedoch klar: Anestis war verschwunden. Michalis warf Papasidakis einen Blick zu und beobachtete, dass er das Wasser nach seinem Bruder absuchte und dann zum Unterstand kam.

»Anestis kann nicht schwimmen«, sagte er und bemühte sich, bedauernd zu klingen, »er wird ertrunken sein.« Papasidakis tat so, als müsse er sich ergriffen Tränen abwischen, doch Michalis konnte erkennen, dass seine Augen vollkommen trocken waren.

Das Schiff umkreiste das sinkende Motorboot, und es war Koronaios, der als Erster vor einer Welle einen kleinen weißen Fender, eine Hand und dann Anestis entdeckte.

»Da!«, rief Koronaios und deutete auf den länglichen Auftriebskörper, der Anestis über Wasser hielt. Sofort änderte der Steuermann den Kurs, und eines der Besatzungsmitglieder bekam den Befehl, den Fender keine Sekunde aus den Augen zu lassen, während sie sich näherten.

Anestis musste, als sein Boot zu sinken begonnen hatte, einen der Fender losgebunden haben, um sich daran über Wasser zu halten. Doch der Benzinkanister von Savina war so leer gewesen, dass er einen guten Schwimmkörper abgegeben hatte, während dieser schmale Fender durch Anestis' Gewicht unter Wasser gedrückt wurde. Anestis ging in den Wellen immer wieder unter, um dann erneut hochzukommen, Salzwasser auszuspucken und verzweifelt nach Luft zu schnappen. Mit jedem Mal schwanden seine Kräfte und auch seine Hoffnung, und in seinen Augen lag das ungläubige Entsetzen eines Sterbenden, der nicht fassen konnte, dass dies die letzten Momente seines Lebens sein sollten.

Kyriakos Papasidakis beobachtete diesen Todeskampf seines Bruders und mischte sich in die Rettungsbemühungen der

Besatzung ein, bis der Kapitän ihn aufforderte, den Mund zu halten und sie in Ruhe arbeiten zu lassen. Ihm war klar, dass die Rettung eines völlig entkräfteten Nichtschwimmers viel schwieriger sein würde als die von Savina. Einer der Männer bot an, im Neoprenanzug an einer gesicherten Leine zu Anestis zu schwimmen, doch alle wussten, dass das auch für den Helfer Lebensgefahr bedeutete. Trotzdem zog sich der Mann um.

Sie hatten Anestis erreicht und warfen ihm Rettungsleinen zu, doch statt zu versuchen, eine der Leinen zu erwischen, brüllte Anestis wie von Sinnen gegen den Sturm an und vergeudete damit seine letzten Kräfte.

»Bringen Sie Ihren Bruder zur Vernunft!«, rief der Kapitän Papasidakis zu.

Michalis erkannte die Zerrissenheit des Mannes, der im letzten Moment Skrupel zu bekommen schien. Plötzlich stürmte Papasidakis an die Reling.

»Reiß dich endlich zusammen!«, schrie er Anestis an. »Hör auf zu heulen und schnapp dir eine von diesen verdammten Leinen!«

Inmitten der hohen Wellen, die ihn immer wieder verschluckten und unter Wasser drückten, wurde Anestis für einen Moment ruhig. Die nächste Leine landete nur einen Meter von ihm entfernt, trieb kurz auf dem Wasser, wurde von einer Welle verschluckt und begann zu sinken. Anestis löste sich mit einem furchterregenden Schrei zu spät von seinem Fender, griff nach der Leine – und verfehlte sie.

Trotz des Sturms und des Motorengeräuschs schien für einen Moment völlige Stille zu herrschen. Michalis beobachtete ebenso fassungslos wie die anderen, wie Anestis unterging. Sogar Savina starrte auf die aufgewühlte Wasseroberfläche, wo eben noch Anestis getrieben hatte.

»Nein!«, brüllte Papasidakis, und dieser Aufschrei klang echt, wobei Michalis nicht hätte unterscheiden können, ob in diesem Schrei mehr die Verzweiflung über den Tod des Bruders oder die Erleichterung über sein Verschwinden lag.

Schweigend wollten die Männer die Leinen einholen, als einer von ihnen stockte.

»Da ist was!«, brüllte er, und tatsächlich lag auf seiner Leine Spannung, als hätte ein sehr großer Fisch angebissen – oder als würde sich jemand daran festhalten.

Vorsichtig zogen sie zu dritt an der Leine, bis erst eine und dann die zweite Hand von Anestis zum Vorschein kam. Und als sein Kopf auftauchte und er nach Luft schnappte, begriff Michalis, dass dieser Mann leben wollte. Wie an eine Nabelschnur klammerte er sich an diese Leine, die ihn mit dem Leben verband und die er nie wieder loslassen würde.

Tatsächlich hielt Anestis die Leine wie in einem Krampf fest und war nicht in der Lage, bei seiner Bergung mitzuhelfen. Während Savina es vorhin geschafft hatte, die Leiter zu packen und sich hochziehen zu lassen, reagierte Anestis nicht auf die Zurufe. Schließlich stieg ein Besatzungsmitglied im Neoprenanzug ins Wasser, um Anestis nach oben zu schieben und ihn zu stützen, während die anderen die Leine über eine Winde hochzogen.

Anestis plumpste auf das Deck, blieb reglos liegen, und der Kapitän prüfte besorgt sofort Puls und Atem. Anestis war in einem viel schlechteren Zustand als zuvor Savina, sein Puls war kaum noch spürbar, und der Atem ging sehr flach.

Das Schiff nahm unter voller Fahrt Kurs auf Paleochora, und über Funk wurde das Krankenhaus von Kandanos alarmiert, das sofort zwei Rettungswagen zum Hafen schickte.

Eines der Besatzungsmitglieder blieb bei Anestis, der in Decken gehüllt reglos an Deck lag, bis sich sein Bruder zu ihm beugte und eine Hand auf seine Schulter legen wollte. Wie ein Schlafwandler richtete sich Anestis ein Stück auf und starrte seinen Bruder aus blutunterlaufenen Augen an.

»Fass mich nicht an«, sagte Anestis tonlos, und Michalis beugte sich vor, um besser hören zu können, was er sagte. »Du wolltest, dass ich diese Frau umbringe. Dafür wirst du …«

Anestis sank wieder zurück, schloss die Augen und begann zu weinen. Leise und wimmernd wie ein kleines verlassenes Kind, das im Dunkeln furchtbare Angst hat. Und dieses Wimmern hielt an, bis sie den Hafen von Paleochora erreichten.

20

Die Sonne stand schon weit im Westen, und Michalis stellte fest, dass er jegliches Zeitgefühl verloren hatte und es inzwischen später Nachmittag sein musste. Noch während der Fahrt telefonierte er mit Jorgos und informierte ihn über das, was passiert war und was Anestis seinem Bruder vorgeworfen hatte: Anstiftung zum Mord.

Wenig später meldete sich Jorgos erneut.

»Kritselas ist auf dem Weg nach Paleochora. Per Hubschrauber«, teilte Michalis Koronaios nach dem Telefonat leise mit. »Er will Kyriakos Papasidakis sofort verhören, und wir sollen verhindern, dass er verschwindet. Zur Not sollen wir ihn wegen Fluchtgefahr vorläufig festnehmen. Und« – er warf einen Blick auf den noch immer wimmernd am Boden kauernden Anestis – »wir sollen versuchen, von ihm Fingerabdrücke zu nehmen. Zagorakis ist auf dem Weg, die Krankenwagen ebenfalls.«

Als die Fahrt kurz vor dem Hafen von Paleochora ruhiger wurde, putzte Koronaios gründlich seine Sonnenbrille und beugte sich zu Anestis hinunter. Dann nahm er vorsichtig dessen Hand und drückte Daumen und zwei Finger auf die Gläser der Sonnenbrille.

»Ist nicht ganz legal«, flüsterte er danach Michalis zu, »aber wer weiß, wann wir wieder an ihn rankommen, wenn er erst im Krankenhaus ist.«

Die gelben Rettungswagen hatten im Hafen bereits gewartet und brachten Savina und Anestis sofort in die Klinik nach Kandanos.

Michalis sah ihnen nach, und erst dann bemerkte er, dass auch auf ihn jemand wartete. Nicht nur Jorgos war eingetroffen, sondern auch die zwei Menschen, die die wichtigsten in seinem Leben waren: Hannah und sein Bruder Sotiris.

Michalis umarmte beide sehr lange und spürte, wie erschöpft er nach den dramatischen Stunden auf dem Meer war.

»Ich muss mich noch um einiges kümmern«, erklärte er, »habt ihr etwas Zeit?«

»Sonst wären wir nicht hier!« Sotiris lachte, und dieses Lachen, das Michalis kannte, seit er denken konnte, tat ihm unendlich gut.

Kritselas wollte Kyriakos Papasidakis im Beisein von Michalis und Koronaios im Polizeirevier von Paleochora verhören, doch der weigerte sich, ohne Anwalt etwas zu sagen. Da sein Anwalt erst am nächsten Tag aus Athen nach Heraklion kommen konnte, genoss es Kritselas sichtlich, Papasidakis wegen Fluchtgefahr in Untersuchungshaft zu nehmen.

»Das werden Sie noch bereuen!«, drohte Papasidakis.

»Ich denke, Sie sind derjenige, der etwas bereuen sollte«, entgegnete Kritselas, und sollte damit recht behalten.

Am nächsten Tag war Anestis vernehmungsfähig, und Michalis und Koronaios verhörten ihn im Krankenhaus. Da die Beweise gegen ihn erdrückend waren, gestand er die Morde an Meropi Torosidis und Leonidas Seitaris und wiederholte, was er schon an Bord gesagt hatte: Sein Bruder Kyriakos hatte ihn gedrängt, Meropi zu töten, weil sie herausgefunden hatte, dass er die Fischfarm ohne vollständige Genehmigungen und mit Hilfe eines gefälschten Gutachtens errichten wollte. Meropi hatte recherchiert und wusste, dass die Fischfarm nicht nur die Fischer, sondern auch den Tourismus an der Küste ruinieren würde. Und weil Kyriakos Papasidakis darauf keine Rücksicht nehmen wollte, hatte sie gedroht, mit ihrem Wissen und dem Original-Gutachten an die Öffentlichkeit zu gehen – woraufhin ihr Chef entschieden hatte, dass sie sterben musste, bevor sie sein Prestigeprojekt auf Kreta ruinierte.

Kyriakos Papasidakis hatte sehr genau geplant, wie sein Bruder Anestis vorgehen sollte, und ihn auch gedrängt, mit seiner dunklen Sportlimousine zur Schlucht zu fahren, damit niemand aus der Gegend den Pick-up erkennen könnte. Sie hatten jedoch nicht bedacht, dass Anestis in Agia Roumeli auf der Fähre erkannt werden und Leonidas Seitaris davon erfahren könnte. Und auch, dass die Parkplätze vor der Samaria-Schlucht schon früh am Morgen völlig überfüllt waren und Anestis die Limousine deshalb mitten auf dem Weg abstellen musste, um Meropi nicht aus den Augen zu verlieren, hatten sie nicht einkalkuliert. Der Taxifahrer hatte Anestis inzwischen anhand eines Fotos eindeutig identifiziert.

Papasidakis stritt zwar vehement ab, etwas damit zu tun zu haben, doch er hatte seinen Bruder unterschätzt: Misstrauisch hatte der eines ihrer Gespräche mit seinem Handy aufgezeichnet.

»Und weil er merkte, dass wir auffliegen«, gestand Anestis, »sollte ich Meropis Rucksack und das Fernglas von Leonidas im Büro von Bouchadis verstecken, damit es dort gefunden und Bouchadis belastet wird.«

Deshalb also, begriff Michalis, hatte Kyriakos Papasidakis trotz des Meltemi auf die Ausfahrt nach Lissos gedrängt: Niemand sollte Anestis in die Quere kommen können, wenn er die Beweismittel in dem Büro versteckte.

Kyriakos Papasidakis war – ebenso wie der Polizei – klargeworden, dass Bouchadis für beide Morde kein Alibi hatte, und er war bereit, ihn zu opfern, indem die Polizei belastendes Material bei ihm finden sollte. Anestis' Befragung fand im Krankenzimmer statt, und die ganze Zeit saß Efthalia Papasidakis, die Mutter der beiden Brüder, schweigend daneben. Sie rührte sich nicht, sie sprach nicht, und Michalis war nicht einmal sicher, ob sie wirklich zuhörte oder ob sie einfach nur in der Nähe ihres jüngeren Sohns sein wollte. Doch je länger Efthalia Papasidakis dasaß, desto mehr erinnerte Michalis sich daran, wie fremd sie in dem von ihrem älteren Sohn für sie gebauten Haus auf ihn gewirkt hatte, und er stellte sich die Frage, was Kyriakos Papasidakis mit seinen Millionen den Leuten in Paleochora eigentlich hatte beweisen wollen.

»War Ihnen klar«, fragte Michalis Anestis nach einiger Zeit, »dass die Bucht von Lissos für eine Fischfarm ungeeignet ist? Und dass Ihr Bruder ein Gutachten in Auftrag gegeben hatte, das genau das festgestellt hat?«

Anestis schnaubte.

»Mein Bruder ist ein Idiot«, flüsterte er und warf seiner Mutter einen Blick zu.

»Red nicht so über deinen Bruder!«, fuhr die Mutter kurz hoch, und es war das Erste, was sie sagte.

»Aber wenn es wahr ist!«, beharrte Anestis.

»Dann ist er trotzdem dein Bruder!«

»Haben Sie sich mal gefragt«, fuhr Anestis leise fort und behielt seine Mutter im Auge, »warum es auf Kreta bisher keine Fischfarmen gibt?«

»Sagen Sie es uns«, entgegnete Koronaios.

»Nein, das sagst du ihnen nicht!«, herrschte die Mutter Anestis an, und jetzt hörte er auf sie und schwieg.

Es war dann Stavros Nikopolidis, der Bauunternehmer, der Michalis und Koronaios diese Frage beantwortete, als sie sich noch einmal in dem grünen Kafenion von Paleochora mit ihm trafen.

»Es gibt an Kretas Küsten einfach zu heftige Stürme«, erklärte Nikopolidis, »und keine Buchten, die groß genug wären, um Schutz zu bieten. Wenn Sie sich den Küstenverlauf hier im Süden ansehen, dann ist Lissos noch am ehesten geeignet. Im Norden bei Chania, in der Bucht von Souda, da hat es auch mal jemand versucht. Die Käfige liegen heute noch in der Bucht und verrotten.«

»Aber«, fragte Michalis verwundert, »wenn Kyriakos Papasidakis das wusste, warum wollte er dann trotzdem um jeden Preis hier eine Fischfarm aufziehen?«

»Das habe ich mich auch lange gefragt«, erwiderte Nikopolidis und fuhr sich durch sein dichtes weißes Haar. »Der Vater der beiden ist damals, als er sich mit dem Dynamit die Arme weggesprengt hatte, hier im Ort oft ausgelacht worden. Anestis war jünger, der hat das nicht so mitbekommen. Kyriakos schon. Und er muss sich geschworen haben, dass er uns das heimzahlt. Dass er uns beweist, dass ein Papasidakis in Paleochora mit Fischen sein Geld und sein Glück machen kann.«

»Aber er wäre doch gescheitert. Die Bucht ist ungeeignet, und bei Sturm hätte er die Käfige und die Fische womöglich verloren«, warf Koronaios ein.

Nikopolidis ließ den Blick über einige der alten Männer, die im Dunst ihrer Zigaretten Tavli spielten, gleiten.

»Das war ihm egal«, erwiderte Nikopolidis. »Oder« – er zögerte – »er wollte es nicht akzeptieren. Ich habe ihn nie gefragt, aber er muss einige hundert Millionen besitzen. Ich glaube, er hätte hier zur Not sein gesamtes Geld reingepumpt, bloß um irgendwann sagen zu können, dass er auf Kreta Fische produziert. Außerdem hat er genug Geld, um sich hier alle Genehmigungen zu kaufen.« Wieder blickte er zu den Tavli-Spielern. »Falls Sie irgendwann das Büro von *Psareus* in Sougia durchsuchen sollten, dann finden sie dort eine Zeichnung. Klein, schwarz-weiß, unscheinbar. Die hat Papasidakis selbst gemacht, und er hat sie mir gezeigt. Ich hab zunächst gar nicht verstanden, was auf der Zeichnung zu sehen ist. Dann hat er es mir erklärt.« Nikopolidis schüttelte den Kopf. »Er wollte die gesamte Bucht vom Meer abtrennen und eine riesige Hafenmauer von Lissos bis kurz vor Sougia errichten. Völlig größenwahnsinnig. Aber er hat daran geglaubt.«

Savina war über Nacht im Krankenhaus geblieben und wollte danach nur noch eines: Kreta verlassen. Vorher aber wurde sie von Michalis und Koronaios befragt und gab zu, dass sie wusste, was Meropi Torosidis über die Fischfarm herausgefunden und womit sie Kyriakos Papasidakis gedroht hatte. Bouchadis musste mitbekommen haben, dass sie mit Meropi darüber gesprochen hatte. Nach deren Ermordung hatte sie zunächst Bouchadis in Verdacht gehabt und war deshalb aus Sougia geflohen. Weil sie davon ausging, dass Bouchadis bei der Bootsfahrt nach Lissos dabei sein würde, wollte sie die Gelegenheit nutzen und ihre persönlichen Sachen aus dem Büro in Sougia holen. Von dort hatte sie auch Michalis angerufen, und nachdem Anestis verschwunden war, hatte sie den Fehler gemacht, zu dem offenen Motorboot im Hafen von Sougia zu fahren, in dem noch eine Regenjacke lag, die ihr Vater ihr geschenkt hatte. Anestis musste ihr gefolgt sein, hatte sie überwältigt, ihr die Pistole abgenommen und war dann mit ihr aufs Meer gefahren. Ihr war klar, dass Anestis sie auf dem Meer töten wollte, und sie hatte fieberhaft überlegt, wie sie sich retten könnte. Erst als sie weit draußen und die Wellen immer höher geworden waren, war Anestis in Panik geraten, und sie hatte sich den fast leeren Benzinkanister geschnappt. Ihre letzte Chance war es, mit dem Kanister über Bord zu springen und vorher den Benzinschlauch des Motors herauszureißen. Anestis hatte noch auf sie geschossen, sie aber verfehlt, weil das Boot so schaukelte. Bei dem Versuch, ihr zu folgen, war der Außenborder dann ausgegangen. Und nach einer unendlich langen Zeit, in der sie sicher war, auf dem Meer sterben zu müssen, war endlich das Boot der Küstenwache aufgetaucht.

21

Es war Freitagnachmittag, Michalis und Koronaios saßen in ihrem Büro und schrieben Berichte, als etwas geschah, was es noch nie gegeben hatte. Sie hörten das Öffnen der Fahrstuhltür und dann das energische, harte Geräusch von Ledersohlen auf Steinfliesen. Nur Sekunden später betrat, gefolgt von Jorgos, der Kriminaldirektor ihr Büro. Erschrocken sprangen beide auf, doch Ioannis Karagounis winkte ab.

»Keine Umstände, meine Herren«, sagte er und warf einen Blick durch das Büro, das ihm vermutlich erbärmlicher vorkam, als er es sich vorgestellt hatte. Immerhin waren die Jalousien hochgezogen, und es fiel Licht herein, denn mit dem Sturm hatte sich auch die unerträgliche Hitze verzogen.

»Sie haben gut gearbeitet. Sehr gut gearbeitet. So gut, dass sogar der Kriminaldirektor von Heraklion es zugeben musste.« Sein Gesicht verzog sich zu einem ihm sonst so fremden Ausdruck: Karagounis lächelte. »Sie können sich denken, dass mir das Lob meines Kollegen eine ganz besondere Freude ist. Deshalb« – er blickte Jorgos an und der nickte – »werden wir besprechen, wie wir uns dafür erkenntlich zeigen können.« Er hob kurz die Hand, nickte ebenfalls und verschwand wieder.

»Eine Fata Morgana?« Koronaios runzelte ungläubig die Stirn, nachdem sich die Fahrstuhltüren geschlossen hatten.

»Oder unser Kriminaldirektor hat einen Doppelgänger«, mutmaßte Michalis.

»Dann aber einen täuschend echten«, erwiderte Koronaios.

Am Tag zuvor hatten sie nach der versuchten Vernehmung von Kyriakos Papasidakis in Paleochora alle noch gemeinsam etwas gegessen, danach war Michalis auf der Heimfahrt nach Chania sofort eingeschlafen, und er erinnerte sich auch nicht daran, wie Sotiris und Hannah es geschafft hatten, ihn in die Wohnung zu bringen. An diesem Freitag konnten Michalis und Hannah endlich einen Abend zu zweit in ihrer Wohnung verbringen, in die durch die offenen Fenster angenehme sommerliche Luft strömte, so dass die Klimaanlage ausgeschaltet blieb.

Schon an diesem Abend wunderte sich Michalis, dass seine Familie nicht versuchte, ihn und Hannah ins *Athena* zu bitten, und noch überraschter war er, als sie am Samstag, dem letzten Tag von Hannahs Aufenthalt auf Kreta, einen Ausflug an den Strand von Neo Chora machen konnten, ohne dass seine Nichten und Neffen verlangten, mitgenommen zu werden. Hannah schien trotz des bevorstehenden Abschieds kaum wehmütig zu sein, und auch der letzte Abend, zu dem Sotiris und Takis geladen hatten und der ein langes, ausschweifendes Familienfest am venezianischen Hafen von Chania wurde, war anders, als es letzte Abende mit Hannah bisher immer gewesen waren.

Und erst am nächsten Tag sollte Michalis begreifen, warum das so war.

Eigentlich hatte Michalis sich den Wagen von Sotiris leihen wollen, doch der hatte darauf bestanden, ihn und Hannah zum Flughafen zu fahren. Auf der Anhöhe oberhalb von Chania hielt Sotiris an und öffnete die Klappe des Pick-ups.

»Bitte sehr«, sagte er, obwohl er wusste, dass Michalis als Polizist nicht auf der Ladefläche mitfahren durfte, doch Hannah liebte es, den traumhaften Blick auf Chania und den sommerlichen Wind zu genießen. Kurz vor dem Flughafen glaubte

Michalis, das Auto seiner Schwester Elena zu sehen, doch dann war der Wagen im Gewühl wieder verschwunden, und Michalis dachte nicht mehr daran.

Endgültig irritiert war Michalis jedoch, als Sotiris sich nicht wie üblich in der Abflughalle sofort von Hannah verabschiedete, nachdem sie ihr Gepäck auf zwei Trolleys verteilt hatten. Diesmal hatte Hannah drei Koffer, zwei große Reisetaschen und üppiges Handgepäck mitgebracht. »Das brauche ich alles zum Arbeiten!«, hatte sie bei ihrer Ankunft gesagt, und tatsächlich wenig Kleidung, aber unendlich viele Bücher und Unterlagen dabeigehabt.

Sotiris blieb neben ihnen stehen, was Michalis wunderte. Außerdem irritierte ihn Hannahs schelmisches Grinsen, das er nicht von ihr kannte, wenn sie sich für Monate voneinander verabschieden mussten. Als er mit Hannah in der Schlange der Wartenden Richtung Check-In stand, hörte Michalis hinter sich die Stimme seiner Nichte Sofia. Hannah wollte ihn noch schnell küssen und seinen Kopf Richtung Schalter drehen, doch er hatte sie schon entdeckt: seine gesamte Familie.

Jorgos trug eine Reisetasche, die Michalis gehörte, und sein Vater Takis drückte ihm ein Flugticket in die Hand.

»Du hast eine Woche freibekommen«, verkündeten seine Mutter und seine Schwester fröhlich, »und die wirst du bei Hannah in Berlin verbringen.«

»Keine Widerrede!«, rief Jorgos, als Michalis ihn ratlos ansah. »Betrachte das als dienstliche Anweisung.«

»Hast du davon gewusst?«, wollte Michalis von Hannah wissen, und sie lachte.

»Seit gestern!«

Eine Stunde später, als die Maschine abhob, hielt Michalis verkrampft die Hand von Hannah, denn so wenig, wie er Ausfahrten auf dem Meer bei Sturm mochte, mochte er Starts und Landungen im Flugzeug. Doch schon bald entschädigte ihn der Blick aus dem Fenster, als die Küste mit dem strahlend blauen Meer und ihren vielen Buchten immer kleiner wurde.

»Da! Da unten waren wir letzte Woche mit den Kindern!«, rief Hannah und deutete auf die Bucht von Stavros, wo die Lagune gut zu erkennen war.

»In Berlin erwarten uns neunzehn Grad und leichter Regen, doch Mitte der Woche soll es wärmer werden«, verkündete der Kapitän über Funk, noch bevor sie die Flughöhe erreicht hatten.

»Neunzehn Grad und Regen! Im August!«, entfuhr es Michalis.

»Außerdem sind die Berliner nicht ganz so gastfreundlich wie ihr auf Kreta ...«, ergänzte Hannah.

»Ja, ich hab davon gehört ... kann ja eine tolle Woche werden.« Michalis seufzte.

»Ganz bestimmt!«, erwiderte Hannah lachend.

Das Flugzeug flog eine Rechtskurve, so dass Michalis nicht länger die Küste, sondern nur noch das weite blaue Meer sehen konnte, das in der Ferne mit dem Himmel verschmolz.

Hannah schloss die Augen, und Michalis betrachtete ihr wunderschönes Gesicht und musste schlucken. Hoffentlich, dachte er, hoffentlich werde ich mich nie zwischen Kreta und Hannah entscheiden müssen.

Denn er spürte, dass er Kreta schon jetzt vermisste.

Dank

an Iris Kirschenhofer, meine Lektorin im Fischer Verlag, an meine Redakteurin Ilse Wagner und an meine Agentin Franziska Hoffmann für das Vertrauen, den vielfältigen und anregenden Gedankenaustausch und dafür, stets ein offenes Ohr und einen Rat zu haben.

Und an diejenigen, die beraten und Einblicke gewährt, inspiriert, angespornt und begleitet haben: Stelios Gialinakis, Bettina Heitmann, Georgios Kiagas, die Mitarbeiter des *Cretaquariums* in Gournes/Kreta, Sandra Vogell, Richard Kohnen-Vogell, Angie Westhoff, Michael Heller, Dr. Viktoria Bogner-Flatz und Tom Dollinger.

Und an meine Eltern für ihre Geduld.

Die vielfältige Art Sprachen zu lernen.

Fun & Active

Kultur & Genuss

Sprache Pur

Sprache oder Urlaub? Nimm doch einfach beides!

Lass dich von unseren Themenreisen inspirieren und kombiniere deine Lieblingssprache mit deinen Freizeitinteressen.

Jetzt informieren auf lal.de

LAL Sprachreisen GmbH • Landsberger Str. 88 • 80339 München